Jon Ewo • Die Sonne ist eine geniale Göttin

cbt

Foto: © Cathrine Almaas

DER AUTOR

Jon Ewo, 1957 geboren, war Bibliothekar, Redakteur und Sänger einer Punkrockband, bevor er sich 1987 für das freie Autorendasein entschied. Sein erster Roman erschien 1991. Für »Die Sonne ist eine geniale Göttin« wurde er mit dem Belletristikpreis des norwegischen Kultusministeriums ausgezeichnet. Jon Ewo lebt in Oslo.

»Die Sonne ist eine geniale Göttin« im Urteil der Presse:

Ein lebenspraller Roman von den Tücken des Jungseins und Erwachsenwerdens – übersprudelnd, gefühlstief, komisch, verrückt, selbstironisch, herrlich frech, kraftvoll und zugleich locker erzählt und übersetzt wie Weniges.

Darmstädter Echo

Der perfekte Leitfaden durch die ätzendste und wunderbarste Zeit des Lebens.

Mannheimer Morgen

Ein Kleinod für junge und jung gebliebene Erwachsene, auf dessen Fortsetzung man gespannt sein darf.

Bücherbär

Weitere Titel von Jon Ewo sind bei cbt in Vorbereitung.

Jon Ewo

Die Sonne ist eine geniale Göttin

Aus dem Norwegischen
von Christel Hildebrandt

cbt

cbt

Band 30235

cbt – C. Bertelsmann Taschenbuch
Der Taschenbuchverlag für Jugendliche
Verlagsgruppe Random House
München Berlin Frankfurt Wien Zürich

www.bertelsmann-jugendbuch.de

Umwelthinweis:
Dieses Buch wurde auf chlorfrei gebleichtem
Papier gedruckt.

Erstmals als cbt Taschenbuch Juli 2003
Gesetzt nach den Regeln der Rechtschreibreform

Die Originalausgabe erschien unter dem Titel
»Sola er en feit gud« bei Pax Forlag A/S, Oslo

Übersetzung: Christel Hildebrandt
Die Übersetzung der Trilogie um Adam
wurde gefördert von NORLA, Oslo.
Umschlagbild: © ZEFA, Düsseldorf
Umschlagkonzeption: init.büro für gestaltung, Bielefeld
go • Herstellung: ih
Satz: Uhl + Massopust, Aalen
Druck: Clausen & Bosse, Leck
ISBN 3-570-**30235**-0
Printed in Germany

10 9 8 7 6 5 4 3 2 1

INHALT

MONTAG, 1. JULI

»Macht bitte der Letzte, der das Land verlässt, das Licht aus?«

Die Sonne geht auf um 04.00 Uhr und sie geht unter um 22.41 Uhr.

Brüder & Schwestern, ich bin total am Boden zerstört. Wenn ich noch weiter nach unten soll, muss ich mich hier über die Kante stürzen. Ich sitze auf dem Dach des Silos in Grünerløkka und starre der Sonne direkt in die Augen. Vor mir erstreckt sich die Stadt wie ein Meer. Ich habe den Akerselva zur Rechten und Løkka zur Linken. Aber es spielt überhaupt keine Rolle, dass ich mich mitten in Oslo befinde, in der Stadt, in der ich geboren bin. Es ist unwichtig, dass der Sommer bisher ganz viel versprechend war. Dass ich sechzehn Jahre alt bin, neun Jahre in der Gesamtschule abgesessen habe und im Herbst in der weitergehenden Schule anfangen soll, ist auch kein Trost.

Denn im Augenblick bin ich so im Keller, dass ich nicht mal 'nen Lichtschutzfaktor brauche. Ich bin hier auf die ganz normale Weise hochgeklettert. Das war was anderes, als Reidar und ich es eines Nachts im Frühling zum ersten Mal gemacht haben. Genau das ist der Unterschied zwischen Leben und Tod.

Ich sitze im Schneidersitz. Vor mir auf dem Zementdach liegt das, was bis vor vierzehn Tagen für mich viel bedeutet hat. Ich bin hierher gekommen, um reinen Tisch zu machen. Einfach um wirklich sicher zu sein, dass es nicht das geringste Zipfelchen gibt, an dem ich mich festhalten kann. Der Tag ist wie schräger Acid Jazz und ich blättere zum letzten Mal die Sachen durch.

Zuerst nehme ich alle Post-it-Zettel. Starre sie an. Zerreiße sie in kleine Fetzen und werfe sie über die Kante. Der Wind macht daraus einen feierlichen gelben Papierregen. Die Emailbriefe folgen. Aus dem Foto mache ich einen plumpen Papierflieger. Der fällt wie ein Stein und landet wahrscheinlich im Fluss. Wie ich heiße? Das weiß ich kaum selbst noch. Aber der Einfachheit halber könnt ihr mich Adam nennen. Vielleicht ist das sogar mein richtiger Name. Adam kann man sich ja gut merken. Adam und Eva, von denen hat ja wohl jeder schon mal gehört. Nur mit dem Unterschied, dass ich hier ganz allein mit meiner Schlange bin. Eva ist gegangen. Das heißt, genau genommen war ich es, der gegangen ist. Verbesserung: Ich war es, der gehen musste.

Ich bin rausgeworfen worden.

Weggeworfen worden.

In alle Winde zerstreut.

Und eigentlich sollte mir das scheißegal sein.

Ja, das ist es mir auch.

Es ist mir scheißegal.

Ich zeige mir selbst die gelbe Karte, weil ich geflucht habe. Anschließend lege ich mich wieder hin. Ach, Brüder & Schwestern, wenn ihr in meiner Haut stecken würdet.

RÜCKSPULEN

»Von Raubtieren, Schweinen und Würmern.«

Caroline war nicht wie die anderen Mädchen, die ich bis dahin gekannt hatte.

Sie war nicht wie die Mädchen in meiner Klasse. Die Mädchen, mit denen wir Jungs zusammen aufgewachsen waren. Die wir sozusagen schon seit Sandkastentagen kannten.

Brüder & Schwestern, glaubt mir, denn ich weiß, wovon ich rede. Ich habe mit Eva, Beate und Elin geknutscht. Ich habe mir vorgestellt, wie Cathrine ohne Kleider aussieht. Ich habe Astrid lange Blicke hinterhergeworfen. Aber als Caroline auftauchte, da war es, als wäre sie das einzige Mädchen auf der Welt. Zumindest auf dieser elektrischen Welt, auf der ich mich befand. Der einzigen Welt, die für uns Leute existiert, die heißen Leidenschaften verfallen. Und ich fiel, Brüder & Schwestern. Ich fiel, dass es mehrere Häuserblocks weiter noch zu hören war.

ZONG!!!

BUMM!!!

PENG!!!

(dann schlug ich auf…)

Ich stieß mir den Kopf an der neuen Wirklichkeit.

Ich fiel wie ein Sack verfaulter Eier und hinterher konnte niemand in diesem Land Adam wieder auf die Beine stellen. Zumindest nicht den Adam, der vorher existiert hatte.

Und hier kommt nun alles durcheinander. Denn selbst jetzt, wo alles zu Ende ist, kann niemand, nicht einmal euer demütiger Erzähler, Adam-Padam-Depri-Dummkopf-Kladam, die Seele wieder zusammenleimen, die ich einst besaß.

Zum Teufel mit Caroline!

Wenn es gestattet ist, das zu sagen.

Ich fange mir eine weitere gelbe Karte ein. »Wasch dein Maul, du Hornochse!«, schallt es von oben und ich beschließe, nur noch leise an Caroline zu denken.

Caroline, das war das Mädchen, das anders war.

Caroline hat dir nie nach dem Mund geredet.

Caroline hat gefragt: »Was meinst du?«, oder: »Erkläre das.« Jedes Mal war da eine Herausforderung, die mich k.o. machte.

Caroline hatte den Blick, der sehen konnte, wer du warst.

Caroline konnte dir die Hand auf den Nacken legen und alles wegnehmen, was da drinnen an Unsicherheiten lauerte.

Und so war es. Denn Caroline und ich waren ein Paar. Es passierte einfach und damit war ich nicht mehr der Adam, wie ich ihn kannte. Ich verlor den alten Namen und wurde ein Held. Ich wurde ein Tiger. Ich wurde ein Raubtier, das alles auf dieser Welt bezwungen hatte und dem sich das Fell sträubte und das sein Siegesgeheul zum Mond schickte.

Oder war es die Sonne?

Nein, es war der Mond. Raubtiere heulen immer den Mond an.

Ich stand auf zwei Beinen, streckte meinen behaarten Fellrücken und spürte synthetischen Bebop unter der Haut prickeln. So heulte ich den Mond an, der klebrig und schwer über den Hausdächern hing. Ich heulte: JA.

Und das war so ein JA, von dem ich mir vorstellen könnte, damit den ganzen Rest meiner Erzählung auszufüllen: JA JA JA JA JA JA

JA JA JA JA JA JA JA JA JA JA JA JA JA JA JA JA JA JA JA JA JA JA JA JA JA JA JA JA JA JA JA JA JA JA JA JA JA JA JA JA JA JA JA JA JA JA JA JA JA JA JA JA JA JA JA JA JA JA JA JA JA JA JA JA JA JA JA JA JA JA JA JA …

Aber trotzdem war ich nicht glücklich. Ich hatte den höchsten Gipfel erklommen. Ich war in die tiefste Untiefe des Meeres getaucht. Ich hatte ein Ziel erreicht. Trotzdem war es kein Sechser auf dem Würfel. Caroline war irgendwie erwachsener. Sie hatte länger am Baum gehangen und war reifer. Zumindest im Verhältnis zu diesem Schlaffi von Erzähler, der sich hier präsentiert.

Dieses Gefühl hatte ich jedenfalls. Sie brachte mich dazu, Gläser umzustoßen. Es war ihre Schuld, dass ich gegen Laternenmasten lief. Mit ihr zusammen stolperte ich über meine eigenen Schnürsenkel. Es war peinlich, aber manchmal hatte ich das Gefühl, ich wäre eher ihr jüngerer Bruder und nicht ihr Freund. Und wenn ich versuchte sie näher kennen zu lernen, dann gab es da eine Mauer, auf die sie gesprayt hatte: »Bis hierher und nicht weiter.« Oft dachte ich, dass wir nicht mehr als ein Pseudo-Liebespaar wären. Und in meinem tiefsten Inneren war ich verletzt. Ich war ein verletztes Raubtier und heulte mein Unglück dem Mond entgegen.

Damals war es der Mond.

Ganz gewiss der Mond, Brüder & Schwestern.

Alles Blöde findet nachts statt.

Ich marterte meinen haarigen Fellkörper, der langsam wie der eines Schweins aussah, zwang ihn in einen schwächlichen Bogen und grunzte: SHIT SHIT SHIT SHIT SHIT SHIT SHIT SHIT SHIT SHIT SHIT SHIT SHIT SHIT SHIT SHIT SHIT SHIT SHIT SHIT SHIT SHIT SHIT SHIT SHIT SHIT SHIT SHIT SHIT SHIT SHIT SHIT und litt Höllenqualen, weil ich mich ihr nie richtig ebenbürtig fühlte. Ich fühlte mich lahmarschig wie eine Schildkröte. Trotzdem *wollte* ich mit ihr zusammen sein. Verstehe das, wer kann.

Aber ich will mein Publikum nicht mit Details langweilen. Es ist immer peinlich, vom Glück oder Unglück anderer zu hören. Besonders wenn das Glück stiften gegangen ist. Und ganz besonders wenn alle hinterher genau gewusst haben, dass es so kommen musste. Außer dir selbst. Du selbst bist immer derjenige, der die Dinge zuletzt erfährt. (Brüder & Schwestern, ich bitte um Handzeichen von allen, die sich darin wieder erkennen!)

Alle haben natürlich schon lange gewusst, dass die Sache zwischen Caroline und mir, der Schildkröte Adam, dem Schlaffi Adam, dem simpelsten und lahmsten aller Idioten, nicht gut gehen konnte. Fast alle, außer mir, dem Adam-mit-der-langen-Pinocchio-Nase, wussten, dass Caroline inzwischen mit Frode zusammen war.

»Du bist so kindisch, Adam«, sagte Caroline und damit war es aus. Game Over. Caroline hatte es auch mitgekriegt. Sie hatte gemerkt, wie ich einknickte, stolperte, fiel, hinunterpurzelte, festhing, herumkullerte und fast so aussah wie ein Komiker in einem schlechten Stummfilm. Adam-Vadam-Chaplin-Pladam erinnerte sie an Sahnetorten im Gesicht, knarrende Furzgeräusche und einen Typen, der auf einer Bananenschale ausrutscht. Mit ihr zusammen war ich der reinste Donald Duck. Und wer will schon mit einer Ente zusammen sein?

Das saß, und wie, Brüder & Schwestern.

Das kann jeder verstehen, dem diese Worte schon einmal an den Kopf geworfen wurden: »Du bist so kindisch.«

Danach kannst du morden, nur um diese Worte ungesagt zu machen.

Danach kannst du dir gut vorstellen, diejenige, der dieser Satz über die Lippen gekommen ist, zu Brei zu prügeln.

Danach möchtest du nur noch weg und dich ausheulen. Ein stilles Eckchen finden in einem dunklen Zimmer weit weg von dem ganzen Haufen kichernder Affen und dich dort ausheulen. So richtig losheulen, dass der ganze schwarze, klebrige Stein, der deine Brust füllt, sich auflöst und verschwindet.

»Du bist so kindisch, Adam«, sagte Caroline zu mir und kündigte das Abonnement. Die Beziehung war beendet. Vielleicht hatte sie für sie auch nie richtig angefangen. Das waren so meine Gedanken. Ich ging mit Caroline. Aber sie ging nie mit mir. Sie war nie dort, wo ich war. Ich glaubte nur an eine Fata Morgana. Ich lebte in einer Disneywelt, in der die wirkliche Geschichte von bunten Farben und Phantasie zugekleistert war.

»Du bist so kindisch, Adam«, sagte Caroline und eine Woche später sah ich sie mit Frode, einem Typen, der viel älter war als ich. Ich hatte das Gefühl, auf einem Zaun zu balancieren und herunterzufallen, auf jeder Seite mit einem Bein. Das tat saumäßig weh im Sack und zog dann nach oben. Bis in die Brust. Bis in den Kopf. Und dort blieb der Schmerz.

Danach war Adam nicht mehr der alte Adam.

Ich verlor sogar meinen alten Namen. Ich wurde zum Verlierer.

Ich bin mir nicht mehr sicher, ob ich noch Adam heiße.

Ich wurde zum Plüschtiger.

Ich wurde ein schlaffer Wurm, der sich auf dem Boden entlangschlängelt und im Dreck schnüffelt.

Ich wurde zu einer Schildkröte, die marschierte und marschierte und zweihundert Jahre brauchte, nur um bis zur Tür zu kommen.

Es gab kein Geheul und auch kein Gegrunze zum Mond mehr.

Nur Stille.

»Du bist so kindisch, Adam«, sagte Caroline mir vor zwei Wochen und anschließend herrschte Stille. In der elektrischen Welt, in der ich mich befand, sind die Schalter abgestellt und die Maschinen stehen still.

Brüder & Schwestern, würdet ihr nur diese verdammte Stille hören, die ich höre.

DIENSTAG, 2. JULI

»Adam mag nicht mehr mit Blödmännern spielen.«

Die Sonne geht auf um 04.01 Uhr
und sie geht unter um 22.41 Uhr.

Brüder & Schwestern, tut mir Leid, das Time-out durch das Zurückspulen.

Heute habe ich beschlossen, dass ich keine Lust mehr habe, immer nur über etwas zu jammern und zu heulen, was einmal war.

Ich habe keine Lust mehr, an Caroline zu denken.

Ich habe keine Lust mehr, keine Lust mehr zu haben.

Ein Durchschnittsgehirn wiegt 1,3 Kilo und achtzig Prozent ist Wasser. Und heute habe ich das Gefühl, als würde all das Wasser nur ruhig daliegen, ohne eine einzige Welle auf der Oberfläche. Mein Wasser hat keine Lust mehr, seine Gedanken an dieses Mädchen zu verschwenden. Sie ist es gar nicht wert. Ich hocke heute wieder oben auf dem Silo. Es ist schon der zweite Tag, an dem ich Hermansen, den Chef der Kurierfirma, in der ich einen Ferienjob habe, angerufen habe, um ihm mitzuteilen, dass ich auch heute noch krank bin. Ich habe Knochenbruch und Lungenentzündung gleichzeitig. Ich habe galoppierende Nieren und Schneematsch in der Leber. Und Hermansen notiert sich das nur auf seinem Block und ist höflich interessiert. Ich bin schließlich nur eine läppische Urlaubsvertretung von sechzehn Jahren. Ich bin nur einer von fünfunddreißig

Fahrradboten in seinem Stall. Und eigentlich bin ich ihm vollkommen egal. Leute gibt's genug.

Aber so fängt der Tag ja nicht an. Die Uhr zeigt sieben und das Haus wacht auf. Die Straßenbahnen legen sich bei Birkelunden in die Kurve, sodass die Räder in den Schienen quietschen. An der Ampel auf der anderen Seite des Parks geben die Autos Vollgas und hecheln, um noch bei Grün mitzukommen. Wenn ich aus dem Fenster gucke, kann ich Leute in alle Richtungen hasten sehen, die es ungemein eilig haben. Grünerløkka ist erwacht. Es riecht nach Sommer, Blütenpollen und Kaffee.

Ich schlängle mich direkt vor meiner Schwester Gloria in die Dusche. Sie flucht und trommelt gegen die Tür, aber ich pfeife nur falsch und lasse das Wasser den Schweiß der letzten Nacht wegspülen. Wenn du wissen möchtest, warum Gloria so einen komischen Namen wie Gloria hat, dann musst du den Nächsten in der Duschschlange fragen.

Vattern versucht seinen reichlich sichtbaren Bauch mit seinem blauen Bademantel zu verdecken, der an den Schultern schon Löcher hat. Sein zerzaustes lockiges Haar sieht wie ein Handfeger aus, ganz zu schweigen von seinem Bart. Der wächst wüst und unkontrolliert. Es ist nicht einfach, sich vorzustellen, dass Vattern einmal ein Punker war und in einer Band namens *Genickschuss* gesungen hat. Einmal waren sie im Studio und haben eine Single aufgenommen, die sie selbst in einer Auflage von tausend Stück herausbrachten – und verkauften. Davon träumt er noch heute. Inzwischen ist er Schauspieler und spielt in einer dubiosen Theatergruppe, die in wenigen Wochen ein Stück von Henrik Ibsen aufführen soll. Entsprechend durchgedreht und nervös ist er. Aber der Name Gloria ist also auf seinem Mist gewachsen. *Gloria* ist nämlich der Titel eines Hits, den früher mal eine amerikanische Punklady gelandet hat. Fragt mich bitte nicht, wie Eltern nur auf die Idee kommen können, ihre Tochter nach so was zu benennen. Aber Gloria kann ja nichts dafür. Und deshalb nenne ich sie ab jetzt nur Sis, als Abkürzung von sister.

Ich brauche noch zwei Minuten extra im Bad, um meine Maschine richtig in Gang zu kriegen, und als ich rauskomme, sehe ich, dass Muttern sich in die Schlange eingereiht hat. Im Gegensatz zu Vattern könnte man denken, dass Muttern immer noch in einer Punkband spielt. Dort haben sie sich laut Muttern nämlich kennen gelernt. *Genickschuss* hatte seinen Bassisten verloren und brauchte einen neuen. Bis dahin war es eine reine Männerkiste gewesen. Aber dann taucht also dieses Mädchen in Lederjacke auf. Ihre Haare sind auf einer Seite grün und sie trägt eine mächtige Lederuniformmütze. Sie hat auch einen Bass dabei – eine Fenderkopie –, den sie von ihrem großen Bruder geerbt hat, der in einer Tanzband spielt. Sie hat sich beigebracht, auf diesem Bass ein paar heftige Tonfolgen loszulassen, mit denen sie bei den drei Genickschüssen reichlich Eindruck schindet. Und es klappt. Es klappt so verdammt gut, dass Vattern sie am gleichen Abend noch zu einem Konzert mit der norwegischen Punkband *Fleisch* einlädt. Vattern behauptet, er hätte sie an dem Abend in Grund und Boden geflirtet. Während Muttern schwört, sie allein hätte die Initiative ergriffen und Vattern wäre nur wie ein Schaf hinter ihr hergetrottet.

Aber was ich eigentlich sagen wollte: Muttern sieht immer noch wie eine Punkerin aus. Das grüne Haar hat sie durch blonde Stoppeln ersetzt und sie ist, im Gegensatz zu Vatterns Wabbelbauch, dünn wie ein Besenstiel. Es ist nicht leicht, Brüder & Schwestern, so toughe Eltern zu haben. Eigentlich erwartet man doch, dass die Alten lahmarschig sind und sich nicht die Bohne dafür interessieren, was so am Laufen ist. Aber leider ist euer bedauernswerter Erzähler mit zwei Exemplaren gestraft, die nicht still rumliegen wollen, wie es Eltern doch tun sollten. Reidar, Gøran und Petter beneiden mich aufs Schärfste um meine Greise. Sie behaupten, sie würden sie sofort gegen ihre austauschen. Was eigentlich gar nicht schlecht wäre. Andererseits musst du sie nun mal mit durchs Leben schleppen, wenn du sie erst mal als Taufgeschenk präsentiert bekommen hast.

Aber ich bin bombensicher, meine Kumpel würden ihre Meinung sofort ändern und das ganze Angebot mit dem Tausch sofort vergessen, wenn sie nur einmal bei einem unserer Familienfrühstücke dabei wären. Denn wenn Muttern, Vattern, Sis und ich bei Kaffee, Saft und Brot mit Aufschnitt zusammentreffen, hört sich das an wie ein Punkorchester der richtig schrägen Sorte:

»DER KAFFEE IST SO V——T SCH——SS HEISS!«

»HÖR BLOSS AUF, SONST GIESSE ICH IHN DIR NOCH IN DEN SCHOSS!«

»MACH DOCH, DANN WERDE ICH WENIGSTENS AUCH NOCH AN ANDEREN STELLEN AM KÖRPER WARM.«

»KANN MIR VIELLEICHT JEMAND MAJO UND SENF RÜBERSCHIEBEN? ICH BRAUCH DAS FÜR DEN KÄSE, SONST SCHMECKT DER NUR NACH KÄSE!«

»MAJO UND SENF? SAG MAL, SPINNST DU TOTAL?«

»UND DAS FRAGST DU, WO DU EINE DICKE SCHICHT MARMELADE UND SAUERRAHM AUF DEM ZIEGENKÄSE HAST?«

»HABEN WIR KEINEN SCHINKEN MEHR?«

»FRAG DEINEN VATER: ER HAT GESTERN EINGEKAUFT.«

»HIER IST DER SCHINKEN!«

»ABER BEI DEM IST DAS VERFALLSDATUM JA SCHON ABGELAUFEN! UND DAS SCHON VOR EINER WOCHE! IGITT, DER BEWEGT SICH JA!«

»OKAY, BLOSS KEINE PANIK. ICH WERDE IHN FÜR DICH UMBRINGEN!«

»WER HAT DIESE EIER HIER GEKOCHT? DIE SCHWABBELN JA WIE KOTZE IN DER SCHALE! SOLCHE EIER KRIEG ICH NICHT RUNTER!«

Und so weiter.

Und so weiter.

Meine Familie unterhält sich beim Frühstück nur in Großbuchstaben. Alle lieben und hassen einander beim Frühstück. Wir müssen einfach ein bisschen glühend heißen Dampf ablassen, bevor wir uns den ersten Zipfel des Tages vornehmen.

»Ich werd noch wahnsinnig!«, ruft Vattern und rennt hin und her, während er nach seinen Klamotten sucht und gleichzeitig eine Tasse Kaffee trinkt.

»Er glaubt tatsächlich, dass er jetzt erst wahnsinnig wird«, erklärt Muttern ironisch und gießt sich Tasse Nummer zwei mit dem schwarzen Aufputscher ein. »Was bin ich nur froh, wenn sein Peer-Gynt-Stück endlich Premiere hat.«

»Hat jemand meine Hose gesehen?«, schreit er aus dem Schlafzimmer.

»Kannst du zur Textprobe nicht ohne Hose gehen, Helge?«, erwidert Muttern und zwinkert uns zu. »Schließlich wollt ihr doch das Ibsen-Stück als Rockoper spielen. Wäre bestimmt sexy, wenn Peer mit nacktem Arsch herumliefe.«

»Sehr witzig«, sagt Vattern. Er steht in der Tür, die Hose in der Hand, und schiebt ein behaartes Bein in das eine Hosenbein. »Wir machen eine seriöse Sache. Bisher hat nur noch niemand Ibsen verrockt.«

»Das wird nach euch bestimmt auch keiner mehr machen«, pariert Muttern und zerkrümelt gedankenverloren ein Stückchen Knäckebrot.

»Das ist reichlich verletzend, Vivian«, ruft Vattern und zieht den Gürtel um den Bauch stramm, dass wir es förmlich im Fett gluckern hören. Dann guckt er mich an und mein ironisches Grinsen, das sich an meinen Mundwinkeln festgeklebt hat.

»Ihr seid ein paar Aasgeier, Schlangen und Kojoten! Ich ziehe morgen aus!«, brüllt er und schnappt sich seine Tasche. Zuerst schmeißt er die Küchentür zu, dass es in unseren Zahnplomben zittert. Anschließend nimmt er Schwung und schmeißt die Wohnungstür zu, dass ein Bild im Flur zum zwanzigsten Mal runterfällt.

Sis hat die letzten fünf Minuten mit gesenktem Kopf dagesessen und offensichtlich versucht ihren Morgenfrieden zu bewahren. Als ob das in dieser Familie möglich wäre. Aber als die Türen knallen und das Bild herunterfällt, springt sie auf und feuert ihre Tasse auf die Tischplatte, dass der Kaffee über ihre saubere weiße Bluse und bis an ihre Stirn hochspritzt. Ihre Schminke bekommt einen hässlichen Fleck. Sis brüllt zunächst: »ARRGGH!« und dann: »WARUM KANN ES HIER MORGENS NIEMALS RUHIG ZUGEHEN? ICH HALTE ES NICHT MEHR AUS. ICH ZIEHE MORGEN AUS! GARANTIERT!«

»Vielleicht finden Helge und du ja zusammen was«, erwidert Muttern trocken und greift nach der Aftenposten, die bis jetzt noch niemand angerührt hat.

»Ich hasse euch alle!«, ist das Letzte, was wir von Sis hören, bevor auch sie Türen schlagend die Wohnung verlässt.

»Ich hab dich auch lieb«, sagt Muttern nur, während sie die Todesanzeigen liest. Das ist eine blöde Angewohnheit von Muttern. Sie liest immer beim Frühstück die Todesanzeigen und zitiert dann noch gern daraus. So zum Beispiel: »Sie war ein Licht für uns in dunkler Zeit... Mit ihm ist eine Stütze der norwegischen Bienenzucht von uns gegangen... Er lebte nach dem Motto: Für Frohnaturen geht die Sonne niemals unter...« und so weiter.

Das ist uns schon oft auf die Nerven gegangen. Sie kann manchmal ziemlich verdreht sein. Muttern lebt morgens nur von Kaffee, Todesanzeigen und spitzen Bemerkungen. Sie wacht erst richtig auf, wenn sie ein paar Stunden bei der Arbeit ist und »den Tag in den Griff gekriegt hat«, wie sie es nennt. Dass eine frühere Punkerin Chefin eines riesigen Blumenladens geworden ist, erscheint mir ja etwas sonderbar, aber so ist nun mal der Stand. Eine Bassistin und Punkerin, die sich mit Rosen, Tulpen und Nelken herumschlägt, das hört sich doch reichlich schräg an.

»Hast du gewusst, dass am 25. Juni 1630 zum ersten Mal eine Gabel zum Essen benutzt wurde, Muttern?«, frage ich sie, als wir allein sind.

Muttern antwortet nicht sofort. Also rede ich weiter: »Und dass fertig geschnittenes Brot 1954 erfunden wurde?«

Muttern guckt mich an. Sie schaut wieder in ihre Zeitung und dann wieder zu mir und seufzt noch einmal: »Manchmal glaube ich, dass mit dir ernsthaft was nicht stimmt, mein Sohn. Ich kenne niemanden, der so viel Unnützes über die idiotischsten Sachen weiß. Wenn du deinen Kopf mit noch mehr Trivialitäten füllst, müssen sie ja wohl langsam auf der Rückseite wieder rausquellen, oder? Ist es etwa normal, mit seiner Mutter beim Frühstück über so was zu reden?« Sie kichert und streicht sich über die Frisur. »Vergiss nicht, dass ich sehr zart besaitet bin.«

»Ja, ja, schließlich liest du ja auch nur Todesanzeigen zum Frühstück«, erwidere ich spontan und kichere auch.

»Das mache ich nur, um einen Überblick zu haben, wo ich so stehe«, erklärt Muttern. Sie vertieft sich wieder in die Zeitung und ruft aus: »Oh, mit dem bin ich zusammen in die Schule gegangen.« Sie schnalzt mit der Zunge und schüttelt leicht den Kopf. Das sagt wohl alles über sie.

Wenn ich es mir recht überlege, dann glaube ich, dass meine gesamte Familie merkwürdig ist. Sis ist da keine Ausnahme. Zusammen mit einer Freundin hat sie nämlich einen Laden in der Storgata, der »Urban Action« heißt. Sie verkaufen Skateboards, Inliner und die geilsten Räder. Plus eine Menge Kram, der dazugehört, wenn du ein urban kid sein willst: Sonnenbrille, Stirnband, Radlerhose, verschärfte Sportausrüstung und anderes, womit jeder Piefke wie einer der Schauspieler aus Mad Max aussehen kann.

Also, meiner Meinung nach bin ich der Einzige, der normal ist.

Nun könnte es sein, dass einige von euch, Brüder & Schwestern, es nicht als normal ansehen, den Vormittag auf dem Dach des riesigen, grau-grünen Silos von Løkka zu verbringen. Hoch über der

Erde, mit freiem Fall zu allen Seiten. Ich habe dafür nur eine Erklärung: Ab und zu muss ein Typ, der mitten in der Stadt lebt, auch mal allein sein dürfen. Und es gibt im Umkreis von mehreren Kilometern keinen anderen Ort, wo das möglich ist.

Ich lege mich aufs Silodach. Die Sonne pumpt Celsiusgrade hoch und ab und zu segelt so ein Vogelwesen vorbei. Aber wenn ich hier auf dem Rücken liege, habe ich das Gefühl, als läge ich auf einem Felsen an einem menschenleeren Strand. Das wäre es jetzt, denke ich und meine Augenlider beginnen leicht hinter der Sonnenbrille zu zucken. Ich sollte auf einem Felsen liegen, statt Muttern vorzuschwindeln, dass ich zur Arbeit gehe. Aber ich musste einfach mal nur für eine Weile verschwinden. Hier in der Sonne.

Hier in der Sonne...

Hier in...

Hie...

Und damit zerfließe ich.

Einfach so.

Ich liege auf dem Silodach. Ich spüre den Beton unter meinem Rücken und den Schulterblättern. Die Sonne hockt immer noch da oben auf der Stange.

Ich kneife mir in den Arm. Aber ich spüre nichts.

Heißt das, dass es nur ein Traum ist? Muss wohl so sein.

Ich beschließe, hier in diesem guten, warmen Traum abzuschlaffen.

Ich spüre, wie die Sonne einiges von all dem Dreck wegbrennt und meinen Körper wieder fest und schön macht.

Ich schwebe und denke keine Sekunde lang an Caroline.

Aber dann höre ich ein deutliches Räuspern. Ich zucke zusammen. »Hi, Adam!«, sagt jemand. Der Beton zittert unter mir und ich schaue mich nach allen Seiten um.

»Hier oben, Adam-Radam-Glücks-Madame«, sagt jemand und

ich starre der Sonne direkt ins Gesicht. Die Sonne hat das Gesicht einer alten Vettel bekommen. Ein kreisrundes Gesicht über einem birnenförmigen Körper, gehüllt in eine glühende Hose mit Hosenträgern. Sie pikst mir mit einem heißen Zeigefinger auf die Brust und sagt: »Du musst auf dem Laufenden bleiben. Ich bin's nur.«

»Du?«, frage ich und mein Gesicht ähnelt einem einzigen Fragezeichen.

»Die Sonne. Schon mal davon gehört? Um die ihr Erdbewohner kreist. Wusstest du übrigens, dass die Durchschnittsgeschwindigkeit der Erde um mich 107 220 Kilometer in der Stunde beträgt, du, der du doch alle möglichen blödsinnigen Informationen sammelst?«

»Das heißt Trivialitäten«, erwidere ich irritiert. »Und ich weiß auch, dass das Sonnenlicht 8,5 Minuten braucht, um von dir zu mir zu gelangen. Und wie lange braucht dann der Ton, um von dir zu mir zu kommen? Wie können wir überhaupt so ein Gespräch führen?«

»Moderne Menschen«, seufzt die Sonne. »Die glauben einfach nicht mehr an Wunder.«

»Und was ist an dir denn so Besonderes dran?«, fahre ich trotzig fort, nachdem sie mich erst einmal angestachelt hat. »Weißt du nicht, dass es allein in der Milchstraße fünf Milliarden Sterne gibt, die größer sind als du?«

»Nun ja, zunächst einmal bin ich eine geniale Göttin«, erklärt die Sonne überheblich und streckt sich selbstbewusst in ihren Hosenträgern. »Ich bin die schärfste, stärkste Göttin hier in der Gegend. Aber darüber brauche ich eigentlich kein weiteres Wort zu verlieren. Ich komme hier mit einem Angebot, das weiß Gott nicht alle kriegen, und dann werde ich nur angemotzt.« Die Sonne zieht ihre heißen Finger ein und will mir den Rücken zuwenden. Ich sehe, dass sie einen Zettel in der Gesäßtasche hat.

»Hey, stopp!«, rufe ich.

»Ach, jetzt bist du wohl neugierig geworden«, antwortet sie. »Aber das ist ein bisschen spät…«

»Okay«, gebe ich nach. »Du bist die genialste, coolste Göttin. Ich gebe es zu.«

»In Ordnung«, nickt die Sonne und reibt sich die Stirn, dass Flammenzungen herausschießen. »Wo war ich stehen geblieben? Ach ja, da ich die genialste Göttin bin, brauche ich die Aufmerksamkeit meiner Anhänger. In diesem Falle deine. Und ich habe einen Deal vorzuschlagen. Wenn du jeden Morgen hier auf dem Silo erscheinst, um mich zu begrüßen, werde ich dafür sorgen, dass du das kriegst, was du dir wünschst.« Die Sonne grinst wie eine fettglänzende Bratpfanne. Es fehlen nur noch Eier und Speck.

»Da du eine so geniale Göttin bist, weißt du sicher auch, was ich mir wünsche, oder?«, erwidere ich, leicht misstrauisch.

»Du wünschst dir erwachsen zu sein«, erklärt die Sonne siegessicher und schnipst mit den Fingern. Ein kleiner Funkenregen sprüht aus ihrer Hand.

»Yes, baby! Jetzt verstehen wir uns«, sage ich. »Die Abmachung gilt…«

Und damit wache ich auf.

Ich liege immer noch auf dem Silo.

Ich kneife mir in den Arm und schreie »AUA!« und weiß, dass alles stimmt.

Ich wusste es nicht, bevor sie es gesagt hat. Aber jetzt ist alles glasklar: Ich will erwachsen werden.

Ich werde diesen Sommer dazu nutzen, erwachsen zu werden. Caroline hatte Recht. Ich bin wirklich kindisch. Aber das wird nun ein Ende haben.

»Kindisch, kindisch«, summe ich, schnipse mit den Fingern und fange an dort oben auf dem Dach herumzutanzen.

»Von kindisch, kindisch zu erwachsen, erwachsen«, singe ich und mache ein paar Schritte, die mich in Gefahr bringen, über den Rand zu fallen. Aber ich bremse voll Todesverachtung direkt an der Kante und starre nun direkt nach unten, um mir zu beweisen, dass ich mich das traue.

»Von kindisch, kindisch zu erwachsen, erwachsen«, summe ich wieder und mache eine Kehrtwendung. Tanze hinüber zum anderen Rand, drehe mich wieder um und bleibe mitten auf dem Dach stehen. Ich recke die Arme der Sonne entgegen und grüße die Sonnenvettel, die jetzt über dem Dach entlangkullert.

»Die Sonne ist eine geniale Göttin«, rufe ich und winke. Die Sonne winkt mit einer brennenden Zigarre im Maul zurück und sagt: »Mach weiter, Adam. Es hat keinen Sinn, in die Bremsen zu treten. Denk daran, dass du selbst den Einsatz bestimmen musst. Aber ich werde im Hintergrund sein, an den Fäden ziehen und dir helfen!« Die Sonne schickt eine dicke Rauchwolke den Oslofjord entlang, wo sie eine Weile hängen bleibt, bis sie sich über Bygdøy auflöst.

Ich lasse die Sonnenbrille auf die Nase fallen und erlebe den Tag wie ein Sieger.

Ich komme mit den Füßen auf den Boden.

Setze mich ganz cool aufs Fahrrad.

Ich fühle mich schon sehr viel erwachsener.

Ich bin mindestens zwei Zentimeter gewachsen.

Mein Kopf stößt an Äste und Straßenlaternen und die Beine finden nach einer Weile ihren Rhythmus auf den Pedalen.

Ich strample den Maridalsveien hinauf zum Ringveien, nur um meine Kondition zu testen. Die ist Spitze. Hübscher Puls und nicht besonders viel Schweiß. Ich sause die Straße wieder hinunter, kehre heim und strecke mich dort auf dem Sofa aus. Dort bleibe ich liegen, bis es Zeit fürs Mittagessen wird. Die Kartoffeln müssen in den Topf. Das Fischgratin in den Ofen. Ich meistere souverän die Vorbereitungen und bin bereit, als die Familie eintrudelt. Vattern ist Letzter. »Ich werde wahnsinnig«, hören wir ihn auf dem Flur murmeln und alle sehen sich an und tun so, als würden wir uns ganz normal unterhalten, als er sich schwer auf seinen Stuhl fallen lässt und noch schwerer ausatmet. »Essen, ja«, sagt er, als müsste er das, was er da tun soll, in Worte kleiden, um es zu begreifen.

Hinterher ruft Reidar an und wir verabreden uns am Springbrunnen auf dem Olaf Ryes Plass. Als ich dorthin komme, sitzen Reidar, Hans und Petter bereits auf einer Bank und teilen sich eine fast leere Zigarettenschachtel. Abgesehen von Reidar haben wir alle Ferienjobs, die wir nicht ausstehen können. Reidar hat einen festen Job jedes Wochenende im Supermarkt Rimi und kommt damit zurecht. Hans malocht bei einer Computerfirma. Und Petter trägt Aftenposten und Dagsavisen aus. Alle reden nur über Weiber. Aber keiner hat eines.

Wir träumen von Weibern. Und je länger wir drüber reden, umso wirklicher werden die Träume, und wir prahlen lauthals, schlagen uns auf die Brust und geben mit all den Frauen an, die uns zugezwinkert haben. Mit den Damen, die uns verschmitzt in der Straßenbahn angelächelt haben. All den Damen, die wir getroffen haben oder noch treffen werden. Auch wenn das alles nur Lug und Trug ist.

Aber die Lügen sind lebensnotwendig, denn alle haben Angst, nicht dabei zu sein. Ausgenommen Reidar, aber der ist sowieso ein Fall für sich. Er zählt in dieser Sache nicht. Wir anderen dagegen erzählen die heißesten Storys, von denen wir alle wissen, dass es sich um Lügen handelt. Aber wir nicken einander nur anerkennend zu. Nächstes Mal bist du es vielleicht, der was zum Besten geben muss, und die anderen müssen dann so tun, als wären sie davon schwer beeindruckt. Das ist typisch für uns Jungs.

Und mit einem Mal klinke ich mich aus dem Gespräch aus. Ich gucke die Gesichter der anderen an, während sie reden. Ich höre ihre Worte, ohne zu begreifen, was sie bedeuten. Das Einzige, was aus ihren Mündern kommt, ist ein lauter Wortbrei, der folgendermaßen verläuft: »Damen. Hehehe. Minirock. Was für Schenkel. Damen. Hehehe. Geil geschminkt. Habe die Titten anfassen können. Damen. Hehehe. Hat mir zugezwinkert. Die Armen. Damen. Hehehe.« Es ist, als würde man Beavis und Butthead in Zeitlupe hören. Und das Sonderbare ist, dass die verschiedenen Stimmen zu einer einzigen Stimme werden. Und jetzt kann ich auch sehen, dass wir

Jungs einander ähnlich sehen. Als wenn wir Brüder wären – zumindest Zwillinge. Wir tragen die gleichen Hosen. Die gleichen Hemden. Machen einander nach, wenn wir uns jeder eine Kippe anzünden. Wir stehen oder sitzen in der gleichen Art. Und denken gleich. Als wenn wir ein Körper wären.

Und das ist ein kindischer Körper.

Das wird mir jetzt klar.

Er ist kindisch.

Das ist alles so verflucht kindisch, dass ich kotzen muss.

Ich gehe ein paar Schritte zurück und kein Schwein merkt es.

Bittere Galle drückt von unten gegen den Kehlkopf, aber ich schlucke sie runter und erkläre, dass ich nicht mehr lange dabei sein kann.

Bald kann ich nicht mehr dabei sein.

Ich bin auf dem Weg fort.

Bald.

Bald bin ich mit euch nicht mehr zusammen.

Ihr seid so kindisch.

Und ich bin auch verdammt kindisch.

Aber damit hat es bald ein Ende.

Ich haue ab.

Brüder & Schwestern, bald wird ein großer Zettel an meinem kindischen Körper hängen: »Bin zum Essen. Komme erst wieder, wenn meine Seele erwachsen geworden ist.«

Ich höre immer noch die kindischen Stimmen der Jungs plappern: »Damen. Hehehe. Waren so geil. Damen. Hehehe.«

Ich zucke leicht zusammen und niemand merkt etwas.

Ich bin jetzt auf dem Weg.

Ich ziehe mich vorsichtig aus ihrem Kreis zurück.

Ich schwinge mich aufs Fahrrad und überquere den Rasen. Zwischen den Bäumen. Blicke auf sie zurück, aber niemand sieht mich. Ich fahre um einen Baumstamm herum und mache mich aus dem Park davon.

Ich habe jetzt alles kapiert. Ich habe es nicht nur satt, an Caroline zu denken. Ich habe es satt, an irgendetwas zu denken, das vergangen und vorbei ist.

Und ich habe es satt, in diesen kindischen Körper eingesperrt zu sein.

Ich habe den Kopf, die Haare und die Haut satt, in der ich herumtappe. Ich habe es satt, eine Schildkröte zu sein. Die achtzig Prozent Wasser in meinem Gehirn schwappen bedrohlich herum und hassen die Form, in der ich mich jetzt befinde.

Ich muss eine neue finden.

Eine erwachsene Form.

Und das möglichst schnell.

Ich strample nach Birkelunden hoch, als würde mir das glühende Brenneisen der Sonne direkt auf den Arsch brennen. Ich drehe eine Runde um den Park, bevor ich die Einfahrt hineinbrettere, das Rad alle Treppen hochschleppe und es sorgfältig vor unserer Wohnungstür abschließe. Es hat 10 000 Kronen gekostet und muss sorgsam gehütet werden. Deshalb habe ich mir auch den Ferienjob als Fahrradbote besorgt. Um die Schulden zu bezahlen, die ich bei Sis habe, denn sie hat mir das Fahrrad besorgt.

Aber jetzt denke ich nicht länger an den Job.

Ich habe nämlich für diesen Sommer eine Spezialaufgabe bekommen.

Brüder & Schwestern: Ich werde den Carolinen dieser Welt beweisen, dass der neue Adam erwachsen ist. Der alte Adam war nur ein kindischer Wurm. Der alte Adam lebte in einer Welt voll mit Donald Duck und Legoklötzen. Er hat sich ziellos herumgetrieben, Blödsinn geredet und mit den Jungs geprahlt.

Der neue Adam dagegen hat damit aufgehört.

Als ich die Jungs im Park habe reden hören, genauso, wie ich früher auch geredet habe, da war ich mir meiner Sache sicher. Ich gehe in mein Zimmer und hocke mich vor die Sammlung von Punksingles, die Vattern mir widerwillig geliehen hat. »Das sind klassische Sachen, Adam. Ich will keinen einzigen Kratzer drauf hören. Sonst zerdrücke ich dich, auch wenn du mein Sohn bist. Gloria wird sie dann alle erben. Und du liegst im Grab«, hat Vattern erklärt.

Ganz vorsichtig hole ich eine Maxi von *Fleisch* raus und lasse sie mit einer Zeile loslegen, die da heißt: »Ich spiele mit den Blödmännern nicht mehr.«

Denn das stimmt, Brüder & Schwestern. Ich habe gerade kapiert, dass ich mit etwas abgeschlossen habe. Ich kann es nicht mehr ab, mit Blödmännern zu spielen. Der neue Adam, der da neben mir aus dem Boden wächst, lebt in einer anderen Welt. Ich weiß nicht, wie die aussieht, aber das spielt auch keine Rolle. Ich habe den ganzen Sommer Zeit, um das herauszufinden. Und das wird der spannendste Sommer, den ich je erlebt habe. Das verspreche ich mir selbst. Ich werde die Chance nutzen. Ich werde jeden Tag zwei Zentimeter wachsen. Ich werde den ganzen alten Schrott rausschmeißen.

Im Augenblick fühle ich mich wie Christoph Kolumbus, der über den Atlantik segelt. Er treibt seine Seeleute immer weiter, obwohl sie Todesängste ausstehen und fürchten, über den Rand der Erdscheibe zu fallen, von der sie glauben, dass sie platt wie ein Pfannkuchen ist. Er schlägt eine Meuterei nieder und verspricht ihnen Gold, Gold, Unmengen Gold. Denn Christoph Kolumbus wusste, genau wie ich, dass es etwas auf der anderen Seite gibt. Er wusste es, Brüder & Schwestern. Er wusste, dass er nur hartnäckig dranbleiben muss und nicht aufgeben darf. Denn auf der anderen Seite wartete eine Belohnung auf ihn und die wollte er sich holen.

Eigentlich irrte er sich ja, als er glaubte, die Erde wäre rund. Denn genau genommen ist sie eher birnenförmig. Vom Äquator bis zum Nordpol ist es ein winziges bisschen länger als vom Äquator bis zum Südpol. Nicht dass das eine Rolle spielt. Die Hauptsache ist ja, dass er übers Meer gefahren ist und Amerika entdeckt hat. Und die Hauptsache für mich ist, dass ich diesen Sommer dazu nutzen will, der neue, erwachsene Adam zu werden.

Womit einer der wichtigsten Tage meines Lebens zu Ende geht.

Man sollte glauben, diese Gedanken würden mich noch lange wach halten. Aber Tatsache ist, dass ich so erschöpft bin, dass ich noch in meinen Klamotten auf dem Bett einschlafe. Ich höre nicht einmal, wie *Fleisch* zum Ende kommt und dass die Nacht mit schwarzen Ketten an ihren Wagen über die Reste des Tages rollt.

Brüder & Schwestern, in vielerlei Hinsicht bin ich unglaublich glücklich.

MITTWOCH, 3. JULI

»Hier spricht das norwegische Meinungsforschungsinstitut!«

Die Sonne geht auf um 04.02 Uhr
und sie geht unter um 22.40 Uhr.

Ich sitze auf dem Silodach, eine Plastiktüte vor mir. Nach einem Frühstück, das genauso nervig und laut war wie am Tag zuvor, bin ich mein Zimmer durchgegangen und habe einen Haufen Mist gefunden, der mich an den alten Adam erinnert.

Mit dem neuen Adam im Kopf grüße ich die Sonnenvettel, als ich das Silodach erreicht habe, und setze mich in den Schneidersitz. Es ist höchste Zeit, sich der Schlacke zu entledigen. Zuerst hole ich den Krempel heraus, den ich von meinen Kumpels bekommen habe. Einen Stapel Disketten mit Pornobildern. Ich lasse sie wie Hüpfsteine über den Silorand ditschen. Grüne, blaue und gelbe Disketten mit Damen drauf. Und das erinnert mich an die gestrige Stimme, die über »Damen. Hehehe. Damen« hechelte. Das ist zu blöd. Ich habe kein Problem, mich von dem Mist zu verabschieden. Über die Kante damit.

Und dann einen mindestens ebenso großen Stapel idiotischer Computerspiele. *Doom. Tetris* in allen Varianten. *Larry 1-4. Poker.* Alles nur Quatsch. Der alte Adam hat damit viel Zeit verbracht. Hat alle so oft durchgespielt, dass er sie schließlich auswendig kannte. Konnte sie blind spielen. Sie gehören zu einer abgeschlossenen Zeit. Zu den alten Tagen. Dem Ende von etwas. Ich werfe sie vom Silo.

Sie fliegen so prima, dass sie sicher auf der anderen Seite des Flusses landen werden. Gut so. Je weiter weg von mir, desto besser. Ich arbeite daran, ohne Vorgabe an den Start zu gehen, und kann mich nicht um diesen alten Schrott kümmern.

Und dann die 499 Glühbirnenwitze, die 399 Blondinenwitze und die 299 Gro-Harlem-Brundlandt-Zoten. Alles nur Blödsinn. Die Sonne ist meiner Meinung. Ihr gefällt Humor dieser Art auch nicht. Ich weiß nicht mehr, von welcher Art Humor sein muss, um mir zu gefallen. Aber er befindet sich garantiert nicht hier in der Plastiktüte. Das Papier wird zu kleinen Fetzen und fällt wie Schnee zu Boden.

Und dann sind da noch fünf Zeitschriften *Cocktail* und *Spiel.* Ich mag nicht mal einen Blick auf die Wilde Wenche und die Scharfe Siw werfen. Sie gehören zur Welt kleiner Bubis. Verwegen wie Kolumbus zerreiße ich die Zeitschriften ebenfalls zu Schnee. Denke daran, dass es dort draußen, auf der anderen Seite des Meeres, ein Geheimnis und eine Belohnung gibt.

Ganz oben auf einem Regal fand ich eine ganze Schachtel voll mit Sammelkarten. Monster, Sportler, Comicfiguren und Baywatch-Stars. Meine Güte! Die müssen nicht mal kommentiert werden. Ich bekomme eine Gänsehaut und kippe den ganzen Karton über Bord. Die Nachbarn werden tot umfallen, wenn sie den ganzen Papierkrempel sehen, der da unten liegen wird. Aber ich kann jetzt nicht darüber nachdenken, welchen Dreck ich hier mache. Schließlich muss in dem neuen Kopf des neuen Adams aufgeräumt werden.

Jetzt ist ein T-Shirt dran, auf dem steht »Nintendo Rules«. Die Sonne spornt mich an, während ich es in Fetzen reiße, mir die Nase drin putze und es so weit wie möglich wegwerfe. »Die Sonne ist eine geniale Göttin«, murmle ich und die Sonne grinst und erwidert: »Yeah, Bro!«

Aber die Zeit rennt mir davon. Das Morgenritual ist überstanden und ich schaue auf die Uhr. In nur zehn Minuten soll ich an Ort und

Stelle sein. Ich nehme immer fünf Stufen auf einmal, schwinge mich aufs Fahrrad und stoße mir fast die Eier an der Stange. Ich sause ins Zentrum und komme nur zwei Minuten zu spät. Die Uhr hat sich gerade erst über die neun geschlichen. Ich sitze im Warteraum, mein Fahrtenbuch im Schoß und warte, dass etwas geschieht. Der Chef kommt herein und deutet auf den, den wir »Elch« nennen, weil er so schrecklich lange, behaarte Beine hat: »Du fährst zum Dagbladet, holst dort einen Umschlag ab und bringst den nach Nordstrand«, sagt er.

Der Chef hat auch einen Namen. Aber ich nenne ihn immer nur den Chef. Er läuft immer in einem grauen Kittel herum und ist dünn wie ein Strich. Hinter einem Ohr steckt ein Stift, er hat drei Stifte in der Brusttasche, immer eine zerfledderte Kladde mit dünnen roten Seiten in der Hand und trägt die riesigsten Schuhe, die ich je gesehen habe. Das sind Schuhe, mit denen du übers Wasser gehen könntest. Richtige Pontons. Außerdem schielt er. Du musst immer erst mal rauskriegen, auf was sich sein Blick eigentlich richtet. Und du kannst nie sicher sein, dass du es bist, den er anguckt. Jetzt guckt er so ungefähr in meine Richtung. Er murmelt meinen Namen und macht einen Haken auf einem Zettel ganz unten in seinem Stapel in der Hand. Dann schickt er Kåre zu einem Geschäft in der Karl Johan. Er schickt Stig zu einem Büro in der Stortingsgata. Er schickt Sven Tore zu einem Verlag am Drammenveien. Und ich bekomme einen Auftrag oben in Majorstua. Irgendein Faulenzer will einen dick gefütterten Umschlag von dort so schnell wie möglich ins Munch-Museum in Tøyen gebracht haben. Unterwegs soll ich noch bei einer Adresse in Torshov hereingucken und dort ein Päckchen abholen, das bei einem Verlag im Zentrum abgegeben werden muss. Und von dort soll ich dann einen Umschlag mit wichtigen Papieren zurück nach Torshov bringen.

Das ist eine harte Tour. Der Chef will mich offensichtlich für die zwei Tage, die ich gefehlt habe, zusätzlich arbeiten lassen. Und schnell wird mir klar, dass das nicht mein Tag ist. Merkwürdig.

Denn eigentlich hat alles so gut angefangen. Ich habe meine Abmachung mit der Sonnenvettel eingehalten. Ich bekomme so langsam Ordnung in meine Sachen. Ich bin dabei, den alten Adam langsam, aber sicher zu erwürgen. Alles sollte nur Ass, König und Dame sein.

Was mache ich? Ich versuche besonders schlau zu sein. Ich springe gleich beim Verlag vorbei und hole den Umschlag dort ab, weil das ja sowieso auf meinem Weg liegt. Anschließend brettere ich eine halbe Stunde herum, um die Adresse in Majorstua zu finden, mein Blutdruck steigt mir bis an die Ohren, rot wie ein Hummer und zermatscht wie ein Salat keuche ich drei Stockwerke hoch. Das Fahrrad elegant geschultert. Du kannst heutzutage so ein geiles Fahrrad nicht mehr allein in Oslo herumstehen lassen. Ich klopfe an die Wohnungstür, weil die Klingel nicht funktioniert. Ein bärtiger Typ, der nach Bier stinkt, öffnet mir und geleitet mich mürrisch in den Flur. »Komme gleich, du kannst hier warten«, murmelt er. Die Wohnung ist dunkel. Er hat alle Gardinen vorgezogen. Während ich warte, verschwindet er wieder in der Dunkelheit. Ich kann es in Papieren rascheln hören, als wären die Zimmer voll mit Ratten. Es hört sich an, als würde ein ganzer Stapel Bücher umfallen. Der Mann flucht und ruft dann: »Du wartest doch?«

»Ja, ja, ich bin hier«, sage ich locker und versuche zu erkennen, was die Bilder an der Wand darstellen sollen. Eine Serie von Fotos ist an der langen Wand aufgehängt worden. Es sieht so aus, als würden alle den gleichen Jungen darstellen. Mit nur winzigen Variationen von Foto zu Foto starrt er auf allen nach rechts oder nach links. Manchmal hebt er den Kopf und sieht reichlich überheblich aus. Manchmal senkt er ihn, als würde er sich schämen. Er hält seine Hände vor sich und in jeder liegt etwas, das aussieht wie ein Tonklumpen. Das Licht ist zu schlecht, um erkennen zu können, was es ist.

»Er hat eine Schildkröte in der linken Hand und ein Zahnrad in der rechten«, sagt der Mann, der plötzlich aus der totalen Finsternis gekommen ist und direkt hinter mir steht.

Ich zucke zusammen und kippe ihm fast das Fahrrad auf die Füße. »Haben Sie die Fotos gemacht?«, frage ich.

»Nein, ich *bin* auf den Fotos«, erwidert er und schüttelt den Kopf. »Damals war ich noch jung. Die Fotos handeln davon, wie es ist, jung zu sein.« Er macht keinerlei Anstalten, mir den Umschlag zu überreichen. Es riecht nach altem Kohl und der Biergestank ist schlimmer als vorher.

»Hm«, antworte ich. Was soll ich sonst sagen? Ich will nicht anmerken, dass Schildkröten ja nicht gerade ein Zeichen für Jugend sind. Die älteste Schildkröte der Welt wurde 157 Jahre alt. Aber ich fürchte, er interessiert sich nicht für unnützes Wissen. Er ist nicht der Typ dafür. Ich hoffe nur, dass er mir bald den Umschlag gibt, damit ich wieder abhauen kann. Der Typ hat etwas fürchterlich Tragisches an sich und ich habe nicht die geringste Lust, weiter hier zu bleiben. Die Wohnung, der Geruch, die Fotos und der Kerl, alles ist unheimlich.

»Ja, also. Wenn du noch jung bist, vergeht die Zeit, bis du erwachsen wirst, wie eine Schildkröte, und hinterher zieht sie an wie eine Maschine. Das wollte der Fotograf mit diesen Fotos sagen«, erklärt er und guckt mir dabei direkt in die Augen. Das hier wird langsam richtig gespenstisch. Als hätte er erraten, dass mein neuer Sommerjob genau darin besteht: erwachsen zu werden.

»Stimmt«, antworte ich und strecke die Hand aus, damit er vielleicht auf die Idee kommt, meinen Job dort hineinzulegen.

»Wie ein D-Zug. Du begreifst noch gar nicht, worum es geht, da ist es schon zu Ende. Und hinterher wird dir klar, dass du nur einige winzige Details des Lebens kennen gelernt hast«, räuspert er sich und hustet. Das hört sich an, als wollten die Lungenflügel gleich mit nach draußen.

»Und was haben Sie gelernt?«, frage ich und habe das Gefühl, dass hier eigentlich die Sonnenvettel einen Köder für mich ausgelegt hat. »Was haben Sie herausgefunden, was notwendig ist, um erwachsen zu werden?«

Der Mann reicht mir den Umschlag, lässt ihn aber nicht los. Wir stehen da und ziehen jeder an einem Ende. Auch als ich einen Schritt nach hinten mache, folgt er mir. Ich spüre, wie der eine Fahrradreifen hinter mir gegen die Tür stößt.

»Ein perfektes Steak braten zu können«, antwortet er, ohne zu zögern. »Das ist eine Fähigkeit, aus der ich den größten Nutzen gezogen habe.«

»Okay«, nicke ich und ziehe ihm den Umschlag mit einem Ruck aus der Hand. Er kommt nicht mehr nach und ich kann die Tür öffnen. Auf jeden Fall ziehe ich den Schluss, dass die Sonnenvettel, wenn sie wirklich dahinter steckt, reichlich Humor irgendeiner Sorte haben muss. Der Mann kommt mir nicht hinterher. Stattdessen scheint er nach hinten zu kippen und in dem Dunkel seines Flurs zu verschwinden. Es ist wie in einem Horrorfilm, in dem der Mensch eine verlorene Seele auf ihrem Weg in die Hölle ist. Ich schlage die Tür zu und haste die Treppen hinunter. Es fehlt nicht viel und ich hätte mich auf die Schnauze gelegt, das Fahrrad über mir, aber dann gelingt es mir doch, nach Torshov zu fahren.

Und damit geht der Tag endgültig schief. Denn in Torshov liefere ich den Umschlag ab, der ins Munch-Museum sollte, und im Munch-Museum liefere ich das Päckchen aus Torshov ab. Schließlich fahre ich zum Verlag und bestehe darauf, ihnen den gleichen Umschlag abzuliefern, den ich am frühen Morgen dort abgeholt hatte.

Da wird sich der Chef aber freuen. Er schreit meinen Namen, dass die Fensterscheiben klirren, als ich eintreffe, und bestellt mich in sein Büro. Das Zimmer ist von dem übrigen Raum mit Milchglasscheiben abgetrennt. Der Staub muss hier seit dem Krieg liegen – und dabei denke ich nicht an den Zweiten Weltkrieg, sondern an den Ersten. Offensichtlich hält der Chef nichts von Ablage oder der Idee, Papiere in Ordner oder Schränke einzuräumen. Denn er hat drei riesige Regale und zwei Tische, auf denen fünfzig Zentimeter hohe Papierstapel liegen. Hinter seinem Schreibtisch ist ein Waschbecken an der Wand befestigt und daneben hängt ein unglaublich schmutziges Handtuch. Es stinkt schon von weitem nach Menthol-zigaretten und eine frisch angezündete Zigarette liegt im Aschenbecher hinter ihm, während er sich an seinen Schreibtisch lehnt.

Aber der Chef gehört nicht zu der wütenden Sorte. Vielmehr guckt er mich nur traurig an. Er hat die Arme vor der Brust verschränkt und schüttelt den Kopf, als wäre ich ein extrem unverständiges Exemplar von einem Tier. Dann erklärt er mir langsam und ruhig noch einmal, wie die Päckchen und Umschläge verteilt werden sollten. Anschließend dreht er sich zu einem der Regale und scheint dort etwas zu suchen, um damit zu signalisieren, dass das Gespräch beendet ist.

»Ich habe zu sehr daran gedacht, wie ich erwachsen werden kann«, sage ich.

»Wie bitte?«, fragt er. Offensichtlich ist er es nicht gewohnt, dass jemand mit ihm über etwas anderes als den Job redet.

»Ich will erwachsen werden«, erkläre ich. »Und zwar möglichst schnell. Ich habe keine Zeit, es auf die normale Art zu machen.«

»Ach so«, antwortet er und greift nach der Zigarette. Erwischt sie am falschen Ende und verbrennt sich kräftig die Finger.

»Wirklich? Ja, dann hast du heute das einzig Richtige getan.«

»Wirklich?«, frage ich lächelnd.

Aber der Chef erwidert mein Lächeln nicht. Ich glaube, er kann gar nicht lächeln wie andere Leute. Deshalb ist er ja auch der Chef. »Erwachsen werden, das bedeutet zunächst einmal, sich gründlich zu blamieren«, erklärt er ernsthaft und streift seine Asche im Aschenbecher ab.

»Und danach?«, frage ich.

»Anschließend muss man etwas daraus lernen«, sagt er trocken. »Den ersten Teil hast du heute jedenfalls richtig gemacht. Ich hoffe im Namen der Firma, dass du schnell zur zweiten Phase übergehst.«

»Danke, Chef«, sage ich und meine es auch so. Ich spüre, dass ich einer Sache auf die Spur gekommen bin. Da gibt es etwas, was die

Sonnenvettel mir sagen will. Ich muss nur erst mal fünf Minuten in aller Ruhe drüber nachdenken.

Und ich brauche nur vier Minuten, um den Zusammenhang zu begreifen. Es genügt nicht, sich nur vorzunehmen, erwachsen zu werden, stimmt's? Du musst wissen, was du machen musst, um so weit zu kommen. Brüder & Schwestern, mir wurde klar, dass ich eine Liste brauchte.

Dieser neue ist nämlich viel schlauer als der alte Trotteladam-Botteladam.

Der neue Adam arbeitet nach Plan.

Der neue Adam hat ein besser funktionierendes Gehirn.

Der neue Adam arbeitet mit Pentium in einem glänzenden funkelnden Prozessor und hat RAM genug, um sich durch nebulöse Gedanken zu pflügen.

Der neue Adam erhebt sich auf zwei matt polierten Stahlfüßen. Er brüllt wie ein Nebelhorn und wie eine Alarmsirene zur Sonnenvettel und bedankt sich: YEAH BRO!

Den restlichen Tag über nutze ich jede Gelegenheit, Leute zu fragen, wie sie erwachsen geworden sind. Was das Wichtigste für sie war, um erwachsen zu werden. Und welchen Rat sie jemandem geben würden, der dringend das Bedürfnis hat, die Kindheitsphase hinter sich zu lassen und einen erwachseneren und besseren Körper zu bekommen.

Ich kann den Leuten natürlich nicht hundertprozentig erklären, wovon ich genau rede. Ich tue so, als handle es sich nur um eine Idee, die mir gekommen ist.

Aber in meinen Gedanken sehe ich genau vor mir, wie ich auf den alten Kinder-Adam mit meinem neuen Pentiumrevolver ziele, der modern, subsonisch und kühl ist, und schicke ihm eine Salve von Plasmakugeln direkt in die Brust. Er kippt über den Rand des Silos und trifft mit einem dumpfen Platschen auf den Boden. Bis mir einfällt, dass genau so etwas nur dummes, kindisches Computerspielgehabe ist. Was ich schon lange hinter mir habe. Oder etwa nicht? Doch, das sollte ich auf jeden Fall hinter mir haben. *Sure thing!!*

Auf der Innenseite meines Schädels hämmern Rhythmen, die mich nicht mehr an irgendeine Band erinnern, die ich mal gehört habe, und mein Körper streckt sich.

Die Knochen drücken gegen die Haut und strecken sich.

Ich kann sehen, wie sich die Oberschenkelknochen oben gegen die Hüften und unten gegen die Knie pressen.

Die Knochen in meinen Armen dehnen sich mit einem pfeifenden Geräusch aus. Als würden sie in einem Topf gekocht.

Mein ganzer Körper ist ein Dampfkochtopf, in dem alle Zutaten unter Hochdruck stehen und nur darauf warten, wann sie an der Reihe sind, sich in der Länge und Breite auszudehnen.

Ich wachse fünfzehn Zentimeter innerhalb weniger Minuten.

Ich bin ein Haus. Ein Hochhaus. Ein Silo, das ein Stockwerk nach dem anderen zulegt.

Ich frage die Welt um Rat und bekomme Antwort.

Eine Umfrage bringt natürlich viele merkwürdige Antworten. Nicht alles ist zu gebrauchen. Alles in allem gibt es sogar eine ganze Menge, was nicht zu gebrauchen ist. Und die Antwort, die Großväterchen mir am Telefon gibt, macht mich gleichzeitig wütend und nachdenklich. Ich nutze die Gelegenheit, ihn zu fragen, da er sowieso mit Vattern reden wollte. Zunächst hege ich die Hoffnung, dass gerade Großväterchen etwas Gewichtiges zu meiner Liste beitragen könnte. Denn er war Seemann, Maler, Schauermann, Lagerverwalter, Gemeindeangestellter, Straßenbahnfahrer, Schriftsteller, Skilehrer und Bergsteiger. Großväterchen behauptet immer, es gehe darum, sich selbst im Leben zu finden, und dass ihm das nie gelungen sei. Aber er würde dennoch nichts bereuen. Er verkündet lautstark, dass es das Schlimmste wäre, im Altersheim zu sitzen und von all den Dingen zu träumen, die man hätte machen wollen, und jeden Morgen aufzuwachen und zu wissen, dass man sie nicht gemacht hat.

Dass man es nicht geschafft hat.

Oder nicht gewagt hat es zu machen.

Großväterchen hat fast nie eine Erfahrung abgelehnt und das hat seinen Preis gehabt.

Deshalb frage ich natürlich Großväterchen. Er brummt nur etwas in seinen Bart. Im Hintergrund kann ich eine Altrockplatte volles Rohr dröhnen hören, denn inzwischen ist er schwerhörig geworden. »Um erwachsen zu werden, musst du ein Schwindler werden«, sagt er und Elvis schluchzt im Hintergrund, als wäre das ein Kommentar zu seinen Worten.

»Ein Schwindler?«, wiederhole ich. »Machst du Scherze?«

»Nein, denn in deinem tiefsten Inneren bleibst du die ganze Zeit der kleine Junge, der du mal gewesen bist. Es geht nur darum, das um jeden Preis zu tarnen. Du möchtest doch gern ernst genommen werden. Deshalb musst du ein Schwindler werden und den kleinen Jungen in deinem Inneren mit einer erwachsenen Fassade tarnen. Du musst die Rolle als Erwachsener so überzeugend wie möglich spielen. Die besten Schwindler sind die überzeugendsten Erwachsenen.«

»So wie Peer Gynt?«, frage ich.

»Nein, so wie ich, du Dummkopf! Das Stück über Peer Gynt handelt doch von einem Typen, der gar nicht erwachsen werden will. Peer ist eigentlich ein ziemlich hohler Typ, meiner Meinung nach, der sich nur amüsieren will. Er ist genau wie eine Zwiebel, die du schälst und schälst, ohne im Inneren was zu finden. Hast du eigentlich Ibsen gelesen?«

»Lass mich damit bloß in Frieden«, erwidere ich matt. »Vattern spielt hier bei uns täglich Peer Gynt. Das reicht mir.«

Das Gespräch wird eine einzige Enttäuschung. Denn wenn das, was Großvater da sagt, wirklich stimmt, gibt es keine Hoffnung. Denn wenn du doch Jahr für Jahr weiterhin so kindisch bleibst, kannst du gleich aufgeben. Der Körper verändert sich, während in dir immer der gleiche Quatsch weiterläuft … O Gott!

Das würde bedeuten, dass wir Jungs, wenn wir neunzig sind und auf einem Hocker im Park sitzen, uns folgendermaßen unterhalten werden: »Alte Weiber. Hehehe. Unterrock. Diese Waden. Alte Weiber. Hehehe. So niedliche Lesebrille. Hab das Haarnetz anfassen dürfen. Alte Weiber. Hehehe. Hat mir nur ihr Gebiss geliehen. Geld aus der Pensionskasse. Alte Weiber. Hehehe.«

Und so weiter.

Was für eine Scheißvorstellung, nicht auszuhalten.

Und ich gebe mir selbst die gelbe Karte, weil ich geflucht und auch noch negativ gedacht habe.

Das sieht dem funkelnagelneuen Adam gar nicht ähnlich, der ich werden will.

In Gedanken schiebe ich Großvaters Worte über den Silorand und lasse sie verschwinden. Habe keine Verwendung für sie.

Nachdem ich Vattern den Hörer überreicht habe, begebe ich mich auf eine saubere Fahrradtour einmal um Løkka herum, um meine Zweifel loszuwerden. Wolken ziehen auf und draußen auf dem Fjord leuchten kleine Blitze. Aber der Regen bleibt aus. Ich trete in die Pedale, jetzt gibt's kein Zurück mehr. Ich komme schräg rutschend den Trondheimsvei hinunter, biege nach rechts in die Herslebsgate ab und fahre über den Schous Plass. Die Bibliothek liegt wie ein dunkler Bauklotz mitten auf dem Platz. Ich umrunde einen Besoffenen, der unsicher die Straßenbahnhaltestelle anpeilt. Ich biege in die Nordre gate ein und will durch die Schlaglöcher zur Grünerbrua fahren. Aber als ich oben auf dem Hügel angekommen bin und in dem grauen Abendlicht zum Silo schaue, bekomme ich einen Schock.

Das ist die reinste Horrorshow!

Das ist der echte Wahnsinn!

So etwas möchte ich bitte schön nicht in einer ganz normalen Stadt in einem ganz normalen Land erleben müssen.

Ich steige so heftig in die Bremsen, dass der Asphalt splittert.

Ich fahre aufs Gras und werfe das Rad hin.

Auf dem Silodach steht ein Mann, die Arme in die Luft gestreckt.

Es sieht aus, als würde er jemanden anrufen.

Wegen des schlechten Lichts kann ich nicht sehen, ob er mir zu- oder abgewandt steht. Ich sehe ihn nur als Silhouette. Aber er hält die Arme in die Luft und grüßt jemanden.

Genau wie ich die Sonnenvettel grüße und ihr bestätige, dass sie eine geniale Göttin ist.

Das ist wie ein Spiegelbild von mir.

Nur dass es jetzt dunkel ist.

Die Sonne ist nicht zu sehen.

In dem Moment reißt die Wolkendecke hinter dem Mann auf und ich sehe, dass der Mond am Himmel wandert. Aber wen grüßt der Mann dort oben, den Mond oder die Sonne, die ihren Kopf hinterm Horizont versteckt hat?

Oder etwa mich?

Dieser letzte Gedanke packt mein Herz und drückt es zusammen. Es brennt in den Pulsadern.

Grüßt er etwa mich?

Steht er da oben?

Auf meinem Platz?

Und wartet darauf, dass ich auftauche?

Damit er auch mich begrüßen kann?

Horrorshow, Brüder & Schwestern, die reinste Horrorshow!

Es sieht so aus, als trüge er einen langen, dunklen Mantel.

Es sieht so aus, als wäre er eine verlorene Seele, die aus der Hölle entkommen ist und allen Mächten dankt, noch einmal davongekommen zu sein.

Und da weiß ich, dass ich diesem Mann einmal begegnen werde.

Ich weiß nur nicht, wann.

Oder wo.

Brüder & Schwestern, das Blut in meinem Körper wird zu Kühlwasser, als mir klar wird, dass dieser Mann einen Platz in dieser Geschichte hat.

Christoph Adam Kolumbus ist nicht allein.

Es gibt eine andere Person dort draußen, die plant, sich in diese Story einzuloggen…

DONNERSTAG, 4. JULI

»Es ist eine Kunst, sich richtig in die Scheiße zu setzen.«

Die Sonne geht auf um 04.03 Uhr
und sie geht unter um 22.39 Uhr.

Zuerst glaube ich selbst nicht, dass es stimmt. Natürlich habe ich gestern keinen Mann auf dem Silodach gesehen! Das habe ich mir nur eingebildet. Meine Gehirnflüssigkeit hat im Augenblick zu viel zu bewältigen. Ich denke nicht mehr klar. Der Mann mit dem Mantel gehört in die Kategorie der UFOs, Gespenster und des Glücks von Gustav Gans.

Trotzdem fehlt mir die übliche Sprungkraft bei den Schritten die Treppen des Silos hinauf. Und erst recht, als ich die Leiter zum Dach nehme. Ich nicke der Sonnenvettel zu, die mit einer Hand an der Stirn grüßt, bevor sie sich wieder ihrer Zeitung und dem kochend heißen Kaffee in einer orangefarbenen Tasse zuwendet.

Aber da ist es!

Da! Da auf dem Beton!

Ein deutlicher Fußabdruck!

So muss sich ein Astronaut fühlen, der auf dem Mond landet und feststellt, dass es dort schon einen Fußabdruck gibt. Einen Fußabdruck, der dort nichts zu suchen hat.

Was bedeutet, dass ich hier nicht mehr allein bin.

Das ist nicht mehr nur mein Reich.

Brüder & Schwestern, das ist ein Gefühl, als wäre jemand in meinem Zimmer gewesen und hätte mein Tagebuch gelesen.

Nun kommt bloß nicht mit dem Argument, dass die Luft, das Silo und die Aussicht über die Stadt für alle da sind.

Das war bisher mein Reich.

Und das ist es jetzt nicht mehr.

Nicht mehr nur meins.

Ich bin nicht mehr allein.

Ich hocke mich hin und berühre den Abdruck. Ist das Lehm? Ich beuge mich ganz nach unten und schnuppere. Es riecht verbrannt. Oder bilde ich mir das nur ein?

Was glaubt ihr, Brüder & Schwestern, dachte Kolumbus, als er übers Meer angesegelt kam und feststellen musste, dass das Land, das er zu entdecken geplant hatte, proppevoll mit Indianern war?

Was glaubt ihr, was ich, der neue Adam, denke, jetzt, wo ich feststellen muss, dass mein privates Sonnenreich von irgend so einem Idioten besudelt worden ist?

Das ist eine Enttäuschung. Jetzt geht's nur noch bergab. Kein Freizeichen mehr.

Die Sonnenvettel klopft mir auf die Schulter, um die Depression zu vertreiben. Ich bleibe fünf Minuten so sitzen und reibe an dem Fußabdruck herum, um ihn wegzukriegen. Zum Schluss kann keiner mehr sehen, dass hier jemand war. Nur ich WEISS es. Ein ekliges Gefühl, nicht wahr?

Ich muss den Kopf ausschütteln, um mich wieder auf das Wichtigste konzentrieren zu können. Alle Antworten von gestern müssen gesammelt und sortiert werden.

Systematisches Denken ist jetzt angesagt! Der alte Adam war ein Fluskopf. Der neue Adam dagegen ist ein Prachtexemplar. Er legt Listen an und arbeitet diese ab. Der neue Adam ist das Beste, was die Menschheit je entwickelt hat! Und ich lüge nicht!!!

Die Zeit rinnt aus dem Morgenstundenglas und ich systematisiere und schreibe wie ein Wahnsinniger. Am Ende habe ich eine Liste, die folgendermaßen aussieht:

DAS SOMMERPROJEKT DES NEUEN ADAM – LISTE DER DINGE, DIE GEMACHT WERDEN MÜSSEN, UM DEN NEUEN ERWACHSENEN KÖRPER IN GEBRAUCH NEHMEN ZU KÖNNEN.

1. DIE EINFACHEN DINGE
– das perfekte Steak braten
– sich ordentlich besaufen
– die Verantwortung für das eigene Leben übernehmen

2. WAS ETWAS MEHR ANSTRENGUNG ERFORDERT
– ein eigener Kleiderstil
– Zigarre rauchen
– sich richtig in die Scheiße setzen

3. WAS KALORIEN UND SCHWEISS KOSTET
– ökonomisch unabhängig werden
– eine wirklich erwachsene Beziehung zu einem Mädchen haben
– das wagen, vor dem ich am meisten Angst habe

Einige meiner Brüder & Schwestern sind sicher der Meinung, dass ich einen Fehler gemacht habe, als ich »die Verantwortung für das eigene Leben übernehmen« unter die Rubrik »Die einfachen Dinge« gepackt habe. Alle wissen ja, wie schwierig es ist, die eigenen Sachen hinzukriegen. Aber dieser neue, strahlende Adam, der hier zu euch spricht, ist der Meinung, dass genau die Verantwortung für dein eigenes Leben zu übernehmen bedeutet, erwachsen zu werden.

Wenn ich diesen Gedanken bis zum Ende durchdenke, sieht der Tag schon viel besser aus. Ich scheiße auf den Typen, der seinen Fußabdruck hier hinterlassen hat. Ich gucke mir die Liste in meinem Schoß an und stelle fest, dass ich alles unter Kontrolle habe. Zum ersten Mal in meinem Leben fühle ich, dass ich alles unter Kontrolle habe. Adam Kolumbus hat Steuer und Ruder fest gepackt und den Kurs angepeilt, der zum Ziel führt.

Das einzige Problem ist nur, dass es länger als einen Tag dauern wird, um diese Liste durchzuarbeiten. Und wenn ich auf die Uhr schaue, blinkt die rote Lampe schon hektisch auf. Ich hinterlasse mal wieder ein halbes Kilo Reifenprofil auf Straßen und Fußwegen. Trotzdem komme ich fast eine Viertelstunde zu spät zum Job.

Der Chef hebt nur eine Augenbraue, während er die anderen Jungs instruiert. Ich warte darauf, dass er eklig wird, wie Chefs es nun einmal werden. Aber stattdessen sieht es eher aus, als wäre er traurig. Seine Augenbrauen ziehen sich zusammen, als wollte er weinen. Vielleicht erinnert ihn das Ganze an seine eigene Jugend, denke ich. Vielleicht sieht er sich selbst in mir. Obwohl es schwierig ist, sich vorzustellen, dass der Chef einmal jung war. Es ist verdammt schwer, sich vorzustellen, dass er irgendwann einmal in meinem Alter war und vielleicht die gleichen Sachen gemacht hat. Oder die gleichen Dinge gedacht?

Haben wir nicht das Gefühl, den größten Teil der Zeit allein auf dieser Erdkugel zu sein?

Als wären wir Kolumbus' Schiff weit draußen auf dem großen Meer.

Als wäre niemand sonst wirklich auf der Welt, wenn wir nicht dort sind.

Als wäre das Erwachsenwerden eine sehr einsame Sache.

Und als mir das Wort »einsam« durch die Birne saust, fällt mir wieder der Mann auf dem Silodach ein.

Und mein Herz verkrampft sich.

Dieser Typ muss verdammt einsam sein.

So einsam wie eine Schildkröte, die zweihundert Jahre lang über das Meer schwimmt, ohne zu wissen, ob sie jemals wieder an Land kommt.

In ein paar Jahren kann ich dieser Typ sein.

Ich weiß nicht, warum ich das denke. Aber so sind meine Gefühle.

Niemand tut so etwas, wenn er nicht schrecklich einsam ist.

Das ist ein Gedanke, der den Tag nicht leichter macht.

Der Tag knarrt in den Gängen.

Heute kritzle ich mir die Jobs auf, die ich kriege. Aber ich packe es trotzdem nicht. Ich liefere Päckchen falsch aus, versuche aber mich zusammenzureißen. Ich erklimme die Treppen dieses Tags und sie sind morsch. Die Stufen brechen und ich muss stets bergauf fahren. Ich strampele in schlechten Tagträumen und komme nicht vom Fleck. Der Asphalt besteht aus Treibsand. Es heißt, wenn du deine Beine langsam hochziehst und dich auf den Rücken legst, kannst du nicht sinken, nicht einmal in Treibsand. In Gedanken mache ich genau das. Beine hoch und nach hinten auf den Rücken. Aber es nützt nichts, Brüder & Schwestern. Ich versinke in dem Tag, als wäre er aus Wasser. Ich muss ganz bis an den Grund und alles um mich herum ist verschwommen. Der Treibsand der Stunden zieht mich durch den zähesten, anstrengendsten Tag seit langem. Das erhabene Gefühl des vorigen Tages ist auf Eis gelegt. Der Mann auf dem Silodach überzieht wie ein unscharfes Bild meine Augen. Und ich schleppe mich nach der Arbeit heim, bedeckt von Wunden und Narben.

Das Mittagessen steht an und ich gucke auf meine Liste. Und denke: Jetzt musst du anfangen, Adam. Du allein kannst es packen.

Und mit hängenden Ohren bis zu den Zehen überlege ich, dass ich am besten mit etwas mitten auf der Liste anfange. Mein Zeigefinger landet zufällig auf »sich ordentlich in die Scheiße setzen«. Und das passt ja gut. Aber es ist schon eine Kunst, sich ordentlich in die Scheiße zu setzen. Das ist nichts für Memmen. Denn ich habe gehört, dass du erst wirklich etwas daraus lernst, wenn du eine ernste Niederlage einstecken musst. Niemand lernt viel aus Siegen.

Aber aus einer Niederlage… Also frage ich mich selbst, während die Kartoffeln kochen und die Frikadellen und Zwiebeln in der Pfanne zischen, was das Schärfste ist, das ich mir selbst antun kann, um es auch richtig zu machen.

Caroline.

Sie fällt mir sofort ein.

Caroline-Scheißline-Albtraumline.

Ich werde einen Brief schreiben.

Ja! Da bin ich etwas auf der Spur.

Ich werde Caroline einen Brief schreiben. Einen Brief, der an sie und alle Carolines der ganzen Welt ist. Einen Brief, in dem ich ordentlich schleime. Einen Brief, in dem ich mich auf das Widerlichste demütige. Einen Brief, der total kriecherisch und schleimig ist und in dem ich mich bis aufs Hemd ausziehe. Einen Brief, der aus meinem Tagebuch stammen könnte.

Ich werde ihr einen Brief schreiben und ihr erklären, wie sehr ich sie doch liebe. Und wie sehr ich sie vermisse. Und was ich alles dafür gäbe, sie zurückzubekommen.

YES BABY! YES BABY! YES BABY! YES BABY! YES BABY! YES BABY! YES BABY! YES BABY! YES BABY! YES BABY! YES BABY! YES BABY! YES BABY! YES BABY! YES BABY! YES BABY! YES BABY! YES BABY! murmle ich vor mich hin, während ich den Brief schreibe. Spaßeshalber schreibe ich ihn mit der kindlichsten Handschrift, die ich hinkriege, und mache noch ein paar idiotische Rechtschreibfehler.

Nach so einem Brief ist von dem alten Adam nichts mehr übrig.

Er hat nur noch die Chance eines Schneeballs in der Hölle zurückzukommen. Es ist, als würde die Wunde, die Caroline hinterlassen hat, mit einem Schneidbrenner ausgebrannt werden.

Caroline…

Die ich trotzdem vermisse…

Ich würde am liebsten heulen und meinen Kopf in den Mikrowellenherd legen.

Natürlich muss ich den Brief nicht abschicken.

Der Brief ist unbeschreiblich kriecherisch, und wenn sie ihn liest, wird sie bestimmt verdammt froh sein, dass unsere Beziehung beendet ist.

Ein grinsender Teufel hüpft herunter und setzt sich auf meine Schulter. »Der Brief ist ja witzig, aber du musst ihn nicht um jeden Preis abschicken«, sagt er. »Vielleicht gibt es ja doch noch eine Chance, sie wieder zurückzukriegen.«

Aber genau das gibt den Ausschlag. Ich will sie zurückkriegen. Das stimmt. Aber ich will sie auch *nicht* zurückkriegen. Das stimmt genauso.

Um ganz sicherzugehen, mache ich mich gleich auf den Weg zum Briefkasten und werfe den Brief ein. Nun gibt es keinen Weg mehr zurück. Und als Tüpfelchen auf dem i schreibe ich keinen Absender drauf und klebe keine Briefmarke darauf. Dadurch wird Caroline obendrein noch sauer sein, weil sie so für diesen Idiotenbrief auch noch Strafporto bezahlen muss.

Idioten-Adam.

Weichhirn-Adam.

Blödmann-Adam.

Und so weiter. Ich gebe mir selbst eine leichte Ohrfeige, weil ich so bescheuert bin. Und damit ist die gute Laune wiederhergestellt. In der Küche sehen die Frikadellen inzwischen eher wie Holzkohle aus. Ich kratze das Schlimmste ab, würze gut mit Chilipfeffer und bezeichne sie als scharfe Karbonaden, als die anderen heimkommen. Die Kartoffeln zeigen an ihren Rändern auch schon erste Zweifel. Aber alle haben so enorm viel erlebt und reden kreuz und quer und haben alle Familienmitglieder nur noch lieb. Alle nehmen es sogar mit Humor, als Vattern, der zufrieden aussieht wie ein Mann, der doppelt so viel an Steuerrückzahlung bekommen hat als erwartet, anfängt zu singen. Muss ich noch erwähnen, dass es aus Peer Gynt ist?

Er legt fast seine Wampe auf den Teller und unterstreicht sein Lied, indem er auf den Tisch trommelt:

Peer, du lügst.
Nein, tue ich nicht!
Gut, dann schwör drauf, dass es die Wahrheit ist.
Warum schwören?
Ha, du traust dich nicht. Alles ist nur Lügengespinst!
Es ist wahr – Wort für Wort!

Anschließend singt er von dem unglaublichen Bocksritt auf einem Berggrat mit Abgründen zu beiden Seiten. Und das ist wirklich stark. Vattern gelingt es, diesem vermoosten Stück wieder Leben einzuhauchen. Einem Text, über den sich alle Norweger, die zur Schule gegangen sind, mehrmals tödlich gelangweilt haben. Aber Vattern verwandelt sich vor unseren Augen in diesen wahnsinnigen Peer Gynt.

Und ich sehe, wie einsam er ist. Vattern, der ehemalige Punker, hockt singend da und wirkt traurig. Er singt von Peer Gynt, der nicht erwachsen werden will, und das erinnert mich an den Mann auf dem Silodach. Und das wiederum bringt mich dazu, den Brief an Caroline zu bereuen. Ich bereue das ganze Projekt. Und ich überlege, dass ich vielleicht niemals erwachsen werde, selbst wenn ich es will. Stattdessen werde ich dem Typen auf dem Silodach immer ähnlicher werden. Vielleicht werde ich auch wie mein einsamer, singender Vater – oder, noch schlimmer: wie der Chef!

Die schlechte Laune verbreitet sich langsam, aber sicher am Tisch. Vattern hat nicht vor, sich nur mit ein paar Versen zufrieden zu geben. Er zieht den Erfolg in die Länge. Er ist voller Enthusiasmus. Er will sich ums Verrecken nicht damit zufrieden geben und inzwischen wird das Essen kalt. Alle, ausgenommen der Mann von *Genickschuss*, hassen mit der Zeit diesen verdammten Peer.

»Jetzt reicht es«, sagt Mutter mit spitzen Mundwinkeln.

»Können wir nicht mal in Ruhe essen?«, fragt Sis. Vattern brummelt beleidigt und schließlich brüllt sie los: »DU KANNST DIR DEINEN PEER GYNT SONST WOHIN STECKEN!!!«

Vattern sieht verletzt aus. Der Ausbruch hat ihn wieder auf den Boden der Tatsachen zurückgebracht. »Ich wollte euch doch nur eine Freude machen«, verteidigt er sich.

»ICH HALTE ES NICHT MEHR AUS. ICH ZIEHE MORGEN AUS. GARANTIERT!«, schreit Sis und schiebt ihren Teller wütend von sich. Anschließend starrt sie fast peinlich berührt um sich. Sis ist wirklich manchmal etwas aufbrausend.

»Vielleicht können wir uns was zusammen suchen«, bemerkt Muttern trocken.

»Ich wollte doch nur ...« Vattern stochert schlecht gelaunt in den Frikadellen-Karbonaden und schickt einen Happen hinunter in den Magenbeutel.

»Wusstet ihr, dass ein menschlicher Körper genügend Eisen enthält, um einen Nagel von 7 cm Länge herzustellen, genug Schwefel, um alle Flöhe auf einem durchschnittlich großen Hund zu töten, Kohle genug, um zweihundert Bleistifte zu machen, Fett genug, um sieben Seifenstücke herzustellen, Phosphor genug für 2200 Streichholzköpfe und Wasser genug, um fast einen 50-Liter-Tank zu füllen?« Ich frage nur, um Vattern zu retten. Und wie ich mir gedacht habe, genügt das, um die schlechte Stimmung aufzuhellen.

»Genau solche Äußerungen bestärken mich in meinem Verdacht, dass das Internet nicht nur die größte Bibliothek der Welt ist, sondern gleichzeitig die größte Sammlung der Welt an sinnlosen Informationen«, seufzt Sis resigniert.

»Man kann nie wissen, wann man so was mal gebrauchen kann«, erwidere ich aufgebracht. Niemand soll sich hier über mein Hobby lustig machen. Ich meine, all die Stunden, die ich gebraucht habe, um diese Goldkörnchen unter all den Banalitäten herauszupicken, sollen doch nicht vergeblich gewesen sein. Natürlich haben sie einen Wert.

»Erzähl mir dann doch bitte mal, was für sinnvolle Dinge du gelernt hast?«, fragt Sis und ihre Augen werden zu schmalen Strichen. Sie sieht aus wie ein Panter auf dem Sprung.

»Monacos Nationalorchester ist größer als Monacos Heer«, erkläre ich. »Pogonophobie bedeutet Angst vor dem Bart. Der Hundertjährige Krieg dauerte 116 Jahre. Clinophobie bedeutet Angst vor Betten. Die Nase wächst das ganze Leben lang weiter. Bei jedem Schritt, den du machst, benutzt du fünfzig Muskeln. Giraffen können nicht schwimmen. Hunde haben Ellbogen. Zwei von drei Gebrauchtwagenkäufern bezahlen, ohne um den Preis zu streiten oder zu feilschen. Und hier eine kleine Information, die dich betrifft, Sis: Podobromhidrosis wird auf Norwegisch als Stinkefüße bezeichnet!«

»Jetzt nimm dich aber in Acht, Brüderchen …«, setzt Sis an und streckt den Arm aus, um mich über den Tisch zu ziehen.

»Nun, nun, ihr Rasselbande, genug geredet«, erklärt Muttern und erzählt eine Geschichte von einem merkwürdigen Kunden, den sie heute hatte. Und damit hat sich die Stimmung innerhalb einer Minute mal wieder vollkommen gedreht. So ist meine Familie. Wir sind nicht nachtragend. Aber das, was rausmuss, muss eben raus. Wenn ich nicht unter diesen verrückten Leuten aufgewachsen wäre, würden sie mir nur kindisch und dumm erscheinen. Aber wenn jede Mahlzeit wie ein Rodeo ist, gewöhnt man sich dran.

Nach dem Essen schleiche ich in mein Zimmer. Surfe im Internet nach weiteren nützlichen Informationen, die ich meiner Umgebung mitteilen kann. Aber irgendwas rumort ganz hinten in meinem Kopf. Ich lösche alle Lichter außer dem Computerbildschirm. Der strahlt mir schmerzlich weiß entgegen. Und ich werde die Gedanken an den Mann auf dem Silodach nicht los. Im Augenblick habe ich das bestimmte Gefühl, dass er dort ist. Der Mann ist irgendwo dort draußen. Das erzeugt bei mir eine Gänsehaut. Herbstluft zieht durch mein Zimmer.

Ich breche die Verbindung ab.

Ich stelle den Computer aus.

Es ist nur noch dunkel hier.

Die Bäume von Birkelunden verdecken das Licht der Straßenlaternen.

Die Zweige schaukeln leicht hin und her, sodass kleine Blitze des scharfen Lichts an die Wand geworfen werden.

Ich denke an den Mann, der dort die Hände zu jemandem erhebt.

Und schlafe ein mit seinem Bild auf die Innenseite meiner Augenlider tätowiert.

FREITAG, 5. JULI

»Ein Anflug von Podobromhidrosis.«

Die Sonne geht auf um 04.05 Uhr
und sie geht unter um 22.38 Uhr.

Im Laufe der Nacht treffe ich eine Entscheidung. Ich wache gegen vier Uhr auf und weiß, was ich tun muss, damit mein Projekt realisiert werden kann. Es ist vollkommen logisch, jetzt, wo ich es kapiert habe. Dass ich nicht vorher dran gedacht habe!

Anschließend schlafe ich wieder ein und durchpflüge mein Bett auf der Suche nach der Stelle, wo die Träume zu finden sind. Meine Träume in dieser Nacht sind voller wolliger, dauniger Bettdecken, ich habe noch nie zuvor so gut geschlafen.

Beim Frühstück bin ich ausgeschlafen und in Bombenlaune. Ich trödele, so gut ich kann, aber Muttern kommt mit ihren Todesanzeigen einfach nicht zum Ende. Schließlich tue ich so, als würde ich losgehen. Stattdessen biege ich nur um die Ecke von Birkelunden und warte dort. Gucke um die Ecke und nur eine Viertelstunde später sehe ich Muttern zur Straßenbahn sprinten. Immer in Eile, die Gute. Immer zu spät. Kein Wunder, dass sie so dünn ist.

Ich laufe wieder in die Wohnung hoch und habe fast das Gefühl, ein Dieb zu sein. Ich bin ein Eindringling, der sich in fremde Wohnungen schleicht, es ist fast so, als würde ich die Räume mit neuen Augen sehen. Sie wirken anders als sonst. Die Möbel stehen ein paar Zentimeter von dem Platz weggerückt, den ich in Erinnerung habe.

Ich denke gründlich nach und greife dann zum Telefonhörer. Es wäre immer noch möglich, zum Job zu kommen, ohne sich allzu sehr zu verspäten. Aber, wie bei dem Brief am Tag zuvor, weiß ich, dass es keinen Sinn hat, jetzt feige zu sein. Ich würge mir einen ansehnlichen Rotzklumpen in den Hals hoch, lege ein Taschentuch über die Sprechmuschel und tippe die Nummer.

»Kjelsens Botenservice«, sagt der Chef. Wie immer hört er sich gestresst an. Als hätte er kaum Zeit, gerade jetzt ans Telefon zu gehen.

Mit der tiefsten und langsamsten Stimme, die ich hinkriege, erzähle ich ihm, dass ich auf unbestimmte Zeit krank wäre. Dass ich mein Vater wäre und dass es mir Leid täte, aber ich könne nicht sagen, wann ich wieder zur Arbeit kommen könnte. Im schlimmsten Fall würde ich noch den ganzen Monat krank sein und anschließend wäre ja der Arbeitsvertrag für den Ferienjob beendet.

»Was fehlt dem Jungen denn?«, fragt der Chef. Aber ich kann hören, dass ihn das eigentlich gar nicht interessiert. Er ist schon schwer beschäftigt damit, die eingegangenen Aufträge für diesen Tag zu ordnen.

»Nun ja, die Ärzte vermuten, dass es sich um Podobromhidrosis handelt. Vielleicht auch Clinophobie«, antworte ich. »Das grassiert ja im Augenblick unter den Jugendlichen, wie Sie sicher wissen.«

»Ja, ja«, bestätigt der Chef zögernd und in dieser Art beenden wir das Gespräch mit dem gegenseitigen, aber verlogenen Wunsch, miteinander in Kontakt zu bleiben, falls eine Veränderung einträfe. Aber es gibt keinen Grund, davon auszugehen, dass sich etwas verändern wird. Schließlich bin ich nur eine Urlaubsaushilfe. Davon gibt es genügend. Der Chef hat mich schon vergessen, als er den Hörer auflegt.

Und ich vollführe einen wunderbaren kleinen Kriegstanz auf dem Flur, nachdem ich dem Apparat wieder seine Ruhe gönne. Mir ist, als sänke sich eine große Freiheit über mich. Fast wie ein Lottogewinn.

Ich schnappe mir mein Fahrrad und fahre zum Silo. Ich wünsche der Sonne ekstatisch einen guten Morgen, bis mir plötzlich wieder der Eindringling von gestern einfällt. Aber es gibt keine einzige Spur von ihm zu sehen. Die Sonne schaufelt ihre Hitze von einem riesigen glühenden Haufen herunter, der hinter ihr liegt, und streut sie über den ganzen Himmel aus. Sie hat sich ein Taschentuch um den Kopf geknotet, aber der Schweiß läuft ihr trotzdem die Schläfen hinunter. Für einen Moment lehnt sie sich auf den Spaten und grinst mir zu. Alles deutet auf einen Hitzerekord für diesen Juli. Der Hitzedunst bringt die Luft über der Stadt zum Flirren. Es riecht streng nach Müll, Autos und Bäumen.

Aus der Gesäßtasche meiner Hose ziehe ich ein Papier heraus. Es ist der Vertrag zwischen Kjelsens Botenservice und mir. In ihm steht schwarz auf weiß, dass ich dort im Juli arbeiten soll, wie viel ich verdienen werde, wie lang die Arbeitstage sein sollen und so weiter. Das Papier ist glatt und größer als ein DIN-A4-Bogen. Ganz unten sind unsere Unterschriften. Die des Chefs ist nur ein schnell hingeworfener Kringel, der aussieht wie ein chinesisches Zeichen, wie es nur ein ziemlich besoffener und gestresster Chinese hinkriegt. Ich selbst habe meinen Namen mit einem feierlichen Schwung beim letzten Buchstaben geschrieben. Ich habe fast das Gefühl, das Gesetz zu brechen, als ich den Vertrag in der Mitte durchreiße. Ich mache es noch einmal und es scheint mir, als würde die ganze Stadt unter mir erzittern. Gewaltige Steinbrocken lösen sich, donnern in die Tiefe und treffen tief unten auf. Ich gebe mich erst zufrieden, als der Bogen zu kleinen, zerfetzten Stückchen geworden ist. Die lasse ich über den Rand rieseln.

Es gibt nicht den geringsten Windhauch, deshalb segeln sie senkrecht nach unten. Ich lege mich auf den Bauch und starre ihnen hinterher. Einige bleiben in den Baumwipfeln hängen. Einige wirbeln wie Propeller herum und einige schweben ruhig hinab wie Schneeflocken.

Ein herrliches Gefühl, reinen Tisch gemacht zu haben. Jetzt hindert mich nichts mehr daran, mein Ziel zu erreichen. Denn das ist mir heute Nacht klar geworden: dass ich meine gesamte Zeit brauche, um dieses Projekt durchzuführen. Da kommt das Geld erst an zweiter Stelle. Ich werde es schon schaffen, genügend Geld zusammenzukratzen, um Sis das Geliehene zurückzubezahlen. Jetzt habe ich einen ganzen Monat Zeit, an der wichtigsten Sache zu arbeiten. Das Einzige, worauf ich achten muss: dass ich nicht erwischt werde.

Ich liege immer noch auf dem Bauch, schließe die Augen und versuche auszurechnen, wie viel Zeit ich plötzlich zur Verfügung habe. Eine Arbeitswoche von 37,5 Stunden mal drei. Das macht 112,5 Stunden. Außerdem muss ich die Mittagspause ja auch noch dazurechnen, obwohl ich immer nur Brot mit Aufschnitt einwerfe. Also noch mal eine halbe Stunde pro Tag. Plus all die Zeit, die ich brauche, um zum Job und wieder nach Hause zu kommen. Kommen noch einmal 40 Minuten pro Tag dazu. Macht alles zusammen 130 Stunden!

Ich drehe mich auf den Rücken und denke daran, dass ich mir im Laufe dieses Morgens 130 Stunden meines Lebens verdient habe. Als ob mein Leben länger geworden wäre. Das kommt besser als die Tausender, die ich hätte einstreichen sollen. Ich bin felsenfest davon überzeugt, dass diese Zeit der wichtigste Verdienst ist, den ich jemals gehabt habe.

Trotzdem bin ich nicht in der Lage, den Rest das Tages für etwas Sinnvolles zu nutzen. Das ist, als wenn du zu viel Geld in der Tasche hast, dann überlegst du nicht mehr so genau, wofür du was ausgegeben hast. Und je mehr Geld du hast, umso unwichtiger ist die Höhe der Geldsumme. Bei all der Zeit, die ich zur Verfügung habe, kommt es meiner Meinung nach auf ein paar Stunden mehr oder weniger auch nicht mehr an. Ich feiere den Tag, indem ich mir eine Schale Erdbeeren kaufe. Anschließend lege ich mich direkt unter einen Baum im Sofienbergpark und esse sie Beere für Beere. Sie sind groß und süß. Meine Finger werden rot und mein Mund klebrig. Die Beeren sind wie alle meine Stunden. Ich lasse sie im Mund zergehen. Sauge an ihnen. Rolle sie mit der Zunge herum. Beiße vorsichtig darauf und fühle, wie mir der Saft die Kehle hinunterläuft.

Plötzlich ist es schon so spät, dass es an der Zeit ist, nach Hause zu gehen. Die Sonne hat den ganzen Tag Hitze geschaufelt und der Asphalt blubbert unter den Füßen. Ich kann nicht mehr richtig in die Pedale treten. Ich schiebe mein Rad bergauf und durch Birkelunden. Am schwersten fällt es mir, es die Treppen hochzuschleppen bis vor die Wohnungstür. Aber nach einigen Herzattacken und einer Fast-Ohnmacht schaffe ich es.

Ich krieche hinein ins Wohnzimmer. Versuche Schatten zu finden und ende damit, dass ich meinen Kopf in die Gefrierbox lege, bis ich wieder weiß, wie ich heiße. Das Telefon klingelt, es ist Muttern, die mir ein paar Anweisungen fürs Essen geben will. »In Ordnung«, keuche ich als Antwort mit zwei Eiswürfeln im Mund. »Ich werde es schon hinkriegen.«

»Was?«, fragt sie. »Red mal deutlicher. Hast du 'nen Pickel auf der Zunge?«

Ich lege mir stattdessen die Eiswürfel auf die Stirn, wo sie sofort schmelzen. »Heute gibt's keine Spagetti. Ich werde euch Steak machen«, erkläre ich. Ich weiß nicht, woher ich die Idee habe. Das ist doch eine der Sachen, die auf meiner Liste stehen. Aber heute ein Steak?

»Steak?«, wiederholt Muttern, als hätte ich Krokodil oder Strauß gesagt. »Das ist aber teuer …«

»Wir müssen feiern«, erkläre ich, ohne daran zu denken, dass ich mich damit auf ein Gebiet begebe, das von anderen nicht betreten werden darf.

»Es gibt nichts zu feiern«, entgegnet Muttern.

»Du hast Namenstag heute«, schwindle ich und spüre eine andere Sorte Schweiß mir direkt übers Gesicht und den Rücken laufen.

»Jetzt redest du aber Quatsch«, sagt Muttern. »Heute ist der Namenstag von Miriam und Mina.«

»Es ist Jesu Verkündigung«, halte ich dagegen und denke, dass mein Körper gleich kein Wasser mehr hat. »Das habe ich im Internet gefunden.«

»Wir sind eigentlich nicht besonders christlich in unserer Familie«, kontert Muttern trocken.

»Ach, verdammt«, rufe ich aus. »Wir müssen feiern, dass ich heute Gehalt gekriegt habe. Deshalb muss man doch nicht gleich ein Quiz veranstalten, oder?«

»Schon in Ordnung«, wiegelt Muttern ab. »Aber du weißt ja wohl, dass Steakbraten …«

»Gegessen, Muttern. Was ich nicht übers Steakbraten weiß, das hat Platz auf dem Fühler einer Ameise«, entgegne ich. Ein Steak kann ja nun nicht so schlimm sein. Schließlich ist es auch nur Fleisch.

Und mit dieser Einstellung marschiere ich zum Bücherregal und stelle entsetzt fest, dass es kein einziges normales Kochbuch enthält. Das, was dem am Nächsten kommen könnte, ist ein zerfleddertes Etwas mit dem Titel »Spannende Kuchenrezepte aus entlegenen Tälern«.

Ich bleibe eine Minute regungslos stehen und atme ruhig durch die Nase, während ich die Situation überdenke. Es ist immer noch problemlos möglich, einen Rückzieher zu machen und etwas aus dem Gefrierschrank zu servieren. Aber da ist dann dieses Sich-Blamieren. Wenn du A gesagt hast, dann hast du eben wirklich A gesagt.

Ich habe eine Spitzenidee, ich rufe ein Restaurant in der Nähe an. Ich behaupte, dass ich wissen möchte, ob sie Steak auf ihrer Speisekarte haben. Das haben sie. »Und wie servieren Sie es?«

»Roh, medium oder durchgebraten. Mit gebackener Kartoffel, Kartoffeln in Sahnegratin, Salzkartoffeln oder mit Pommes frites. Sauce bearnaise oder Bratensoße«, leiert der Mann herunter, als ob derartige Fragen am Telefon vollkommen üblich wären.

»Prima, dann werde ich jeweils eins davon nehmen«, antworte ich und lege den Hörer auf, während er fragt, auf welchen Namen er den Tisch reservieren soll.

Im Supermarkt stellt sich heraus, dass Muttern Recht hatte. Steak ist teuer. Aber ich finde alles, was ich brauche. Pommes frites im Tiefkühltresen, Sauce bearnaise in der Tüte und das Fleisch im Fleischtresen. Das wird das beste Essen, das die Familie je gespeist hat. Und es ist der richtige Anfang, meine Liste abzuarbeiten, denke ich.

Adam Kolumbus wäscht sich die Hände und legt alles auf die Küchenanrichte. Die Hände zucken unruhig, aber dann gebe ich mir einen Ruck und fange an.

Alles geht prima, Brüder & Schwestern. Bis ich zum Steak selbst komme. Die anderen Packungen haben ja jeweils Anweisungen, wie der Inhalt zubereitet werden soll. Das kriegt sogar dein Hamster hin, wenn er nur den Anweisungen folgt. Das Fleisch dagegen …

Ich wiege die Pakete in der Hand ab.

Denke nach.

Das heißt, ich tue so, als würde ich denken. Stattdessen schwitze ich. Und diesmal, weil mich die Hitze hier in der Küche auch zum Siedepunkt bringt.

Ich erhitze das Fett in der Pfanne und werfe das Fleisch hinein. Ich bin fest davon überzeugt, dass meine Familie kein rohes oder blutiges Steak mag. Aber das Fleisch ist ziemlich dick. Es braucht wahrscheinlich eine ganze Weile in der Bratpfanne, um gar zu werden. Noch zwanzig Minuten bis zur Essenszeit. Das müsste reichen. Das wird ein Superessen. Ich springe in mein Zimmer und lege die Single von *Verwüstung* auf. *»Das Gesetz schlägt zu, das Gesetz schlägt zu, du Ärmster, denn als Nächstes dran bist du …«*, dröhnt es durch die Wände und das übliche Bild im Flur fällt mal wieder herunter. Es kann auch gar nichts mehr ab.

Das Telefon klingelt, als der Plattenspieler wieder von vorn anfängt. Ich werfe einen Blick auf die Pfanne. Das Fleisch brutzelt und räkelt sich im Fett. Ich greife zum Hörer und sage: »Hier ist Gott. Womit kann ich dienen?«

»Hier ist Reidar«, sagt Reidar. »Ist heute Abend was angesagt?«

»Denke nicht«, antworte ich. Reidar weiß, dass Muttern und Vattern immer freitagabends zur Hütte fahren. Und manchmal verschwindet auch Sis, sodass wir Jungs die Bude für uns haben. Aber eigentlich habe ich gar keine Lust, mit den Jungs herumzuhängen. Irgendwie deprimiert es mich, wenn ich mit ihnen zusammen bin. Ich will nicht so wie sie sein. Vielleicht abgesehen von Reidar.

»Du musst zusehen, dass Gloria mehr rauskommt. Es ist nicht gut für sie, wenn sie zu Hause Moos ansetzt«, erklärt Reidar. »Vielleicht könnte ich behilflich sein ...«

»Gib dir keine Mühe«, antworte ich. Reidar geht aufs Ganze, wenn es um Mädchen geht. Er ist der Einzige, von dem ich in dieser Beziehung was lernen könnte. Aber bei dem Gedanken, Reidar könnte mit Sis herumturteln, wird mir übel. Er gehört ja fast schon zur Familie. »Ist sonst was los heute Abend?«

»Wohl kaum«, erklärt er. »Nirgends 'ne Regung. Die Hitze macht alle fertig. Kann sein, dass ich später noch was am Laufen habe ...«

»Du hast doch immer noch irgendwo was am Laufen.«

»Aber diesmal ist es was anderes.«

»Das ist nie was anderes bei dir, du Don Juan!«

»Ich mache ja nur Quatsch«, erwidert er grinsend. Das kann ich hören. »Also, läuft nun heute Abend was, oder nicht?«

»Ich denke nicht«, erkläre ich und merke, dass sich das Gespräch im Kreis dreht. Es ist vollkommen sinnlos. Ich werfe einen Blick in die Küche und stelle fest, dass das Fleisch doch bitte schön gewendet werden möchte. »Ich muss jetzt Schluss machen«, sage ich. »Ich hab noch 'ne Verabredung mit einem toten Tier.«

Dann sause ich hin und drehe die Fleischstücke in der Pfanne um.

Es riecht lecker nach Fleisch. Das Zischen in der Pfanne übertönt die Musik. Also lege ich bei der Anlage noch einen Zacken dazu. Bis Muttern aufschließt. »Dreh das leiser, sonst bist du ein toter Sechzehnjähriger«, erklärt sie.

»Das ist Punk, Muttern«, verteidige ich mich. »Ihr habt doch sogar mal bei einem Konzert mit *Verwüstung* zusammengespielt!«

Sie wirft mir *den* Blick zu und ich drehe die Musik runter, bis sie sich kaum noch aus den Lautsprechern traut. Muttern verschwindet im Badezimmer. Und dann kommen auch Sis und Vattern an. Ich decke alles auf, was nötig ist. »Hm«, sagen sie und setzen sich. Allen tropft der Speichel schon auf den Teller.

»Wir feiern heute mit Steak«, sagt Muttern so trocken, wie nur sie es kann. Alle sehen mich an und ich sage nur: »Ja.« Worauf allen klar ist, dass es gar keinen Sinn hätte, nach dem Grund zu fragen. Das weiß ich zu schätzen. Ich serviere ihnen das Fleisch. Die Steaks sind etwas geschrumpft, sehen meiner Meinung nach aber immer noch gut aus.

Eine misstrauische Stimmung erfüllt die Küche. Ich setze mich und sehe, wie sie im Fleisch herumstochern. Vattern versucht ein Stück abzuschneiden. Und er schafft es. Zum Schluss. Sis schüttelt den Kopf. Sie hat es geschafft, ein Stück in den Mund zu stopfen.

»Hattest du gesagt, es sollte Steak geben?«, fragt Vattern. Mir gefällt diese Frage nicht. Aber ich stecke mir selbst ein Stück in den Mund. Das Fleisch ist hart. Es ist zäh. Es schmeckt… Tja, gebraten ist wohl der richtige Ausdruck. Einige würden sicher behaupten, es wäre mit dem Schweißbrenner gebraten worden.

»Hast du es selbst geschlachtet?«, fragt Sis. Dieser funkelnde, bissige Blick in ihren Augen gefällt mir noch weniger.

»Ich hoffe, du willst jetzt nicht jeden Tag feiern, mein Sohn«, sagt Muttern und stürzt sich auf Kartoffeln und Soße. »Meine Zähne sind dafür nicht geeignet.«

»Vielleicht könnte der Straßenbau das ja als Untergrund für Autobahnen benutzen. Hast du dir das Rezept aufbewahrt?«, fragt Vattern.

»Ich habe gehört, dass das Militär eine neue Art von Granaten entwickelt hat. Könnten das solche sein?«, fragt Sis.

»Ich glaube, ich bin satt, Adam«, erklärt Muttern. »Willst du nicht noch mein Fleisch? Das ist Steak!«

Daraufhin fangen wir alle an schallend zu lachen und mir ist klar, dass…

Okay.

Ich habe es kapiert.

Und ich muss zugeben, dass es bescheuert schmeckt.

Das fällt mir nicht leicht, und um zu beweisen, dass es sich sehr wohl essen lässt, bleibe ich noch sitzen, nachdem die anderen aufgestanden sind, und zwinge den Rest in mich hinein. Aus lauter Trotz. Ich habe im Internet gelesen, dass mehr Menschen jährlich an Moskitobissen und Eselstritten sterben als durch Flugzeugabstürze. Aber ich möchte wissen, ob es nicht auch eine Statistik darüber gibt, wie viele Leute sterben, weil sie zu zähes Steak gegessen haben. Das im Magen zu einem schweren Klumpen wird und da liegt das Fleisch dann – oder das, was einmal Fleisch war – und gärt vor sich hin.

Muttern und Vattern fahren zur Hütte und Sis hockt sich ans Telefon. Sie hat einen Liebsten in Bergen, den sie nicht so oft sieht. Einen Typen, mit dem sie deshalb umso häufiger telefoniert, es sei denn, unsere Eltern bekommen gerade mit, dass sie die Einheiten durch die Leitung sausen lässt. Aber Sis meint, dass die Alten es sich dieses Jahr problemlos leisten können. Weil Vattern in drei oder vier Wochen Premiere haben wird, muss er zu Hause bleiben und mit den anderen Schauspielern proben. Das Höchste an Ferien, was er sich leisten kann, sind die Hüttentouren am Wochenende. Aber Muttern beschwert sich, dass er auch dort nur über dem Peer Gynt hockt.

Eigentlich würde Muttern viel lieber irgendwohin fahren, wo es noch viel heißer und schweißtreibender ist als in Oslo, am liebsten mit ganz viel Sonne, Wein und Essen. Eine griechische Insel. Korsika oder Norditalien. Ägypten. Malta. Sie blättert jeden Abend in den Broschüren der Reisebüros, als wären das die reinsten Pornos, und seufzt so laut, dass Vattern sich in seinem Sessel windet. Aber jetzt sind Vattern und sie schon lange Richtung Drøbak abgedampft und auf der Fähre nach Hurum.

Die Sonne hat etwas von ihrem Schwung verloren. Ich kann sie schräg über dem Wohnblock auf der anderen Seite des Hinterhofs liegen sehen. Sis redet so leise, dass ich nichts verstehen kann. Aber als ich versuche mich aufs Sofa zu platzieren, bedeutet sie mir, mich doch zu verziehen.

Ich trolle mich davon. Ich sitze im Zimmer und starre auf Birkelunden. Ich sehe durch die Bäume hindurch das Dach des Musikpavillons. Und es wurmt mich.

Jetzt merke ich es.

Ich bin schon die ganze Zeit mit einer Unruhe im Bauch herumgelaufen.

Die war den ganzen Tag schon da.

Aber nur ab und zu hat sie ihren hässlichen Kopf hervorgesteckt.

Ich denke an den Mann auf dem Silodach.

Ich sehe ihn vor mir, wie er grüßt.

Ehrlich gesagt, habe ich die ganze Zeit an ihn gedacht.

Ich wollte es nur nicht zugeben.

Ich bin mit einer ekligen Unruhe in mir herumgelaufen.

Und habe versucht sie nicht hochkommen und überkochen zu lassen.

Dabei hat sie die ganze Zeit gegen den Deckel gekratzt und gedrückt.

Der Mann auf dem Silo …

Worauf ich wie ein Schlafwandler aufstehe. Ich stehe auf, ohne an die Beine zu denken und daran, dass die ja aufstehen müssen. Aber ich stehe auf.

Ich habe eine schreckliche Unruhe in mir, im Magen, in der Leber, in den Nieren, in den Gedärmen. Das juckt und der Körper erhebt sich automatisch, als würde jemand an unsichtbaren Fäden ziehen und zerren, die an Armen und Beinen befestigt sind.

Ich gehe in den Flur hinaus und der Mund – der nicht mehr wirklich mein Mund ist – erklärt, dass ich mal eine Runde drehe. Tschüss dann. Mit den Augen versuche ich zu sagen, dass ich eine Unruhe in mir habe und dass Sis mir helfen soll mich von diesem Körper zu befreien, der das Kommando übernommen hat.

Aber sie starrt mich nur an und flüstert, kichert und knutscht weiter ins Telefon. Elende Hexe!

Wie eine Marionette gehe ich die Treppen hinunter und auf die Straße. Autos und Straßenbahnen brausen in hastiger Fahrt vorbei. Ich würde am liebsten losschreien. Aber der Schrei kommt nicht heraus. Stattdessen laufe ich mit einer Unruhe in mir herum, die mich nicht verlassen will. Ich gehe steifbeinig, schaue steif vor mich hin und denke steif, dass ich der steife Gefangene einer Unruhe bin.

Der unsichtbare Puppenspieler führt mich die Straßenbahnschienen entlang. Bis zum Olaf Ryes Plass. Ich kann die Jungs auf ihrer Stammbank sitzen sehen. Als hätten sie sich seit dem letzten Mal gar nicht fortbewegt. Der Einzige, der nicht so recht dazuzugehören scheint, ist Reidar. Er läuft zwischen Bank und Springbrunnen hin und her. Als hätte er auch so eine Unruhe in sich.

Ich werde so am Park entlanggeführt, dass sie mich nicht sehen können. Der Puppenspieler will offensichtlich nicht, dass ich entdeckt werde und die Chance bekomme, jemanden um Hilfe zu bitten. Ich gehe am Gamle Grüner vorbei, wo die Leute draußen sitzen und ihr Bier im Freien genießen. Sie sehen wie apathische Fliegen aus. Mein Körper macht weiter steife Schritte nach vorn und bringt mich dem Fluss näher.

Ich weiß, wohin der Weg geht. Ich soll zum Silo, na klar. Ich hätte möglicherweise losgeschrien, wenn ich mich hätte erinnern können, wie das geht.

Wir sind auf dem Weg zum Silo und ich spüre, wie die Unruhe in meinem Körper mit jedem Meter, den wir uns nähern, größer wird.

Inzwischen herrscht eine so große Unruhe in meinem Körper, dass sie gegen jeden Quadratzentimeter meiner Haut pocht. Brüder & Schwestern, das ist einfach crazy. Jemand oder etwas hat mich erobert. Ich öffne den Mund, um zu schreien.

Aber es kommt kein Laut heraus.

Es kommt kein Wort heraus.

Das Einzige, was herauskommt, ist ein lautloses:

- -

Ich habe einen Mund, kann aber nicht schreien.

Ich habe einen Körper, kann aber nichts anderes tun, als dem Befehl gehorchen.

Ich habe ein Gehirn, aber das gehört mir nicht mehr.

Ich habe nur noch eine Unruhe in mir, die einfach nicht verschwinden will.

Aber das Merkwürdige geschieht. Sobald ich das Silo in der Ferne sehe, werde ich ruhig. Körper, Mund und Gehirn gehören wieder mir. Der unsichtbare Puppenspieler hat die Fäden durchgeschnitten und ich bin wieder ich. Das ist eine unglaubliche Erleichterung. Brüder & Schwestern, als ich das Silo sehe, spüre ich erneut dieses phantastische Glücksgefühl, das ich am Dienstag erlebt habe.

Ich gehe aufs Silo zu. Und sehe es als eine Silhouette gegen die Sonne.

Es sieht aus wie ein Zahn.

Nein, vielleicht eher wie eine Klippe?

Oder ein Gefängnisturm?

Vielleicht wie ein magisches Schloss, in dem alles passieren kann?

Ich gehe näher heran, benutze den Fußweg bis zur Brücke. Ich setze mich bei Cuba in den Park und schaue zum Silo, während die Sonne ihr Himmelsfeuer löscht. Das dauert ein paar Stunden.

Kinder rennen herum, haben nichts anderes im Kopf als das größte Bonbon der Welt. Junge Frauen schieben Kinderwagen aus meinem Blickfeld rein und raus und denken nur an das kleine Würmchen, das einmal ein Kind werden wird, ein Teenager, genau wie sie, Programmierer oder Küchenhilfe oder Lehrer. Alte Greise, leicht zu Fuß wie Schildkröten, schleppen sich vorbei und warten auf die Rente, auf den Tod, darauf, dass etwas Spannendes passiert. Ein Cockerspaniel strolcht herum und ist fest überzeugt davon, dass er ein großer, gefährlicher Hund ist. Eine Katze jagt Schmetterlingen nach und scheißt auf Whiskas.

Aber nichts von alledem hat was mit mir zu tun. Ich sitze im Schneidersitz und bin ganz ruhig. Ich lausche dem Körper, wie er wächst, und denke nur ganz einfache Gedanken. Will das kleine Wunder nicht stören, das ab jetzt in den kommenden Wochen geschehen wird. Ich gehe irgendwie mit mir selbst schwanger. Schon pervers, so zu denken. Aber die Unruhe, die ich in mir hatte, ist zu einem Samen geworden, der irgendwo in meiner Brust heranwächst.

Und immer noch bin ich überzeugt davon, dass der Mann auf dem Silodach etwas mit dieser Unruhe zu tun hat. Ich warte, bis es dunkel wird, ohne dass er auftaucht. Aber so einfach kommt er mir nicht davon. Für heute Abend gebe ich auf. Aber nur für heute Abend.

Als ich nach Hause komme, hängt Sis immer noch am Telefon. Aber das Gesäusel von vor ein paar Stunden ist verschwunden. Sie hat eine Tasse Kaffee vor sich. Der Kaffee sieht kalt aus, sie hat fast nichts davon getrunken. Sie starrt mich sauer an und macht erst den Mund auf, als ich Anstalten mache, mich aufs Sofa zu setzen.

»Verschwinde, du Schafskopf!«, faucht sie.

»Ich hab dich auch lieb«, erwidere ich, gehe in die Küche und durchstöbere den Schrank. Muttern hat dort Kartoffelchips, Schokolade und zwei riesige Snickers deponiert. Ich schnappe mir alles.

Sis hat offenbar nichts anderes im Kopf, als die Telefonrechnung in die Höhe zu treiben. (Hehehehe!)

Ich verbarrikadiere mich in meinem Zimmer und spiele *Fleisch*. Ich zucke zusammen, als sie mit *»Der Mann auf dem Dach«* einsetzen, obwohl ich es doch vorher hundertmal gespielt habe, ohne auf den Text zu achten. Der fängt so an:

Der Massenmörder lächelte der Presse zu,
als er verurteilt worden war.
Vor ein paar Wochen war er noch 'ne Null,
heute ist er ein Star.
Er lag auf dem Dach und schoss in aller Ruhe
auf die Kinder, die kamen gerade aus der Schul.
Aber die Freunde haben gelogen, als sie meinten,
es wäre witzig auf dem elektrischen Stuhl…

Aber der Mann, an den ich denke, ist nicht so. Da bin ich mir absolut sicher.

Fast absolut sicher.

Deshalb ist er nicht da oben. Ich glaube – und ich fühle –, dass wir irgendwie verwandt sind. Und um das herauszufinden, habe ich mir einen Plan gemacht.

Ich knacke ein mit dem Plan im Kopf.

Und wache abrupt ein paar Stunden später davon auf, dass Sis mich schüttelt. »Hast du alle Süßigkeiten aufgegessen?«, fragt sie ungläubig.

Ich grinse nur, die Schokolade noch in den Mundwinkeln und schlafe wieder ein, nachdem ich geantwortet habe: »Hat dir schon mal jemand gesagt, dass du abnehmen solltest?«

Das ist natürlich reichlich bösartig. Aber es macht Spaß, so etwas zu sagen…

SAMSTAG, 6. JULI

»Hey, ihr da!«

Die Sonne geht auf um 04.06 Uhr
und sie geht unter um 22.37 Uhr.

Auf dem Silodach sitzend, schreibe ich noch einen Brief an Caroline. Das erste Mal hat mir noch nicht gereicht, Brüder & Schwestern. Aber diesen Brief schreibe ich mit viel Gekicher. Logo, dass ich mich platt auf den Boden vor ihr lege und sie »meine große Liebe« nenne und dass »ich sie niemals vergessen werde«. Und am Ende flehe ich sie an, doch so lieb zu sein und mir zu sagen, ob ich nicht noch eine winzig kleine Chance bei ihr hätte.

Das wird ein reichlich schleimiger Brief.

Ein Kriecherbrief, bei dem ich, die Schildkröte Adam, das unscheinbarste Wesen von allen, mich in den Staub werfe und noch einen halben Meter tief im Modder versinke.

Ich, Idioten-Adam, breite die Arme aus und lege mein Schicksal in ihre Hände.

Na, jedenfalls im Brief.

Immer noch tut es mir weh, aber inzwischen kann ich es ertragen.

Der neue Adam hat nämlich einen Schildkrötenpanzer um sein Herz, der ihn beschützt. Eine wildledergegerbte Seele und ein Herz im Panzer. Ich bin für alles gewappnet.

Die Sonne hat heute keine großen Sachen vor. Anscheinend will sie auch Wochenende machen. Heute hat sie einen feinen Wolkenregen hervorgezaubert und will offensichtlich Versteck spielen und immer nur kurz mal hervorgucken – sie verschwindet hinter einer Wolke, die wie Peer Gynts Bock aussieht, und kommt wieder hervor hinter einer Wolke, die einem Teenager Ninja Turtle ähnelt. Es sind niedrigere Temperaturen angesagt worden und das ist zu spüren. »Bist du zufrieden?«, fragt sie mich.

»Ich kann nicht klagen«, antworte ich.

»Wirst du erwachsen?«

»Das wächst sich schon zurecht. Das kriege ich hin«, versichere ich ihr und erkläre kleine Pikser von allen Carolinen der Welt für unwichtig.

Nachdem ich den Brief unterschrieben habe, fällt mir noch etwas Wichtiges ein. Ich füge ein PS hinzu, worin ich sie um eine deutliche Antwort bitte. Diese kleinen Details sind wichtig. Sie machen das Tüpfelchen auf dem i aus und die Punkte beim ö.

Als ich ihren Namen schreiben will, schreibe ich: Caroline Venus Madonna Pamela Gundersen. Womit ich garantiert auch heute wieder zehn Punkte in der Kindisch-sein-Skala erreicht habe. Ich werfe ihn ohne Briefmarke ein. Es soll sie etwas kosten, diesen Mist zu lesen.

Ich habe meine feste Bank auf dem Olaf Ryes Plass. Natürlich ist die heute besetzt. Also muss ich mit der Sonne abgewandtem Gesicht sitzen und zur Thorvald Meyers gate gucken statt den Markveien hinunter.

Hinterher ist mir klar, dass das seinen Sinn hat. Es muss die Sonne gewesen sein, die da ihre Hand im Spiel hatte. Die Sonne ist wirklich eine geniale Göttin für mich.

Aber das verstehe ich erst später. Zunächst einmal verfluche ich den Kerl, der sich da ganz locker auf meine Bank gesetzt hat und aussieht, als wolle er dort sitzen bleiben, bis sie ihn wegtragen. Um ihn herum liegen dreihundert Kippen. Und merkwürdigerweise hat er einen Mantel dabei, den er neben sich gelegt hat. Sein Haar ist dicht und schwarz. Es schimmert fast blau. Er scheint zu flennen, wirkt auf jeden Fall deprimiert. Es sieht nicht so aus, als warte er auf jemanden oder als würde er sich langweilen. Er ist einfach nur da. Wie eine Skulptur, die dorthin gestellt wurde, um die nächsten tausend Jahre an diesem Platz zu verbringen. Mir ist klar, dass meine Bank nicht zu haben ist, und ich setze mich auf die andere Seite der Fontäne.

Aber gerade weil ich dort sitze und die Aussicht jetzt anders ist als sonst, fallen mir all die scharfen Mädchen auf. Und das muss mir passieren, wo ich doch gerade geschworen habe, nicht mehr mit offenem, speicheltropfendem Mund dazusitzen, wie es die anderen Jungs tun!

Jedenfalls sehe ich mir die Mädchen an.

Ich sehe diejenigen, die in meinem Alter sind und anscheinend noch nicht so ganz ihre Form gefunden haben. Genau wie ich. Die aber täglich daran arbeiten, erwachsen zu werden. Ich sehe, wie toll sie sind.

Ich sehe junge Frauen von zwanzig Jahren, die erwachsen sind und doch noch nicht so ganz erwachsen. Und die sind wirklich toll.

Ich sehe erwachsene Frauen und sehe, wie toll die sind.

Ich sehe Frauen, die ich wohl eher als Damen bezeichnen sollte, weil sie so ungefähr in Mutterns Alter sind. Und die sind auch toll.

Und ich denke, Brüder & Schwestern, ich denke, dass es vielleicht genau eine dieser Frauen ist, in die ich mich im Laufe der nächsten Stunde verlieben werde.

Eine dieser tollen Frauen.

Ich weiß nicht, woher dieser Gedanke ans Verlieben kommt. Vielleicht von der Sonne. Vielleicht vom Mond. Vielleicht von mir selbst. Von dem neuen Adam?

Denn ich widerspreche der Behauptung, dass dieser Gedanke kindisch ist. Hätte ich wie früher gedacht, dann hätte ich gehechelt, nur an Schweinereien gedacht und an Titten und Ärsche. Aber jetzt denke ich an Frauen.

An das Ganze, sozusagen.

Ganze Frauen.

Tolle Frauen.

Und weil ich genau dort sitze, sehe ich, wie sie donnernd von der Ecke zur Thorvald Meyer in den Park einbiegt. Sie da… Sie überragt die meisten anderen Leute und rauscht wie eine Welle voran. Aber sie lässt mich nicht an eine ausrollende Welle denken. Eher an eine Sturzwelle. Einen scharfen Wind. Einen leichten Sturm.

Natürlich weiß ich, dass es Inlineskates sind, die ihr Größe und Speed verleihen. Sie läuft mit schnellen, kurzen Schritten und ich sehe sie eigentlich nur für ein paar Sekunden, bevor sie an mir vorbei ist und hinter mir verschwindet. Ich drehe mich schnell um und präge mir ihr Bild ein. Sie trägt kakigrüne Shorts. T-Shirt in Camouflage-Farben. Ellbogen- und Knieschützer, aber keinen Helm. Der hängt hinten im Nacken und hüpft auf ihrem Rücken hin und her. Sie hat einen hellblonden Kurzhaarschopf und eine Sonnenbrille auf, durch die ihre Augen Insektenaugen ähneln.

Ich weiß sofort, dass ich dieses Mädchen am liebsten sofort einladen würde. Ihr möchte ich etwas kochen. Vielleicht nicht gerade Steak…

Ich weiß: Mit ihr könnte ich mir vorstellen, den ganzen Abend durchzuquatschen.

Mit ihr da.

Die in 19 Sekunden an mir vorbeirauschte.

Und das war's.

Mehr ist nicht notwendig, um zu sehen, dass sie ein tolles Mädchen ist.

Ein wirklich tolles Mädchen.

Die da möchte ich gerne kennen lernen.

Der magische Moment ist vorbei.

Ich hatte 19 Sekunden Zeit und sie da ist jetzt aus meinem Sichtkreis verschwunden.

Ich weigere mich, das zu glauben. Ich verfluche mich selbst, weil ich so lahmarschig bin, und stehe auf. Sprinte dorthin, wo der Markveien in Richtung Zentrum verschwindet. Ich laufe, dass mein Herz die Stempel gut ölt. Weit dort unten kann ich sehen, wie sie auf ihren Inliners weiterbrettert.

Es gibt keine Hoffnung – es gibt keine Chance. Ich laufe, ohne den Abstand zu verringern. Im Gegenteil, sie vergrößert ihn. Sie da!

Scheiße, dabei hätte ich den Abend gern dazu benutzt, ihr alle spannenden Dinge zu erzählen, die ich weiß! Zum Beispiel, dass du 5050 erhältst, wenn du alle Zahlen von 1 bis 100 addierst. Dass nahezu alle Banküberfälle am gleichen Wochentag stattfinden. Dass ein Amerikaner in seinem Leben 28 Schweine aufisst – und 25 Kilo Schokolade. Dass der Hamburger 1900 erfunden wurde. Und dass ein Monat, der mit einem Sonntag anfängt, immer einen Freitag den 13. haben wird.

Man hätte ja annehmen können, dass ich mich in genau so einem Julimonat befinde, der einen Unglückstag vorzuweisen hat. Aber dem ist nicht so. Auch wenn ich jetzt den Wettlauf mit ihr da verliere.

Als ich wieder im Park bin, ist der Kerl von meiner Bank verschwunden. Aber jetzt weiß ich ja, dass es einen Grund hatte. Es gab einen Grund, dass ich dort sitzen sollte, wo ich saß, Brüder & Schwestern. Ich sollte all die tollen Mädchen sehen und ich sollte darüber nachdenken, wie toll sie doch sind. Und ich sollte sehen, dass es noch andere Mädchen auf der Welt gibt als nur diese bescheuerte Caroline.

Caroline …

Ich lasse mir den Namen auf der Zunge zergehen und denke – nichts.

Er stört mich überhaupt nicht mehr.

Ich spüre nicht den kleinsten Piks.

Mein Schildkrötenpanzer erfüllt seinen Zweck.

Oder liegt es daran, dass ich gesehen habe, dass es jemanden wie die da gibt?

Oder ist es auch ein Zeichen dafür, dass etwas mit meinem Kopf, meinem Körper und meinem kindischen Wesen passiert und mit all dem, was mich in der letzten Zeit so frustriert hat?

Egal, ich tue, was jeder Amerikaner getan hätte: Ich kaufe mir reichlich Süßigkeiten und gehe nach Hause. Setze mich auf den Balkon. Genieße den Sommer. Erinnere mich daran, dass ich ja plötzlich ganz viel Zeit habe. Und jetzt werde ich sie für etwas Sinnvolles benutzen. Ich setze mich hin und konzentriere mich nur darauf, erwachsen zu werden. Ich nehme mir kein Buch. Ich probiere kein neues Computerspiel aus. Ich konzentriere mich einzig und allein darauf, der neue Adam zu werden.

Ich sitze auf dem Balkon und lasse meine Seele leicht im Sommer baumeln, der um mich herum daliegt, während ich mich darauf konzentriere, die Schlangenhaut loszuwerden, die der alten Ausgabe meiner selbst gehört hat.

Sis ist nicht zu Hause.

Muttern ist nicht zu Hause.

Vattern ist nicht zu Hause.

Das Einzige, was zählt, das bin ich und das beschlagene Glas mit Urge.

In mir spüre ich eine herrliche Ruhe, die durch nichts erschüttert werden kann.

Nicht einmal durch Sis, als sie gegen halb vier nach Hause kommt. Sie ist offensichtlich stinkig und ich halte mich lieber raus. Ich betrete die Wohnung nicht und versuche unsichtbar zu sein. Verschmelze mit den Plastikstühlen draußen auf dem Balkon. Sie setzt sich zu mir und ich spüre die bad vibrations, die von ihr ausgehen. Reichlich Wut-vibrations. Irgendwas ist im Laden passiert. Ich will es gar nicht auf die direkte Art rauskriegen. Ich ärgere sie nicht. Ich erzähle ihr keine einzige Trivial-Information aus dem Internet. Ich schlage nicht vor, noch ein Steak zu braten. Ich nippe an meinem Urge und konzentriere mich darauf, weiter an dem neuen Adam zu arbeiten. Aber das ist nicht so einfach, wenn Sis dasitzt und etwas ausbrütet.

Um der Explosion zu entgehen, schleiche ich wie eine Katze und tue so, als wäre ich verschwunden, bis zum abendlichen Essen. Wir essen Würstchen und Kartoffelbrei. Das heißt, ich esse und genieße das Essen. Sie stopft sich was in den Mund und streicht sich die ganze Zeit übers Haar. »Du ...«, sagt sie ins Blaue hinein. »Hast du das wirklich gemeint, als du gesagt hast, ich sollte was abnehmen?«

»Sorry, Sis«, antworte ich erleichtert. Da liegt also der Hase begraben. »Das war nur Quatsch. Einfach so dahingeplappert, weil ... weil ... ja, weil es einfach nur witzig ist, so was zu sagen.«

»Hm«, lautet die Antwort und sie kippt zurück in diese ruhige, unheimliche Passivität. Würstchen wird reingeschoben. Kartoffelbrei folgt. Würstchen und Brei. Sis streicht sich übers Haar und verschwindet aus der Wohnung.

Und mir tut das in keiner Weise Leid.

Es wird acht Uhr und sie ist weg.

Hier drinnen ist es öde wie in einem Sack. Ich sehe Fernsehen. Jetzt im Sommer gibt's da eh nur Scheiße. Ich stelle aus und horche auf die Stille. In mir ist es ganz ruhig und die Uhr humpelt auf die Neun zu. Sis ist weg. Zehn, und mir ist klar, dass sie in die Stadt gefahren ist.

Viertel nach zehn, und ich denke an das kalte Bier ganz hinten im Kühlschrank.

Drei Minuten später habe ich es in der Hand und denke, dass Vattern sich nicht mal wird dran erinnern können, dass es je da gewesen ist. Er geht gewiss davon aus, dass Sis es genommen hat. Ich kippe es, ohne zu zögern, in mich hinein. Der Alkohol braust in meinem Blut und ich spüre einen richtigen Rausch durch die Adern fahren.

Draußen ist der Mond dabei, aufzugehen. Und ich bin für fast alles bereit.

Ich bin auf alle möglichen Vorschläge vorbereitet.

Wenn ich nur nicht ganz allein gewesen wäre. Es gibt nur mich, den Staub und eine leere Flasche Bier.

Halb elf, und ich überlege, ob ich nicht um die Ecke gehen und mehr Naschkram kaufen sollte. Ich gehe davon aus, dass ich in ein paar Minuten zurück sein werde. Ich brauche ja nur etwas, um dieses bonbonsüchtige Untier in mir zu beruhigen.

Ich kaufe Schokolade und Erdnüsse bei dem Pakistani im Kiosk. Er grinst und guckt unverwandt auf seinen kleinen Reisefernseher. Haut die Summe in die Kasse ein und nimmt das Geld. Ich bleibe auf der Treppe vor seinem Laden stehen und spüre, wie der Rausch noch zunimmt.

Und ich weiß, dass ich dorthin gehen muss, ihr wisst schon.

Ich weiß, dass ich von dort gerufen werde.

Meine Schritte führen mich zum Silo.

Natürlich.

Ich mache große Schritte, esse Erdnüsse und spüre, wie der Rausch sich legt. Er mischt sich mit dem Gehirnwasser und beruhigt sich etwas.

Da baut sich das Silo vor mir auf, ragt in den Himmel.

Und da steht er.

Ich sehe den Mann mit dem langen Mantel oben auf dem Silodach stehen.

Wie beim letzten Mal hebt er die Arme und grüßt jemanden, etwas oder auch mich.

Da steht er im Mondlicht oder im Widerschein des Tages und lockt mich, zu ihm zu kommen.

Und das sehe ich als Aufforderung an. Ich habe keine Angst. Ich spüre keine Unruhe im Körper. Stattdessen habe ich die Erwartung, endlich zu erfahren, wer dieser Kerl ist, der sich hier in diese Geschichte drängt. Seit ich ihn zum ersten Mal gesehen habe, liegt er wie ein Puls unter der Oberfläche. Wie ein Herzklopfen. Wie eine dumpfe Basstrommel. Aber jetzt wird der neue Adam die Sache klarstellen.

Ich klettere auf den Zaun an der Eingangstür und ziehe mich am Balken hoch, balanciere den schmalen Rand entlang, der an der Wand verläuft, und gelange auf das flache Dach über der Tür. Von dort brauche ich nur noch durch das kaputte Fenster zu klettern und schon bin ich im Treppenhaus. Für denjenigen, der schon mal hier war, ist das no problem. Ich sehe es klar vor mir, wie der Weg weiterverläuft. Sonst hätte es ein Problem werden können, sich im Dunkeln vorzutasten.

Ich schleiche mich die Treppen hoch. Es ist unmöglich, das lautlos zu machen. Dafür lassen die Fensterscheiben zu wenig Licht durch. Ich bleibe auf jedem Absatz stehen und horche, denn hier drinnen ist es sonderbar still. So muss es im Berg sein, denke ich. In der Halle des Bergkönigs. So muss Peer Gynt es empfunden haben.

Ich habe wohl vier Fünftel des Weges zurückgelegt, als ich unterhalb von mir etwas höre. Ich zucke zusammen und horche angestrengt. Schritte laufen die Treppen hinunter. Nein, sie rasen hinunter, als würde jemand vor einem Gespenst fliehen.

Da wird mir klar, dass es sich dabei um den Mantelmann handeln muss, der gehört hat, dass ich komme. Auf irgendeine Weise hat er gehört, dass ich komme. Er muss den Instinkt und das Gehör eines wilden Tieres haben. Er hat sich die Treppen hinuntergeschlichen, während ich auf dem Weg nach oben war. Und anschließend ist er in einer Nische stehen geblieben und hat abgewartet, dass ich vorbeigehe. Kaltblütig wie der Teufel. Ich bekomme eine Gänsehaut und laufe ihm ein paar Stockwerke hinterher. Aber sein Vorsprung ist zu groß. Ich sehe nicht mal einen Mantelzipfel von ihm, bevor er rausschlüpft und die Straße entlang verschwindet.

Sonderbarerweise bekomme ich keine Angst.

Er stand dort im Dunkel wie ein Mörder oder ein Dieb.

Er muss meinen Schatten vorbeigehen gesehen haben.

Er muss die Luft angehalten und dort gestanden haben wie ein toter Mann.

Er hat gewartet, bis ich ein paar Etagen an ihm vorbeigegangen war.

Erst dann ist er abgehauen.

Das erfordert etwas fast Unmenschliches.

Das sollte mich zu Tode erschrecken.

Stattdessen sehe ich es nur als eine weitere Herausforderung an.

Jetzt sind wir zu zweit.

Wenn er sich nicht schon vorher darüber klar war, dass ich ihn gesehen habe, so weiß er es jetzt.

Der Mantelmann weiß jetzt auch von mir.

Ich mache mich auf den Heimweg und komme in eine Wohnung, die ungefähr genauso dunkel ist wie das Innere des Silos. Sis ist nach Hause gekommen. Die einzige Beleuchtung besteht aus einer einsamen Kerze, die auf der Musikanlage im Wohnzimmer steht. Ich sehe ihr Gesicht erst, als ich ganz im Raum stehe. Da quillt es wie ein Gespenst hervor. Einen wilden, verrückten Augenblick lang kommt es mir in den Sinn, der mysteriöse Mantelmann könnte auf mich warten.

Sis' Gesicht ist nur ein bleiches Oval in der Dunkelheit.

Sie spielt Nick Cave und hat eine Flasche Wein geöffnet.

Damit ist sie schon ziemlich weit gekommen.

»Setz dich, Bruder«, sagt sie und ich kann hören, dass sie betrunken ist.

Aber ich setze mich. Es wäre nicht schlecht, mit ihr im Laufe des Wochenendes wenigstens einmal ein angenehmes Gespräch zu führen.

»Könn'n wir nicht gleich zur Sache kommen?«, fragt sie und fährt fort, als ob das gar keine Frage gewesen wäre: »Ich komme gleich zur Sache. Dieser Typ da in Bergen – lass uns lieber keine Namen nennen, wir können ihn ja einfach Weichei nennen – er hat Schluss gemacht. Toll, was?«

Was hättet ihr, Brüder & Schwestern, zu eurer großen Schwester gesagt, wenn sie euch an einem weit vorangeschrittenen Samstagabend derartige Beichten auf den Tisch gelegt hätte? Hättet ihr gedacht, brauchst dich gar nicht drum zu kümmern, wahrscheinlich ist sie nur etwas daneben und down? Ich jedenfalls nehme gute Vorschläge gern entgegen. Hier folgen mögliche Antworten:

»Das tut mir Leid.« (Aber das ist zu schlaff. Als würde ich es gar nicht so meinen.)

»Sorry, Sis. Aber es gibt ja noch mehr Männer auf der Welt.« (Das klingt ganz nach unseren Eltern. Geht also nicht.)

»Ist mir doch scheißegal.« (Damit habe ich den Krieg erklärt. Wenn ich zu den nachtragenden Typen gehören würde, hätte ich vielleicht so etwas gesagt wie: »Danke für die netten Gespräche, die wir in den letzten beiden Tagen so geführt haben.«)

»Vielleicht solltest du mal abnehmen?« (Manchmal kann so etwas witzig sein. Aber hier klänge es nur bescheuert.)

Ich versuche es stattdessen damit: »Ehrlich gesagt, ich habe den Typen noch nie gemocht.«

Und das kommt gut. Hier machen wir auf Solidarität, signalisieren ihr, dass es wohl kaum der große Verlust ist und dass ich trotzdem sehr wohl weiß, wie traurig sie ist.

Sis schluckt es. Sis gefällt das. Sie steht auf, streckt die Arme nach mir aus und drückt mich an sich. Und ich erwidere ihre Umarmung. Schnuppere ihren guten, vertrauten Geruch, mit dem ich aufgewachsen bin. Sie ist wie ein Teil der Tapete des Zimmers, gehört zu meiner Kindheit. Immer da gewesen und immer Sis gewesen. »Isch hol dir ein Glas«, sagt sie leicht schwankend. Und sie holt ein Glas. Knallt es auf den Tisch und schenkt es bis zum Rand voll mit Rotwein. »Prost, Bruder«, sagt sie. »Sorry wegen gestern.«

»Sorry wegen dem Weichei. Auch wenn er nur ein Weichei war«, erwidere ich und lasse den Rotwein reinlaufen. Er schmeckt sauer.

Trotzdem wärmt er. Mund, Kehle, Speiseröhre und Magen werden zu einem runden, saftigen Rinderbraten. So um die 100 Grad heiß. Der Wein legt sich wie ein weicher Teppich in mir zurecht. Schwappt um die Gehirnschale. Sie redet vom Weichei und ich lasse sie sich gründlich auskotzen. Wir trinken mehr Wein und sie öffnet noch eine Flasche. Wieder randvolle Gläser. Meines wird noch voller und ein paar Deziliter fließen auf den Tisch.

Aber es stört uns nicht, wenn wir kleckern. Wir reden mehrere Stunden lang nur Scheiße. Die Zeit bekommt Fransen und unsere Körper zerfließen. Die Kerze brennt herunter und Nick Cave fängt immer wieder von neuem an. Wir reden übers Größerwerden und Erwachsenwerden. Am liebsten hätte ich ihr von meinem Projekt erzählt. Aber es gelingt mir, den Mund zu halten, auch wenn ich ein paar Mal kurz vor dem Platzen bin. Ich umkreise das Thema immer wieder. Sie erzählt, dass sie nicht scharf darauf ist, erwachsen zu werden. Sie meint, du kannst ruhig weiter herumalbern, auch wenn du die Zwanzig überschritten hast. Das ist für sie ja auch in Ordnung. Schließlich hat sie vier wichtige Jahre Vorsprung – aber ich hätte nichts dagegen, diesen Vorsprung ab und zu überwinden zu können. Das sage ich ihr, worauf sie nur kichert.

»Du solltest mal versuchen, wie es ist, wieder sechzehn zu sein und …« Das Wort kindisch will mir im Zusammenhang mit meiner eigenen Person nicht über die Lippen. Ich suche nach Worten, stottere und wiederhole: »Sechzehn Jahre und … und … und …«

»Kindisch«, ergänzt sie und kichert noch hemmungsloser.

»Danke. Wie schön, dasch wir in einer Familie sind«, erkläre ich und kippe mehr Wein hinein.

»Jungsch schind immer kindischer als Mädchen«, sagt Sis. »Die schind scho kindisch und schehen das selbst nicht mal.«

Und genau das ist es ja, wovor ich Angst habe. Hier mühe ich mich ab, ein anderer zu werden, und dann ist möglicherweise eh alles für die Katz.

Hier beende ich den Abend, Brüder & Schwestern. So weit und

nicht weiter kann ich mich erinnern. Danach ist alles nur noch finster. Nein, nicht ganz. Ich muss noch erwähnen, dass ich um fünf Uhr morgens davon aufwache, dass die Sonne mir eine Lichtnadel ins Gesicht steckt. Ich liege auf dem Teppichboden im Flur. Mir läuft der Speichel aus dem Mundwinkel und mein Kopf ist doppelt so groß wie sonst. Als ich mich im Spiegel ansehe, entdecke ich, dass ich den Abdruck vom Teppichboden auf der Wange habe. Sis schnarcht auf dem Sofa und ich störe sie nicht dabei. Ich stelle Nick Cave aus und schlucke eine Kopfschmerztablette. Es ist zu hell im Zimmer, ich hänge noch eine Decke über die Gardinen. Dann schlafe ich. Brauche mich nicht mal ordentlich zurechtzulegen. Lasse mich einfach aufs Bett fallen und schon bin ich weg.

SONNTAG, 7. JULI

»Wo ist ›Kleiner Sturm‹?«

Die Sonne geht auf um 04.08 Uhr
und sie geht unter um 22.35 Uhr.

Ist es morgens oder ist es morgens? Wenn die Uhr auf eins steht, das halbe Gehirn ein Schwamm ist und die Sonne bereits den magischen Zwölf-Uhr-Schlag passiert hat?

Für mich ist es zumindest das, was einem Morgen noch am nächsten kommt. Mein Mund ist trocken und ich trinke Urge. Ich habe eine 1,5-Liter-Flasche gekauft und schütte den Inhalt in mich hinein, als ob es um mein Leben ginge.

Aber es ist nicht der gestrige Abend, der mich quält. Ich denke nicht so sehr an ihn. Was in meinem Kopf herumsaust ist »Kleiner Sturm«. Ich habe nämlich »die da« in »Kleiner Sturm« umgetauft. Das passt.

Zusammen mit der Sonne stehe ich auf dem Silo und schaue über Løkka und die Hügel von Sinsen und Grefsen hinauf. Ich denke mir, dass irgendwo dort draußen sich vielleicht gerade jetzt Kleiner Sturm befindet. Ich hole ein Fernglas heraus und glotze in die einzelnen Straßen, als könnte ich davon ausgehen, dass sie jeden Moment in meinem Blickfeld auftaucht. Ich habe so ein Gefühl, als würde die Sonne mir zu Hilfe kommen. Aber dabei irre ich mich. »Du musst schon selbst deinen Einsatzwillen zeigen«, erklärt die Sonnenvettel, während sie an einem kalten Drink nippt und sich in einem Liegestuhl räkelt. »Versuch doch einfach ein bisschen zu entspannen«, sagt die Sonne und spielt dabei träge Hawaiimusik. »Ich für meinen Teil habe mir freigenommen. Schließlich ist heute ja Sonntag.«

Aber mein Körper ist heute nicht für Entspannung zu haben. Er ist total aufgedreht. Als wäre er an eine Autobatterie angeschlossen. Eine niedrige Frequenz knistert in den Nervendrähten und ich schwitze. Fülle Flüssigkeit nach und schwitze auch diese wieder aus. Es ist, als würde ich versuchen Wasser in ein Sieb zu schütten. Mein einziger Trost: Jedenfalls kann ich den Punkt mit dem »sich ordentlich besaufen« auf meiner Liste abhaken. Aber ich kann nicht behaupten, dass mir diese Übelkeit am Tag danach das Gefühl vermittelt, erwachsen zu sein.

Ich lasse das Fernglas schweifen – ebenso nutzlos wie vorhin. Die folgenden Stunden durchkreuze ich die Stadt und Løkka. Ich gehe zum Sinsenkrysset, die Carl Berner runter und weiter zum Alexander Kiellands Plass. Auch wenn ich Kleiner Sturm nicht finde, so tut es jedenfalls meinem Kopf gut. Die einzelnen Teile rutschen wieder an ihren Platz und ich schlage den Heimweg ein, um auszuschlafen. Sis hat vom Sofa in ihr Zimmer gewechselt. Ich störe sie nicht und lege mich für zwei Stunden aufs Ohr.

Wir grinsen einander mit verschämtem Blick an, als wir gleichzeitig aufstehen. Wir essen Abendbrot mit frischem Brot, Rührei und Schinken. Eine Stunde später kommen Muttern und Vattern. Sie hatten eine gute Zeit in der Hütte. Muttern erzählt, dass Vattern es sogar fast geschafft hat, abzuschalten. Er ist nur ein paar Stunden lang zwischen Stachelbeerbüschen und Apfelbäumen herumgelaufen und hat mit dem Gras geredet. Aber das ist normal.

»Oha«, erklären wir im Chor. »Das ist absolut normal, Vattern.«

Er kichert und ein paar seiner Falten auf der Stirn und um den Mund herum haben sich im Laufe des Wochenendes geglättet. »Und hier ist die große Party abgegangen?«, fragt er. »Ich hatte mir nämlich ganz hinten im Kühlschrank ein kleines Bier versteckt.« Er schaut von Sis zu mir und ich kann es nicht vermeiden, ich werde rot. Ich warte, dass Sis eingreift und mich rettet, aber stattdessen sagt sie: »Ich habe gesagt, es ist in Ordnung, wenn er es nimmt.«

»Vielen, vielen Dank«, murmle ich und gehe von hellrosa zu tomatenrot über. Alle prusten los und zum Schluss kann ich auch mitgrinsen. Ich trample auf den Boden und grinse verlegen.

An diesem Abend lungere ich vor dem Silo herum und warte, dass der mysteriöse Typ wieder auftaucht. Ich weiß nicht, wie er in mein Gehirn gekommen ist, aber ich schaffe es einfach nicht, ihn dort wieder rauszukriegen. Ich klettere aufs Dach, um zu sehen, ob er nicht vielleicht doch oben ist. Aber ich finde nur die Reste eines Brötchens und eine halb leere Seltersflasche. Man könnte glauben, dass er gestern auch betrunken war. Das versetzt mich in ein Gefühl, als wären wir miteinander verwandt. Oder als wären wir fast die gleiche Person, der Mantelmann wäre dann die erwachsene Ausgabe von mir. Es ist die reinste Horrorshow, sich das vorzustellen. Ich reinige das Dach von seinen Hinterlassenschaften. Verdammt noch mal, er darf meinen Platz nicht schmutzig machen.

Zu Hause frage ich Sis, ob sie mir nicht einen Kurs im Rollerbladefahren geben kann. Ich könnte mir gut vorstellen, es mal auszuprobieren. Sie schluckt den Köder sofort. Sis ist eine eifrige Missionarin und Inliner sind ihre Lieblingskleidung. Wenn man das so sagen kann.

In den Spätnachrichten erfahre ich, dass sich seit mehreren Tagen ein gefährlicher Verbrecher auf der Flucht aus dem Ullersmo-Gefängnis befindet. Wenn ich zur vorsichtigen Kategorie gehören würde, würde ich sofort denken, dass es sich dabei um den Mann vom Silodach handelt. Aber das tue ich nicht. Ich halte eigentlich eine ganze Menge von dem Kerl. Er ist nur so verdammt geheimnisvoll.

Aber als ich mich endlich ins Bett gelegt und die Decke ordentlich um meinen Körper drapiert habe, fangen meine Gedanken an zu kreisen: Und wenn er es doch ist? Dieser geflohene Gefangene war ein Mörder. Er wurde beschrieben als ein Mann mittlerer Größe, mit schwarzem Haar, durchtrainiert und ohne Bart oder Brille. Sie haben nichts von einem Mantel gesagt. Aber das kann ja Tarnung sein.

Ich fange an zu zittern, obwohl es in meinem Zimmer brütend heiß ist.

Ich wickle die Decke fester um mich.

Zittere immer noch.

Als hätte ich Fieber.

Im Traum laufe ich vor dem Mann davon. Jetzt jagt er mich. Ich verstecke mich in finsteren Hauseingängen. Ich erklimme im Dunkeln irgendwelche Wendeltreppen. Ich gehe über einen Friedhof. Und die ganze Zeit über ist er mir auf den Fersen. Er kommt mir auf einer schwarzen Harley hinterher. In einem schwarzen Auto mit getönten Scheiben. Auf einem schwarzen Mountainbike. Manchmal kommt er auf einem schwarzen Pferd angeritten, das Feuer aus den Nüstern bläst und mit den Augen rollt. Und immer ist der Mantel wie ein Cape um ihn geschlungen. Schließlich sehe ich in der Ferne Sis mit kurzem, blondem Stoppelhaarschnitt kommen. Sie läuft auf Inlineskates heran und will mich retten. Ich laufe ihr entgegen und da sehe oder höre ich den Mann im Mantel nicht mehr. Es riecht nach Gas oder Moor. Ich denke an Treibsand und da laufe ich plötzlich in Treibsand. Sis steht am Rand des Moores und streckt eine Hand aus. Ich versuche sie zu erreichen. Sinke langsam immer tiefer in den Sand und rufe nach ihr. Sie streckt sich noch zwei Zentimeter weiter zu mir und unsere Finger berühren sich. Ich schmeiße mich nach vorne und schaffe es, ihren Arm zu ergreifen. Ich schließe die Augen und atme erleichtert auf. Sie zieht mich zu sich, und als ich zu ihr aufsehe, ist es der Mantelmann, der mich zu sich heranzieht. Ich versuche mich aus seinem Griff zu befreien. Alles ist im Augenblick besser, als von ihm gefangen zu werden. Dann will ich lieber im Treibsand sterben. Sein Atem stinkt nach Schwefel, Chlor und Lauge. Aber als er den Mund öffnet, zeigen sich weiße, perfekte Zähne. Er sagt: »Ach, du hast wohl gedacht, es ist so einfach, was, Adam?« Anschließend zieht er mich an Land und ich wache auf. Es stellt sich heraus, dass ich fast aus dem Bett gekrabbelt bin. Meine Beine haben sich in der Bettdecke verwickelt und ich schwitze wie ein Schwein. Aber ich lebe.

MONTAG, 8. JULI

»Warte! Warte auf mich!«

Die Sonne geht auf um 04.09 Uhr
und sie geht unter um 22.34 Uhr.

Inventur am Montag:

- Ich habe 2441 Kronen und 38 Öre auf dem Sparkonto.
- In meiner Brieftasche habe ich 156 Kronen.
  Drei Briefmarken (nicht benutzt).
  Zwanzig schwedische Kronen (Scheine, zerknittert).
  Eine Mehrfahrtenkarte (zur Hälfte benutzt).
  Ein Gutschein vom CD-Laden um die Ecke.
  Plus Quittungen, Busfahrscheine, Adressen und anderes ohne größeren Wert.
- Die Brieftasche habe ich von Vattern geerbt. Sie ist abgegriffen und hat in einer der kleinen Taschen einen Riss. Nicht mehr viel wert.
- Daheim habe ich einen amerikanischen Silberdollar, den Vattern mal von seinem Vater geerbt hat (alt, vielleicht etwas wert).
- Ich habe ein klasse Fahrrad (das kann ich nicht verkaufen).
- Computer (486er-Modell. Nicht gerade viel wert).
- Kleider, Bücher, Krimskrams.
- In meinem Kopf habe ich eine riesige Sammlung von Gefühlen, Gedanken und Ideen und diese verdammte Lust, erwachsen zu werden. In meinem Kopf bin ich reich, jedenfalls sehe ich das so.

Trotzdem geht es erst einmal um das Hier und Jetzt. Ich schulde Sis 6300 blanke norwegische Kronen. Außerdem hätte ich mir gern einen kleinen Vorrat für den Herbst angelegt. Insgesamt gesehen bin ich eine Verlustfirma. Ich bin pleite, um es rundheraus zu sagen. Und ich habe keine Ahnung, wie ich es schaffen könnte, ins Plus zu kommen.

»Frag mich nicht nach Geld«, sagt die Sonne sauer. Es ist Montag und sie ist sauer. »Ich leihe niemandem etwas. Nicht einmal dir.«

»Ich dachte, Götter bräuchten kein Geld«, antworte ich genauso sauer. Hier so anzukommen und herumzunörgeln. Es ist noch früh. Besonders für uns, die wir eigentlich freihaben und nicht aufstehen müssen. Wenn ich nicht so tun müsste, als würde ich zur Arbeit gehen. Zu diesem Job, den ich mir gerade vom Hals geschafft habe. Was dazu führt, dass ich hier mit einem kleinen Geldproblem sitze. Ja, zugegeben, klein ist es nicht gerade. Ich komme zwar noch ein paar Wochen zurecht. Aber es wird haarig, wenn Sis anfängt damit herumzunerven, dass sie mir das Geld vorgeschossen hat. Und es wäre äußerst verwunderlich, wenn sie das nicht bald täte. Ich verlasse das Silo und gehe zu »meinem neuen Platz«. So nenne ich ab jetzt die Bank, auf der ich Kleiner Sturm entdeckt habe. Irgendwie ist dieser Tag eine einzige Niete. Es ist Montag, denke ich. Montage bedeuten Nieten. Aber ich sollte doch eigentlich im siebten Himmel sein. Letzte Woche passierten große Dinge in meinem Leben. Ich habe einen Job weggedrückt und einen neuen bekommen – ein Projekt für den Sommer –, viel wichtiger als alles, was ich bisher in meinem Leben getan habe.

Ich weiß es.

Es ist das Wichtigste, was mir je in den Kopf gekommen ist.

Es ist, als hätte ich persönlich eine Reise zum Mond gemacht und meinen Fuß auf dessen Oberfläche gesetzt.

Trotzdem habe ich nicht dieses euphorische Gefühl. Ich habe angefangen die Punkte auf meiner Liste abzuhaken. Trotzdem habe ich das Gefühl, als hinge ich in der Luft. Zwischen Gleichgewicht und Ungleichgewicht. Ich schwebe in einem luftleeren Raum. Es ist Montag und eine Niete. Ich bin in dem Schiff, das übers Meer nach Amerika segeln soll. Aber der Wind packt meine Schute nicht. Habe ich vergessen, den Anker zu lichten? Habe ich den Wind falsch berechnet?

Ich weiß es nicht. Ich sitze auf der Bank, schaue die Mädchen an, schaue mich selbst an und schaue die Rentner an – und die Hunde und die grüne Ampel und die Läden und Oslo und den Müll im Rinnstein. Und plötzlich weiß ich nicht, was ich machen soll. Ich erhebe mich von der Bank, als wäre das das Schwerste, was ich je getan habe, und trotte nach Hause.

Ich muss mich hinlegen.

Ich muss Pläne schmieden.

Aber erst muss ich mich ausruhen.

Vielleicht ist es ganz normal, dass der Körper so reagiert, wenn man erwachsen wird?

Ist der Samen, der in meiner Brust keimt, plötzlich so groß geworden, dass er Nahrung von meinem kindlichen Körper fordert?

Ich biege um die Ecke in die Thorvald Meyers gate ein und werde fast von einem Idioten auf Inlineskates umgerannt. Dass die Leute einfach nicht aufpassen können! Ich springe zur Seite und höre ein winziges »'tschuldigung«, das hinter mir verschwindet. Ich drehe mich um und sehe Kleiner Sturm. Es muss das Schicksal persönlich sein, das hier eingreift. Es ist unglaublich, dass ausgerechnet sie, nach der ich seit mehreren Tagen suche, mich hier über den Haufen rennt! Es muss die Sonnenvettel gewesen sein, die mir hier einen Streich spielt. Sie ist Morgenmuffel und geht wohl davon aus, dass ich auch einer bin.

Ich laufe hinter ihr her und rufe:

»Halt!«

und ich rufe

»Warte auf mich!«

und ich rufe

»Hey, fahr nicht weg!«

Alle starren mich an und denken, ich wäre nicht ganz dicht.

Und wie beim letzten Mal kann ich nicht mit ihrem Tempo mithalten.

Sie dreht sich nicht ein einziges Mal um.

Obwohl ich mich darauf konzentriere, ihren Nacken anzustarren und ihr zu befehlen, sich umzudrehen. »Dreh dich um!«, brülle ich lautlos und schicke ihr den Befehl wie einen Pitbullterrier hinterher. Er jagt Kleiner Sturm hinterher, aber diese ist zu schnell. Sie biegt in den Markveien ab und mein Befehl donnert nur wenige Sekunden nach ihr direkt gegen eine Häuserwand.

Am liebsten würde ich auf die Knie sinken und auf den Boden hämmern.

Ich könnte auch die Sonne anheulen.

Ich könnte auch mein Fell dem Mond entgegensträuben und weinen.

Stattdessen gehe ich nach Hause und lege mich ins Bett.

Dort bleibe ich liegen, fast bis der Rest der Familie eintrudelt. Dann stehe ich auf und koche einfach nur so Milchreis zum Mittag. Die Familie sitzt wie ein einziges Fragezeichen am Tisch. Und aus ihren Mündern tropfen auch noch diverse Fragen. Aber alle sind sich einig, mich lieber nicht zu nerven. Dafür bin ich zu sauer.

Ich bin verdammt sauer.

Ich bin eine Zitrone.

Und mein Mund ist zu so einem zusammengezogenen Loch geworden, das aussieht, als hätte es an einer Zitrone gelutscht.

Adam möchte nicht angesprochen werden, signalisiere ich.

Adam ist eine scharfe Bombe, signalisiere ich.

Adam ist ungenießbar, signalisiere ich und die Herrschaften verstehen den Wink.

Dann gehe ich wieder ins Bett.

Als Reidar anruft, will ich nicht mit ihm reden. Erst als Muttern das Schnurlose zu mir hereinträgt und an mein Ohr drückt, lasse ich mich dazu herab.

»Hallo, bist du's?«, fragt er.

»Hallo«, lautet meine Antwort.

»Nicht gut drauf?«, fragt er.

»Du hast es erfasst«, bestätige ich und fixiere mit meinem Blick einen Fleck auf der Tapete, den ich mal mit roter Tusche angefertigt habe.

»In zwanzig Minuten an der Fontäne«, sagt er und das ist nicht einmal eine Frage.

»Nein«, erwidere ich, vollkommen gefühllos.

»Hast du Probleme mit dem weiblichen Geschlecht?«

»Nein.«

»Mit der Familie?«

»Nein.«

»Warst du gestern breit?« Er gibt einfach keine Ruhe. Obwohl ich nicht gerade vor Eifer sprudle.

»Nein.«

»Aber ...«

»Tschau. Ich will schlafen«, verkünde ich und unterbreche mit einem schnellen Tastendruck die Verbindung. Man sagt, die Welt sei nur einen Tastendruck entfernt. Aber die Stille auch. Und es ist diese Stille, der ich jetzt lausche. Ich lausche ihr und starre auf diesen sinnlosen Tuschefleck. Langsam versinke ich in einer sinnlosen Leere, die mich aber nicht nur erschreckt. Sie hat auch ihr Gutes. Bildet eine Art Fluchtweg vom Montag. Und hier, in diesem Bett, in der sinnlosen Leere, könnte ich einfach liegen bleiben, bis meine Seele Moos angesetzt hat.

Wenn nicht Sis käme, um mich zu retten. Sie stürmt mit einer

Plastiktüte in der Hand in mein Zimmer und bemerkt: »Ach, wie gemütlich hier. War das Podobromhidrosis, was angeblich Stinkefüße bedeutet?«

Ich würdige sie nicht einmal eines Blickes. Über diese Art von Ironie bin ich erhaben. Aber Sis zieht mich an den Haaren hoch, schnappt sich einen Fuß nach dem anderen und stopft sie in ein Paar Inlineskates. »Cyber Surf Blades« heißen sie und sind knallrot und schwarz. Diese Behandlung lässt mich wach werden.

»Nun komm schon, Dicker. Jetzt ist Trainingszeit!«, sagt sie und zirkelt mich die Treppen hinunter auf den Hinterhof. Mehrere Male bin ich kurz davor, auf die Schnauze zu fallen. Es sieht nicht so aus, als gäbe es eine Verbindung zwischen Gehirn und Beinen. Jeder macht, was er will. Irgendwie ist der Körper gar nicht anwesend. Oder aber er ist im Weg. Das Gehirn besteht nicht länger aus Wasser. Es ist eine lahme Schildkröte, die sich davonschleicht und die falschen Meldungen an die falschen Körperteile versendet.

Ich schlage mit dem Hinterkopf aufs Pflaster auf.

Ich ramme mir das Knie gegen die Plastikkiste mit dem Streusand.

Ich bekomme Schürfwunden am Ellbogen, als ich die Hauswand streife.

Ich tauche mit der Nase in die Birke.

Ich sause ohne Kontrolle direkt auf eine Sandkiste zu, stolpere über den flachen Holzrand und lande mit dem Gesicht voran in den Resten einer Sandburg, die der kleine Rotzbengel Aleksander gebaut hat. Er fängt lauthals an zu heulen, aber ich bin nicht in der Lage, wieder aufzustehen. Ich bleibe liegen, das Gesicht in dem feuchten, kühlen Sand. Ich bewege mich nicht einmal, als das kleine Monster den Rest eines Eimers mit Wasser und Sand über meinen Hinterkopf schüttet.

Sis zieht mich wieder hoch und ich bedanke mich für die abendliche Lektion. »Ich finde, das ging schon richtig gut«, erklärt sie und ich kann sehen, dass sie lügt.

»Blödsinn«, sage ich, setze mich auf die Bank und befreie mich von den beiden Höllenapparaten.

»Okay. Das war Blödsinn«, gibt sie zu. »Aber mit ein wenig Übung wird es schon werden.«

»Mit ein bisschen Übung dieser Art werde ich morgen im Sarg liegen«, seufze ich und versuche eine Stelle am Körper auszumachen, die nicht wehtut. Das ist wirklich ein Montag, Brüder & Schwestern. Ein Montag von der grausamen Sorte, der einfach nur zum Heulen und beschissen ist und sich erst zufrieden gibt, wenn er dem armen Adam das Fleisch von den Knochen geschabt hat.

»Ich glaube, ich muss noch eine Runde drehen, um nicht steif zu werden«, verkünde ich und stolpere wie ein Greis den Fußweg entlang. Wenn ich schlau wäre, wäre ich besser zurück ins Bett gekrochen und unter der Bettdecke verschwunden. Ein Montag, der mich so hart vor die Brust nimmt, bedeutet Gefahr. Er bedeutet Ärger, Unglück und reichlich Probleme.

Aber ich denke, dass es für heute reichen muss. Ich habe nichts mehr zu verlieren. Viel schlimmer kann der Tag nicht werden. Doch schon als ich mich die Treppen zum Silodach hinaufschleppe, bereue ich mein Unternehmen. Was das an Kräften kostet, Brüder & Schwestern. Meine Muskeln zittern. Die Knochen jammern. Jeder Schritt ist wie die Ersteigung des Galdhöpiggen. Als ich mich oben hinsetze, habe ich das Gefühl, eine Leistung erbracht zu haben. Nein, ich lege mich da oben hin. Bin nicht mehr in der Lage zu sitzen. Ich lege mich mit dem Kopf über den Rand und warte auf den Mantelmann. Jetzt muss das Geheimnis gelüftet werden. Und wenn er ein entflohener Sträfling ist, der Teufel selbst oder einfach so ein Typ. Ich will nicht länger herumrätseln.

Und genau in dem Moment entdecke ich zwischen den Bäumen einen Mann in einem Mantel, der die Straße entlangschleicht. Er zieht sich wie ein Tier zu dem Fenster auf dem niedrigen Vordach hoch und entert das Silo. Ich wende mich zur anderen Seite, dorthin, wo die Metallleiter ist, und horche.

Die Schritte kommen näher. Und dann trifft es mich wie ein Schlag: Und wenn er nun der Teufel selbst ist? Oder ein Typ, der mit übersinnlichen Kräften hantiert? Vielleicht ist er ja auch Satanist. Es kann doch wohl nicht normal sein, abends hier hochzukommen? Ganz abgesehen davon, dass ich es auch ein paar Mal gemacht habe. Und dass ich es jeden Morgen mache. Ich robbe zur Leiter hin. Die Schritte kommen näher. Ich schaue zum Mond hoch, der glänzend dort oben hängt, und wieder nach unten. Versuche über den Rand der Einstiegsluke zu spähen, um ihn zu sehen, sobald er in den Raum direkt unter dem Dach tritt.

Aber da halten die Schritte an. Es scheint, als bliebe er auf einer der letzten Treppenstufen stehen.

Dann macht er noch einen Schritt.

Und noch einen.

Jetzt ist er in dem Raum.

Der Mantelmann ist direkt unter mir.

Ich recke meinen Kopf noch zwei Zentimeter weiter vor und schaue auf den Fußboden des Raums unter dem Dach. Das Mondlicht scheint einen Meter weit auf die Fußbodenfläche und ich sehe zwei Schuhspitzen.

Sie bewegen sich nicht.

Stehen nur still da.

Ich horche auf die Stille und halte den Atem an.

Der Mantelmann ist ein großes Ohr in der weiten Nacht.

Die Luft, die Dunkelheit, das Mondlicht und das Silo, alles zittert von der Stille und dem Lauschen, und dann sind da die beiden Schuhspitzen, die vollkommen still und abwartend dastehen.

Dann durchbricht er das Zittern, indem er verschwindet. Einen Moment lang glaube ich, dass er nur einen Schritt näher an die Leiter macht. Aber er verschwindet die Treppe hinunter. Er muss es eilig haben, denn er läuft. Auf irgendeine Weise hat er mich entdeckt. Der Mantelmann muss übernatürliche Kräfte besitzen. Er hat gehört, dass ich dort oben bin. Oder er hat gefühlt, dass ich dort oben bin. Egal, jedenfalls ist er die Treppen hinunter abgehauen. Ich rolle zum anderen Rand hin und sehe, wie er aus dem Fenster auf die Straße springt. Er springt geschmeidig wie eine Katze und verschwindet irgendwo in dieser Stadt.

Es ist Montag. Ein typischer Montag, denke ich. Nicht einmal das gelingt. Aber vielleicht ist es sogar besser, dass wir nicht aufeinander treffen. Ich habe so ein ekliges Gefühl, wenn ich an den Kerl denke. Ich weiß selbst nicht, warum. Aber ich spüre, dass ich friere. Ich bleibe ein paar Minuten sitzen, um meine gepeinigten Arme und Beine zu sammeln und gehe dann nach Hause.

Es ist Montag, Brüder & Schwestern. Nichts kann einen Montag übertreffen, wenn es darum geht, einen Mann zu zerbrechen.

DIENSTAG, 9. JULI

»Die Sonne, der Mond oder der Teufel selbst.«

Die Sonne geht auf um 04.11 Uhr
und sie geht unter um 22.33 Uhr.

Es ist ein neuer Tag und die ganze Welt kann erleichtert aufatmen. Ich habe den gestrigen Tag überlebt, was schon bemerkenswert genug ist. Sogar die Sonne scheint heute zufriedener zu sein als gestern. Ich gestatte es ihr, mich hier oben auf dem Dach so richtig durchzuwärmen, und sie nutzt die Gelegenheit und schickt eine genau passende Dosis an Sonnenschein herunter. Ich bin immer noch ziemlich steif und lädiert, aber die Sonne pflegt die Reste meines Körpers, so gut sie kann.

Bis mir ein kalter Schatten direkt aufs Gesicht fällt. Ich bin gerade auf dem Weg in einen entspannten, angenehmen Schlummer, als sich ein Schatten auf meine Haut legt und mich ins Dunkle platziert.

Zuerst denke ich, es wäre ein Flugzeug. Es könnte auch eine Möwe sein. Aber der Schatten weicht nicht. Es liegt ein Schatten auf mir und ich versuche verschlafen ihn wegzuscheuchen, als wäre er eine Fliege.

»Wach auf, du Pygmäe«, sagt der Schatten und tritt gegen meinen Fuß.

Ich öffne die Augen und sehe eine Silhouette vor der Sonne.

»Ich träume wohl«, sage ich und drehe mich auf die Seite.

»Nun hör mal zu und hör mir gut zu«, fährt der Schatten fort, der einfach kein Traum sein will. Sondern brutale Wirklichkeit.

Ich schaue wieder nach oben. Das muss ein Mann sein. Er trägt einen Mantel über dem Arm. Ich kann sein Gesicht nicht sehen. Er ist eine kohlrabenschwarze Silhouette, die zwischen mir und der Sonne steht. Ich gucke und gucke. Er bleibt sichtbar/unsichtbar. Aber jetzt weiß ich, dass er der Mantelmann ist.

»Wenn du aufhörst mich hier abends zu nerven, dann verspreche ich dir, dass du mich morgens hier nicht mehr zu sehen kriegst«, sagt der Mantelmann.

»Und wenn ich nicht aufhöre?«, frage ich und kann einfach keine Angst vor ihm haben. Schließlich ist er doch nur ein Schatten.

»Dann gibt es Krieg um dieses Territorium«, erklärt er und darauf überfällt mich ein kalter Schauer, denn ich weiß, dass er es ernst meint. Es ist ihm blutiger Ernst. Er ist kein Schatten. Der Mantelmann ist aus Fleisch und Blut und keiner kann sagen, wie er sich rächen wird. Ich richte mich halb auf, ziehe die Beine heran und weiche zurück. Meine Finger berühren die Kante und einen spröden, total verrückten Moment lang glaube ich, dass ich nach hinten hinunterfalle.

»Ist es erlaubt, zu fragen, wer du eigentlich bist?«, frage ich. Ich falle nicht – ich reiße mich zusammen.

Er antwortet nicht. Es hört sich an, als würde er denken. Mir ist, als könnte ich hören, wie die Gedanken in seinem Kopf wie ein Hamster in seinem Rad herumsausen. »Ich bin …«, setzt er an, aber die Stimme bricht ihm. Da pirscht er sich wie im schlimmsten Horrorfilm an mich heran und dann ist er derjenige, der Angst hat!

»Ich bin die Sonne. Oder der Mond. Oder der Teufel selbst«, erklärt er schließlich. Und ich höre, welche Mühe es ihm macht, die Worte herauszupressen. Als wäre das eine Riesenüberwindung für ihn. Er steht da, ist so verdammt erwachsen, und trotzdem klingt er wie ein Jugendlicher.

Er hört sich an wie ich.

Ich will immer noch herausfinden, wer er ist.

Denn alle sind ja irgendjemand, nicht wahr, Brüder & Schwestern?

Alle sind irgendjemand hinter ihrer Fassade.

Hinter ihrer Fratze.

Hinter dieser coolen, zurückgelehnten Komm-mir-nur-nicht-zunahe-und-mach-mich-nicht-an-denn-ich-bin-eh-der-Coolste-im-Land-Visage.

Und ich beschließe, dass ich diesen Kerl möglichst bald kennen lernen will. Ich darf nur nicht locker lassen.

Denn der Mantelmann verschwindet ebenso schnell, wie er aufgetaucht ist. Ich sitze wie betäubt da und frage mich, ob es vielleicht doch nur ein Traum war. »Nein«, sagt die Sonne. »Das war Wirklichkeit. Lass mich da aus dem Spiel, aber jetzt hast du eine Spur. Wo du doch sowieso auf der Jagd danach bist, erwachsen zu werden.«

Ich bedanke mich für den Tipp. Ich sause in der Stadt herum und kann mich nicht entscheiden, ob ich nach Kleiner Sturm oder nach dem Mantelmann suchen soll. Ich bin wie eine Waage. Der Mantelmann zerrt an der einen Seite und Kleiner Sturm an der anderen. Und ich sitze in der Mitte und sollte etwas kapieren, kapiere aber überhaupt nichts.

Zu Hause im Briefkasten liegt ein Brief von Caroline. Das Sonderbare: Es ist ein richtig dicker Brief. Das erstaunt mich, ich hatte nur einen kleinen herausgerissenen Zettel erwartet. Vielleicht nicht einmal einen Zettel. Nein, eigentlich hatte ich überhaupt nichts erwartet. Dieses Briefeschreiben war schließlich meine Show. Aber nun sieht es so aus, als hätte sie sich entschlossen, mir eine richtige Antwort zu geben. Schließlich habe ich ja auch angefragt, ob sie mir noch eine winzige Chance geben könnte. Und hier ist die Antwort.

Ich sitze in meinem Zimmer und habe den Brief noch nicht geöffnet. Er liegt vor mir auf dem Bett. Als wäre es ein Staatsgeheimnis. Als wäre es etwas Heiliges. Vielleicht sollte ich erst noch eine

Kerze anzünden? Vielleicht sollte ich ein Gebet verrichten oder so tun, als ob es das Abendmahl wäre? Ich öffne den Brief, als handle es sich um ein Päckchen vom Weihnachtsmann. Als wäre ich ein Hosenscheißer mit dem Tannenbaum in den Pupillen. Zuerst reiße ich eine Ecke auf. Dann die andere. Der Inhalt sieht aus wie ein riesiger Bogen, der ganz oft zusammengefaltet wurde. Das macht mich auch nicht viel schlauer. Schließlich öffne ich den Brief und sehe, dass es sich um ein Stück dickes graues Papier handelt – so eins, mit dem man Pakete einpackt – und dass es schon stimmt, es ist x-mal zusammengefaltet. Die Spannung steigt jetzt ins Unerträgliche, sodass ich den Rest einfach aufreiße und den Bogen auseinander falte. Meine eigenen zwei Briefe fallen heraus und das ist sicher kein gutes Zeichen. Aber hier ist nun also die Antwort auf meine Frage, ob ich auch nur die geringste Chance habe.

Caroline bekommt zehn Punkte für den Grad ihrer Boshaftigkeit. Ich gebe ihr nur zwei Punkte fürs Briefeschreiben, denn der Brief ist, vorsichtig ausgedrückt, sehr kurz gefasst. Aber ungemein präzise. Hier gibt es keinen Zweifel. Auf einem ein mal zwei Meter großen Papierbogen hat sie mit schwarzer Tusche geschrieben

NEIN, VERDAMMT
NOCH MAL!

und deutlicher geht es ja wohl nicht…

Nun ja, Abendmahl und Weihnachtsbescherung sind abgesagt. Hätte ich eine Kerze angezündet, hätte ich sie jetzt auspusten müssen. Ich würde auch keine weiteren Gebete mehr absolvieren. Jedenfalls nicht an den da oben. Es müssten wohl eher Verwünschungen sein, die an den Typen dort unten in der dunklen, wüsten Hölle gerichtet wären.

Aber irgendwie fühle ich mich auch erleichtert. Ich habe das Gefühl, auf einem Wellenkamm zu reiten und die Bestätigung dafür bekommen zu haben, dass ich einer Sache auf der Spur bin. Caroline hat mir eine deutliche Antwort zukommen lassen.

Jetzt brauche ich nicht weiter an sie zu denken.

Aber ich will es trotzdem, sagt der Körper störrisch.

Vergiss sie, sie ist bescheuert, antwortet der Rest des Körpers.

Aber ihr Lächeln…

Es gibt andere Lächeln dort draußen, antworte ich. Gleich vor dieser Tür. Gleich unter meinem Fenster gibt es andere Lächeln. Coole Lächeln. Verschmitzte Lächeln. Sexy Lächeln. Man muss sie nur finden und sehen.

Aber ihr Körper…

Sie ist nichts beispielsweise im Vergleich zu Kleiner Sturm, wende ich ein. Mach dir doch nichts vor. Caroline ist toll. Aber außerhalb dieses Zimmers gibt es tausend Mädchen, die toller sind. Es gibt tausend süße Ärsche. Es gibt tausend scharfe Busen. Es gibt tausend Gehirne mit achtzig Prozent Wasser, die mindestens genauso aufgeweckt sind wie Carolines Gehirn. Es geht nur darum, die Nadel im Heuhaufen zu sein, die gefunden wird. Und die daran arbeitet, gefunden zu werden.

Okay. Damit bin ich einverstanden, sagt der nörgelige Teil des Körpers.

Und damit verwerfe ich Caroline. Ich lege ihren Brief ganz hinten in die Schreibtischschublade. Ich schiebe ihn ganz nach hinten. Es kann ja sein, dass ich ihn mir noch mal angucken will, später. Einfach nur, um über mich selbst zu lachen. Einfach nur, um über sie zu lachen. Wenn sie wüsste, was sie sich entgehen lässt, indem sie mich abblitzen lässt.

So einen tollen Typen.

Adam, der Saustarke.

Adam, der Obercoole.

Adam, der Mann aus Stahl, der keine Nerven hat, keine dummen Gefühle, keine albernen Gewohnheiten.

Adam, der einfach nur saugeil ist.

Anschließend lasse ich mich von Sis ausführen. Sie stopft meine zitternden Beine in ein Paar Inlineskates und ich trainiere auf Teufel komm raus. Nur weil es dort draußen ein Mädchen gibt, das Kleiner Sturm heißt und an dessen Seite ich auffahren will, um ihr einen Kuss zuzuwerfen. Ich will so gut werden, dass ich rückwärts an ihr vorbeibrausen und sie beim Vorbeizischen einfach cool grüßen kann. Und vielleicht genauso schnell wie sie fahren kann, um mit ihr zu plaudern.

KINDSKOPF! KINDSKOPF! KINDSKOPF! KINDSKOPF!
KINDSKOPF! KINDSKOPF! KINDSKOPF! KINDSKOPF!
KINDSKOPF! KINDSKOPF! KINDSKOPF! KINDSKOPF!
KINDSKOPF! KINDSKOPF! KINDSKOPF! KINDSKOPF!
KINDSKOPF! KINDSKOPF! KINDSKOPF! KINDSKOPF!
KINDSKOPF! KINDSKOPF! KINDSKOPF! KINDSKOPF!
schreit es in mir auf.

Nein, Adam. Hier sind härtere Bandagen gefordert!, sage ich zu mir selbst. Die Idee mit dem Rückwärtsfahren ist blöd und kindisch, darauf kann nur ein Vierzehnjähriger kommen. Das hättest du dir vor ein paar Wochen ausdenken können. Jetzt willst du erwachsen werden. Also musst du ein Meister auf den Inlinern werden und wie ein Gott durch die Stadt segeln, und wenn du Kleiner Sturm siehst, wirst du an ihr vorbeigleiten. Und ihr anschließend locker zunicken. Dabei musst du ein schiefes Grinsen auf den Lippen haben. Das wirst du ihr zuwerfen. Du musst so überlegen, weltgewandt, souverän und Mann sein, dass sie wie ein Gletscher in der Sonne dahinschmilzt. Sie soll zu leckerem warmem Wasser zerschmelzen und nur noch denken: DEN DA möchte ich kennen lernen. Und dann wirst du einfach weitersegeln, ohne dich umzudrehen oder rückwärts zu fahren.

Du wirst weiter durch die Stadt segeln, durch die Straßen, und ihren Blick wie den Stich einer glühenden Lötlampe auf deinem Rücken spüren. Und du wirst merken, wie ihre Augen deinen Nacken abtasten, deinen Kopf, deinen Rücken, deinen Po und deine Beine. Und ihr wird gefallen, was sie da sieht, und sie wird unbewusst versuchen auch so zu gehen wie du. Sie wird einen Zahn zulegen und versuchen dich einzuholen. Während du wie ein Orkan davonbraust. Sie wird dir wie ein kleiner Sturm hinterhereilen, während du ein Orkan bist, der davonbraust, und es wird ihr weich in den Knien werden und sie wird so ein ekliges, verzweifeltes Gefühl im Bauch spüren, weil sie Angst hat, dass sie dich niemals wird einholen können.

Aber am nächsten Tag, Brüder & Schwestern, werde ich wieder da sein. Und wieder werde ich an ihr vorbeisegeln, wobei ich mein schiefes, total cooles Lächeln in ihre Augen werfe und so tue, als ob ich gar nicht sähe, wie toll sie aussieht oder was für einen tollen Busen sie hat oder was für tolle Beine. Während Kleiner Sturms Kopf nur von einem einzigen Wort beherrscht wird:

ER ER ER ER ER ER ER ER ER ER ER ER ER ER ER ER ER
ER ER ER ER ER ER ER ER ER ER ER ER ER ER ER ER ER
ER ER ER ER ER ER ER ER ER ER ER ER ER ER ER ER ER
ER ER ER ER ER ER ER ER ER ER ER ER ER ER ER ER ER
ER ER ER ER ER ER ER ER ER ER ER ER ER ER ER

Und dieser ER bin natürlich ich. Aber erst nachdem wir uns in dieser Form so zehn-, fünfzehnmal getroffen haben, werde ich sie ansprechen. Und sie wird in sich siedendes Wasser und eine steife Brise spüren. Während ich ganz cool bin. Kleiner Sturm wird ganz heiß sein auf diesen ER – der ich bin. Ich werde es spüren, aber sie nicht merken lassen, dass ich es spüre.

Derartige Gedanken kreisen mir im Kopf herum, während ich auf dem Innenhof herumstolpere und versuche mich auf den Beinen zu halten. Es geht besser als gestern. Aber trotzdem habe ich Angst, auf die Schnauze zu fallen, mir die Finger zu zerquetschen oder mir meine Knie an allen möglichen Vorsprüngen aufzureißen. Auf den Balkonen sitzen Leute und lachen sich schief. Auf einer Bank sitzen ein paar Nachbarn und grinsen. Ich bin die Attraktion des Abends. Das wurmt mich. Aber es hätte mir eigentlich klar sein sollen, dass es nicht so einfach sein würde, mein Projekt in allen Einzelheiten zu verwirklichen.

Und mit diesem optimistischen Gedanken lasse ich es für heute genug sein. Ich sammle alle meine Körperteile zusammen und schleppe mich ganz allein in mein Bett hinauf. Es ruft geradezu nach mir. Nach meinem erschöpften, zerschundenen Körper.

»Hallo«, sagt das Bett und nimmt mich in Empfang.

»Schnarch«, sagen mein Körper und mein Kopf und können sich an nichts mehr in dieser Nacht erinnern. Ich glaube, ich träume nicht einmal.

MITTWOCH, 10. JULI

»Predigt ins Blaue«

Die Sonne geht auf um 04.12 Uhr
und sie geht unter um 22.32 Uhr.

Ich habe meinen täglichen Silobesuch gemacht und mit der heutigen Sonne geredet. Alles ist bingo und läuft gut. Ich sitze im ersten Stock des NAF-Hauses im Café, esse Kuchen und schütte zusammen mit mindestens zweihundert Rentnern Cola in mich hinein. Ich habe mir überlegt, dass ich mir ruhig etwas gönnen kann, wenn ich doch sowieso freihabe. Schließlich habe ich nur mich. Ich habe den ganzen Tag zur Verfügung. Ich muss in mich selbst investieren, damit es mir gut geht.

Ich sitze in der hintersten Ecke des riesigen Lokals und habe genug mit mir selbst, meinem Körper und den achtzig Prozent Wasser meines Gehirns zu tun, als ich einen Typen entdecke, der ins Lokal tritt. Den Nacken kenne ich, denke ich. Ich sehe den Kerl nur von hinten. Ich kenne den Nacken, aber woher?

Und da wird mir plötzlich klar, dass es Vattern ist!

Schock!

Megaschock!

Hagel und Granaten im Salat!

Die Hölle ist los!

Der helle Wahnsinn!

Der Wahnsinn wird jedenfalls garantiert in den nächsten Sekunden ausbrechen, wenn er sich umdreht. Ich sehe dem Nacken an, dass er kurz davor ist, sich umzuwenden, und tauche lieber unter den Tisch. Ich fummle auf Teufel komm raus an meinen Schuhbändern herum. Durch einen Spalt zwischen zwei Stühlen spähe ich nach oben und sehe, wie Vattern seinen Blick durchs Café schweifen lässt. Aber seine Augen machen nicht bei mir Halt. Sie fegen weiter wie ein Paar Kanonenmündungen über Tische und Stühle. Er ist voll mit Bomben und Granaten und ich komme erst wieder hoch, als er sich umdreht und zur Kasse geht. Ich verschaffe mir einen schnellen Überblick über mein Hab und Gut und sammle die letzte Nummer von *Computer*, zwei CDs mit Triphop und Jungle, die ich im Ausverkauf erstanden habe und einen Notizblock zusammen, den ich gekauft habe, um eventuelle geniale Ideen, die mir kommen, aufschreiben zu können. Momentan war ich dabei, eine Liste möglicher Eröffnungssätze aufzuschreiben, die ich benutzen könnte, wenn ich zum ersten Mal mit Kleiner Sturm rede. Ich muss zugeben, dass auf der Liste noch nichts anderes steht als:

MÖGLICHE ERÖFFNUNGSSÄTZE, DIE ICH BENUTZEN KANN, WENN ICH MIT KLEINER STURM REDE:

1.
2.
3.
4.
5.

Wie ihr seht – alles leer! Nicht gerade viel, wenn man bedenkt, dass ich jetzt seit mehr als einer Stunde über dieser Liste gegrübelt habe. Aber jetzt geht es darum, meine sieben Sachen zusammenzusuchen und mich vom Acker zu machen, bevor Vattern mich mit Granaten bombardiert.

Aber ich schaffe es nicht, abzuhauen. Plötzlich sehe ich, wie er mit einer Tasse Kaffee und einer Zeitung wieder auftaucht. Er kommt in meine Richtung und ich hocke mich wieder hin und binde meine Schuhbänder, dass die Rentner in meiner Nähe so langsam überlegen, was ich da eigentlich unterm Tisch so treibe.

Als ich wieder hochschaue, ist Vattern aus meinem Blickfeld verschwunden. Ich suche ihn und entdecke seinen Nacken. Er sitzt mit dem Rücken zu mir und kippt sich Kaffee hinter die Binde.

Ich setze mich ruhig auf und halte die Zeitung vors Gesicht. Meine Augen sind riesig und kugelrund. Ich fühle mich wie Mr. Bean und warte, dass jemand anfängt zu lachen. Obwohl das hier ganz und gar nicht zum Lachen ist. Bald gibt es so gut wie keinen einzigen Kaffeetrinker über fünfzig, der mich nicht heimlich beobachtet. Es ist zu bescheuert. So muss Peer Gynt sich in der Halle des Bergkönigs gefühlt haben, als ihn alle Trolle angeglotzt haben. Das Problem: Es ist mir nicht möglich, aus dieser Situation zu entkommen, ohne an Vattern vorbeizugehen. Er hat sich so platziert, dass ich an seinem Tisch vorbeimuss.

Dann überlege ich, was Vattern hier eigentlich macht. Er scheint nervös zu sein. Und wenn ich es mir so recht überlege, dann bin ich ganz sicher, dass er nichts davon erwähnt hat, dass er heute etwas Außergewöhnliches tun würde. Soweit ich weiß, sollte er zur Probe und sich mit diesem Peer Gynt und dem Bergkönig plagen. Jedenfalls nicht hier sitzen.

Es sieht so aus, als könnte Vattern nicht ruhig sitzen. Er trinkt Kaffee. Er raucht, drückt die Kippe aus. Und zündet sich eine neue Zigarette an. Die scheint auch nicht zu schmecken. Denn er drückt sie nach nur drei Zügen aus. Er trinkt Kaffee und blättert in der Zeitung. Anschließend faltet er die Zeitung zusammen und breitet sie wieder auseinander. Damit macht er eine ganze Weile weiter. Nur ein äußerst nervöser Mensch tut so etwas. Er guckt auf die Uhr. Und guckt noch einmal auf die Uhr. Er hält sie sich ans Ohr und guckt sie an. Fummelt mit der Zeitung herum, trinkt Kaffee und will schon wieder eine Zigarette anzünden. Aber jetzt hat er keine mehr und klopft sich auf alle Taschen. Er guckt auf die Uhr und flucht laut vor sich hin. Dann verschwindet er.

Mir ist klar, dass ich hinterhermuss. Ich schmeiße alles, was ich habe, in die Tasche und schleiche ihm nach. Er fährt die Rolltreppe hinunter und ich verstecke mich hinter zwei Alten mit vollen Einkaufstaschen. Er biegt in die Storgate und ich bin dicht hinter ihm. Er ist so angespannt, dass er gar nichts anderes sieht als sich selbst und wohin er geht. Außerdem hat er es nicht weit. Er überquert die Straße und geht in die nächste Querstraße links. Ich hänge wie eine Klette an ihm. Wie Sherlock Holmes persönlich. Und da sehe ich, wie Vattern auf eine Türklingel drückt. Er wird hineingebzzzzzt und verschwindet. Ich rase zur Eingangstür und sehe, dass es hier fünfzig Namen und Klingeln gibt. Also keine Chance herauszufinden, was er da drinnen sucht.

Und dann überkommt mich dieses eklige Gefühl. Es kriecht in mir hoch. Vielleicht hat es schon eine Weile auf der Lauer gelegen. Aber jetzt wirft es sich rücklings auf mich und rammt mir seinen hässlichen Kopf ins Gehirn: »Er hat ein Verhältnis«, sagt die Stimme.

»Nein, niemals!«, entgegne ich. Aber das klingt nicht überzeugend.

»Er hat sich eine Liebhaberin zugelegt«, fährt diese hässliche, billige Stimme fort.

»Das glaube ich nicht«, antworte ich und glaube es doch.

»Sollte er jetzt nicht arbeiten?«, fragt sie. »Sollte er nicht ganz woanders sein? Hat er etwa beim Frühstück nicht so getan, als ob alles normal wäre? Und sieht er etwa nicht gestresst und schuldbewusst aus?«

»Verschwinde!«, rufe ich und meine es nicht so. Stattdessen entzündet sich in mir ein ekliges kleines Feuer. Kann es sein, dass Vattern sich eine neue Dame zugelegt hat? Muss ich Muttern etwas davon erzählen? Das heißt, müsste *ich* Muttern etwas davon erzählen? Sollte jemand, und das bedeutet natürlich wieder der arme

Adam, Muttern erzählen, dass sie den Kampf gegen irgend so eine Schreckschraube aufnehmen muss?

»Ist das eigentlich mein Problem?«, frage ich mich.

»Muss ich mich da einmischen?«, frage ich und latsche zurück zu der Stelle, wo ich mein Fahrrad angeschlossen habe.

Und leider bin ich der Meinung, dass die Antwort zweimal »Ja!« lauten muss. So eine Scheiße! Warum musste ich nur das Pech haben und darüber stolpern?

»Weil das ein Teil deiner Aufgaben in diesem Sommer ist«, antwortet die Sonne. Sie steht auf dem Dach eines der Häuser und lehnt sich gegen den Schornstein. Sie hat leicht grinsen. Schließlich ist es nicht ihre Familie, die Probleme hat, nicht wahr? Ich zeige ihr den Finger und sie glotzt hoch und tut so, als glaubte sie, ich würde auf irgendetwas zeigen.

Eigentlich bin ich angeschissen.

Ich bin stinksauer.

Und empört.

Und habe eine verdammte Wut im Leibe.

Und diese Wut bezieht sich auf Vattern.

Was denkt er sich dabei, alles so durcheinander zu bringen? Was denkt er sich dabei, das zwischen Muttern und sich aufs Spiel zu setzen? Bis mir einfällt, dass es ja auch einen anderen Grund haben kann. Ich beschließe, noch eine Weile abzuwarten, bevor ich etwas unternehme.

Und ich warte. Ich denke, bis mein Gehirn knackt. Aber mir fällt nichts Geniales ein. Ich warte auf den frühen Nachmittag. Der kommt. Und ich warte auf die Essenszeit und die kommt auch. Und ich warte, dass Vattern auftaucht. Und das macht er. Und ich warte, dass Muttern ihre üblichen Fragen stellt, wie der Tag denn so gelaufen ist. Und dass er erzählt, wie der Tag gelaufen ist. »Ist gut gelaufen heute«, sagt er und erzählt, wie verdammt gut es heute ging. Und er erwähnt mit keinem Wort etwas anderes als die Proben zu Peer Gynt, die wie geschmiert laufen.

Worauf ich eine ganze Litanei mit neuen Flüchen zusammenstelle, die hier lieber nicht wiederholt werden sollen, weil mir die Sonne sonst eine weitere gelbe Karte verpasst. Jetzt steht es jedenfalls fest: Vattern hat ein Geheimnis. Er ist mit irgendetwas beschäftigt, von dem er uns keine Silbe verrät. Es kann eine Dame sein. Ich habe da so ein Gefühl.

Es kann aber auch etwas anderes sein, aber ich fürchte, es ist eine Dame. Eine Liebhaberin. Irgend so eine Schnepfe, die er gegen Muttern eintauschen will. Eine Vettel, die hier einziehen und versuchen wird Sis und mir eine gute Freundin zu sein. Aber das kann sie gleich vergessen. Ich bin auf Mutterns Seite. Eiskalt! Keine Chance, kommt mir nur nicht mit ditt und datt, Brüder & Schwestern! Bestimmt heißt sie Caroline oder irgendwie so! Bescheuerte Damen heißen gerne so.

Sis verpasst mir eine neue Lektion in Inlineskates. Ich schramme mir ein paar Schürfwunden von gestern wieder auf. Aber das kümmert mich wenig. Stattdessen denke ich an Vattern, der sich die Straßen entlangschleicht und an fremden, unbekannten Türen klingelt.

Aber für einen betriebsamen Mann wie mich hält die Welt nicht an, auch wenn mein Vater irgendwelchen Mist baut. An diesem Abend sitze ich wieder auf dem Silodach und warte wie ein Geier. Ich habe noch nicht genug.

Er lässt auf sich warten und der Mond krabbelt wie eine Schildkröte hervor und macht eine Runde über der Stadt. Ich lege mich auf den Rücken und gucke mir die Sternenstiche an. Wenn du so daliegst und zu tausenden von winzigen Silbernadeln hinaufguckst, kannst du das Gefühl kriegen, hinunterzufallen. Das wird wie ein Sog vom Himmel. Und in deinem Kopf schlägt das Gleichgewicht Purzelbaum und plötzlich hast du ein Gefühl, als würdest du kopfüber an einem Turm hängen und in eine Unendlichkeit hinunterschauen, bestehend aus anderen Planeten und Galaxien. Der Magen fährt Achterbahn und ich lasse mich vom Silodach fallen und fliege zu den Sternen hinab. Ich bin das Raumschiff Adam Kolumbus, das seine Reise antritt. Und diesmal geht es nicht über den Atlantischen Ozean. Es geht hinaus, fort von diesem Planeten, den ich kenne – mit Kurs auf das wirklich Unbekannte. Und weit in der Ferne blinkt vielleicht ein Stern, der ein Auge auf mich hat.

Ich falle zurück in die normale Stellung, als ich auf der Straße weit unter mir Schritte höre. Der Mantelmann ist auf dem Weg! Ich höre, wie er sich am Balkon hochzieht. Ich höre seinen Mantel an der Wand scheuern, als er zum Fenster hinbalanciert. Ich höre, wie er sich hineinwindet und die Treppe heraufkommt.

Ich ziehe die Beine an und bin bereit. Die Schritte befinden sich jetzt direkt unter mir. Er zögert. Ich höre es. Ich würde mich am liebsten vorbeugen und über den Rand gucken. Sodass ich vielleicht seine Schuhspitzen sehen könnte. Ich sitze wie ein Guru und warte nur auf seinen nächsten Zug. Er zögert noch. Er tritt ein lockeres Mauerstück los. Das poltert in die Dunkelheit in dem Raum unter mir hinab. Er bleibt unheimlich still stehen. Anstatt ebenfalls ruhig zu bleiben, wechsle ich meine Stellung. Meine Schuhe kratzen am Dach.

Dann höre ich einen tiefen Seufzer unter mir und ich weiß, dass ich irgendwie gewonnen habe. Er hat mich auch diesmal gehört und ich wollte, dass er weiß, dass ich weiß. Er seufzt noch einmal und kommt aus dem Gewölbe unter mir hervor. Er nimmt die äußere Leiter, die nach oben führt. Ich bin cool und überlegen. Bis er den Mund aufmacht: »Hast du jemals versucht dich wie ein Erwachsener zu benehmen?«, fragt das Schwein und ich hasse ihn ein wenig.

Und dann sehe ich, dass ich diese Visage kenne. Der Mond eignet sich zwar nicht besonders gut als Lampe, aber dieses Gesicht kenne ich. Das war der Mann, der auf meiner Bank gesessen hat, an dem Tag, als ich Kleiner Sturm zum ersten Mal gesehen habe. Er ist es, der meinen Platz eingenommen hatte, ihm habe ich es zu verdanken, dass ich sie gesehen habe. Sofort höre ich auf ihn zu hassen. Ich habe das Gefühl, als würden einige Teilchen in mir an ihren Platz fallen.

»Ich musste wissen, wer du bist«, sage ich.

Das ist eine billige Antwort. Aber er akzeptiert sie. Der Mantelmann kommt aufs Dach und dreht eine Runde um mich herum. Er seufzt nicht mehr. Aber der Seufzer ist nicht weit. »Nun hör mal zu«, sagt er. »Ich bin nur ein armer Teufel, der viel zu lange erwachsen gewesen ist. Ich versuche wieder jung zu werden. Ich versuche mit aller Macht zu dem zurückzufinden, der ich in deinem Alter war. Zumindest zu einem kleinen Stückchen von ihm. Kapierst du, was ich meine?«, fragt er, ohne eigentlich eine Antwort zu erwarten. Obwohl ich dem Kerl doch sagen könnte, dass ich bis aufs i-Tüpfelchen kapiere, wovon er redet.

Der Mantelmann erzählt, dass er das letzte halbe Jahr vollkommen kopflos herumgelaufen ist, ohne zu wissen, was eigentlich los war. Das Einzige, was er wusste: dass etwas nicht stimmte. Und dann zog ihn irgendetwas hier hoch, die Sterne anzusehen und mit dem Mond zu reden. Ja, Brüder & Schwestern, er nennt es »mit dem Mond reden«. Nun kann ich natürlich keine allzu große Sache daraus machen, schließlich rede ich selbst täglich mit der Sonne. Aber es wirkt trotzdem ziemlich verrückt.

Der Mantelmann erzählt, dass er hier oben angefangen hat zu phantasieren. Der Mond und er haben lange Gespräche geführt, in denen er über alles Mögliche zwischen Himmel und Erde geredet hat und auf diese Art irgendwie in sich hat aufräumen können. Jetzt weiß er, dass er danach sucht, wieder jung zu werden.

Mit anderen Worten: Ich habe die ganze Zeit Recht gehabt. Es gab einen guten Grund, dass ich mit diesem Typen reden wollte. Schließlich ist er mit genau der gleichen Sache beschäftigt wie ich. Nur mit dem Unterschied, dass Plus Minus ist. Ich will erwachsen werden. Er will jung werden. Kein Wunder, dass ich das Gefühl hatte, er wäre ich als Erwachsener. Total crazy, Brüder & Schwestern!

Und trotzdem höre ich ihm mit einem Triumphgefühl zu. Mir rauscht das Blut in den Adern und mein Herz pumpt wie verrückt:

ADAM ADAM ADAM ADAM ADAM ADAM ADAM ADAM ADAM ADAM ADAM ADAM ADAM ADAM ADAM ADAM ADAM ADAM ADAM ADAM ADAM ADAM ADAM ADAM ADAM.

Ich stehe in einer Arena und nehme den Jubel entgegen als Dank, dass ich dieses Treffen zu Stande gebracht habe. Es fügt sich ausgezeichnet in die Teilchen meines Erwachsenenpuzzles ein.

»Was mir wieder alles kaputtgemacht hat, ist die Tatsache, dass du hier oben aufgetaucht bist«, sagt er.

»Ich mache gar nichts kaputt«, entgegne ich, beleidigt, weil ich aus meiner Siegesstimmung herausgerissen werde.

»Ich habe nicht mehr den Frieden hier, den ich brauche«, erklärt er. »Ich bin hier oben, um die Sterne und den Mond zu betrachten, um zu denken und mein Leben zu ordnen. Und dann kommst du daher und bringst alles durcheinander. Also, nicht dass ich glaube, du machst das aus reiner Bosheit. Aber vielleicht könnten wir eine Abmachung treffen. Können wir uns nicht den Platz hier oben teilen?« Sein Gesicht sieht traurig aus. Er sieht aus wie siebenunddreißig Sorgen und vierzehn Depressionen und er tut mir fast Leid. Wenn ich ihn nicht gebraucht hätte. Das heißt, ich bin überzeugt davon, dass ich ihn brauchen werde.

»Wir müssen über einiges reden«, sage ich und fühle mich wie der reinste Mafiaboss. »Ich habe einen Vorschlag, der dir gefallen müsste.«

»Scheiße!«, sagt er leise und schaut zum Mond hinauf, als würde er dort eine Antwort finden. Aber der Mond hat sich in einem Schildkrötenpanzer versteckt und verweigert die Antwort. Der Mantelmann muss sich damit zufrieden geben.

DONNERSTAG, 11. JULI

»Guck dir deine Schnürsenkel an. Dann kapierst du.«

Die Sonne geht auf um 04.14 Uhr
und sie geht unter um 22.30 Uhr.

Fast vergesse ich es wieder, weil ich ihn so lange den Mantelmann genannt habe. Aber der Typ heißt richtig Frank. Wir beginnen den Tag mit einem morgendlichen Treffen. Das heißt, ich bin ja schon länger oben auf dem Silo und habe meine Pflicht getan. Frank hingegen sieht aus, als hätte er seit gestern Abend nicht geschlafen. Und es stellt sich heraus, dass das nicht viele Zentimeter von der Wahrheit entfernt ist. »Es ist noch nicht lange her, seit ich aufgestanden bin«, gibt er zu. Aber das hätte er gar nicht sagen müssen. Er hat dicke Tränensäcke unter den Augen und in seinem Körper ist eine Schlaffheit, die zeigt, dass er nicht ausgeschlafen hat. Sein schwarzes Haar wirkt schmutzig und matt. Der unvermeidliche Mantel liegt neben ihm, als wir im Café Bagel & Juice am Olaf Ryes Plass sitzen.

»In den letzten Monaten habe ich den Tagesrhythmus einfach auf den Kopf gestellt«, sagt er. »So ist es besser. Nachts kann man viel besser nachdenken. Alles ist still. Die Leute schlafen und die Stadt schläft und die Autos stehen herum und die Welt wird von 220 Volt auf lumpige 30 Völtchen heruntergeschaltet. Was diese Stille wert ist, weiß keiner, der es noch nicht ausprobiert hat.«

»Aber gestern hast du doch gesagt, dass du keinen Job hast«, werfe ich ein. »Wie kommst du dann zurecht? Ohne Geld!« Wenn er wüsste, dass ich verzweifelt nach einer Antwort auf genau diese Frage suche.

»Ich habe eine Erfindung gemacht«, antwortet er. »Ich habe etwas erfunden, eine Firma gegründet, die Erfindung verkauft und unglaublich viel Geld damit verdient. Und nachdem ich alles wieder verkauft hatte, brauchte ich mir keine Gedanken mehr ums Geld machen.«

»Das muss dann ja ein enormer Batzen Geld gewesen sein?«, bohre ich neugierig nach. »Was hast du denn erfunden?«

»Das mag ich nicht sagen«, erklärt Frank und nippt an einem Kaffee, der noch dampft. Er verbrennt sich und stellt die Tasse wieder hin.

»Nun zier dich nicht so!«, sage ich und trinke frisch gepressten Orangensaft mit Fruchtfleisch.

»Ich wünschte fast, ich wäre ein Lottomillionär«, erwidert er geheimnisvoll und beißt in einen Bagel mit Camembert.

»Du hast geerbt? Was geklaut? Du hast auf Pferde gewettet?«, versuche ich es.

»Nein, es ist viel, viel idiotischer als das alles«, antwortet Frank und ich kann sehen, wie er zögert. Aber dann gibt er sich einen Ruck. »Guck dir deine Schuhe an. Deine Schnürsenkel.«

»Okay«, sage ich und starre unter den Tisch. Ich habe ziemlich neue Nike-Schuhe. Sie sind schwarz-weiß, mit guter Federung in der Sohle.

»Guck dir die Schnürsenkel an«, fährt er fort. »Dann kapierst du.«

Die Schnürsenkel sind breit, schwarz und haben am Ende ein Plastikkäppchen, auf dem steht: »Just do it!« Ich gucke und gucke und werde nicht schlauer.

»Ich habe herausgefunden, dass es möglich ist, am Ende der Schnürsenkel Reklame anzubringen«, erklärt er und guckt betreten aus dem Fenster. »Ich habe eine Sorte Schnürbänder und eine

Sorte Plastikkäppchen erfunden, die man mit Reklame bedrucken kann.«

»Wow!«, entfährt es mir und ich weiß nicht so recht, was ich sagen soll. Es ist, als würdest du den Mann kennen lernen, der die Büroklammer erfunden hat. Ein Schnürsenkel ist schließlich etwas, das du jeden Tag anguckst, ohne daran auch nur einen Gedanken zu verschwenden. Und gleichzeitig muss ich Frank zustimmen. Es ist peinlich, so eine Erfindung zu machen und dafür eine Masse an Pesos einzustreichen.

»Die Welt ist ein merkwürdiger Ort«, sagt er und versucht es noch einmal mit dem Kaffee. Jetzt klappt es. Er schlürft einen Schluck und ich sehe, dass er es eigentlich nur macht, damit ich nicht merke, wie er rot wird. »Das ist nichts, worauf man stolz sein kann. Dazu ist es zu albern. Ich meine, eigentlich kann doch nur ein Blödmann darauf kommen, dass auf Schnürsenkeln Platz für Reklame ist.«

»Ich finde das schon in Ordnung«, entgegne ich so überzeugend wie möglich. Aber eigentlich bin ich seiner Meinung.

»Ich finde es unglaublich peinlich«, erklärt Frank. »Aber ich hatte einfach die Idee und das war's. Zu meiner großen Überraschung wurde es ein Riesenerfolg. Ich habe so viel Geld verdient, du glaubst es nicht. Ich habe dafür natürlich auch reichlich gearbeitet. Ich habe malocht, dass ich total gestresst war. Das Leben funktionierte nur noch schlecht. Mein Körper funktionierte nur noch schlecht. Aber es gab verführerisch viel Geld für diesen Quatsch. Und hinterher hatte ich das Gefühl, an meine Grenzen gekommen zu sein. Wirklich und wahrhaftig.«

»Yes, Sir«, erwidere ich. »Das Gefühl kenne ich. Ich kenne diese Grenzen.«

»Bis vor einem halben Jahr habe ich mir nie die Zeit genommen, mich mal mit Leuten zu unterhalten, so, wie wir es jetzt machen«, sagt Frank. »Dazu hatte ich einfach keine Zeit. Sorry! Ich meine, ich hätte mir nie die Zeit *genommen,* hier morgens im Bagel & Juice zu sitzen. Ich wäre lieber zu einer Sitzung gelatscht. Oder hätte vierzehn Telefonate erledigt. Oder hätte mir noch einen eleganten Vorschlag für eine Firma ausgedacht, die vielleicht Reklame auf den Schnürsenkeln drucken lassen wollte. Vor einem guten halben Jahr hat nur Geld in meinem Kopf eine Rolle gespielt. Menschen haben mir nur etwas bedeutet, wenn sie gleichzeitig für mehr Geld standen. Verstehst du?«

»Und das weibliche Geschlecht?«, versuche ich es und leere mein Glas.

»Vergiss es!« Frank lacht. Aber sein Lachen ist bitter. Es ist ein Lachen ohne Lächeln oder Humor. Es ist nur so ein schmutziges Lachen, das eher über denjenigen lacht, der es ausstößt. Wenn ihr versteht, was ich meine, Brüder & Schwestern.

Die Lady hinterm Tresen starrt uns an. Sie überlegt, ob es mit uns Ärger geben könnte. Aber ich lächle sie nur an und Frank versucht auch zu lächeln. Worauf sie unsicher unser Lächeln erwidert und andere hungrige Frühstücksgäste bedient.

»Mit anderen Worten, du hast es nicht hingekriegt?« Ich habe mich festgebissen. Ich will den Typen nicht mehr gehen lassen, ehe er mir nicht so einiges erklärt hat. Diese Einstellung habe ich Frank gegenüber. Ich brauche ihn. Er weiß Sachen, die ich wissen muss, um weiterzukommen. Es ist eine ziemlich beschissene Einstellung. Ich weiß. Es ist nicht in Ordnung, so herumzutönen und die Leute auf diese Art und Weise auszunutzen.

Und es ist, als hätte er gehört, was ich denke. Denn er fährt fort: »Das mit den Damen hat sich vor zwei Jahren erledigt. Sie hieß Karianne…«

Und jetzt kriege ich fast Bagel und Aufschnitt ins falsche Halsloch: Karianne und Caroline! Das ist ja der absolute Wahnsinn. Das ist so einer der Zufälle, die mir eine Gänsehaut verpassen und mir klarmachen, dass ich auf dem richtigen Weg bin. Ich räuspere mich und winke ihm zu, dass er nur weiterreden soll.

»Also, sie hieß Karianne und hat eines Tages zu mir gesagt: ›Du,

Frank, es spielt doch eigentlich überhaupt keine Rolle für dich, ob ich hier bin oder nicht. Stimmt's‹? Und sie hatte Recht«, sagt Frank. »Ich habe mich nur um Leute gekümmert, die entweder Geld bedeutet haben oder die in meinen Terminkalender passten. Alle anderen waren uninteressant. Ich habe Leute dazu benutzt, etwas zu erreichen. Und das kannst du auf die Dauer nicht machen, ohne dass du den Preis dafür bezahlen musst.«

Wenn er nur wüsste, wie mich seine Sätze treffen. Ich werde rot, esse mein Bagel auf und versuche nicht zu zeigen, dass hier ein Typ sitzt, der vorhat, Frank zu benutzen. Aber es ist die Wahrheit.

»Als sie Schluss gemacht hat, habe ich zuerst nicht weiter darüber nachgedacht«, fährt Frank fort. Er rührt mit einem Löffel in seinem Kaffee. Das ist nicht nötig, da er weder Zucker noch Sahne genommen hat. Er rührt einfach in der dunkelbraunen Flüssigkeit herum, um seine Gedanken zu klären.

»Ich habe nicht darüber nachgedacht. Ich habe nur zu mir selbst gesagt, dass ich dadurch noch mehr Zeit hätte, mich um die Firma zu kümmern. Aber dann kam der Wahnsinn angekrochen. Es ist komisch, jetzt wieder daran zu denken, aber eines Tages bin ich aufgewacht …«

Er macht eine Pause. Und das Verrückte: Nur ein Millimeter trennt ihn vom Weinen. Ich denke, dass ist schon ziemlich schrill – ich sitze hier im Café mit dem Mantelmann, einem Typen, von dem ich in meiner Phantasie angenommen habe, er wäre ein Mörder, ein Wahnsinniger oder ein ziemlicher Idiot. Und jetzt sitzt er mir gegenüber und kämpft mit den Tränen! Er fährt sich durchs schwarze Haar. Dann streicht er den Mantel glatt und rutscht auf seinem Stuhl hin und her. Schließlich schluckt er und tut, als wenn nichts wäre.

Ich selbst muss auch schlucken und er fährt fort: »Ich bin einfach eines Morgens aufgewacht und habe plötzlich gewusst, dass alles verkehrt ist. Ich habe Karianne vermisst. Ich wusste, dass es das Dümmste war, was ich je getan habe, als ich sie habe gehen lassen.

Ich dachte über mein Leben nach und mir war klar, dass es nichts wert war. Das Leben, wie ich es lebte, interessierte mich nicht mehr. Das viele Geld, das ich hätte verdienen können, interessierte mich nicht mehr. Ich hatte keine Lust mehr, jeden Tag zwölf bis vierzehn Stunden zu arbeiten. Ich wollte Leute nicht mehr nur danach auswählen, ob sie mir einen Vorteil bringen könnten oder nicht. Ich wollte irgendwo anders sein. Als ich auf die letzten Jahre zurückblickte, schien es mir mit einem Male, als wären sie hinausgeworfen. Menschen, die ich früher gekannt hatte, hatten inzwischen geheiratet, waren mit ihren Liebsten zusammengezogen, hatten Kinder bekommen, waren um die ganze Welt gereist, hatten wirklich spannende Jobs gefunden. Ich dagegen, ich hatte ein Vermögen verdient, aber trotzdem nichts erlebt und nicht gelebt. Und weißt du was?«

»Nein«, sage ich verschreckt und will um jeden Preis, dass er weiterredet.

»Ich habe Angst gekriegt«, sagt er und ich sehe seinen Augen an, das die Angst immer noch in seinem Kopf herumschwirrt. »Ich habe Angst gekriegt, weil ich das Gefühl hatte, etwas würde mir aus den Fingern gleiten. Ich habe Karianne angerufen und das hat das Ganze nicht besser gemacht. Sie war in der Zwischenzeit verheiratet. In drei Monaten erwartete sie ein Kind. Und sie hat in einer Art mit mir geredet, dass ich begriffen habe, dass sie mich nach unserer Trennung kein einziges Mal vermisst hat. Ich rief meine Eltern an und hörte an ihren Stimmen, dass sie erst einmal überrascht waren, mich überhaupt zu hören. Aber während wir uns unterhielten, fiel ihnen ein, dass etwas Spannendes im Fernsehen lief. Sie wollten lieber Fernsehen gucken, als mit mir reden. Und so bin ich die Runde durchgegangen. Ich habe Leute angerufen, von denen ich seit einem, seit zwei oder seit fünf Jahren nichts mehr gehört hatte. Niemand war sonderlich daran interessiert, mit mir zu reden. Ich war vollkommen einsam. Unmöglich, dieses Gefühl zu beschreiben.«

Frank steht auf und sucht nach der Toilette. Ich bleibe auf der äußersten Kante sitzen und kann es kaum abwarten, bis es weitergeht. Es ist, als würde ich meine eigene Geschichte in einer leicht abgewandelten Version hören. Als hätte jemand ein Buch über mein Leben geschrieben.

Es ist fast, als hätte Frank von Caroline erzählt. Als hätte er dieses Gefühl beschrieben, von allen anderen abgeschnitten zu sein.

Als hätte er von dieser idiotischen Welt in genau der gleichen Weise erzählt, wie ich es bis jetzt in dieser Geschichte gemacht habe.

Als hätte er gesagt, dass in dieser elektrischen Welt, in der ich mich befinde, die Schalter abgestellt sind und die Maschinen still stehen. Als hätte er gesagt: »Wenn ihr diese verdammte Stille hören könntet, die ich höre ...«

Frank kommt zurück und stellt sich an den Tresen, um sich noch mehr Kaffee zu besorgen. Er späht fragend zu mir herüber und ich entscheide mich für ein weiteres Glas Saft. Mehr feste Nahrung kriege ich nicht runter. Die Stimmung an diesem Tisch ist zu angespannt. Mein Magen ist ein winziger Ball und vibriert in seinen Bändern. Ich mag mir gar nicht vorstellen, was aus den Gedärmen geworden ist. Frank setzt sich und jetzt sehe ich den Zweifel in seinen Augen. »Ich hätte dir das alles nicht erzählen sollen«, setzt er an.

»Nun spinn nicht rum, Mann!«, fast schreie ich und wir grinsen einander an. Aus den Augenwinkeln gucke ich zur Bedienung hinterm Tresen. Sie ist offensichtlich daran interessiert, was hier bei uns vor sich geht. Ich kann das sehen. Obwohl sie Kunden bedient, Gerichte zusammenstellt oder Kaffee aufsetzt, muss sie immer für einen kurzen Moment zu uns herüberschielen.

»Es war vor einem halben Jahr. Ich brauchte genau eine Woche und zwei Tage, um die ganze Firma zu verkaufen«, fährt er fort. »Neun Tage habe ich wie ein Gott geschuftet und Ordnung in das Durcheinander gebracht.«

»Ein Gott hätte es in sechs Tagen geschafft und am siebten geruht«, sage ich.

»Ich bin wohl nur ein Gott zweiter Klasse«, antwortet er und versucht es wieder mit der Kaffeetasse, die so heiß ist, dass er sie wieder hinstellen muss. »Neun Tage hat es gedauert und am zehnten Tag habe ich mich schlafen gelegt und war mehr als einen Tag lang weg. Und dann habe ich ein neues Leben angefangen.«

»Ein ganz neues Leben?«, frage ich. »Ist wohl nicht so einfach?«

»Es erfordert seinen Mann, das durchzuziehen«, erklärt er. »Oder vielleicht erfordert es sogar einen Gott. Du musst fest entschlossen und voll konzentriert sein und es dann durchziehen.«

»Aber was bedeutet das mit dem neuen Leben?«, frage ich und fühle, dass es jetzt um die Wurst geht. »Was ist der große Unterschied? Was hast du in diesem halben Jahr gemacht?«

»Hm«, murmelt er und stellt die Kaffeetasse hin.

Wir trinken aus und essen die letzten Krümel. Er will offensichtlich nicht mehr darüber sagen. Ich habe das Gefühl, dass er seit langem nicht mehr so viel geredet hat. Das ist wie mit einem alten Auto, das eine Weile gestanden hat. Es dauert eine Weile, bevor es wieder richtig in Gang kommt. Und auch dann passiert es noch, dass es stottert.

Wir winken der Tresendame zu. Sie hebt unsicher einen Arm mit einer schlaffen Hand und überlegt gewiss, warum sie das überhaupt macht. Denn ihr Arm fällt wie ein schlaffes Würstchen wieder runter.

Wir gehen langsam Richtung Sofienbergpark. Überqueren die Straße und steuern die Kirche am anderen Ende an. Frank setzt sich die Sonnenbrille auf und wird ganz still. Ich respektiere sein Schweigen und weiß, dass er weiterreden wird, wenn die Zeit reif ist.

Wir kommen zum Spielplatz. Dort sitzen Frauen mit Kinderwagen und Frauen mit Kindern. Ich schaue Frank verstohlen an und sehe, wie ein Schatten über sein Gesicht fährt. Es zuckt entlang der Nasenwurzel. Auf seiner Stirn zittert es. Ich bin mir sicher, dass er an Karianne denkt. Er denkt, dass Karianne und er jetzt auch hier sein könnten. Genau auf dieser Bank da hinten, wo eine Frau mit einem kleinen Jungen auf dem Schoß sitzt. Frank tut mir Leid. Ich ziehe ihn fort von dieser Stätte und weiter Richtung Ola Narr.

Eine Viertelstunde später sitzen wir auf einer Bank am Tøyenbadet. Frank nimmt die Sonnenbrille ab. Dreht sie zwischen den Fingern. Setzt sie sich wieder auf und sieht mich an. Er sieht nachdenklich aus. Und dann bricht es aus ihm heraus, als hätte es niemals die halbe Stunde Pause in unserem Gespräch gegeben: »Ich habe in diesem halben Jahr überhaupt nichts gemacht. Nein. So ganz stimmt das auch wieder nicht. Ich habe nachgedacht. Ich habe die Zeit für mich selbst genutzt und nachgedacht. Das hört sich natürlich nicht so an, als hätte ich etwas gemacht. Und es kann problematisch werden, den Leuten zu erklären, dass du verdammt hart arbeitest, wenn sie dich nur auf einer Bank sitzen sehen. Aber ich muss zugeben, dass ich zu keinem Ergebnis gekommen bin. Ich habe nur dafür gesorgt, mein Leben in andere Bahnen zu lenken. Ich bin von der Autobahn abgebogen und auf einer anderen Straße gelandet, als ich erwartet habe. Wie ich es jetzt sehe, liegen ungeahnte Möglichkeiten vor mir.«

»Und was so zum Beispiel?«, frage ich.

»Ich habe nicht die geringste Ahnung«, antwortet Frank und sieht im Grunde ziemlich zufrieden aus. »Die Möglichkeiten haben noch keine Gestalt angenommen. Und ich weiß auch nicht, ob sie es jemals tun werden. Ich weiß nicht, ob ich vielleicht noch eine längere Denkpause brauche. Und deshalb will ich eigentlich meine Ruhe da oben auf dem Silo haben. Ich weiß nicht, ob diese Erklärung die Dinge etwas klarer gemacht hat?«

»Alles ist sonnenklar für mich«, antworte ich und rutsche ein klein wenig näher auf der Bank heran. Frank rutscht unwillkürlich auch etwas näher, als wäre es ein großes Geheimnis, das ich ihm jetzt erzählen will. »Aber ich habe etwas, das du brauchst«, erkläre ich Frank. »Das ist ja wohl klar.«

»Oh«, sagt er nur und ist offenbar der Ansicht, dass das in keiner

Weise einleuchtend ist. Ich erkläre ihm mein Projekt und notiere mir als einen Pluspunkt für ihn, dass er nicht anfängt zu grinsen. Er nickt ernsthaft mit dem Kopf und versteht, worum es geht. Ich erkläre ihm, dass wir ja das gleiche Projekt betreiben. Nur unter verschiedenen Vorzeichen. »Deshalb brauche ich dich als eine Art Schiedsrichter, der darüber wacht, ob ich meine Liste abgearbeitet habe«, sage ich. »Und du brauchst mich, um zu deiner Jugend zurückzufinden. Wer ist dazu besser geeignet als ich, ein kindischer Typ, der auf dem Weg ist, ein anderer zu werden? Ich bin der perfekte Berater.«

Frank lehnt sich zurück. Er sieht mich an. Er legt den Kopf schief und starrt mich an, als wäre ich eine besonders spannende Tierart. Vielleicht eine aussterbende Tierart. Er starrt so intensiv, dass du die Gedanken in seinem Kopf poltern hören kannst. Er starrt mich an und scheint plötzlich ganz weit weg zu sein. Ich wirble mit einer Hand vor seinem Gesicht, um zu sehen, ob er noch da ist. »Hallo«, versuche ich es. »Ist da jemand zu Hause?«

»Du!«, sagt er. »Sitz da nicht rum und hampel herum wie ein Vierzehnjähriger.« Er sieht, dass ich eine Scheißangst kriege. Und fährt fort: »Wenn ich mitmache, Mr. Adam, wirst du hinterher ein anderer sein. Aber ich glaube, das ist nicht so einfach, wie du vielleicht denkst.«

Das hört sich an wie einer der Sätze, die er in meinem Albtraum vor ein paar Tagen von sich gegeben hat, als ich träumte, dass der Mantelmann mich verfolgte und mich zum Schluss aus dem Treibsand zog. Deshalb sage ich mir in Gedanken: »Du ahnst ja gar nicht, wie verdammt schwierig mir das Ganze erscheint.«

Laut antworte ich: »Genau dieser andere Typ möchte ich werden. Dann haben wir also eine Abmachung?«

»Warte, warte«, sagt er und hebt die Hände in die Luft. »Lass mir ein bisschen Bedenkzeit. Ich werde dir Bescheid geben.«

»Und wie?«, frage ich.

»Das lass mal meine Sorge sein«, antwortet er geheimnisvoll.

»Ich habe noch eine letzte Frage«, sage ich und sammle meine Sachen zusammen.

»Schieß los!«, ermuntert er mich.

»Wie würdest du vorgehen, wenn du eine Dame kennen lernen möchtest, mit der du noch nie geredet hast?« Ich werde nicht einmal rot bei meiner Frage.

»Und das fragst du mich? Hast du etwa den Eindruck gekriegt, dass ich ein Casanova, ein Don Juan oder ein James Bond bin?«, fragt er mich verwundert.

»Ein Typ, der ein halbes Jahr dazu benutzt hat, über sein Leben nachzudenken, kann ja wohl dabei auch auf solche Dinge gestoßen sein«, antworte ich und bin zum Abmarsch bereit. Es gibt nämlich eine wichtige Sache, die zu Hause überprüft werden muss.

»Wenn ich so dumm wäre, darauf zu antworten, dann würde ich sagen, dass du deinen eigenen Stil finden musst. Du musst anders sein als die anderen Jungs«, antwortet er. »Du musst wie ein Sandkorn sein, das in ihr Auge fliegt. Etwas, das sie nicht ohne weiteres wegzwinkern kann.«

»Ein Sandkorn im Auge«, wiederhole ich. »Das ist gut.«

Ich bin auf dem Heimweg. Es ist kaum zu glauben, wie gut das passt, was Frank gesagt hat. Seinen eigenen Stil finden, hat er gesagt. Und auf meiner Liste steht unter anderem, *ein eigener Kleiderstil* müsste her. Soll ich jetzt weiter darüber nachdenken?

Das könnte ich eigentlich schon, aber ich habe ein anderes Problem, das ganz hinten in meinem Gehirn bohrt. Das ich als Peer-Gynt-Problem bezeichne. Wir haben ja gelernt, dass Mr. Gynt ein Typ war, der vor allem weggelaufen ist, was hier im Leben wichtig ist. Zumindest am Ende des Theaterstücks. Und jetzt denke ich über das nach, was gestern passiert ist: Was hatte Vattern vor? Ist er dabei, seinen Abgang zu planen?

Er hat bisher noch nichts erwähnt in dieser Richtung.

Irgendwie war das ein Gefühl, als würde sich ein Abgrund auftun.

Wie es in jedem elenden Horrorfilm vorkommt, den ich gesehen habe. Plötzlich stellt sich heraus, dass das normale Leben auf den Kopf gestellt wird. Die Menschen, von denen du angenommen hast, dass sie normal sind, entpuppen sich als Monster. Dein Vater ist ein Mörder. Deine Mutter ist ein Zombie. Deine Schwester ist ein Vampir. Und in allen Filmen dieser Art ist es der Job der Hauptperson, die nähere Familie umzubringen und zu versuchen alle blutrünstigen Angriffe zu überleben. Dass Vattern möglicherweise ein gefährliches Geheimnis hat, macht mich verflucht sauer. Ein Geheimnis, das Peer-Gynt-Konsequenzen haben kann. Vielleicht ist er ja ganz anders, als ich all die Jahre hindurch geglaubt habe. Und das lasse ich nicht zu!

Ich trample in die Wohnung und schnappe mir das Telefon. Ich tippe die Nummer des Theaters ein, bei dem Vattern arbeitet. Erst nach dem siebten Klingeln antwortet jemand am anderen Ende. Eine Frau meldet sich freundlich, im Hintergrund kann ich Leute schreien und johlen hören. Jemand bearbeitet irgendwelche Trommeln. Ich frage nach Helge. »Ja, heute ist er da«, erklärt die Frau. Und irgendwas an dieser Antwort gibt mir das Gefühl, als täte sich der Abgrund vor mir auf und als sprängen die Monster aus der Tapete. Irgendwie hört es sich so an, als ob er nicht immer dort ist. Als wäre das der erste Tag seit langer Zeit, an dem er anwesend ist.

Mein Arm sinkt in einem genauso schlaffen, langsamen Bogen nach unten wie der der Tresenbedienung. Er zieht den Hörer mit sich und legt ihn auf die Gabel, bevor Vattern antworten kann. Und das ist nur gut so. Denn eigentlich weiß ich gar nicht, was ich ihn fragen soll.

Aber das stimmt ja gar nicht! Denn ich habe eine verdammt wichtige Frage, die ich Vattern gerne stellen würde. Doch ich kann nicht. Ich kann ihn nicht ganz locker anrufen und fragen: »Wo warst du denn gestern, Vattern? Wie sieht dein Verhältnis aus? Wie lange treibst du es schon mit ihr? Hast du vor, einfach abzuhauen wie der Lügen-Peter, der Peer, der Narr, der Idioten-Gynt?«

Das ist zu viel für mich. Aber in mir tobt ein Teufel und ich sage mir, dass ich das Geheimnis lüften werde, koste es, was es wolle. Und hinterher werde ich aufräumen. Ich werde das für Muttern machen. Für mich selbst und für Sis. Vattern kommt erst an letzter Stelle. Schließlich hat er sich da in etwas verrannt. Und als der Gedanke in meiner Birne gereift ist, bin ich auch für andere Taten bereit. Kleiner Sturm steht wieder auf der Tagesordnung. Ich habe ein Sommerprojekt vor mir. Das darf ich nicht vergessen. Frank sagte, »seinen eigenen Stil«, und um den geht es jetzt.

Ich brauche ein paar Stunden, um das einzukaufen, was ich geplant habe und mich anschließend fertig zu machen.

Meine Beine sind immer noch nicht hundertprozentig sicher in den Inlinern. Aber ich bekomme trotzdem einen guten Schwung drauf, als ich auf den Fußweg brettere, der nicht allzu viele Risse aufweist. Ich habe eine enge Radlerhose an. Ich habe mir ein T-Shirt gekauft, ein schwarzes Netzhemd. Ich habe ein einfaches schwarzes Käppi falsch herum aufgesetzt. Ich habe Gewichte gehoben, um meine Muskeln aufzupeppen. Und für die richtig gute Gesichtsfarbe habe ich mir Sis' Bräunungscreme geklaut. Ich selbst bin überzeugt davon, dass ich aussehe wie ein Tausenderschein, wie ich so ganz cool aus der Einfahrt herausrolle und Løkka ansteuere.

Es ist mir scheißegal, was ihr von falscher Hauttönung, gepushten Muskeln und obercoolem Auftreten haltet.

Das hier ist ein Krieg, eine Schlacht.

Und ich habe mir vorgenommen zu gewinnen.

Ich habe mir vorgenommen, Kleiner Sturm mit meinem eigenen Stil zu beeindrucken.

Ich, Adam – der neue Inlineskater-Adam – bin nach eigenem Befinden die Spitze der Welt.

Ich bin die Cheops-Pyramide in eigener erhabener Person.

Ich bin ein Hai. Das ist es! Ein Hai.

Ich bin ein Hai, der durch die Straßen schwimmt. Und ein Hai zu sein, ist nicht gerade eine Kleinigkeit. Der Hai ist ein ziemlich einzigartiger Fisch. Das weiß jeder, der nutzloses Wissen sammelt. Hört nur: Der Hai ist der einzige Fisch, der mit beiden Augen zwinkern kann. Der Hai ist das einzige Tier, das nicht krank wird. Soweit die Forscher wissen, ist der Hai immun gegen alle bekannten Krankheiten, einschließlich Krebs. Haizähne sind buchstäblich so hart wie Stahl. Und das Interessanteste: Der Hai kann nur überleben, wenn er sich vorwärts bewegt.

Ich bin jetzt so ein Hai. Ich habe mich in Bewegung gesetzt, will vorwärts, und kann das, was ich mir vorgenommen habe, nur erreichen, wenn ich mich weiterhin bewege.

Ich spähe durch die Sonnenbrille die Straßen entlang. Ich weiß, dass ich Kleiner Sturm treffen werde. So ist die Welt im Augenblick einfach eingerichtet. Das Schicksal und ich, wir sind heute auf der gleichen Wellenlänge. Die Teilchen legen sich vor dem Hai Adam zurecht und er muss sie nur eins nach dem anderen aufheben. Ich bin ein Gott zweiten Grades – mindestens – und kann jetzt nichts falsch machen. Vorausgesetzt, ich bewege mich weiterhin vorwärts.

Ich nehme die gleiche Route, auf der ich sie schon einmal gesehen habe. Ich lasse mir reichlich Zeit und warte darauf, dass sie versucht eben mal an mir vorbeizufahren. Und wenn das passiert, werde ich hochschalten und stattdessen an ihr vorbeisausen – der Hai, der ich bin.

Aber da sie nicht auftaucht, kommen mir Zweifel. Können ich und das Schicksal einander falsch verstanden haben? Ich mache einen Abstecher um das Wohnheim der Berufsschule und fahre wieder den Trondheimsveien hinauf. Bis zur Carl-Berner-Kreuzung. Die Mädchen sehen mich an. Und ich genieße ihre Blicke. Das gebe ich ganz offen zu. Brüder & Schwestern. Ich genieße es, ihre Blicke auf mir zu spüren. Auf der Strecke falle ich nur zweimal auf die Schnauze. Und bin selbst davon überzeugt, es ganz gut zu machen.

Von der Carl Berner nehme ich die Christian Michelsens gate, weil es auf ihr lange Strecken gibt, auf denen du wirklich dieses geile

Rollengleitgefühl bekommst. Ich fahre die Sannergata hinunter und dann geht's wieder nach Løkka.

Ausholender Schritt. Ich warte auf Kleiner Sturm hinter mir. Und das ist vielleicht mein Fehler. Ich gucke ebenso oft hinter mich wie vor mich. Plötzlich sehe ich Kleiner Sturm. Aber mir ist klar, dass das Schicksal und ich nicht die gleiche Sprache sprechen. Denn Kleiner Sturm kommt aus der entgegengesetzten Richtung. Sie kommt mir direkt entgegen und ich vergesse ein paar entscheidende Sekunden lang, dass ich eine Kurve machen oder bremsen muss.

Es geht nicht nur darum, dass das Schicksal und ich nicht die gleiche Sprache sprechen.

Das Schicksal hat vor, mich zusätzlich noch bloßzustellen.

Denn Kleiner Sturm kommt auf dem Fahrrad angefahren. Sie fährt auf einem normalen Fahrrad. Nicht so einen GT-Rallye-36-Gänge-mit-Spoiler-und-Barschrank. Nein, es handelt sich um ein verrostetes, abgedanktes Mädchenfahrrad, das noch aus der Kriegszeit stammen muss. Und so etwas präsentiert mir das Schicksal.

Mehr braucht es nicht, um mich aus der Fassung zu bringen. In diesem Moment wünsche ich mir, ich wäre eine Schildkröte. Aber jetzt bin ich wie gesagt ein Hai. Und Haie haben eine andere Fahrt drauf als Kriechtiere mit Deckel auf dem Rücken. Ich schneide Kleiner Sturm, die erschrocken aufpiepst und mir ausweicht. Ich schaue über die Schulter, um zu sehen, ob mit ihr alles gut gegangen ist. Und da sind no problemas. Sie strampelt einfach weiter, als wenn nichts geschehen wäre.

Das Schicksal dagegen ist noch nicht fertig mit mir. Das Schicksal muss mich in diesem Moment offenbar hassen. Oder es hat eine reichlich grausame Art von Humor. Ich brettere an der Fontäne vorbei und habe jede Kontrolle verloren. Das Einzige, was ich noch kann: Ich ziele zwischen zwei Bänke. Die alten Weiber mit ihren Schoßhunden und ein Tattergreis mit Einkaufswagen springen zur Seite, als ich mir meinen Weg bahne. Ich umschiffe die Bänke nur um wenige Zentimeter. Jetzt konzentriere ich mich mehr auf die niedrige Steinkante und springe, um darüber zu kommen. Aber der Sprung ist zu hoch. Das Schicksal, das nicht gerade als ein genialer Gott bezeichnet werden kann, führt sich eher auf wie ein fetter Rüpel. Das Schicksal befördert mich in einen Salto mortale und ab durch die Mitte in einem Flug, der ewig zu dauern scheint.

Und ich muss zugeben, dass ich jetzt weiß, dass es diesen Moment gibt, in dem dein ganzes Leben an dir sozusagen Revue passiert. Ich fliege durch die Luft und mir scheint, als dauerte der Flug mehrere Minuten an. Und während ich in der Luft rudere wie eine Möwe ohne Steuerung, denke ich an alles, was passiert ist, seit ich zum ersten Mal auf dem Silodach saß. Es gelingt mir, wirklich alles zu durchdenken, was in den letzten elf Tagen passiert ist. Bis hin zu Frank, der sagte, ich solle mir einen eigenen Stil zulegen. Und jetzt weiß ich, dass das der Punkt war, an dem ich mich geirrt habe. Ein eigener Stil bedeutet etwas anderes als das hier. Und deshalb befinde ich mich jetzt im freien Fall. Ein eigener Stil bedeutet nicht, sich rauszuputzen, aufzublähen und zu tun, als wärst du ein ganz anderer.

Ich zische weiter. Ein Stück vor mir sehe ich das Gras und ein älteres Ehepaar, das sich auf einer Decke niedergelassen hat. Mutter hat ihre Träger heruntergeschoben und Vater trägt nur Shorts. Sie schwitzen, dass das Wasser nur so spritzt. Neben ihnen liegt ein ausgelaugter gelb-brauner Dackel. Mutter & Vater haben eine Thermoskanne mit Kaffee dabei und eine kleine Schale mit trockenen Marie-Keksen.

»O ja! Genau!«, denke ich, als ich begreife, was das Schicksal mir hier präsentiert. Ich werfe mich vor und rufe »Bahn frei!«, während ich für mich selbst den Countdown zähle.

10–9–8 …

Mutter erwacht und rollt sich zur Seite.

7–6–5 …

Vater dreht sich um und schnappt sich den Köter.

4–3–2 …

Mutter versucht nach der Thermoskanne zu greifen, kann sie aber nicht mehr erwischen.

1–0-Landung

PENG!
BUMM!
KRACHWUMM!!!

Der neue Adam, der weit davon entfernt ist, als kollisionssicher zu erscheinen oder mit anderer Sicherheitsausrüstung ausgestattet zu sein, fällt kopfüber ins Gras, dass nur noch das Kinn aus dem Grün herausragt. Er schlittert auf Bauch und Brust davon und pflügt sich durch Decke, Kaffeetassen und Messer, dass ihm die Kekse um die Ohren fliegen. Das hört sich an wie ein mittlerer Flugzeugabsturz. Das hört sich an wie eine Boeing, die den Boden entlangschrammt und dabei auf Bäume und Mauerblöcke trifft.

BOIIINNNNNGGGG!!
KRRRAAAAWWUUMMMM!!!
PZZZÄÄÄLLLIIIIUUUNNGGG!!!!!

Und ein Stück vor mir sehe ich die Thermoskanne wie einen Turm vor mir, der im Himmel verschwindet. Wie ein Silo möglicherweise. Wie eine Granate. Oder wie das Schicksal aussieht, wenn du es mit dem Kopf voran in voller Fahrt triffst. Das hat Frank nicht mit dem eigenen Stil gemeint, ist das Letzte, was ich denke, bevor

----

Ich denke, ich träume. In einem festlichen roten und gelben Feuerwerk sehe ich die Sonne auf ihrem Thron sitzen. Sie schüttelt den Kopf und sagt: »Das hat Frank nicht gemeint. Das hast du falsch verstanden. Und deshalb ist alles schief gegangen.«

»Ja, vielen Dank«, antworte ich sauer. »Das habe ich inzwischen auch schon kapiert.«

Ich wache davon auf, dass mir der Dackel das Gesicht ableckt. Ich lasse ihn ruhig weitermachen. Ich mache mir nicht einmal Gedanken darüber, was er wohl vorher abgeleckt hat. Hinter mir höre ich Mutter und Vater von der Wolldecke wütend murmeln. Aber ich kümmere mich nicht darum. Ich bin buchstäblich geschlagen, Brüder & Schwestern. Ich habe hier nichts mehr zu suchen.

Ich liege da, die Inliner an den Füßen, und habe fast das Gefühl, immer noch zu schweben. Bis sich ein Paar schwarze Schuhe direkt vor meine Augen pflanzt. Sie sind nicht zu übersehen. Ich drehe mich herum und schaue nach oben. Ich sehe Frank, der auf mich herunterglotzt. Er hat den Mantel in der einen Hand und streckt die andere zu mir herunter. Mein Arm hebt sich widerwillig hoch und er zieht mich erst einmal in sitzende Haltung. Er hockt sich hin und starrt mir besorgt ins Gesicht. »Alles in Ordnung?«

»In Ordnung?«, meckere ich, ohne mich erinnern zu können, was das Wort bedeutet.

»Okay. Dumme Frage«, gibt er zu und zieht mich zu einer Bank. Da ich in mindestens vierzehn Teile zerrissen bin, braucht es seine Zeit, bis wir dort ankommen. Nehme ich an. Mein Zeitgefühl ist in diesem Moment nicht gerade das beste. Das Schicksal hat reinen Tisch gemacht. Es braucht ein paar Minuten, um mein Gehirn wieder neu zu formatieren.

»Das habe ich nicht so gemeint«, sagt Frank und nickt zu Ausrüstung und Klamotten, die ich anhabe.

Ich mag gar nicht darauf antworten. Mein Gehirn hat nur noch zwei Zellen, die sich an einer ausgeleierten Seilrolle bewegen. Und ich versuche mich auf wichtigere Dinge zu konzentrieren, als ihm zuzuhören. In mir pocht es:

Okay. Du Schicksalsidiot.

Ich habe verstanden!

Alles klar!

Ich weiß jetzt, was los ist!

DAS HAT FRANK NICHT GEMEINT.

Darf ich jetzt bitte schön nach Hause gehen und mich ins Bett legen?

Ist es gestattet, dass dein ergebenster Diener, Adam, dieses menschliche Wrack von einem Wurm, seinen zermarterten Körper die Straßen bis zu seiner Wohnung hinschleppt, um sich dort niederzulegen und ein bisschen zu sterben?

Ist es etwa nicht erlaubt, einen einzigen kleinen falschen Gleitschritt zu machen, ohne dass du gleich versuchst mich umzubringen?

Gibt es jemanden in meiner Umgebung, der behauptet, die Sonne wäre eine geniale Göttin? Oder bilde nur ich mir das ein? Dann hätte ich da jetzt so meine Zweifel. Es war keine besonders dicke Hilfe, die ich von ihr bekommen habe, zumindest nicht heute.

Der Rest dieses Tages geht in Asche auf. Ich kann mich an nichts mehr erinnern. Ich will mich an nichts mehr erinnern. Ich komme irgendwie heim, lege mich ins Bett und sterbe ein bisschen. Adams prima Küchenservice serviert ganz einfach Pizza zum abendlichen Essen und niemand traut sich zu fragen, warum. Das ist so einer dieser Abende…

FREITAG, 12. JULI

»Das kannst du überall machen.«

Die Sonne geht auf um 04.16 Uhr
und sie geht unter um 22.29 Uhr.

»GUTEN MORGEN, NORWEGEN!!«, schallt es durch meinen toten Körper und ich wache jäh auf, als hätte jemand ein paar Starterkabel an meine Zehen geklemmt, den Strom durchgejagt und mich aus dem Bett katapultiert. Mein Gehirn summt wie ein Ameisenhügel und ich beschließe, dass der gestrige Tag einfach nur ein technischer Defekt war. Etwas, das problemlos repariert werden kann.

»GUTEN MORGEN, NORWEGEN!!«, brülle ich auf den Flur hinaus und Peer Gynt persönlich kommt erschrocken aus dem Schlafzimmer, weil er glaubt, es brenne irgendwo. Ich lasse kein Wort darüber fallen, dass ich weiß, dass er ein Geheimnis hat, das er nur mit dem Bergkönig selbst teilt. Ich erobere das Badezimmer, obwohl Sis sich an mir vorbeidrängen will.

»GUTEN MORGEN, NORWEGEN!!«, singe ich unter der Dusche und spüle all den Schweiß von gestern ab. Ich lasse das Wasser alle blöden Verbindungen wegspülen, die ich mit dem Schicksal gehabt haben muss – oder mit der Sonne oder anderen Göttern von der genialen Sorte. Wenn es gestern so schlecht gelaufen ist, bedeutet das doch nur, dass es heute umso besser geht.

»Worüber bist du denn so zufrieden?«, fragt Muttern und schaut von den heutigen Todesanzeigen hoch.

»Es ist ein herrlicher Tag«, erkläre ich.

»Es ist ein schrecklicher Tag«, widerspricht Vattern. »Wir wollen heute mit Peer Gynt in Arabien arbeiten. Und ich kann diese Schnepfe nicht ausstehen, die die Anitra spielt.«

»Das ist ein absolut bescheuerter Tag«, trägt Sis bei. »Ellen ist krank und ich muss alles allein machen. Und freitags gibt es immer den meisten Andrang.«

»Das ist doch noch gar nichts«, sagt Muttern. »Ihr habt ja keine Ahnung, was die Freitage bei uns bedeuten.«

»Es ist ein herrlicher Tag!«, rufe ich und die anderen starren mich voller Verachtung an.

»Wenn du kleiner wärst, hättest du jetzt eine Tracht Prügel eingesteckt!«

»Pass bloß auf, sonst stehst du ohne Erbe da!«

»Halte endlich die Futterklappe dicht, sonst setzt es noch einen Tritt in den Hintern!«

Ich beende mein Frühstück und bin immer noch absolut gut drauf. Heute, Leute! Heute, Brüder & Schwestern! Ich weiß nicht, was heute passieren wird, aber ich habe ein gutes Gefühl.

»GUTEN MORGEN, NORWEGEN!!«, das sind meine letzten Worte, bevor ich die Wohnung und diese drei mürrischen Sauertöpfe verlasse, mit denen ich verwandt bin. Ich schnappe mir mein Fahrrad und tue eilig, als wollte ich zur Arbeit. Ich kann mir jetzt nicht einmal Gedanken darüber machen, welches Spiel Vattern eigentlich spielt. Ob er ein Mörder ist, ein Zombie, ein Werwolf oder ein Indianer, das spielt auch keine Rolle.

»GUTEN MORGEN, NORWEGEN!!«, sage ich, als ich auf das Silodach komme. Denn dort, unter einem Stein festgeklemmt, liegt ein brauner Briefumschlag. »An den Siloverschleißer Adam«, steht drauf. Und sofort weiß ich, warum ich so zufrieden bin. Denn Frank hat geschrieben, dass er den Job übernimmt. Er schreibt, dass ich eigentlich eine hoffnungslose Sache bin (was mich zum Grinsen bringt...) und dass ich eigentlich schrecklich kindisch bin (mein

Grinsen wird etwas schlaff an den Rändern. Aber ich bewahre Haltung, Brüder & Schwestern, ich mache weiter …) und dass kein vernünftiger Mann die Aufgabe übernommen hätte, mit einem so hoffnungslosen Typen wie mir zu arbeiten. (Ich weiß nicht, ob ich das auf die leichte Schulter nehmen soll. Aber ich beschließe, es doch verdammt cool zu finden, dass er trotz aller Bedenken Ja gesagt hat. *So* schlimm kann ich dann ja wohl doch nicht sein.)

»GUTEN MORGEN, NORWEGEN!!«, schreie ich über die Stadt hinweg und eine Alte in einem Wohnblock unten öffnet das Fenster und starrt mich an. »GUTEN MORGEN, GNÄDIGSTE!«, rufe ich ihr zu und winke und sie winkt mit schlaffer Hand, wie eine gewisse Tresenbedienung, und ich mache ein paar Tanzschritte und wackle mit dem Hintern der Sonne zu, die selbst gerade einen unterkühlten Tango hinlegt, bevor sie die Himmelsleiter hinaufklettert, um im obersten Stockwerk des Himmels einzuheizen.

Ich lese den Rest des Briefs und erfahre, dass Frank mich am Samstagabend zum Essen einlädt, um »die Strategie zu diskutieren«, wie er es nennt. Ein Beweis dafür, dass er es ernst nimmt. Das ist saustark. So soll es an einem Tag laufen, der einem wie dem gestrigen folgt.

Gestern hatte ich also wieder einmal die Möglichkeit, Kleiner Sturm zu treffen, und die Chance habe ich verpasst, weil ich nicht gut genug vorbereitet war. Und weil ich nicht begriffen hatte, welchen Weg das Schicksal für mich geplant hatte.

Ich beschließe, von jetzt an wachsamer zu sein. Ich muss alle Sinne geschärft haben und bereit sein, die Spuren zu erkennen, die die Sonne, das Schicksal oder wer von den genialen Göttern es auch sein mag, möglicherweise für mich gestreut haben.

Mein Kopf ist ganz voll von den Überlegungen, wie ich die Welt in den Griff bekomme, als ich auf Reidar stoße. »Bist du nicht bei deinem Job?«, fragt er und sieht mich mit Augen an, die alles durchschauen. Er guckt mit Röntgenstrahlen in den Pupillen.

»Ich habe frei«, sage ich. Und weiß, dass das eine blöde Antwort ist. Nach einer dümmeren Lüge muss man schon ziemlich lange suchen. Ich hätte alles Mögliche andere sagen können. Dass ich meinen Vater beschatte, der ein Mörder ist beispielsweise, das wäre glaubhafter gewesen.

»Frei?«, wiederholt er und ich weiß, dass er glaubt, ich würde schwänzen.

Da fasse ich schnell einen Entschluss und frage ihn, ob er mir nicht ein paar Tipps geben könnte, wie man eine Dame aufreißt. Genau diese Frage ist noch bescheuerter, aber ich weiß, dass er der Versuchung einfach nicht widerstehen kann, mit seinem Wissen anzugeben und es weiterzugeben. Heimlich stöhne ich, weil ich die alte Mühle damit wieder einmal in Gang gesetzt habe. Aber das ist notwendig, damit er nicht merkt, dass der Adam nicht dort ist, wo der Adam eigentlich sein sollte.

»Das ist eigentlich ein Kurs, den ich nur für Fortgeschrittene abhalte«, ärgert er mich und weiß, dass ich noch nicht einmal die Anfängerprüfung bestanden habe.

»Dann hast du uns blutigen Anfängern nichts zu bieten?«, frage ich. Je mehr ich mich demütige, umso sicherer kann ich sein, dass wir nicht wieder auf meinen mysteriösen Tag zu sprechen kommen werden.

»Du tust mir Leid, mein junger Freund«, sagt er und schnalzt mitleidig mit der Zunge.

»Herzlichen Dank«, antworte ich und mache Anstalten wegzugehen. »Aber ich muss jetzt los. Ich habe eine Verabredung mit mir selbst woanders.«

»Okay, du sollst deine Tipps kriegen. Und du sollst sie sogar gratis kriegen«, erklärt er meinem Rücken.

Ich seufze lautlos. Ich hatte gedacht, ich könnte ihn zunächst auf die falsche Fährte locken und dann abhauen. Aber das Schicksal will es anders.

»Ich habe jetzt Zeit«, fährt er fort. »Und du hast ja frei …«

»In Ordnung«, sage ich und drehe mich um. Er würde sowieso

nicht locker lassen. Aber ich rufe nicht mehr: »GUTEN MORGEN, NORWEGEN!!« Die Luft ist irgendwie aus dem Ballon entwichen.

»Erste Regel«, sagt er, »ist den Kontakt herzustellen. Und das kann natürlich nicht auf jede beliebige Art und Weise passieren.«

»Das weiß ich schon alles«, sage ich und weiß alles. Habe sozusagen die Lehre darüber über Brust und Bauch gescheuert und mit der Thermoskanne in den Kopf gehämmert bekommen.

»Ja, schon, aber ich bin mir sicher, dass du nicht die Fortsetzung dieser Regel kennst«, sagt er und lächelt sein höchst zufriedenes Lächeln.

Denn er weiß, dass ich nicht weiß. Und so etwas macht Reidar noch einmal extra Freude. Das kenne ich schon. Jetzt ist er nicht mehr zu bremsen.

»Um Kontakt mit einem Mädchen zu bekommen, musst du die richtige Einstellung haben und deine Persönlichkeit auf Zack bringen«, sagt er und hört sich an wie ein Schullehrer.

Wenn ich könnte, würde ich jetzt abhauen. Ich langweile mich. Reidar führt seine Thesen in langen Sätzen aus. Er brennt darauf, mir alles ausführlich zu erklären.

Ich denke an eine lange, lange Reise.

Ich denke an einen Cut mit *Fleisch,* der mit dem Satz anfängt: »Morgen werde ich ein neues, besseres Leben beginnen.«

Ich denke an das schöne Wetter und daran, dass ich gern woanders wäre.

Die Gedanken wandern, bis mir klar wird, dass ich den Fehler gestern gemacht habe, weil ich nicht aufgepasst habe. Ich habe nicht aufgepasst. Und das Ergebnis war: Ich habe die Aufgabe nicht geschafft.

So einfach ist das.

Deshalb spitze ich jetzt meine Ohren und versuche konzentriert zuzuhören, was der Oberlehrer Reidar da herunterleiert:

»Du darfst niemals Angst davor haben, ein Gespräch anzufangen«, sagt er. »Die Mädchen können es riechen, wenn du Angst hast. Sie sind wie die Hunde und gehen auf dich los, wenn sie deine Angst spüren. Deshalb musst du alles ganz ruhig nehmen. Du musst davon überzeugt sein, dass es die normalste Sache auf der Welt ist, wenn du zu dem hübschesten Mädchen gehst und mir ihr losplapperst, als würdest du sie schon eine Ewigkeit kennen. Und noch was: Du darfst nie Angst davor haben, zu persönlich zu werden. Vergiss alle diese Eingangssätze, in denen du fünf Minuten übers Wetter quatschst. Du kannst gern mit dem Wetter anfangen, aber dann solltest du möglichst etwas Ungewöhnliches übers Wetter sagen. Und anschließend musst du unbedingt etwas Persönliches über dich selbst sagen. Etwas Geheimnisvolles. Sie muss das Gefühl kriegen, dass es wirklich spannend wäre, wenn sie den Rest des Geheimnisses erfahren könnte, das diesen mysteriösen Typen da umgibt. Der gerade erst zu ihr gekommen ist, um mit ihr zu reden. Wenn du dich daran hältst, kann gar nichts schief gehen!«

»Aber wo soll ich das machen?«, frage ich. Jetzt hat er mich. Und er weiß es. Vielleicht meint er ja genau das, wenn er darüber spricht, einen Teil eines Geheimnisses zu offenbaren und das Mädchen in der Spannung zu halten, doch den Rest wissen zu wollen.

»Das kannst du überall machen!«, antwortet er. »Das klappt überall. An der Bushaltestelle, bei der Post, im Laden.« Er ist so zufrieden mit sich selbst, dass es schon eklig ist. Ich wünschte, ich könnte in den aufgeblasenen Angeber ein Loch stechen. Ich meine, findet ihr diese Leute nicht auch ausgesprochen widerlich, die irgendwie über alles zwischen Himmel und Erde Bescheid wissen? Ist es euch nicht auch schon einmal passiert, Brüder & Schwestern, dass sogar eure besten Freunde Gefahr liefen, durchgeprügelt zu werden, weil sie einfach auf den richtigen Irritationsknopf gedrückt haben?

»Dann zeig's mir doch mal«, sage ich etwas spitz und überlege ernsthaft, ob ich nicht doch abhauen sollte.

»Ja ... warum nicht gleich hier«, sagt er und späht den Markveien hinunter. Wir gehen weiter und lassen den Park links liegen. Reidar steuert den belebten Teil der Straße an. Wir überqueren den Fahrradweg und weichen einem Fahrradboten aus, der in schwarzem Anzug und mit tief auf die Augen hinuntergeschobenem Helm den Hügel hinaufkeucht. Ich registriere schnell, dass er nicht von Kjelsens Botenservice ist. Und stelle fest, dass Reidar meinen Blick bemerkt hat. Wir bleiben vor einem Mädchen stehen, das auf dem Fensterbrett einer Bäckerei sitzt und Softeis isst. Sie hat lange blonde Haare und trägt ein knöchellanges blau-grünes Kleid. Sie hat so etwas Kerngesundes und Urnorwegisches an sich. Etwas das mich an Freia Milchschokolade, an Trachten und den Nationalfeiertag, den 17. Mai, erinnert. Reidar stellt sich vor sie und sagt, seinen Blick intensiv in den ihren gebohrt, dass ihr Anblick ihn einfach hat anhalten lassen. Weil sein Herz einen Sprung gemacht hat, als er sie gesehen hat. Für mich hört es sich an, als würde er allzu dick auftragen, und ich warte nur, dass sie ihm eine Ohrfeige verpasst.

Sie sieht ihn misstrauisch an und wartet wohl, ob er ihr etwas verkaufen oder sie wegen Kleingeld anhauen will. Aber er macht munter weiter und behauptet, dass er ihr am liebsten ein Ständchen bringen würde.

Und dann macht er es tatsächlich. Reidar steht vor einer norwegischen, milchschokoladenartigen Almhüttenmädchen-Elf und singt aus vollem Hals irgendeinen Blödsinn. Zunächst gehe ich davon aus, dass er sich vollkommen blamiert. Aber es klappt, Brüder & Schwestern. Alle, die Augen im Kopf haben – und das trifft ja beispielsweise auf den Erzähler dieser Story auch zu – können sehen, dass es klappt. Sie lacht, öffnet ihren Mund und zeigt zwei Reihen perfekter Zähne, wie man sie eigentlich nur in der Werbung findet. Es ist vollkommen idiotisch, aber das Mädchen grinst und frisst Reidar mit Haut & Haaren & Charme & Ständchen & dem Ganzen. Und Reidar zieht seine Show perfekt ab. Er singt zwei Strophen – ziemlich holprig, aber eigentlich auch ganz witzig – von seinem Lied und beendet sie mit einem schmetternden »Das stimmt!«, wie es sich wohl gehört. Sie sind beide so beschäftigt mit Reidars Vorführung, dass ich laut hätte schreien können: »GUTEN MORGEN, NORWEGEN!!«, ohne dass einer von ihnen mir auch nur einen Blick zugeworfen hätte.

Um uns herum sehe ich mindestens sieben Gesichter, die grinsen, klatschen und denken, was für ein flotter junger Mann das hier ist. Wie verlassen die Schöne, nachdem sie und Reidar näher miteinander bekannt geworden sind und nachdem sie gefragt hat, wo er denn zu finden sei. Das hat er ihr erklärt und damit ziehen wir ab. Ich bringe es fast nicht übers Herz, sie zu verlassen, obwohl sie mir so gut wie keinen Blick zugeworfen hat.

Zwischen den Häuserblocks kommen uns zwei Mädchen entgegen. Und wieder bleibt er stehen und erklärt ihnen, was für ein schöner Tag heute sei und dass er äußerst zufrieden mit seinem Leben ist und wissen möchte, ob es ihnen auch so geht. Und schließlich schaut er ihnen so tief in die Augen, dass jeder sich fast in die Hosen pinkeln müsste. Und das tun die Mädchen auch – fast. Sie zittern und ihnen ist klar, was für einen tollen Typen sie da vor sich haben. Aber sie bringen keine intelligente Antwort auf seine Frage heraus. »Ich glaube, ihr wartet nur darauf, mal so richtig in den Arm genommen zu werden«, erklärt Reidar und nimmt sie so in den Arm, dass ihnen heißer wird als von der Sonne. Jedenfalls werden sie rot. Aber dann drücken sie ihn auch.

»Mit dir würde ich gern mal essen gehen«, erklärt er einem Mädchen in unserem Alter, die einen Nervzwerg hinter sich her zieht, der offensichtlich ihr kleiner Bruder ist. Sie schmilzt wie Butter in der Sonne und die beiden tauschen ihre Telefonnummern aus.

»Hat dir schon mal jemand erzählt, was für schöne Augen du hast?«, fragt er ein schwarzhaariges Mädchen, das so megaüberlegen wirkt, dass sie kaum weiß, auf welchem Bein sie stehen soll. Und sie schmilzt dahin. Das kannst du schon von weitem sehen. Sie sieht ihn zunächst mit ernstem Blick an, wird dann nervös, muss kichern und kann das Kompliment einfach nicht annehmen. Aber es gefällt ihr. Sie kaut dran. Wir gehen weiter, nachdem Reidar auch sie in den Arm genommen hat.

Ich hasse diesen Kerl.

Wieso soll er es so leicht haben?

Man sollte glauben, dass so etwas nur in solchen scharfen Büchern stattfindet. Aber es geschieht hier und jetzt, Brüder & Schwestern. Es geschieht direkt vor meinen Augen.

Ich sehe Reidar in einem tiefen Grab vor mir.

Ich sehe Reidar gebunden auf einem Scheiterhaufen.

Ich sehe, wie ich Reidar über Bord eines Ruderbootes werfe und seinen Kopf unter Wasser drücke, als er versucht wieder hochzukommen.

Schließlich wird er von zwei Blondinen umschlungen und entführt. Und er geht willig mit, dieses Schwein. Grinst mir nur zu und sagt, dass der Unterricht jetzt beendet sei. Ich nicke und sehe, wie eine der Blondinen ihm zwei Finger zwischen Gürtel und Rücken schiebt. Reidar sagt noch über die Schulter, dass ich jetzt dran bin.

Was habe ich eigentlich gestern gelernt?, überlege ich. Habe ich nicht gelernt, dass ein guter Rat nicht übersehen werden sollte? Und habe ich nicht gelernt, dass ich dem guten Rat folgen sollte? Aber woher will man eigentlich wissen, was jeweils gemeint ist?

Das ist eine gute Frage. Ich seufze und stöhne und setze mich hin, den Kopf auf die Arme gestützt. Ich starre auf den Asphalt und schließe die Augen. Die Sonne ergießt gute, kräftige Hitze mit ihrer Kelle über die Stadt. Ich könnte jetzt einschlafen. Aber da zucke ich zusammen, weil sich eine Hand auf meine Schulter legt. »Ist dir nicht gut?«, fragt ein Mädchen.

Und wie schön sie ist, Brüder & Schwestern. Richtig toll. Sie ist nicht Kleiner Sturm, aber stimmt mindestens zu fünfundsiebzig Prozent mit Kleiner Sturm überein. Ihr Gesicht ist oval und von langem, weichem, braunem Haar eingerahmt, das bis auf die Schultern hinabfällt und wie ein kleiner Fächer gegen meine Haut weht. Ich bekomme eine Gänsehaut und sie schiebt es hinters Ohr.

»Bist du krank?«, fragt sie noch einmal.

Und ich bin ein Hornochse.

Das heißt, ich benehme mich wie ein Hornochse.

Was würde ein Hornochse auf eine derartige Frage eines tollen Mädchens antworten?

Genau, ein Hornochse würde »Muuuh« sagen, »Knurr« oder »Wääh«.

Und warum?

Nun ja, weil ein Hornochse natürlich nicht versteht, was das tolle Mädchen sagt.

Und genau das antworte ich ihr.

»Hääähh«, antworte ich und bin wahnsinnig intelligent.

Denn plötzlich verstehe ich kein Norwegisch mehr.

Mein Gehirn hat Kurzschluss und nimmt keine normalen norwegischen Worte mehr auf.

Ich, Adam, der neue, moderne, erwachsene Adam, ich kapiere nicht die Bohne von nichts und niemandem. Ich kapiere kaum, wo ich bin oder was passiert ist. Ich registriere, dass mich jemand geweckt hat und dass es sich bei diesem Jemand wohl um ein Mädchen handelt. Aber ich verstehe nicht, was sie sagt. Mein Gehirn bewegt sich im Schildkrötentempo.

Sie schüttelt nur den Kopf und erkennt, dass ich ein Hornochse bin.

Das ist die Megachance, Reidars Vorschlag auszuprobieren.

Aber ich vermassle sie.

Ich ziehe es vor, ein Hornochse zu sein und das dumme »Hääähh« sicherheitshalber noch einmal zu wiederholen – worauf sie verschwindet.

Ja! So ist es, Brüder & Schwestern. Sie kehrt diesem bescheuerten Hornochsen, diesem Oberschwachkopf, den Rücken. Sie kehrt mir den Rücken und glaubt, dass ich von irgendetwas berauscht bin, und will davon nichts weiter wissen. Ich reiße mich zusammen. Das heißt, ich versuche mich zusammenzureißen. Ich rufe: »Hat dir schon mal jemand gesagt, dass du wunderschöne Augen hast?« Aber sie dreht sich nur halb um und schüttelt den Kopf.

Ich versuche es mit: »GUTEN MORGEN, NORWEGEN!!« Was in dieser Situation natürlich bescheuert ist.

Ich bleibe ein paar Minuten lang ganz locker und sammle die Schildkröte in mir. Schaue mir die Leute an, die vorbeigehen, dann biege ich um die Ecke und gehe die Thorvald Meyers gate entlang, um diese Niederlage hinter mich zu bringen und wahrscheinlich einer neuen ins Auge zu sehen.

Ich pflüge mich die Straße entlang und spreche alle Mädchen an, die ich treffe.

»Dein Haar ist toll«, sage ich. Und die Blondine wirft den Kopf in den Nacken, kann riechen, dass ich Angst habe, und antwortet nur: »Hmpf.«

»Dieses schöne Wetter lädt doch geradezu dazu ein, jemanden in den Arm zu nehmen«, sage ich und versuche eine Rothaarige zu umarmen. Aber sie weicht aus und nimmt an, dass ich betrunken bin.

»Ich habe einen Geheimort auf dem Dach des Silos dort«, erkläre ich und zeige dorthin und die Brünette nimmt ihre Freundin an der Hand und läuft vor mir davon.

Ich setze mich auf eine Bank an der Straßenbahnhaltestelle Birkelunden. Ich habe wahrscheinlich einfach nicht die richtige Einstellung. Ich bin auch nicht die richtige Persönlichkeit. Doch ich habe gute Übung darin, mich zu blamieren. Das ist aber auch das Einzige.

»Du tust mir Leid«, sagt eine Stimme hinter mir. Ich zucke nicht einmal zusammen. Mir ist klar, dass das Schicksal jetzt bereit ist, mir den Gnadenstoß zu verpassen. Jetzt befinde ich mich wohl wieder einmal in dem berühmten Schwebezustand wie gestern schon.

Hinter mir steht ein Mädchen von wohl acht, neun Jahren und

guckt mich mitleidig an. Man könnte denken, ich wäre ihre Barbiepuppe. Sie geht um die Bank herum und setzt sich neben mich, streicht mir mit ihrer tollpatschigen, klebrigen Hand übers Haar. Ihr eigenes Haar ist ein Wirrwarr von kleinen Zöpfen und sie hat winzige Perlen im Ohr.

»Danke«, sage ich und wende mich dem Himmel zu, in dem das Schicksal grinsend auf der Lauer liegt. »Guten Morgen, Schicksal. Und vielen Dank auch.«

»Du solltest dir eine Freundin suchen«, sagt sie und man könnte denken, sie hat meine Gedanken gelesen. »Aber ich weiß etwas, das genauso gut ist«, sagt sie.

»Und was?«, frage ich, auf der Hut.

»Wenn du wartest, hole ich es. Versprichst du mir hier sitzen zu bleiben und nicht wegzulaufen?«, fragt sie mit ernstem Gesichtsausdruck.

»Verspreche ich«, sage ich und tue es wirklich. Adam ist ein Mann auf einem Floß. Die Haie umkreisen ihn und beißen und schubsen das Floß. Es ist nur noch eine Frage der Zeit, wann ich untergehen werde. Also kann ich ebenso gut hier sitzen bleiben und auf den letzten Akt warten.

Sie läuft über die Straße, nachdem sie sich sorgfältig nach beiden Seiten umgesehen hat. Sie steuert auf den Kiosk zu und ich lehne meinen Kopf an die Banklehne und kichere leise in mich hinein. Meine gute Laune ist heute wirklich nicht zu bremsen. Ich komme wieder zu mir, als sie mir ein Wassereis unters Kinn hält. »Eis«, sagt sie. »Eis ist gut gegen alles.«

»Da hast du Recht«, sage ich und hole mein Portmonee heraus, um ihr das Geld zu geben.

Aber sie schnaubt nur. »Ich spendiere«, sagt sie. »Schließlich bist du es, dem es schlecht geht.«

»Ach so, ja«, sage ich und pule das Einwickelpapier mit Fingern ab, in denen keine Kraft mehr steckt.

»Wir könnten auch miteinander gehen«, sagt sie und streicht mir wieder mit einer Hand, die inzwischen noch klebriger geworden ist, übers Haar

»Danke für das Angebot. Aber ich glaube, ich muss es ablehnen«, sage ich und beiße vom Eis ab.

»Ich bin wirklich richtig nett«, sagt sie. »Es gibt keine nettere Freundin als mich. Das sagen Kristian, Vidar und Tore Martin.« Ich verdrehe die Augen und denke, dass es jetzt aber langsam gut ist. Es kann dem Schicksal doch keinen großen Spaß machen, einen armen kindischen Rotzbengel wie mich auf den Arm zu nehmen. Es muss doch wohl noch etwas anderes zu tun haben? Das Einzige, woran ich gedacht habe, war doch nur, erwachsen zu werden, nicht wahr? Und sonst nichts. Ich habe schließlich nicht um den Himmel auf Erden gebeten.

»Ach, hier sitzt ihr?«, fragt die Mutter meiner Eiströsterin. Sie sieht mich misstrauisch an und denkt sicher, dass ich so ein ekliger Onkel bin, der im Park herumsitzt, kleine Mädchen anstarrt und ihnen Süßigkeiten gibt. »Hast du das Eis von dem Mann gekriegt?«

»Nein, das habe ich ihm spendiert. Und wir wollen ein Liebespaar werden«, erklärt das Zöpfchenmädchen zufrieden.

»WAS?«, ruft die Mutter und mir wird klar, dass das Schicksal sich noch lange nicht zufrieden gibt. Jetzt geraten wir so langsam auf verdammt dünnes Eis. Das wird eine reichlich blöde Stimmung hier und ich stehe lieber auf, erkläre, dass das alles ein Missverständnis ist und hier sind zehn Kronen und vielen Dank fürs Eis und ich muss jetzt gehen. Mutter und Tochter starren verwundert dem armen Teufel nach, der ganz weggetreten erscheint und sich mit einem schafsähnlichen Blick in den Augen erhoben hat.

»Hat Ihnen schon mal jemand gesagt, dass Sie wunderschöne Augen haben?«, frage ich die Mutter. Und daraufhin lächelt sie mich an, zwinkert verlegen und sagt: »Meinen Sie wirklich?« Sie ist reichlich geschmeichelt und mir ist klar, dass ich zusehen muss, so schnell wie möglich von hier zu verschwinden, bevor ich mich in die nächste unmögliche Situation verwickelt habe.

Dann fällt mir ein, dass ich ja auch gleich ein Hornochse sein kann.

Oder ein Schafskopf.

»Muuhh!«, sage ich zu ihnen.

»Bäähh!«, sage ich noch lauter und gehe davon.

Ich habe nichts mehr zu verlieren.

Ich gehe nach Hause und finde eine Nachricht von Muttern und Vattern vor, dass sie direkt zur Hütte gefahren sind und dass Sis und ich es uns gemütlich machen sollen. Was heißt da gemütlich, denke ich und habe absolut keine Lust, meine Nase aus der Tür zu stecken. Ich habe an diesem Freitag draußen nichts mehr zu suchen. Wenn ich ehrlich bin, wage ich es gar nicht, noch einmal rauszugehen. Das Schicksal ist ein verdammter Schlingel und hat allzu viele Streiche auf Lager. Und ich habe keine Nerven für weitere derartige Erlebnisse.

Ich muss der Tatsache einfach ins Gesicht sehen, dass Reidars Methode offensichtlich nur bei Reidar klappt. Ich kann das nicht. Das ist nicht mein Ding. Ich habe erkannt, dass ich noch einmal reichlich nachdenken muss. Zwei Tage nacheinander mit technischen Fehlern und Flausen! Das Einzige, was mich trösten kann, ist, dass ich vielleicht etwas aus den blöden Sachen gelernt habe, in die ich mich da verstrickt habe. Vielleicht…

Ich setze mich vor den Fernseher und gucke mir absolut alles an, bis ich ausschalte, um ins Bett zu gehen. Das ist wahrscheinlich das Sicherste, wenn ich diesen Tag überleben will. Und morgen muss ich es vorsichtig angehen lassen. Dem Schicksal soll es jedenfalls nicht gelingen, mir noch mehrere derartiger Tage zu verpassen.

Ich flüstere nicht einmal: »GUTEN MORGEN, NORWEGEN!«, als ich ins Bett gehe. Der Tag hat es einfach nicht verdient.

SAMSTAG, 13. JULI

»Adam wird ein freier Mann.«

Die Sonne geht auf um 04.17 Uhr
und sie geht unter um 22.27 Uhr.

Gestern habe ich keinen Augenblick lang an Sis gedacht. Ich hatte genug mit meinem eigenen Schicksal zu tun. Sis ist irgendwann im Laufe der Nacht nach Hause gekommen. Ich habe es sozusagen im Halbschlaf registriert. Sie bleibt in ihrem Zimmer, während ich frühstücke. Ohne dass es mich nervt. Stattdessen denke ich an das lange Schweben und all die dummen Sachen, die du einem Mädchen sagen kannst, damit es dich auch richtig hasst.

Ich gucke besorgt aus dem Fenster und sehe dem Regen zu. Ich denke, dass sich heute das Schicksal hoffentlich eine Pause gönnen wird. Ich meine, es hat mich ja wohl gestern wie gewünscht ausgezählt, oder? Außerdem ist das mit Vattern wieder voll in meinem Kopf. Ob ich versuchen sollte ihn einmal direkt unter vier Augen zu sprechen, um ihn dann ausfragen zu können? Oder gibt es eine andere Möglichkeit? Was würde ein durchschnittlicher Privatdetektiv machen?

Die Sonne ist nur eine hellere Ahnung hinter den grauen Wolken. Das Wasser tickt wie Stecknadeln gegen die Scheibe. »–«, sagt Sis, als sie schließlich auftaucht. Das ist ein Geräusch, das bedeuten soll, dass sie mir einen guten Morgen wünscht. Gleichzeitig liegen genauso viel Verachtung und bad vibrations in diesem Laut.

»*«, antworte ich, um auf einer Wellenlänge zu sein.

»Heute Abend steigt hier eine Mädchenparty. Also, das heißt, dass du dich besser unsichtbar machst, Bruder«, sagt sie und verschwindet durch die Tür. Sie ist schon nach zehn Minuten zurück mit einer Plastiktüte voller Junkfood und einer Plastiktüte voll mit Bier. Statt am Knäckebrot zu knabbern, schiebt sie eine Stratos und einen Troika rein.

»Notverpflegung?«, frage ich mit einem Kopfnicken zu dem Zeug.

»Hau ab!«, sagt sie und meint damit wirklich »Hau ab!«. Das ist ein schlechter Tag für ein gemütliches Familienleben. Wenn Sis nicht einmal ihre Süßigkeiten mit mir teilen will, ist es am besten, nicht dort zu sein, wo sie ist. Ich haue ab! Ich versuche gekränkt, verletzt und sauer auszusehen, aber sie ignoriert mich einfach und schafft es, zwei Zigaretten zu paffen, bevor ich aus der Tür bin.

Es regnet und draußen ist nicht besonders viel los.

Die Häuser tropfen, die Dachrinnen lecken, die Straßen sind rutschig und alles klebt an der Haut.

Das ist total bescheuert.

Das ist gaga und absoluter Mist.

Niemand mag jemanden in der Stadt, wenn es regnet.

Alles ist nur Scheiße.

Ich habe nicht einmal Lust, aufs Silo zu klettern. Die Sonnenvettel ist nicht zu sehen und sie erwartet ja wohl nicht, dass ich mich hinstelle und in die Wolken starre?

Ich überlege, ob ich stattdessen vielleicht einen letzten Versuch Richtung Caroline starten sollte. Ich kann es ja nicht viel schlimmer machen, als es schon ist. Außerdem regnet es. Was kann sonst noch schief gehen?

»Ja, das mache ich«, sage ich zu mir selbst, so wie die alten Leute, die anfangen mit sich selbst zu reden, wenn kein anderer in der Nähe ist, mit dem man vielleicht ein Schwätzchen halten könnte.

Ich mache mich auf den Weg zum Trondheimsveien. Ich nähere

mich dem Wohnblock und schaue zu ihrem Fenster hoch. Wie üblich brennt ihre blaue Schreibtischlampe. Ich steuere sie wie einen Leuchtturm an.

Ich, Adam-Idiot-Hau-ab-Kolumbus, halte auf die verlorene Liebe zu, als wäre sie meine einzige Rettung. Auch wenn es höchstwahrscheinlich eher den Untergang als meine Rettung bedeutet.

Ich gehe die Treppen hinauf, als hätte ich tatsächlich etwas Schönes zu erwarten. Ich höre leise Musik aus der Wohnung. Ich zögere nicht einmal mit dem Finger auf der Klingel. Ich drücke fest und entschlossen darauf, so, wie es nur ein erwachsener Mann tun kann.

Caroline öffnet. Ihre schwarzen Locken kringeln sich um ihren Kopf. Und ihr Gesicht verzieht sich zu einer Grimasse. »Ach, du bist das…« Das ist nicht einmal eine Frage von ihrer Seite. Das klingt eher so, als würde sie feststellen, dass Läuse, Flöhe oder anderes Ungeziefer vor der Tür stehen.

»Hi«, sage ich.

»Was willst du eigentlich?«, fragt sie und das ist gar keine Frage. Nur eine Beleidigung, um das Gespräch zu beenden.

»Wir haben einiges, worüber wir reden müssen«, sage ich. Ich ahne einen Schatten hinter ihr auf dem Flur.

»Wir haben keinen Pups, über den wir reden müssten«, erklärt sie verächtlich und will die Tür schließen. Ich setze einen Fuß dazwischen und bremse sie.

»Hau ab!«, ruft sie.

Da ziehe ich ihn heraus. Ich lege mich in der Türöffnung auf die Knie und flehe sie an, die gefalteten Hände ihr entgegengestreckt: »Können wir nicht wieder zusammen sein? Ich vermisse dich ganz tief in meinem Herzen.«

»Du bist ja krank im Kopf«, sagt sie und jetzt fliegt die Tür auf. Es ist ihr neuer Liebster, Frode. Er ist kleiner als ich, dicker als ich, hat Pausbacken und einen bescheuerten Scheitel. Er trägt Hosen, die aussehen, als hätte er sie auf einer bad-taste-Party gewonnen. Er hat einen Ring in der Nase, der mich an einen Hornochsen erinnert.

Seine Augen flackern hinter schläfrigen Augenlidern. Er ist keine besonders stattliche Erscheinung.

»Hast du mich seinetwegen abgeschoben?«, frage ich betont schockiert.

»Macht er Ärger?«, fragt Frode und kommt einen Schritt näher. Ich befinde mich immer noch in kniender Position, als er mich ohrfeigt.

Man sollte nicht glauben, dass jemand so viel Kraft in eine normale Ohrfeige legen kann. Aber als ich seine Hände sehe, verstehe ich. Das sind riesige Pfoten. Mindestens eineinhalb mal so groß wie meine eigenen.

Ich krieche auf allen vieren davon und er holt aus, um mir in den Hintern zu treten. Er trifft meine rechte Arschbacke, dass es noch im Schädel brummt. Aber das tut nicht weh. Was wehtut, Brüder & Schwestern, ist, dass Caroline hinter ihm steht und diesen Schwachkopf auch noch anfeuert. »Gib ihm, was er verdient, Frode!«, sagt sie heiser und ich kann hören, wie sie es genießt. Ich höre, dass sie geil und aufgeregt wird, und weiß genau, dass sie ihm mindestens hundert Küsse geben wird, wenn er mit mir fertig ist.

Frode stöhnt, keucht und nimmt Anlauf für einen weiteren Tritt. Den kriege ich auf Arschbacke Nummer zwei. Aber diesmal drehe ich mich um und kriege seinen Fuß zu fassen. In jedem erstbesten Actionfilm würde der Held es schaffen, den Fuß zu packen, sodass der Schurke nach hinten umfällt! Und damit hätte der Held die Oberhand. Aber Frode steht felsenfest. Er hält sich am Geländer fest und steht unerschütterlich da und jetzt geht Caroline auch noch auf mich los, die Fingernägel wie Krallen vor sich ausgestreckt. Ich kann mich vor einem Kratzangriff gerade noch retten. Aber dafür muss ich den Fuß loslassen. Und schon ist Frode bereit, mir einen neuen Tritt zu verpassen. Diesmal trifft er mich an der Schulter. Und jetzt segle ich davon.

Ich bin wieder am Schweben.

Ich schlittere über den Fußboden des Hausflurs.

Ich purzle die erste Treppenstufe hinunter.

Ich versuche mich mit den Händen abzustützen, rutsche aber noch ein paar Stufen weiter hinunter.

Das ist, als würde ich ein Waschbrett hinunterrutschen. Es ist unglaublich, dass ich mir kaum wehtue. Unten angekommen, rapple ich mich wieder in stehende Position auf. Frode und Caroline stehen regungslos da und sehen mich fast schockiert an. »Hat dir schon mal jemand gesagt, wie schöne Augen du hast?«, frage ich Caroline und gehe.

Und hier ist ein Wendepunkt in der Geschichte, Brüder & Schwestern.

Hier ist so ein mystischer Punkt, an dem man sagen kann, dass dieser Erzähler, der Treppensegler-Hau-ab-Adam, einen Punkt erreicht hat, an dem er sich selbst gestattet zu sagen, dass *er jetzt fertig ist mit Caroline.* Der letzte Rest an Gefühlen für diese Dame, den ich vielleicht noch hatte, ist mit Laserstrahl aus meiner Seele gebrannt worden. Ein roter feiner Strahl hat sich seinen Weg durch Haut und Knochen gesucht:

SSSSSSSSSSSSSSS

brennt es durch das Fleisch in Seele, Brust und Herz und damit ist Caroline nur noch ein Schatten. Eine Erinnerung. Ein Kein-Gedanke-mehr-dran-zu-verschwenden-Ding. Das hat reichlich gekostet, Brüder & Schwestern. Das hat blaue Flecken und Treppensegeltouren gekostet. Aber das war es auch wert. Ich bin ein freier Mann. Und das bedeutet, dass ich von meiner Liste den Punkt mit dem »sich lächerlich machen« streichen kann. Ich glaube, den habe ich jetzt reichlich erfüllt.

Während ich wieder in die Stadt humpele, spüre ich trotzdem, dass es Fleisch gekostet hat, buchstäblich gesprochen. Ich hinke erst auf der einen Seite und dann hinke ich lieber auf der anderen Seite und beides tut genauso weh. Mein Rücken fühlt sich an, als hätte jemand Housemusic darauf gespielt und die Ohrfeige brennt immer noch auf meiner Wange.

Mir kommt der Gedanke, dass die Prügel eine Strafe von der Sonnenvettel sein könnten. Ich habe meine Pflicht auf dem Silo nicht erfüllt und das rächt sich. Ich muss aufpassen, dass sich das nicht wiederholt. Um es wieder gutzumachen, quäle ich mich jetzt dort hinauf.

Die Sonne ist nicht einmal hinter den Wolken zu sehen, aber ich höre leise ihre Stimme: »Du bist nicht gekommen.« Sie ist reichlich sauer und vielleicht auch enttäuscht.

»Ich habe mich verspätet«, sage ich.

»Richtig. Und jetzt weißt du, dass wir eine Verabredung haben, die verpflichtend ist. Du kannst nicht kommen, wann du willst, und glauben, das wäre ganz gleich. Ich bin nicht irgend so ein Pupsgott, der sich in alles fügt.«

»Du hast Recht«, sage ich. »Es wird nicht wieder vorkommen. Aber ich wollte nur erst ein freier Mann werden.«

Später am Abend, als wir in Franks Wohnung in der Fossgata sitzen, versuche ich zu erklären, was für ein Abkommen ich mit der Sonne habe. Aber er schüttelt nur den Kopf über meine Gespräche mit der Sonnengöttin. »Du hast eine lebhafte Phantasie«, sagt er. Wir stehen in der Küche und trinken Bier. Auf der Anrichte befinden sich Gemüse, Öl, Kräuter und – wieder so einer dieser sonderbaren Zufälle, was Frank und mich betrifft – Steaks.

Meine Augen schielen auf die beiden leckeren Fleischstücke, die auf einem Teller liegen. »Hier gibt's kein Vakuum-Essen«, erklärt Frank, der sieht, wohin meine Augen streben. »Nur beste Frischwaren. Direkt aus der Fleischtheke. So frisch, dass du sie fast noch muhen hören kannst.«

»Ich habe dir noch gar nicht erzählt, dass ich Steak-Experte bin«, sage ich und weiß, dass es stimmt. Jetzt schaffe ich alles. Schließlich bin ich ein freier Mann. Und ein freier Mann kann alles.

Frank macht sich an das Gemüse und stellt die Bratpfanne auf den Herd.

»Blutig, medium oder durchgebraten?«, frage ich – schließlich habe ich seit dem letzten Mal einige Fachausdrücke gelernt.

»Blutig für mich«, sagt er.

»In Ordnung«, nicke ich und würze gut mit Salz und Pfeffer, wie es wohl meiner Meinung nach sein soll.

»Ich mache mal ein bisschen Musik«, sagt Frank, der mit dem Salat fertig ist und kurz durch die Backofentür guckt, um nachzusehen, ob die Kartoffeln in Sahnegratin langsam so weit sind.

Ich lege das Fleisch in die Pfanne und es zischt, wie es soll. Frank macht einen Abstecher ins Bad, um seine Blase zu leeren, und geht anschließend ins Wohnzimmer und blättert zwischen seinen CDs. Ich genehmige mir ein kleines Pils. Er hat auch welche für mich gekauft. Ich schaue nach dem Fleisch, es brutzelt in der Pfanne. Der Tisch ist gedeckt. Ich wende die Steaks mit dem Bratenwender und kann den leckeren Fleischgeruch in den Nasenflügeln spüren. Ich mache eine Runde durch den Rest der Wohnung, gucke mir Wohnzimmer, Schlafzimmer und Bad an. Coole Wohnung. Reichlich groß für eine Person. Ich wünschte, ich hätte so viel Platz um mich herum. Er muss sich jedenfalls nie Gedanken wegen der Badschlange morgens machen.

Frank legt Metallica auf. Was vielleicht etwas überraschend ist. Er sieht nicht aus wie ein Heavy-Fan. Aber als ich seine Sammlung durchsehe, gibt es da Heavy in allen Preislagen. »Ich habe fast 1700 CDs mit solcher Musik«, sagt er stolz und zeigt auf sieben riesige Racks an der Wand. Alle Standardgruppen sind hier vertreten. Das gehört sozusagen zum Pensum, oder? Aber dann tauchen da auch noch deutsche, schwedische und amerikanische Gruppen auf, von denen ich noch nie etwas gehört habe. »Ich habe absolut alle norwegischen Heavy-Metal-Neuerscheinungen, die es gibt«, erklärt er und ich muss erkennen, dass ich es hier mit einem richtigen Hardcore-Fan zu tun habe.

Aber weiter kommen wir in unserem Gespräch über Musik nicht, denn der Rauchmelder piepst.

»Ich dachte, du wärst ein Steak-Experte«, sagt Frank und schüttelt den Kopf.

»Wäre ich gern«, sage ich und lasse den Kopf hängen, nachdem ich bei einer Lüge ertappt worden bin. Wir stellen die Piepsbox ab und machen das Fenster auf. Gar nicht so leicht, gleich die Pfanne zu entdecken. Aber wir wedeln uns zu den Steaks durch, die oben ganz in Ordnung sind, nur unten angebrannt. Reichlich angebrannt. Ich meine, so angebrannt, dass du die Pfanne umdrehen kannst und das Fleisch klammert sich immer noch ans Metall.

Wir schneiden das Fleisch los und kratzen die unterste Schuhsohle ab. Der Rest ist so zäh, dass ein Mann mit einer Motorsäge gefragt wäre, um überhaupt durchzukommen.

»Verdammt gutes Steak«, ärgert Frank mich und ich nicke. Ich will darüber nicht weiter diskutieren.

Stattdessen erzähle ich von Reidar und Reidars Methoden und darüber kann Frank nur resigniert den Kopf schütteln. »Du bist zu ungeduldig«, sagt er. »Da draußen ...« Er zeigt zum Fenster hinaus, wo ich hunderte von Lichtern von einigen hundert Wohnungen brennen sehe, sehe, wie sie eingeschaltet oder gelöscht werden. »... da draußen gibt es eigentlich nur ganz wenige Mädchen, die zu dir passen. Es hat keinen Sinn, so ungeduldig zu sein und unbedingt eine finden zu wollen.«

»Das stimmt. Aber es gibt die eine ...«, sage ich und mümmle den Salat in mich.

»Jetzt klingst du wie Peer Gynt«, sagt er.

»Was?« Die Zufälle wollen wohl überhaupt kein Ende nehmen. Ich habe ihm nie erzählt, dass Vattern mit dem Stück arbeitet.

»Irgendwo in dem Stück sagt Peer etwas wie: ›Der Teufel steht hinter allem, was bindet, mit seinen Klauen. Der Teufel steht hinter allen Frauen. – Bis auf eine.‹ Das hast du wohl gemeint, oder?«

Ich nicke stumm und überlege, ob ich vielleicht in eine Ibsen-

Aufführung geschubst worden bin. Ob ich der Tölpel Gynt bin, der die Sachen bis fast ganz zum Schluss nie geregelt bekommt. Das würde nicht sehr viel Hoffnung für den Moment bedeuten.

»Und Karianne?«, frage ich und denke an seine Worte vor einiger Zeit.

»Ich bin mit ihr noch nicht fertig«, erklärt Frank. Und seine Augen sagen mir, dass das stimmt. »Und ich weiß auch nicht, ob ich das jemals sein werde.«

»Also, jetzt hör aber auf!«, rufe ich spontan. Denn wenn er mit diesem Mist nie fertig wird, kann ich ja gleich alle Hoffnung fahren lassen, jemals mit Caroline fertig zu werden. »Bist du denn kein freier Mann?«

»Doch, doch, frei bin ich. Aber vielleicht will ich ja gar nicht frei sein… Ich weiß es nicht, verdammt noch mal«, sagt er und seufzt wie tausend Trauergesellschaften und hundert Friedhöfe.

Ich denke an Caroline.

Ich denke heimlich an sie und sehe ihr Gesicht vor mir.

Caroline wird in meinem Kopf wieder lebendig.

Aber das stört mich nicht.

Das spielt keine Rolle.

Sie ist und bleibt tot und ich bin immer noch ein freier Mann.

Und sie ist mir vollkommen schnuppe.

»Ich weiß, wie du Karianne loswirst«, erkläre ich.

»Bist du darin genauso gut wie im Steakbraten?«, fragt er und wedelt seinen Spott aber gleich weg. »Sorry, ich mache ja nur Scherze.«

Ich erzähle ihm, wie ich Caroline ausgebrannt habe, effektiv und für immer, und er seufzt wieder wie tausend Trauergesellschaften.

»Ich habe schon alles versucht«, sagt er. »Ich bin sogar auch auf die Knie gegangen. Ich habe ihr Blumen geschickt, Briefe und ich habe sie besucht. Aber nichts hat mir geholfen.«

»Hm«, sage ich und tue so, als würde ich schwer nachdenken.

Aber jetzt sind wir offenbar am Ende meiner Weisheiten angekommen. »Und wenn du ein anderes Mädchen kennen lernst?«, taste ich mich vor.

»Mmhnein ... ich glaube nicht. Nein, ich weiß nicht so recht.« Hier sitzen wir also, Brüder & Schwestern. Eine kindische Schildkröte, die versucht einem Typen gute Ratschläge zu geben, der irgendwie erwachsen sein soll. Das müsste doch eigentlich umgekehrt sein, oder? Er ist schließlich alles das, was ich versuche zu sein. Und trotzdem hat er keine Antwort auf das, was ich wissen will. Man könnte sich fast fragen, ob es eigentlich einen Sinn hat, älter zu werden.

»Aber was bremst dich denn?«

»Angst, mein Freund. Ich habe ganz einfach viel zu viel Angst. Nach Karianne habe ich eine Scheißangst, andere Mädchen kennen zu lernen. Ich habe panische Angst, mich in eine zu verlieben, glaube mir. Da ist einfach eine ganz große Unruhe hier in meiner Brust.« Er klopft sich auf den Brustkorb und kippt noch etwas Bier nach.

Dem neuen Adam geht die Puste aus. Ich hatte gedacht, Frank könnte mir viele gute Tipps geben. Und jetzt stellt sich heraus, dass er auch noch nicht viel weiter gekommen ist als ich. Zumindest auf bestimmten Gebieten nicht.

»Ich glaube, ich verstehe nichts von den Frauen«, sagt er. Und jetzt bin ich überzeugt davon, dass er kein Experte ist. Auf diesem Feld scheint Reidar mehr zu wissen.

»Frauen. Kann nicht mit ihnen leben. Kann sie nicht aus dem Kopf kriegen«, schließt er ab und damit ziehen wir sozusagen einen Schlussstrich unter diesen Teil der Unterhaltung. Nachdem eine so banale Erklärung abgegeben worden ist, muss der Erzähler nun zusehen, so schnell wie möglich ein anderes Gesprächsthema zu finden. Und deshalb reden wir stattdessen übers Geld. Darüber, wie man seinen eigenen Stil findet. Darüber, man selbst zu sein und sich zu trauen, man selbst zu sein. Über eine Menge anderer Dinge.

Als ich die Treppen von Franks Wohnung hinuntergehe, muss ich zugeben, dass der Rest des Gesprächs trotz allem inspirierend war.

Glücklich daheim angekommen, kann ich schon weit unten im Treppenhaus hören, dass das Fest bereits in vollem Gange ist. Ich schließe auf und sehe zehn bis zwölf Freundinnen von Sis durch die Wohnung sausen. Einige der Mädchen tanzen, der Rest sitzt auf dem Sofa, lehnt sich gegen die Küchenanrichte oder sitzt rittlings auf einem Stuhl. Zigarettenrauch liegt schwer in der Luft. Es riecht überall nach Mädchenschweiß, Mädchenparfüm und Mädchenhaaren.

Alle wimmeln um mich herum, als ich ablege und meine Schuhe ins Regal stelle. Sis ist nicht zu sehen und Monika, Mette und Tove begrüßen mich, tätscheln mir die Wange, streichen mir übers Haar und streicheln mir den Arm. Während Musik, Rauch und das schwache Licht von Unmengen von Kerzen einen dämpfenden Schleier über die Zimmer legen. Ich selbst bin beschwipst und genieße jeden Augenblick als freier Mann.

»Du bist also Glorias Bruder?«, fragt Monika.

»Ach, Jungs sind so süß, wenn sie erst sechzehn sind«, seufzt Mette.

»Wollen wir tanzen?«, fragt Tove.

Aber da kommt Sis herangerauscht und sagt, ich solle verschwinden. Oder besser gesagt: »Hau ab!«, sagt sie leise. Und das ist ja deutlich genug. Die drei weiblichen Musketiere protestieren heftig und ich flehe Sis mit den Augen an, doch noch bei ihnen bleiben zu dürfen. Sis zögert ein paar Sekunden lang, dann lächelt sie. Sie riecht nach Bier, als sie sich zu meinem Ohr beugt und sagt: »Okay. Aber sei vorsichtig mit Tove, weißt du …«

Und ich grinse so breit, dass alle meine Zähne zu sehen sind und denke, dass ich jetzt ins Paradies des freien Mannes gekommen bin. In mir stehen alle Eingeweide auf und applaudieren. Sie rufen:

WEITER SO, ADAM! WEITER SO, ADAM! WEITER SO, ADAM! WEITER SO, ADAM! WEITER SO, ADAM! WEITER SO, ADAM! WEITER SO, ADAM! WEITER SO, ADAM! WEITER SO, ADAM! WEITER SO, ADAM!

Das ist der Peer-Gynt-Himmel, in den ich da geraten bin. Adam ist zu den Mädchen gekommen. Ich versuche mich daran zu erinnern, ob etwas anderes auf meiner Liste über Dinge & Sachen stand, die ich erleben müsste, um erwachsen zu werden. Aber mit Monika, Mette und Tove um mich herum ist die Liste wie aus dem Kopf geblasen.

Ich will ihnen gerade berichten, dass ich natürlich bleibe, als ich ein Gesicht sehe, das ich nicht wieder vergesse. Auf dem Weg zum Bad geht ein Mädchen an uns vorbei. Sie sieht mich an, runzelt die Stirn und dann zieht sie die Augenbrauen auf eine äußerst fragende Art hoch. Ihr Gesicht ist oval und von langem, weichem, braunem Haar eingerahmt, das ihr auf die Schultern fällt. Ist das etwa jemand, den ich in dieser Geschichte schon mal gesehen habe? Ich bitte um Handzeichen, Brüder & Schwestern. Zehn Punkte für denjenigen, der die richtige Antwort weiß. Und die richtige Antwort ist folgende: Es ist das Mädchen, das mich gefragt hat, ob es mir schlecht geht. Worauf ich einen Kurzschluss im Gehirn hatte und sie dann noch fragte, ob ich krank sei. Und da wurde ich zu einem Vollzeit-Hornochsen und antwortete: »Hääähh.«

Genau sie ist es. Und das ist natürlich verdammt peinlich. Mein Rausch ist vollkommen verschwunden und ich sehe ihr noch lange nach, als sie schon hinter der Tür verschwunden ist. Ich schwitze und erkläre, dass ich mich doch lieber schlafen lege. Ich brauche meinen Schönheitsschlaf. Alle flennen und das ist megatragisch. Auch für mich. Aber ich kann es nicht ertragen, dieses Mädchen wieder zu sehen. Beim letzten Mal war es schon schlimm genug. Also fülle ich ein Glas mit Cola und verschwinde in meinem Zimmer. Sicherheitshalber schließe ich die Tür ab. Ich lege mich hin und will etwas lesen, denn ich kann jetzt natürlich auf keinen Fall schlafen. Ich lese einen Stapel mit Comics durch, den ich schon vierzehnmal gelesen habe. Und danach klicke ich mich ins Internet und suche nach weiteren netten Häppchen unnützen Wissens.

Aber es geht nur zäh voran. Wer schon mal an einem Samstagabend im Netz war, weiß, wovon ich rede. Trotzdem gelingt es mir, das eine oder andere Goldkorn aufzupicken. Beispielsweise, dass mehr als 99,9 Prozent aller Tiere, die jemals auf dieser Erde gelebt haben, ausgestorben sind, noch bevor der Mensch geschaffen wurde. (Würde gerne wissen, woher sie das wissen können.) Dass ein typischer Blitz zwischen 65 und 10 cm breit und ca. 3 km lang ist. Dass eine gewöhnliche Stubenfliege mit ungefähr 8 km/h herumbraust. Dass Giraffen nicht schwimmen können. Dass eine Schnecke bis zu 25 000 Zähne haben kann. Dass es am 18. Februar 1979 in der Sahara geschneit hat. Dass wir auf Grund besonderer Seiten der Schwerkraft ein ganz winziges bisschen weniger wiegen, wenn der Mond direkt über unserem Kopf steht. (An dieser Stelle gehe ich zum Fenster, um das zu überprüfen. Stimmt, es fehlt nicht viel daran, dass der Mond direkt über unserem Haus steht. Ich, Adam, der Hornochse, der freie Mann, der Hai und Treppensegler, wiege ein winziges bisschen weniger. Das war es also, was ich gespürt habe…)

Da klopft Sis an meine Tür und bittet mich, aus dem Netz zu gehen. Sie wollen ein Taxi rufen. Das ist mir auch nur recht. Es ist drei und ich schlafe deutlich schneller ein als ein Durchschnittsmensch, der ganze sieben Minuten braucht, um sich ins Traumland zu verfrachten.

SONNTAG, 14. JULI

»Ein Detektiv auf der Fährte.«

Die Sonne geht auf um 04.19 Uhr
und sie geht unter um 22.25 Uhr.

Ich achte darauf, dass ich vor Sis aufstehe. Es ist wohl so um die acht und da ist es garantiert Sis-frei an allen Orten – ausgenommen ihr Bett. Ich habe einen Plan. Ich gehe ins Schlafzimmer von Muttern und Vattern. Da stehen Bett, Schrank, Kommode, Nachtschränke – und das Wichtigste für meinen Plan: Vatterns Schreibtisch. Er hat einen altmodischen kleinen Schreibtisch mit einem Rollladen, den man herunterziehen und abschließen kann. Aber das ist ein Schloss, für das ein Dreijähriger fünf Sekunden bräuchte, um es mit einem Q-tipp aufzuknacken. Ich sprenge das Schloss und durchstöbere die sieben kleinen und größeren Schubladen dahinter. Jetzt soll ans Tageslicht kommen, ob Vattern ein Mörder, ein Zombie, ein Indianer oder ein Verführer ist.

Ich finde einen Berg von Quittungen.

Fünfundzwanzig alte Kalender, in denen er so spannende Dinge notiert hat wie: »Vivians Geburtstag«, »Butter einkaufen nicht vergessen«, »Finanzamt anrufen«, »Rechnungen bezahlen«. Nicht viel zu holen hier. Aber es gibt ja auch keinen Kalender von diesem Jahr.

Ein unvollständiges Schachspiel und ein Kartenstapel.

Eine Schublade voll mit alten, morschen Gummibändern.

Alte Schwarzweißfotos, Konfirmationslieder (blaue, rote und

gelbe), Einladung zum 75. Geburtstag plus Farbfotos von Sis und mir gleich nach unserer Geburt.

Münzen aus allen Ländern, die Muttern und er bereist haben. Plus hundert schwedische Kronen.

Zigarren, die ausgetrocknet sind. Streichhölzer, Pfeife, Pfeifenreiniger und ein Feuerzeug aus Silber.

Aber damit hat es sich. Hier gibt es keine Spur, aus der ein Meisterdetektiv so seine Schlüsse ziehen könnte. Nichts anderes als die Schlussfolgerung, dass der Mann seine Geheimnisse verdammt gut verbirgt. Ich schleiche mich wieder hinaus und schlafe noch eine Stunde.

Dann folgt die zweite Aufgabe für diesen Tag. Hinauf aufs Silo, Adam! Du hast einiges bei der Sonnenvettel gutzumachen. Sie ist wegen gestern immer noch sauer auf dich. Aber sie lächelt, als sie sieht, was ich mitgebracht habe. Ich habe den riesigen NEIN-Brief von Caroline dabei und zerreiße ihn. Werfe den ganzen Mist hinunter und es gibt einen Schneesturm im Juli. Die Sonnenvettel klatscht, als hätte ich ihr ein Opfer dargeboten.

»Die Sonne ist eine geniale Göttin«, sage ich.

»O yeah, Mann!«, antwortet sie und wir klatschen uns in die Hände. Sie hat reichlich warme Pfoten und ich passe auf, das Händeschütteln nicht zu lange auszudehnen.

Dann der Heimweg. Und kaum habe ich die Tür aufgeschlossen, da klingelt schon das Telefon. »Hier ist Reidar, der dich anruft«, sagt Reidar.

»Und hier ist Adam, der rangeht«, antworte ich.

»Verdammt, ich musste nur mal nachfragen, ob es mit meiner Methode geklappt hat«, sagt er und ich weiß, dass er dabei grinst. Denn er glaubt, ich könnte so etwas sowieso nicht hinkriegen. Und damit hat er ja auch ganz Recht.

Aber die Freude gönne ich ihm nicht. »Es ging phantastisch«, sage ich.

»Echt«, antwortet er. »Und du nimmst mich nicht auf den Arm?«

»Nein«, versichere ich ihm. »Ich habe genau siebzehn Minuten gebraucht, bis eine angebissen hat. Sie hatte so ein ovales Gesicht und lange, weiche, braune Haare, die ihr bis zur Schulter gingen.« (Alle haben wohl mitgekriegt, von wem ich hier rede, oder?)

»Wow«, sagt er nur und ich höre ihn schwer atmen. Er hat die Lüge mit Köder und Haken und allem geschluckt. »Und, ist noch weiter was gelaufen?«

»Mmmh, nein«, sage ich gedehnt und mache mich kostbar. »Ich hatte keine Lust. Sie war nicht die Richtige für mich.«

Und damit habe ich es zu weit getrieben. Jetzt hat er es durchschaut. Er weiß, dass ich so verzweifelt bin, dass ich mir niemals ein Mädchen einfach so durch die Lappen gehen lassen würde. »Ach so«, sagt er. »Einen Moment lang habe ich es tatsächlich geglaubt.«

»Ich lüge nicht«, lüge ich viel zu schnell und viel zu eifrig. Und alle hören, dass es eine Lüge ist. Schon ein neugeborenes Baby würde mitkriegen, dass es der reinste Bluff ist.

»Kommst du heute Abend?«, fragt er und verzichtet auf jeden weiteren Kommentar. Er meint zur Fontäne, wo die Jungs schon seit langem ihren festen Treffpunkt haben.

»Mmmh – jaaa…«, antworte ich gedehnt und denke überhaupt nicht daran hinzugehen. Kann das gar nicht, jetzt, wo ich ein freier Mann bin. Jetzt, wo ich auf dem Weg bin, ein anderer zu werden. Adam Kolumbus kann doch nicht an jedem erstbesten dummen Platz in Europa auftauchen, wenn sein Schiff bereits auf halbem Weg über den Atlantik ist. Das passt einfach nicht.

Reidar erzählt mir von dem einen der Mädchen, das er getroffen hat, gerade bevor wir uns trennten. Sie heißt Ina und kann küssen, wie er es noch nie erlebt hat. Ich weiß, dass das, was Reidar da erzählt, stimmt. Das ist keine an den Haaren herbeigezogene Geschichte, das sind die reinen Tatsachen. Ich beneide ihn abgrundtief – wie immer. Aber dann interessiert es mich eigentlich gar nicht. Ich höre ganz gleichgültig zu, wie er mir gleichgültig erzählt, wie er sie gleichgültig hat fallen lassen. Ich wünschte, er würde sofort in einem verdammten Loch versinken. Aber Reidar tut so etwas nie. Er ist schon bereit fürs nächste Abenteuer. Das hat ihm überhaupt nichts ausgemacht. »Damen. Ich kann mit ihnen leben. Ich kann nicht ohne sie leben«, sagt er und ich verdrehe die Augen. Irgendwann reicht es auch mit dieser Überheblichkeit, Brüder & Schwestern. Es muss irgendwann ja wohl verdammt noch mal reichen!

Sis steht auf und saust mit Putzlappen, Vim-Ultra-Ajax und Staubsauger durchs Haus. Rotweinflecken verschwinden und leere Biergläser stapeln sich in der Geschirrspülmaschine. Nur noch ein leichter Tabakgeruch hängt in der Luft. »Du bist gestern ja schnell abgetaucht«, sagt sie.

»Ich hatte noch was vor. Musste über was nachdenken«, antworte ich und überlege einen Moment, ob ich ihr das mit Vattern erzählen soll. Aber ich denke, das wäre keine gute Idee. Sis ist noch nie besonders diplomatisch gewesen. Sie wird in die Luft gehen und ihn bei der ersten Gelegenheit zur Rede stellen. Ganz gleich, ob Muttern anwesend ist oder nicht. Sie wird sich mit so etwas nicht zufrieden geben. Ich bewundere sie wegen ihrer kriegerischen Einstellung, doch die ist nicht immer von Nutzen.

Aber wir essen gemütlich zusammen Mittag. Sis ist gut gelaunt und wir unterhalten uns wie Menschen miteinander. Nicht so, als wenn die große Schwester mich fast verhört darüber, was ich so mache, und dann glaubt, das wäre ein normales Gespräch. Muttern und Vattern tauchen bei den Nachrichten auf. Wir hören Muttern schon im Hausflur. »Ich will nicht weiter darüber reden«, sagt sie wütend und will ihm nicht einmal mehr die Tür aufhalten. »Da habt ihr euren Vater. Einen echten Peer Gynt, wenn ich das sagen darf. Das ganze Wochenende ist er im Garten herumgelaufen und hat das Stück vor sich hin gemurmelt. Ich fühle mich schon wie Aase oder Solveig oder wie die Damen alle heißen, um die Herr Chef Maestro Gynt sich einen Scheißdreck kümmert. Was für ein Wochenende!«

Muttern setzt Kaffee auf und fragt Sis und mich, ob wir auch welchen möchten. Wir möchten. Sie macht eine große Sache daraus, Vattern gar nicht anzusprechen. Er sieht zunächst verletzt aus. Aber dann wird er so wütend, wie nur er es werden kann. Er flucht, dass die Tapete sich dunkel verfärbt, und geht anschließend dazu über, Sis und mich überzeugen zu wollen. »Was soll ich denn tun?«, fragt er. »Es ist nicht so einfach, schließlich soll das Stück in zwei Wochen Premiere haben. Deshalb muss ich üben. Ich muss ganz und gar in meiner Rolle aufgehen. Ich MUSS Peer Gynt SEIN. Im Guten wie im Schlechten!«

»Helge, du lügst«, sagt Muttern.

»Nie und nimmer.«

»Du hättest dir diese Tage jedenfalls freinehmen können. Und wenn es nur mir zuliebe gewesen wäre.«

»Der Teufel steckt in allem, was bindet. Der Teufel steckt in allen Frauen!«, platzt er heraus und ich füge fast »Außer in einer« hinzu. In der Küche herrscht der Wilde Westen. Sis und ich ziehen uns ins Wohnzimmer zurück und lassen diese harmonischen Eheleute sich ruhig miteinander austoben. Es ist immer peinlich, den Streit anderer Leute mit anzuhören.

Es ist schon merkwürdig: Jedes Mal, wenn ich der Meinung bin, nun gute Argumente dafür zu haben, erwachsen werden zu wollen, führen sich die Erwachsenen so auf, als wäre es absolut nicht nötig, älter zu werden, als ich jetzt bin. Es ist nicht immer beeindruckend, Erwachsene in action zu sehen. Wenn ihr wisst, was ich meine.

An diesem Abend stelle ich meinen Wecker auf halb drei. Und damit meine ich halb drei Uhr nachts. Und er klingelt unter meinem Kopfkissen, wo ich ihn schlauerweise versteckt habe. Aber ich fühle mich nicht besonders schlau, als ich aufwache. Zuerst glaube ich, dass der Rauchmelder im Flur eingesetzt hat. Es brennt, denke ich und bin in null Komma nichts aus dem Bett. Bis ich einsehen muss, dass es wohl das Telefon war. Aber das Klingeln geht ununterbrochen weiter und da fällt mir der Wecker ein.

Ich schiebe eine Hand unters Kissen und stelle ihn aus. Ich horche zur Tür hin. Hat jemand den Lärm gehört? Aber es kommen keine Schritte. Niemand dreht sich im Bett um oder fragt, was da draußen im Dunkeln los ist.

Es ist mitten in der finstersten Nacht, ein Zeitpunkt, zu dem du allein mit den Gespenstern unterwegs bist.

Es ist mitten in der finstersten Nacht und vor meiner Tür läuft der reinste Horrorfilm ab.

Die Schatten liegen hingestreckt am Boden und der Mond bekreuzigt sich, als er durch die Fenster hereinschaut.

Die Balkontüren stehen offen und die Gardine flattert auf mich zu, als ich nur in Boxershorts mitten im Wohnzimmer stehe. Ich spüre, wie etwas an meiner Wade und meiner Seite entlangstreicht und muss sofort an ein Gespenst denken. Sicher ist das nur der Wind, aber tief in meinem Innersten weiß ich, dass es ein Gespenst ist.

Draußen in der Küche knistert etwas. Ich denke gar nicht daran, dorthin zu gehen und nachzusehen. Denn ich bin fest überzeugt davon, dass ich nicht sehen werde, WAS da knistert, wenn ich dorthin gehe. Oder WER da in der fast dunklen Küche steht und Knistergeräusche macht. Und wenn ich dann zurück auf den Flur gehe und diese Knistergeräusche wieder einsetzen, dann werde ich wissen, dass dasjenige, was diese Geräusche macht, außerdem noch unsichtbar ist. Und das ist ja nun kein großer Trost, Brüder & Schwestern. Kein besonders großer, tröstlicher Trost, o nein.

Also schleicht sich Adam, der Jäger und Detektiv, in der Finsternis auf den Flur. Ich kann Vatterns Tasche nicht entdecken. Aber ich weiß ungefähr, wo er sie immer hinpackt. Ich taste die Wand entlang, wo sie sonst immer hängt. Aber natürlich nicht in dieser Nacht!

Ich schaue unter den Telefontisch. Ich sehe hinter den Stuhl. Wo zum Teufel hat er sie gelassen? Ich gucke in den Schrank. Seine Tasche ist spurlos verschwunden. Aber er geht doch nie ohne sie zur Arbeit.

Es kommt vor, dass er sie mit ins Schlafzimmer nimmt. Ich gehe zu Mutterns und Vatterns Schlafzimmer und öffne die Tür. Sie knirscht kein bisschen. Trotzdem habe ich eine Scheißangst. Da drinnen liegen sie und schlafen. Und was, wenn sie nun nicht schlafen. Wenn sie im Dunkeln liegen und sehen, wie ich reinkomme? Welche Ausrede soll ich benutzen? Ich habe keine gute auf Lager. Das Einzige, was mir einfällt – ich könnte ja sagen, dass ich schlafwandle. Doch das ist vollkommen Donald Duck, so etwas zu sagen. Aber womit soll ich ihnen sonst kommen? Niemand schleicht sich mitten in der Nacht ins Schlafzimmer anderer Leute, ohne finstere Absichten zu verfolgen.

Ich hocke mich hin und taste mich mit den Händen vor. Und ganz richtig. Da steht sie. Ich erkenne das Leder wieder. Ich fummle an den Schnallen, am Verschluss. Meine Hand schiebt sich blind in die Tiefen und meine Phantasie spielt mir einen Streich. Und wenn sich jetzt eine blutdürstige Spinne dort unten eingenistet hat und nur auf ein unschuldiges Opfer wartet? Ich spüre fast schon die haarigen Beine und den schwarzen kleinen Mund, der sich in meine Finger verbeißt und mir das warme, rote Blut aussaugt. Und erzählt mir bloß nicht, dass das alles nur Phantasie ist! Ich fühle es genau. Ich muss meine Hand quasi in die Tasche hineinzwingen. Ich wühle etwas herum, bis ich Vatterns Kalender finde. In den er alle seine wichtigen Termine schreibt.

Hier drinnen ist es zu dunkel, um etwas zu lesen. Ich schiebe die Tür einen Spalt weit auf und in dem Moment dreht sich jemand im Bett hinter mir um. Ich erstarre zu einem Eiszapfen. Meine Nase ist fast unten in der Auslegware und ich spüre, wie der Staub mir ins Gesicht hochwirbelt. Ich muss niesen.

Ich muss so verdammt dringend niesen.

Etwas dreht sich hinter mir.

Ich halte den Kalender in der Hand und öffne die Tür noch ein Stückchen weiter.

Jemand dreht sich noch einmal um und sagt etwas im Schlaf. Das muss Vattern sein.

Meine Nase hat einen Knoten gemacht, ist dicht und angespannt.

Ich zirkle die Tür noch ein bisschen weiter auf.

Hinter mir setzt Vattern sich im Bett auf und murmelt.

Ich erstarre von neuem da unten auf dem Boden.

»Bist du es, Mutter Aase?«, sagt er im Halbschlaf und ist offensichtlich wieder einmal mit Peer Gynt beschäftigt.

Ich gebe keinen Pieps von mir. Bis er sich wieder hinlegt, ich die Tür aufkriege und hinauskrieche, in mein Zimmer. Ich durchblättere den Kalender an den Tagen, die jetzt kommen und ganz richtig! Vattern hat am Freitag, dem 19. Juli, einen Termin. In wenigen Tagen. Da steht gar nicht, dass das ein Termin ist. Er hat nur die Uhrzeit 10.30 Uhr an dem Tag notiert. Das ist ein gefundenes Fressen für Meisterdetektive!

Ich schleiche mich zurück in Peer Gynts Höhle und lege das dünne braune Buch wieder an seinen Platz. Niemand wacht diesmal auf. Es dreht sich nicht einmal jemand im Schlaf um. Ich komme mit heiler Haut zurück in mein Zimmer. Es knirscht in der Küche. Trotzdem ziehe ich es vor, nicht nach dem unsichtbaren Knirscher zu suchen. Er ist bestimmt ein Mörder, ein Gespenst, ein Zombie, ein Psychopath oder total verrückt. Ich will es gar nicht herausfinden. Ich habe nicht vor, die Welt zu befreien. Ich schließe sogar die Tür zu meinem Zimmer ab, damit der Mörder, das Gespenst und so weiter nicht hereinkommen und Ärger machen kann. Soll er doch die anderen plagen.

Im Traum fahre ich in einem Auto, das Rollschuhe statt Räder hat. Neben mir sitzt Kleiner Sturm. Es ist ein Cabriolet. Ich glaube, es könnte ein Cadillac sein. Der Wind weht uns kühlend ins Gesicht. Ich schalte um auf Autopilot, beuge mich zu ihr hinüber, küsse sie und flüstere: »Ich bin der wahre Peer Gynt.«

Was für ein Traum!

MONTAG, 15. JULI

»It's only Rock 'n' Roll, but I like it.«

Die Sonne geht auf um 04.21 Uhr
und sie geht unter um 22.24 Uhr.

Ich habe meine Liste überprüft und herausgefunden, dass vor allem das mit einer Beziehung zu einem Mädchen mir Sorgen bereitet. Das ist der Punkt, den ich gerne abgehakt hätte. Ich muss also versuchen das Problem mit Kleiner Sturm zu lösen. Und das erst recht, nachdem ich letzte Nacht von ihr geträumt habe. Sie ist wie an meine Gehirnwindungen geklebt. Während ich mich auf dem Silo sonne, denke ich daran, wie und wann ich sie getroffen habe. Ein paar Mal war das zum gleichen Zeitpunkt.

Deshalb nehme ich an der Ecke Thorvald Meyers gate/Grüners gate Aufstellung. Von hier aus habe ich Aussicht auf die Straßen in beide Richtungen. Ich kann ziemlich viel vom Park übersehen und gleichzeitig beide Seiten im Blick halten. Ein hervorragender Ausgangspunkt. Und diesmal sehe ich sie bereits von weitem. Sie kommt den Fahrradweg entlang, der auf der rechten Seite parallel zum Fußweg verläuft. Sie macht geschmeidige, lange Schritte und ist so verdammt gut und elegant, dass euer Adam ganz weiche Knie bekommt. Diesmal trägt sie grüne Shorts und ein weißes T-Shirt, auf dem steht: »It's only Rock 'n' Roll, but I like it.« Und mir wird klar: Das ist das Motto des Tages.

Ich bin bereits auf meinem Posten, die Rollerblades untergeschnallt. Ich rolle langsam weg von der Ecke, schräg in den Park hinein, auf die Fontäne zu. Ich schaue diesmal nicht einmal über die Schulter zurück. Stattdessen gleite ich langsam am Wasser und an den Bänken vorbei und sehe Mutter & Vater wieder einmal auf dem Gras sitzen. Aber diesmal ein deutliches Stück entfernt von der Stelle, wo ich letztes Mal zu Boden gegangen bin. Sie sehen mich auch kommen. Vater nimmt Mutter in den Arm und sie bekreuzigt sich und packt den Köter, der vor Schreck aufjault. Ich grüße lässig und rolle an ihnen vorbei. »It's only, only me, but you like me!« Jetzt muss Kleiner Sturm ja wohl bald kommen?

Trotzdem beschließe ich, mich nicht umzugucken. Es fällt mir schwer. Aber ich schaffe es. Ich erreiche das Ende des Parks, da, wo der Markveien anfängt, bevor sie auftaucht. Kleiner Sturm schwebt an mir vorbei, ohne mich zu sehen. Ich denke, dass sie das früher oder später schon noch tun wird.

Heute zwar nicht, aber meine Zeit wird schon kommen.

Irgendwann. Und zwar in nicht allzu ferner Zukunft. Wird sie mich sehen.

Und dann wird sie NUR mich sehen. »It's only rockin' Adam, but she likes him!«

Ich kann den Moment fast nicht abwarten. Und ich bin überzeugt davon, dass er kommt.

Ich folge ihr mit einem gewissen Abstand. Mit Inlinern an den Füßen ist das fast kein Problem. Ich bin zwar unsicherer als sie, wenn wir einem Fahrrad oder einem Kinderwagen begegnen. Trotzdem halte ich mich wacker den Markveien entlang. Ich muss zugeben, dass ich in Panik gerate, als sie auf der Ankerbrua einen Zahn zulegt. Ich denke, dass es nicht leicht sein wird, dieses Tempo zu halten. Ich hole weit aus, aber es scheint fast, als habe sie längere Beine als ich. Jedenfalls nimmt ihr Vorsprung zu.

Aber ich habe Glück. »It's only Rock 'n' Roll, but it likes me!«, hämmert es in meinen Schläfen. Denn Kleiner Sturm hält an einer Kaffeebar in der Hausmannsgate an. Der Laden heißt Hauzz. Ich ziehe mir die Inliner aus und hänge sie mir um den Hals, bevor ich hineingehe. Drinnen wird laute Musik gespielt und vorwiegend jüngere Leute sitzen an den Tischen. Einige trinken Kaffee, andere Bier. Der Rauch hängt dick in dem Bereich, in dem sich alle versammelt haben. Kein Schwein sitzt in der rauchfreien Zone.

Ich suche mir einen Platz am Fenster und höre in dem Moment eine heisere alte Band im Sechzigerjahresound dröhnen: »It's only Rock 'n' Roll, but I like it«, als Refrain. Es kommt etwas lahm, aber es trifft mich direkt ins Herz.

Nach einer Weile merke ich, dass das hier so ein Laden ist, in dem man am Tresen bestellen muss. Ich schaue mich nach Kleiner Sturm um. Von dem Tisch aus, den ich mir ausgesucht habe, kann ich das ganze Lokal überblicken. Aber ich recke den Hals und verdrehe mir fast die Nackenwirbel, ohne einen Zipfel von ihr zu erspähen. Als ich zum Tresen gehe, begreife ich, warum sie nicht an einem der Tische sitzt. Sie steht nämlich hinterm Tresen. Ganz hinten, da, wo die Tür zur Küche geht, und fummelt an der Espressomaschine herum. Ich ziehe mich zurück. Ich will ihr noch nicht unter die Augen treten. Also bestelle ich einen schwarzen Kaffee bei dem Mädchen an der Kasse. Sie nimmt lächelnd mein Geld entgegen. Gibt mir dafür den Kaffee. Nachschenken zum halben Preis. Ich gehe wieder an meinen Tisch und sehe, dass inzwischen jemand meinen Platz eingenommen hat. Also suche ich mir einen Platz einen Tisch weiter. Und genau das brauchte ich. Von hier aus kann ich die ganze Zeit den Tresen im Blick behalten. Ohne dass es auffällt. Denn der Tisch steht in der Richtung. Ich gestatte mir eine halbe Stunde, nur um Kleiner Sturm zu studieren.

Ich sehe ihren schönen Hals, der in einem süßen Kopf endet.

Ich betrachte ihre Wange, ihr Ohr, ihren Nacken und nehme mir vor, mir jeden einzelnen Zug einzuprägen.

Ich sehe, wie sie die Arme bewegt und wie sie geht.

Ich sehe, wie sich ihr Po unter der Hose bewegt, und versuche mir vorzustellen, wie es wohl ist, ihn anzufassen. Wie es sein würde, eine Hand auf jede Pobacke zu legen und sie an mich zu ziehen.

Ich betrachte ihren Bauch und ihre Schenkel.

Ich gucke und gucke.

Ich begreife nicht, in welcher Welt ich vorher gelebt habe.

Ich begreife nicht, dass ich überhaupt richtig habe leben können, bevor ich sie gesehen habe.

Ich muss mir eingestehen, dass ich als kleiner Rotzbengel weiterleben muss, wenn ich sie nicht kennen lernen kann. Ohne Kleiner Sturm ist alles sinnlos.

»It's only Rock 'n' Roll, but I love her.«

Ich verlasse das Hauzz und treibe mich in der Stadt herum. Ich perfektioniere meine Geh-Technik und werde mit der Zeit ziemlich brauchbar auf Inlinern. Ich gucke mir neue CDs an. Gucke mir Comics an. Gucke mir Mädchen an. Aber wohin ich auch gucke, ich sehe Kleiner Sturm. Ich fühle mich wie ein Fremder. Wie ein Tourist. Ich sehe alles mit neuen Augen. Als hätte ich es nie zuvor gesehen. Ich bin auf dem gleichen Planeten wie Kleiner Sturm. Ich bin eine Schildkröte auf ihrem Planeten, wo alles so sinnlos schnell geht und wo alles auf eine Art abläuft, von der ich nichts verstehe. Ich fühle mich außen vor. Und etwas desperat. Wenn ich nur daran denke, dass ich es vielleicht nicht schaffe, sie kennen zu lernen!

In dieser instabilen Laune beschließe ich den Tag. Der in meiner Brust wie Grillkohle glüht, während ich leise summe: »It's only Rock 'n' Roll, but I like it.«

DIENSTAG, 16. JULI

»Das brennt. Oh, wie das brennt.«

Die Sonne geht auf um 04.23 Uhr
und sie geht unter um 22.22 Uhr.

Ich habe Glück. Zumindest in gewisser Weise habe ich Glück. Ausgerechnet an diesem Morgen sind alle anderen rechtzeitig vom Hof geritten, um zu ihren Jobs zu kommen. Ich bin allein zu Hause und bereite mich auf meine übliche Morgenverabredung mit der Sonne vor. Mir fällt ein, dass ich hätte Frank anrufen sollen. Nach unserem letzten Gespräch gab es so viel, worüber ich nachdenken musste. Und ich habe in den letzten Tagen nicht mal seinen Schatten da oben gesehen.

Ich kippe gerade ein Glas Saft in mich hinein, als das Telefon klingelt. Ich bin nach den gestrigen Gefühlen (ein Typ zu sein, der es vielleicht schafft oder auch nicht, einen Kleinen Sturm kennen zu lernen) immer noch reichlich angespannt. Ein Typ, der sein ganzes Schicksal diesem Treffen überlässt. Deshalb läuft mir der Saft ins falsche Halsloch, als das Telefon klingelt. Das brennt und brennt.

Oh, wie das brennt!!!

Ich spucke ins Waschbecken, lasse Wasser in meine Hand laufen und trinke. Das brennt. Oh, wie das brennt!!!

Der Saft macht Brandflecken in meinem Hals.

Das Telefon klingelt.

Das Telefon jault und zischt, heult und lärmt.

Ich wirble herum und nehme den Hörer ab. Meine Stimme ist ein einziges gurgelndes, heiseres Dingsda, das kaum als menschlich zu bezeichnen ist. Ich huste ein »Hallo« hinein und muss dabei wie ein Untier klingen, ein Monster aus den Sümpfen und dem Urwald zugleich.

»Hallo. Hier ist Kjelsens Botenservice. Mit wem spreche ich?«, fragt der Chef aus meinem früheren Leben.

Das ist so ein Augenblick, in dem die Welt in den Nähten knackt, Brüder & Schwestern. Die Welt wird bleich und der arme Adam versucht rasend schnell zu denken.

»Hallo!«, ertönt es noch einmal.

»Hallo«, sage ich mit Resignation in der belegten Stimme. Ich beschließe, auf Donald Duck zu machen. Und mich mit Vaters Namen zu melden.

Der Chef aus meinem früheren Leben sagt, dass es um mich gehe. Er möchte wissen, wie es mit meiner Podobromhidrosis stehe. Ob ich nicht ins Krankenhaus müsse und so weiter und so fort und er sagt, dass es da einige Kleinigkeiten mit mir zu regeln gebe, weil ich krank geworden sei. Ich antworte mit Räuspern und Knurren an den richtigen Stellen und hoffe, dass er bald zur Sache kommt. Ich weiß nicht, wie lange ich es noch schaffe, so zu tun, als wäre ich Vattern. Aber dann kommt es: »Es geht um das Fahrtenbuch. Das brauche ich zurück«, sagt der Chef. »Ich will nicht riskieren, es der Post zu überlassen. Lieber komme ich vorbei und hole es selbst. Passt es am nächsten Montag? So gegen halb zehn?«

Das ist natürlich so ein Augenblick, in dem du die perfekte Lüge und die perfekte Lösung parat haben solltest, um ein derartiges Treffen zu vermeiden. Aber wer rennt schon herum in dem klaren Wissen, dass das Leben voller Angriffe aus dem Hinterhalt ist? Ich nicht. Nicht euer Adam. Ich werde zu einem schlaffen Ballon, dem die Luft entströmt und der in Kniehöhe baumelt, auf dem Weg zum Boden, zu Staub und Tod. Meine Stimme wird noch rauer und der

Chef interpretiert meine Töne als ein Ja: »Na, prima. Dann sehen wir uns also um halb zehn. Danke!«

»Ich danke auch«, murmle ich und schaffe es nicht einmal mehr, den Hörer aufzulegen.

Jetzt ist guter Rat teuer.

Jetzt ist ruter Tat geuer.

Jetzt ist tuter Gat reuer.

Ich vollführe einen Anti-Chef-Tanz auf dem Flur und verfluche alle Idioten, die einfach so anrufen und mein Leben zerstören.

TOD DEM CHEF! TOD DEM CHEF! TOD DEM CHEF! TOD DEM CHEF! TOD DEM CHEF! TOD DEM CHEF! TOD DEM CHEF! TOD DEM CHEF! TOD DEM CHEF! TOD DEM CHEF! TOD DEM CHEF!

Jaule ich.

Stöhne ich.

Raufe mir die Haare.

Ich raufe mir die Haare bis zum Wiedersehen mit der Sonne, die mir erklärt, dass es einen Ausweg für alles gibt. Ich brauche ja nur an Peer Gynt zu denken. Das war so ein Kerl, der es schaffte, aus so ziemlich allen Zwickmühlen zu entwischen. Man muss nur herausfinden, wie. »Du hast leicht reden!«, sage ich und will mich heute nicht einmal auf dem Silo sonnen. Da unten in der Stadt zieht mich etwas an. Kleiner Sturm ist in der Stadt und zerrt an mir.

»Das ist echt verletzend«, sagt die Sonne und sieht verletzt aus.

»Okay, schon gut. Du hast wahrscheinlich Recht. Nur im Augenblick erscheint mir das nicht so unbedingt einleuchtend. Nächsten Montag kommt der Chef zu uns, um Vattern zu treffen. Und wen wird er dann treffen? Na, mich! Ohne den Schatten von Podobromhidrosis oder anderen Krankheiten.«

»Kannst du denn nicht so tun, als ob?«

»Wenn du wüsstest, wie schwierig es ist, Podobromhidrosis zu simulieren, würdest du nicht fragen«, antworte ich. »Übrigens, hast du etwas von Frank gehört?«

»Das ist nicht meine Schicht«, erklärt sie. »Da musst du wiederkommen, wenn der Mond seinen Job schiebt.« Die Sonne scheint immer noch etwas beleidigt zu sein und guckt mich nicht direkt an.

»Okay«, nicke ich mürrisch und ziehe mich zurück ins Zentrum, in das es mich immer mehr zieht.

Jemand steht da unten mit einer Angel und zieht.

Kleiner Sturm holt kleine und große Fische ein.

Und einer davon bin ich, Adam, der Riesenhai, der auf seinen Blades durch die Straßen fegt.

Ich entere das Hauzz mit dem Schuhwerk um den Hals und einem Rucksack auf dem Rücken. Ich bestelle eine Kanne Kaffee. Ohne Nachschenken. Brot mit Käse, Pepperoni, Paprika und Unmengen fetter Mayo.

Ich finde einen freien Tisch gleich hinter dem, an dem ich letztes Mal saß. Und mit der gleichen guten Aussicht. Aber etwas stimmt nicht. Etwas ist verdammt falsch. Obwohl ich eine geschlagene Viertelstunde dasitze, sehe ich weder einen Rockzipfel noch eine Schuhspitze noch eine Haarsträhne von Kleiner Sturm. Das Brot liegt auf dem Teller und trocknet aus. Der Kaffee bleibt in der Kanne und wird kalt. Und ich warte. Ist das etwa wieder das Schicksal, das mir einen Streich spielen will?

Aber dann taucht sie auf. Ich gucke auf die Uhr. Vielleicht hat sie sich ja verspätet. Es ist zwanzig nach. Und sie guckt ganz schuldbewusst. Sie schielt zu der Frau hinterm Tresen und flüstert ihr etwas zu. Denn die hinterm Tresen guckt auch auf die Uhr. Sie guckt in dieser Art auf die Uhr, so uuunheimmmlich deutliiich, wie alle Chefs es tun. Das lernen sie in ihrem Chef-Kurs. Kleiner Sturm murmelt eine Entschuldigung und ich wünschte, ich könnte ihr helfen. Zum Beispiel, indem ich der Chefin hinterm Tresen den Garaus mache. Vielleicht nicht gerade die ganz große Hilfe. Aber ich möchte gern ein Ritter für Kleiner Sturm sein. Niemand soll kommen und sie anscheißen.

Kaffee und belegte Brote werden eingeschoben und ich starre intensiv die Chefin hinterm Tresen an, wünsche mir, sie würde in den Millionen von Hitzegraden der Sonne verdampfen, bis sie nur noch ein kleiner klebriger Fleck auf dem Boden ist. Kleiner Sturm kommt mit einer Schürze umgebunden wieder heraus und geht zur Espressomaschine. Ich beruhige mich und hole meine Liste aus dem Rucksack. Es ist an der Zeit für eine Bestandsaufnahme.

Was die einfachen Dinge betrifft, ist es auffallend schwierig, das Allererste davon zu schaffen: das perfekte Steak. Vorsichtig ausgedrückt muss ich hier eine Niederlage nach der anderen eingestehen. Ich war zusammen mit Sis reichlich breit. Das ist also in Ordnung. Verantwortung für das eigene Leben? Wie schon früher gesagt, ich bin der Meinung, dass ich diese Verantwortung übernommen habe, als ich die Liste aufgestellt habe und anfing sie abzuarbeiten.

Wenn es um das geht, was etwas mehr Einsatz erfordert, so kann ich auf jeden Fall 100 Punkte bei »sich bis auf die Knochen blamieren« notieren. Das habe ich eindeutig geschafft. Die Zigarre fehlt noch. Und sie muss versucht werden. Eigener Kleiderstil? Na ja. Ich bin ja ein Rollerblader geworden, aber bedeutet das, einen eigenen Kleidungsstil gefunden zu haben? Inzwischen bin ich unsicher, ob dieser Punkt hier überhaupt etwas zu suchen hat.

Und natürlich ist sonnenklar, dass es schlecht aussieht, wenn man zum dritten Abschnitt kommt, zu den Dingen, die Kalorien und Schweiß kosten.

Ich bin nicht ökonomisch unabhängig. Das heißt, ich bin es, bis mein gespartes Geld aufgebraucht ist. Aber es kommt kein Geld in die Kasse.

Und das mit dem Mädchen fehlt ganz und gar.

Und ich kann mich nicht daran erinnern, etwas von dem gemacht zu haben, vor dem ich am meisten Angst habe.

Andererseits habe ich noch gar nicht überlegt, wovor ich überhaupt am meisten Angst habe. Bedeutet das, dass es gar nichts gibt, vor dem ich am meisten Angst habe? Ich mache eine Liste.

SACHEN, VOR DENEN ICH ANGST HABE:
1. Spinnen
2. Mädchen, die merken, dass ich Angst habe.
3. Dunkelheit
4. Dinge, die in der Küche knistern.
5. Nicht erwachsen zu werden.

Ich reiße mich zusammen und will gerade die Stiftspitze aufs Papier drücken, als jemand sagt: »Arbeitest du hier oder was machst du?«

Der Stift macht einen weiten Satz und schreibt einen langen, krummen Kringel übers Papier. Ich schaue auf und direkt in ein Paar blaue Augen, von denen ich annehme, dass ich sie niemals vergessen werde. Kleiner Sturm steht über mir und schaut zu mir herunter. Sie hat einen Stapel Aschenbecher in der einen Hand und ein feuchtes Tuch in der anderen. Ich beschließe eiskalt, diesmal kein Hornochse zu sein. Ich schlucke und sage mit klarer Stimme: »Ja.« Und dann versuche ich meine Papiere zusammenzuschieben, damit sie den Tisch abwischen kann, obwohl sie mit keiner Bewegung gezeigt hat, dass sie das vorhat. Trotzdem endet es damit, dass ich mich wie ein Hornochse aufführe. Was würde ein Hornochse an einem Cafétisch machen? Ja, genau, mit seinen dummen, tollpatschigen Klauen wäre er nicht in der Lage, irgendetwas anzufassen. Und wenn er es versuchte, würde es eine Katastrophe geben.

Ich schaffe es tatsächlich, meine Papiere über den Tischrand fliegen zu lassen. Sie segeln elegant zu Boden. Ich stütze mich mit einer Hand auf den Tisch und beuge mich nach unten. Mit dem Resultat, dass der Tisch kippt. Ich habe meinen Nacken in Höhe der Tischkante und der Tisch kippt. Über mir höre ich das kranke Geräusch der Kaffeetasse und diverser anderer Dinge, die zu mir herunterrutschen. Ich befinde mich in einem Zeichentrickfilm, in dem alles schief geht. Einem Zeichentrickfilm mit tausend Katastrophen, Unglücken, Zusammenstößen und Crashs. Zu mir selbst sage ich das, was jede blöde Comicfigur sagt, wenn sie kapiert, dass die Katastrophe direkt bevorsteht.

Ich sage zu mir: »Oooh.«

Und in dem Moment treffen mich Kaffeetassen (mit kaltem Inhalt) und Teller (voll mit Krümeln und zwei Paprikastücken) im Nacken. Ich werde nass. Ich werde von Krümeln übersät. Die Paprika rutscht mir den Buckel runter. Der Kaffee ergießt sich über mich und die Blätter, die ich in der Hand halte. Ich lege sie auf den Tisch und merke, wie ein paar Deziliter brauner Flüssigkeit zarte Streifen das Rückgrat entlang bilden. Auf dem Papier zerfließt der Kaffee weiter, und als ich versuche ihn wegzuwischen, werden die Buchstaben zu einem auseinander fließenden, ungleichmäßigen braunen Fleck.

Ich seufze, Brüder & Schwestern, und denke, dass es einem Hornochsen auf jeden Fall besser geht.

Ein Hornochse hätte sein dummes »Muuuh!« oder »Mampf!« oder »Wääh!« rufen können und alle hätten ihn sicher verstanden. Er ist ja trotz allem nur ein Hornochse. Während ich ein Typ bin, der vor ihr da auf den Knien liegt, die sich jetzt vor zurückgehaltenem Gekicher windet, weil ich mich wie ein Hornochse aufgeführt habe. Ohne ein Hornochse sein zu wollen. Und dann soll ich die Situation ganz cool meistern?

Das ist nicht so einfach, Brüder & Schwestern.

Es ist nicht so einfach, wenn dieses verdammte Schicksal gegen dich ist.

Ein verdammtes Schicksal, das dich zu einer Comicfigur macht, zu einem Hornochsen oder einem Charlie Chaplin.

Ich sortiere mich und sage: »Hier sitze ich also und blamiere mich bis auf die Knochen. Genau das mache ich. Ist das in Ordnung?«

Kalt und ruhig. Das ist das Beste, was ich tun kann.

»Echt geil«, sagt sie, während sie versucht sich zusammenzureißen. Dann kichert sie wieder los und sagt: »Sorry.«

»Selber echt geil«, sage ich und grinse sie an.

Ich grinse, was das Zeug hält, und versuche um jeden Preis zu vermeiden, ihr zu zeigen, wie es in mir aussieht.

Denn in meinem Inneren heule ich.

In meinem Inneren schrumpfe ich zu einer Schildkröte und ziehe alle Glieder unter den Panzer, um so zu tun, als wäre nichts geschehen.

In meinem Inneren schreie ich los.

DA GING MEIN LEBEN VOR DIE HUNDE! ICH WERDE NIEMALS ERWACHSEN WERDEN!

Schreie ich.

Während ich sie rein äußerlich angrinse und sie grinst mich auch an und da sage ich: »Ich komme wieder. Und ich hoffe, dann werde ich mich nicht so total blamieren.«

»Echt geil!«, erwidert sie und grinst zurück und ich finde, das ist das Tollste, was ich jemals gehört habe.

Ist es möglich, weiterzuleben, nachdem man so etwas gemacht hat?

Ist es möglich, weiterzuleben und zu denken, dass das Leben doch noch nicht vorbei ist?

Doch, das ist möglich. Das geht. Das brennt! Aber es geht. Ich stürze mich wieder in die Stadt hinaus, gehe nach Hause, gehe wieder hinaus, bevor ich schließlich endgültig nach Hause gehe, um für die Horde das Essen vorzubereiten. Das brennt und ich zweifle, ob das Leben nicht trotzdem vorbei ist. »Jetzt kommt es drauf an, Adam«, sage ich zu mir selbst. »Jetzt geht der Kampf los.«

In dieser Nacht träume ich gar nichts.

Ich wache als ein Nichts um sechs Uhr auf.

Und schlafe wieder ein.

Träume nichts.

Auch wenn ich mir in diesem Punkt nicht ganz sicher bin.

MITTWOCH, 17. JULI

»Drei Minuten in Adams Leben.«

Die Sonne geht auf um 04.25 Uhr
und sie geht unter um 22.20 Uhr.

Das ist so ein Tag, über den ich lieber nicht reden möchte. Ich möchte kein Wort über Vattern oder Frank verlieren. Ich will Muttern, Sis, die Todesanzeigen, das Frühstück und die Sonnenvettel gar nicht erwähnen. Dieser Tag ist ein toter Tag. In Wirklichkeit existiert er gar nicht. Wenn das nächste Jahr kommt – falls es überhaupt ein nächstes Jahr für diesen armen Adam geben sollte –, wird dieser Tag keinen Platz auf dem Kalender finden. Stattdessen wird es nur einen leeren, offenen Platz geben, wenn es um diesen verdammten, idiotischen 17. Juli geht.

So ein Tag muss es gewesen sein, als die Titanic sank, ein Weltkrieg anfing oder Hitler geboren wurde. Es FÜÜÜÜÜÜÜHLT sich jedenfalls so an, als würde es genau so ein Tag werden.

Von diesem Tag sind nur noch drei Minuten übrig. Der Rest ist in vielen tausend Metern Tiefe verschwunden und zu Fischfutter geworden. Aber genau diese drei Minuten wird euer lieber Adam nicht so schnell vergessen. Sie stehen da wie ein Denkmal aus knallhartem Granit und fordern einen klaren, deutlichen Platz in der Erinnerung.

Ich rede von dem Zeitpunkt zwischen 13.26 Uhr und 13.29 Uhr an diesem idiotischen Tag, Mittwoch, dem 17. Juli, so einem

Schwachsinnstag. Der den Höhepunkt für die bescheuertste Darbietung des Schicksals auf der ganzen Welt darstellt. Ich habe ja inzwischen kapiert, dass mich das Schicksal auf dem Kieker hat und gern mal einen Faustschlag hier und einen Arschtritt da austeilt. Aber das ist nichts gegen das, was zwischen 13.26 Uhr bis 13.29 Uhr an diesem Tag geschehen ist. Ich will gar nicht davon reden, wie schlecht es mir ging und wie ich kaum diese Qualen aushielt, die ein verliebter Adam ertragen muss. Ich will gar nicht die Details anführen der vielen Male, als ich immer wieder überlegt habe, wie ein Gespräch mit Kleiner Sturm sich wohl entwickeln könnte. Ich mag gar nicht berichten, was Frank mir gesagt hat, als wir uns eine Stunde zuvor bei Bagel & Juice getroffen haben. Brüder & Schwestern, ich kann nur sagen, dass ich um 13.26 Uhr so bereit war, wie ein verliebter Adam nur sein kann.

Aber lasst uns gemeinsam auf die drei Minuten schauen und sehen, was passiert ist. Und lasst uns spaßeshalber vorstellen, so ein Typ wie Henrik Ibsen hätte es als Theaterstück geschrieben:

(Die Uhr zeigt 13.26 Uhr. Adam sitzt an einem Tisch am Fenster im Café Hauzz. Er sitzt bereits seit fünfundzwanzig Minuten dort. Er hat einige Papiere bei sich, die er vor sich auf den Tisch gelegt hat. Aber bis jetzt hat er sie noch nicht angerührt. Vor ihm steht außerdem eine Tasse Kaffee, unberührt. Daneben ein halbes Brötchen, von dem Petersilie und Gurkenscheibe abgegessen worden sind. Der Käse wird langsam trocken. Aus der Stereoanlage erklingt eine butterweiche Version von »Only You«. Eine Version, in der Elvis Presley so schmalzig singt, dass auch der eisenhärteste Chef anfangen würde zu heulen. Mit seinem Blick folgt Adam einer der Kellnerinnen, die mit einem Stapel Aschenbecher und einem feuchten Tuch an seinen Tisch tritt.)

KLEINER STURM: Ach, bist du wieder da?

ADAM: Ja. *(Seine Stimme zittert leicht.)* Bin ich. *(Sein Gesichtsausdruck ist leicht schafsartig. Er kaut auf eine wenig intelligente Art auf seiner Unterlippe.)*

KLEINER STURM: Echt geil. *(Sie wischt die Tischplatte mit dem Tuch ab, nachdem er seine Papiere zusammengesammelt hat.)* Heute hast du deinen Papierstapel aber retten können.

ADAM: Ja. *(Man sieht seinem Gesichtsausdruck an, dass er versucht etwas zu sagen. Zögert.)* Äähh. *(Räuspert sich. Ein Straßenhändler kommt ins Café.)*

HÄNDLER: *(Hält drei verschiedene, ganz normale Kugelschreiber in die Luft. Trägt einen Ausweis mit Namen und Foto auf der Brust.)* Willst du nicht auch mund- und fußmalende Künstler unterstützen? *(Hält die Schreiber Adam unter die Nase, der aber nicht in seine Richtung guckt.)*

KLEINER STURM: *(Stellt einen neuen, sauberen Aschenbecher vor Adam.)* Ist doch alles gut gegangen, oder?

ADAM: *(Sein Gesicht wird immer roter. Er guckt auf die Uhr, als hätte er keine Zeit.)* Äähh. *(Räuspert sich wieder.)*

HÄNDLER: *(Glaubt, das Räuspern bedeute, dass Adam etwas kaufen möchte. Macht erwartungsvoll weiter.)* Der kostet nur zwanzig Kronen.

(Die Musik wechselt zu »Halle des Bergkönigs« von Edvard Grieg.)

KLEINER STURM: Wir sprechen noch. *(Richtet sich auf, dreht sich und stößt fast mit dem Händler zusammen. Geht zur Seite und will sich den nächsten Tisch vornehmen.)*

ADAM: Ähhhhhhmmm. *(Räuspert sich auf eine äußerst laute Art, während er versucht den Händler mit der Hand zu verscheuchen.)*

HÄNDLER: *(Missverstehend.)* Meinst du fünf?

KLEINER STURM: *(dreht sich noch einmal lächelnd zu Adam um.)* Eine leichte Sommererkältung?

ADAM: *(Zu Kleiner Sturm)*: Nein. *(Sieht verzweifelt aus und zwinkert mit den Augen.)* *(Zu dem Händler)*: Kannst du nicht abhauen?

KLEINER STURM: Echt geil. *(Dreht sich um und geht zwei Schritte zum Nachbartisch.)*

HÄNDLER: Aber ich dachte … *(Sieht verzweifelt aus.)*

ADAM: Vergiss es! *(Presst die Lippen zusammen.)*

HÄNDLER: Aber … *(Ist kurz vorm Weinen.)*

ADAM: Okay. Dann gib mir zwei und hau ab! *(Wirft einen Fünfziger auf den Tisch.)*

HÄNDLER: Super. *(Schnappt sich das Geld. Legt die Schreiber auf den Tisch.)* Wenn du noch mehr haben willst …

ADAM: *(Deutet wortlos mit seinem gestreckten Zeigefinger zur Tür.)*

HÄNDLER: *(Trottet verzagt hinaus.)*

ADAM: Äähhh, du, äh, Mädchen, du … mit den Aschenbechern, ich wollte noch … *(Er senkt seinen Blick. Es sieht aus, als wollte er etwas lesen, was in seiner Handinnenfläche steht. Jemand wechselt die Kassette, aus der Anlage erklingt jetzt eine traurige Melodie von Alf Prøysen. Etwas von einem Jungen, dem auf dieser Welt nichts gelingt.)*

KLEINER STURM: *(Dreht sich um.)* Ja?

ADAM: Ich wollte noch … *(Sieht ihr direkt in die Augen. Flehend.)*

KLEINER STURM: Ja … *(Unsicher. Geht einen halben Schritt rückwärts, als hätte sie Angst vor ihm.)*

ADAM: *(Angespannt.)* Manchmal musst du das tun, vor dem du am meisten Angst hast. *(Das Publikum erkennt, dass er diesen Satz auswendig gelernt hat.)*

KLEINER STURM: *(Nickt. Schaut sich um, als wolle sie sich vergewissern, dass ihre Kollegen auch da sind. Wir ahnen, dass sie sich ernsthaft Sorgen um dieses merkwürdige Wesen macht, das versucht mit ihr zu reden.)*

ADAM: Und jetzt habe ich reichlich Angst … *(Die Worte purzeln aus seinem Mund und wir können sehen, dass es stimmt, was er sagt.)*

KLEINER STURM: Ich auch … *(Murmelt und weicht deutlich ein paar Schritte zurück.)*

ADAM: Könntest du dir vorstellen, einmal mit mir auszugehen? Also, ich meine, wenn ... also wenn wir so eine Verabredung hätten? Also ... irgendwie ... so ein *date?* Ich meine, eigentlich ... Also, was ich eigentlich sagen will, ich will dich fragen, ob du dich nicht einmal mit mir treffen willst? Vielleicht nach deiner Arbeit? *(Er wird so rot, dass man nicht mehr erkennen kann, dass er eigentlich braun ist. Die Röte zieht sich bis zu den Schultern hinunter.)*

KLEINER STURM: Was? *(Findet ihre Fassung wieder. Sie hat keine Angst mehr und macht sich auch keine Sorgen mehr. Sie starrt ihn an, als hätte er nach etwas hinter den sieben Bergen gefragt.)*

ADAM: *(Hat Probleme, den Mut aufzubringen, noch einmal zu fragen. Nach einer kurzen Pause kommt trotzdem von ihm:)* Ich habe so schrecklich Lust, einmal mit dir auszugehen. Ich weiß nicht, wie du heißt, wo du wohnst oder wer du bist. Aber ich habe dich ein paar Mal gesehen und jetzt möchte ich dich schrecklich gern treffen. Okay. *(Von Prøysen wechselt es jäh zu Beethovens 5. Symphonie. Durchs ganze Hauzz und sicher noch weit die Straße entlang donnert es los: Bam-Bam-Bam-Baaaaa, Bam-Bam-Bam-Baaaaa.)*

KLEINER STURM: Nein. *(Das kommt ganz ruhig und natürlich. Nicht auf irgendeine rohe oder gemeine Art.)*

ADAM: Was? *(Seinem Gesicht können wir ablesen, dass er diese Antwort nicht erwartet hat.)*

KLEINER STURM: *(Weiterhin vollkommen ruhig.)* Sorry, aber die Antwort lautet Nein.

ADAM: Das ist nicht als Nerverei gemeint, aber wäre es möglich zu fragen, warum?

KLEINER STURM: *(Spricht auf eine ganz selbstverständliche Art und Weise. Als wäre es vollkommen logisch):* Du bist zu jung.

ADAM: *(Er kann nicht verbergen, dass er stinksauer wird.)* Ich? Ich bin siebzehn.

KLEINER STURM: *(Ungläubig.)* Du willst genau so alt sein wie ich? Unmöglich!

ADAM: Aber das stimmt! *(Zieht die Augenbrauen zusammen und strengt sich an, ganz ruhig zu lächeln.)* Trotzdem könnten wir doch einmal zusammen ausgehen, oder?

KLEINER STURM: Sorry. Aber ich glaube, ich muss jetzt mit den anderen Tischen weitermachen.

ADAM: *(Sitzt da, den Kopf in die Hände gestützt. Guckt auf die Uhr. Es ist 13.29 Uhr. Er hört nicht mehr, welche Musik gespielt wird. Ende. Finale. Applaus!)*

Und das war's dann. So war dieser Tag. Ich muss zugeben, dass vieles von dem, was da steht, ersponnen ist. Zum Beispiel – die Sache mit dem Händler ist gar nicht passiert. Ich habe keine Ahnung, welche Musik gespielt wurde. Aber ich habe es hinzugefügt, damit diese drei katastrophalen Minuten etwas witziger werden. Denn im Grunde genommen war das gesamte Gespräch tragisch. Zumindest soweit ich mich daran erinnern kann.

Ich habe mich getraut, das zu tun, vor dem ich mich am meisten gefürchtet habe.

Und es ist mir nicht gelungen.

Ab jetzt und in Zukunft wartet nur noch ein schwarzes Loch.

Ich will mich an nichts mehr erinnern.

Ich erinnere mich auch an nichts mehr.

Wenn wir auf Gedeih und Verderb die Sache hier vertiefen müssen, dann lasst mich Folgendes sagen: Den restlichen Tag läuft Kleiner Sturm wahrscheinlich herum und überlegt, was für ein sonderbarer Vogel ich wohl bin. Und dann erzählt sie den anderen, mit denen sie zusammenarbeitet, von mir und alle lachen zusammen über mich. Und einer von ihnen wird sicher sagen, dass es wirklich komische Käuze auf dieser Welt gibt. »Männer!«, wird Kleiner Sturm ausrufen. »Kann nicht ohne sie leben. Aber kann auch nicht mit ihnen reden.«

Ich laufe wahrscheinlich den Rest des Tages herum und versuche mich wieder zusammenzusetzen und überlege, ob ich etwas beiseite legen sollte, bevor ich mich zur Verschrottung freigebe. Mehr als das Schrottpfand gibt es hier nicht mehr zu holen.

Wenn der Händler existiert hätte, würde der Rest seines Tages wahrscheinlich so ausgesehen haben: Er wird grinsend das Hauzz verlassen haben und sich denken, dass die Kugelschreiber (die er in einem Papierwarenladen in der Storgata geklaut hat) dem jungen Kerl, der sie gekauft hat, nicht viel Freude bereiten werden. Denn sie schreiben überhaupt nicht. Der Händler klappert noch ein paar neue Straßencafés ab und verkauft innerhalb einer halben Stunde für über zweihundert Kronen. Und da ich es bin, der diese Geschichte erzählt, Brüder & Schwestern, beschließe ich, dass ich für diese drei hässlichen Minuten Rache nehme, indem ich den Händler direkt vor einen verrosteten Fiat laufen lasse, von dem er auf der Stelle überfahren wird. Und kein Schwein vermisst ihn und die ganze Geschichte ist der Aftenposten nur sieben Zeilen ganz unten auf der Seite wert. Ungefähr so viel wert fühle ich mich jetzt auch: Sieben Zeilen in einer Zeitung. Sieben Zeilen, die niemand liest. Eine kleine Notiz über einen unbedeutenden Typen, den du schon vergessen hast, bevor du mit der Lektüre der sieben Zeilen fertig bist.

DONNERSTAG, 18. JULI

»Nach Fingerspitzengefühl.«

Die Sonne geht auf um 04.27 Uhr
und sie geht unter um 22.18 Uhr.

»Du darfst auf dieser Welt nie klein beigeben«, erklärt Sis. Ich habe sie in einer schwachen Sekunde eingeweiht. Man muss schließlich ab und zu mit dem »Feind« reden, um zu wissen, was »der Feind« macht, denkt und fühlt. In diesem Fall gehört Sis zum anderen Lager. »Sie wird beeindruckt davon sein, dass du nicht locker lässt«, sagt sie.

»Du darfst auf dieser Welt nie klein beigeben«, sagt die Sonnenvettel. Sie hat sich heute freigenommen und auf ihrem Liegestuhl ausgestreckt. Sie hat einen kühlen Drink in der Hand und sitzt unter einem Sonnenschirm, Sandalen an den Füßen. Sie sieht nicht gerade wie eine Reklame dafür aus, nicht klein beizugeben. Eigentlich zeigt sie mir genau das, was ich selbst gerne heute gemacht hätte. Wenn nicht Kleiner Sturm da unten stünde und am Haken zöge. Ich habe ja meine Angel ausgeworfen und sie ist jetzt ein Fisch, der am Köder knabbert. Der Schwimmer hüpft auf der Oberfläche auf und ab und ich muss unbedingt versuchen die Leine einzuholen, um zu sehen, ob ich einen großen Fang gemacht habe.

»Ja, ja, du wirst es schon wissen«, sage ich trocken zur Sonne.

Sie blinzelt mir nur überheblich zu und antwortet: »Ja, genau.«

Ich habe keine Lust auf ein derartiges Gespräch und mache mich auf zu Frank. Er ist noch gar nicht richtig aufgewacht. Er war gestern noch spät unterwegs und »hat eine Runde gedreht«, wie er es nennt. Ich weiß nicht, ob er eine Runde durch die Stadt oder eine Runde aufs Silo damit meint. Ich habe auch keine Lust es herauszufinden. Es gibt eigentlich nur eine Sache, die mich im Augenblick beschäftigt, und für die muss ich mich gut vorbereiten. Der Höflichkeit halber frage ich ihn, was er eigentlich so treibt.

»Ich gönne mir immer noch meine Gedankenpause«, antwortet er und scheint damit zufrieden zu sein. Wie er das nur schafft! Ich selbst kann kaum an etwas anderes denken als an die tragischen drei Minuten gestern. Ich akzeptiere seinen Vorschlag für einen gemeinsamen Lunch. Der Magen braucht Treibstoff. Oder vielleicht eher das Gehirn. Auch wenn es voll mit Wasser ist, braucht es die ganze Zeit Nachschub an Vitaminen, Mineralien und Proteinen. Es ist ein ziemlicher Aufwand, den Motor da oben am Laufen zu halten. Und das erst recht, wenn du versuchst dein Leben zu verändern. Das hat sicher etwas damit zu tun, dass ich jeden Tag ein bisschen erwachsener werde. Der Körper braucht auch seine Dosis. Du kannst keinen neuen, modernen und erwachsenen Adam innerhalb weniger Stunden erbauen.

Ich versuche ihn dahin zu bringen, mehr darüber zu sagen, was er eigentlich mit einem eigenen Stil gemeint hat. Ich meine, ich bräuchte ein paar konkrete Beispiele.

Frank starrt lange in die Luft. Seine Augen werden fast genauso schwarz wie sein Haar. Und dann kommt es: »Nun, das weiß ich selbst nicht so genau.«

Und dann behaupten die Leute, es wäre so toll, erwachsen zu werden. Denn dann hättest du dein Leben im Griff. Dann wüsstest du, was los ist! Als ob erwachsene Leute wissen, was los ist!

»Manchmal glaube ich, dass Erwachsenwerden bedeutet, dass du keine einfachen, klaren Antworten mehr hast. Ich sage mir selbst immer wieder, dass es schon ganz in Ordnung ist, nicht alles so genau zu wissen, wie ich früher gedacht habe«, erklärt Frank. Er lächelt und ist gleichzeitig verlegen. Ich bin kurz davor, Time-out zu erklären. Denn warum plage ich mich damit herum, wenn es überhaupt keinen Sinn hat, durchzublicken? Aber ich beschließe, mich nicht aus der Fassung bringen zu lassen. Ich versuche es mit der Frage, was ich denn mit Kleiner Sturm machen soll. Und er antwortet: »Hier auf dieser Welt kommt es darauf an, nicht aufzugeben.« Man könnte glauben, diese Leute hätten Telefonkontakt miteinander und würden meinen Fall lang und breit durchdiskutieren.

Sauer gehe ich auf die Straße und gucke auf die Uhr. Sie geht auf eins zu und ich gehe zum Hauzz. Was soll ich sonst tun, nicht wahr?

Ganz offensichtlich ist es wohl das, was ich tun muss, Brüder & Schwestern.

Es zieht an der Leine.

Es zuckt am Köder.

Der Schwimmer taucht ins Wasser.

Ich fühle mich stur wie ein Hornochse. Ich habe die Fähigkeit zu reden zurückerhalten und ich setze mich wie üblich – nachdem ich das Übliche bestellt habe – auf meinen üblichen Platz im Café. Und da sitze ich und setze mit dem üblichen Starren ein. Aber heute ohne die üblichen Papiere vor mir. Wie üblich kommt Kleiner Sturm nach einer Weile zu mir – auf ihrer üblichen Runde. Aschenbecher, Wischlappen, ein ganz üblicher Tag. Adam auf seinem Platz, während Kleiner Sturm bereit ist für ihren Einsatz.

»Hi!«, sage ich und grinse sie an. Ich habe beschlossen, diesmal die Initiative zu ergreifen.

»Hi«, erwidert sie. Nicht ganz so herzlich.

»Heute sind wir gleich alt«, sage ich. »Und ich bin bereit, dich auszuführen. Ich glaube, wir werden eine scharfe Zeit zusammen haben.«

Sie lächelt und ich versinke in meinen Schuhen. Ihre Augen sind blau wie – blau wie – das ist ein Blau, für das es kein Wort gibt. Ich sterbe dreimal, während ich ihr Lächeln und ihre Augen anstarre.

Sie wischt den Tisch ab und tauscht die Aschenbecher aus. »Das kann ich mir eigentlich nicht denken«, ist ihre trockene Antwort. Aber sie lächelt zumindest immer noch.

Ist sie am Schwanken? Adam glaubt es. Ich glaube es. Denn sie sagt nur, dass sie sich nicht »denken« kann, dass wir miteinander ausgehen. Das ist keine knallharte Abweisung.

»Ich weiß 'nen starken Treffpunkt«, sage ich.

»Ich gehe nicht mit Jungs aus, die ich nicht kenne«, sagt sie. »Denn schließlich könntest du ein Mörder, ein Zombie oder ein Wahnsinniger sein.«

»Ich kann dir mein ganzes Leben erzählen«, sage ich. »Du brauchst dich nur hinzusetzen, dann lege ich los.«

»Tut mir Leid, aber ich bin bei der Arbeit«, erwidert sie. Wieder lächelt sie und sticht mir mit ihren Augen direkt ins Herz. Blau, blau wie die Elektrizität. »Ich denke, ich verzichte lieber.«

Da ist das Wort »denken« wieder. Ich versuche auf noch einen smarten Spruch zu kommen. Und anscheinend hofft sie auch, dass mir noch was Witziges einfällt, denn sie bleibt ein paar Sekunden stehen, bevor sie weitergeht.

Adam hängt nur an den Fingerspitzen über dem Abgrund.

Wenn das ein Film wäre, der wäre so spannend, dass du unbedingt weitergucken müsstest. Und wie in allen Actionfilmen hätte Adam es geschafft.

Aber so ist das Leben, Brüder & Schwestern. Handzeichen von denjenigen, die von dem wahren Leben schon gehört haben!

Und hier, in dem wahren Leben, dreht die Heldin mit den ultrablauen Augen dem Held den Rücken zu, obwohl der nur noch an den Fingerspitzen hängt und kurz davor ist, in den Abgrund zu stürzen.

Hier, in dem wahren Leben, passiert eben das, was passieren muss. Der Held Adam plumpst wie ein Sack direkt hinunter in – na, wollen wir mal sehen … Wir können ja versuchen uns auszumalen, was das idiotische Schicksal sich ausgedacht hat, was Adam da unten erwartet:

ÄUSSERST UNGEMÜTLICHE ORTE, DIE DAS SCHICKSAL SICH VORSTELLEN KANN, IN DIE ADAM HINUNTERSTÜRZT:

- Glühende Lava, die das Fallobst Adam innerhalb von wenigen Sekunden zu einem verschrumpelten Ball schmelzen lässt.
- Ein Berg von Glasscherben, die alle mit der Spitze nach oben stehen, sodass der schlaffe Sack Adam auf seiner Fahrt dem Boden entgegen zu Holzstöckchen, Hackfleisch und Gulasch zerstückelt wird.
- Ein ebener, knallharter Betonboden, der die heulende Schildkröte Adam beim Aufprall so platt macht, dass du sie hinterher in einen Briefumschlag schieben kannst.
- Ein bodenloser Brunnen voller Wasser, in den Adam wie ein Torpedo nach unten sausen wird und es hinterher niemals mehr schafft, wieder an die Oberfläche zu gelangen. Stattdessen ertrinkt er jämmerlich und wird zu einem Festessen für Haie und kleine Fische.
- Ein Riss in der Erdkruste, der sich durch ein Erdbeben wie ein Mund öffnet, die fette Beute Adam aufnimmt und sich dann wieder schließt. Öffnet sich nach drei Sekunden von neuem, lässt ein lautes Rülpsen vernehmen, bedankt sich für die Mahlzeit und schließt sich für immer.

So in etwa sieht es aus mit mir! Ich bleibe noch ungefähr eine Stunde im Hauzz sitzen. Bestelle mir einen Cappuccino nach dem anderen. Bis mein Magen ganz voll und hart wird. Aber ich will noch nicht gehen. Ich will nicht zeigen, dass ich das Ganze als Niederlage de luxe erkannt habe. Ich bin stur wie ein Hornochse und klammere mich an meinen Platz.

Ein einziges Mal lächelt Kleiner Sturm mich vom Tresen aus an. Aber das ist auch der letzte Wink, den ich von ihr heute bekomme. Ich habe so das Gefühl, ich sollte lieber meine Liste herausholen und unter den Punkt »sich richtig in die Scheiße setzen« ein Wiederholungszeichen machen. Ich meine, wie oft soll man sich bitte schön als ein Idiot fühlen? Macht man sich weniger lächerlich, wenn man erwachsen ist? Ich muss Frank danach fragen.

Denn im Augenblick habe ich das Gefühl, dass es Grund genug wäre, so wie Frank zu werden, wenn ich dadurch solchen peinlichen Situationen entgehen könnte. Nein, so wie Frank will ich doch nicht werden. Ich will ich bleiben. Aber jetzt könnte ich mir vorstellen, das Gleiche zu tun wie er: eine Denkpause einlegen. Wenn ich nicht dieser hungrige Hai wäre, der ich nun einmal bin. Und wie schon oben erwähnt, der Hai muss sich ununterbrochen vorwärts bewegen.

Wir nehmen für diesen Tag ein Time-out, während ich mich Richtung Heimat bewege.

FREITAG, 19. JULI

»Ein Geheimnis.«

Die Sonne geht auf um 04.29 Uhr
und sie geht unter um 22.16 Uhr.

Ich wusste ja, dass die Leute so ihre Geheimnisse haben. Es gibt einen Raum in jedem von uns, in den niemand sonst eindringen darf und in dem die Geheimnisse in Fässern und Kisten gestapelt sind. Ich denke an Frank. Er behauptet, er hätte eine Denkpause eingelegt. Aber wenn er behauptet, dass er nicht weiß, was er in seinem neuen Leben machen wird und wer er sein wird, dann glaube ich, er lügt. Nicht, weil das so schrecklich unheimlich oder gefährlich ist. Er will einfach nur nicht, dass andere davon erfahren. Weil es so geheim und so privat ist, dass er sich nicht traut, es zu zeigen. Ja, das bedeutet nicht, dass ich weiß, was er machen wird. Aber ich kann es erraten. Und ich glaube, ich rate richtig.

Ich schaue mir meine Familie am Frühstückstisch an. Was weiß ich eigentlich von Sis? Nur so als Beispiel. Ich weiß, was sie arbeitet. Ich weiß, wie einige von ihren Liebhabern so aussahen. Ich weiß, dass sie eine Tätowierung am Knöchel hat. Ich weiß, wie sie morgens riecht und welche Launen sie so haben kann. Aber davon abgesehen gibt es einen ganzen Berg an kleinen Details, von denen ich *glaube*, dass sie das richtige Bild von ihr ausmachen. Aber kann ich es wirklich wissen?

Oder Muttern? Wer könnte glauben, dass Muttern einmal Punkerin war? Wer könnte glauben, dass Muttern einst Sis und mich geboren hat? Wer könnte glauben, dass sie eine Chefin ist? Und was denkt Muttern eigentlich, wenn sich alle anderen schlafen gelegt haben und nur noch sie wach ist? Kommt es vor, dass sie in der Wohnung herumschleicht – wie ich es vor ein paar Tagen gemacht habe – und versucht etwas über uns herauszufinden? Kommt es vor, dass sie in unsere Tagebücher guckt (wenn wir denn welche haben), in unsere Schubladen (wenn die nicht verschlossen sind), meinen Computer einschaltet und so weiter, nur um unsere Geheimnisse herauszufinden? Ist es möglich, dass sie uns insgeheim ab und zu nicht ertragen kann und überlegt, ob sie ihr Bankkonto plündern und verschwinden soll? Einfach abhauen? Einfach in ein anderes Land fahren, sich einen anderen Geliebten suchen und ein neues Leben anfangen? Könnte es nicht sein, dass sie schon mal einen anderen Typen als Vattern geküsst hat, auch nachdem die beiden zusammengekommen sind?

Und dann ist da Vattern. Schließlich hat er die ganze Lawine von Fragen und Gedanken ins Rollen gebracht. Eigentlich geht es um ihn heute. Das heute ist Vatterns Tag. Vattern, der vielleicht Mörder, Frauenheld, Schildkröte, Schurke oder Zombie ist, hat heute eine heimliche Verabredung an einem Ort, den niemand in der Familie kennt.

Er hat kein Wort davon gesagt.

Er hat die ganze Zeit geschwiegen wie ein Grab.

Das Einzige, worüber er redet, ist Peer Gynt. Und von dem Kabeljau will ja niemand noch ein Wort hören. Deshalb hält er größtenteils die Klappe. Er ist einfach nur da. Wie er mein ganzes Leben lang einfach da gewesen ist. Er ist einfach an seinem Platz und ist Vattern. Wie immer. Und jetzt bin ich es allein, der weiß, dass er irgendein unheimliches Geheimnis hat, das vielleicht unser aller Leben verändern wird.

Nach dem Frühstück nehme ich die Verfolgung von Vattern auf. Zuerst stelle ich ihn auf die Probe. Wir gehen zusammen auf die

Straße. Ich habe mein Fahrrad dabei. Er winkt mir zu, während er zur Straßenbahnhaltestelle Birkelunden geht. Ich fahre die Straße hinunter und biege in die erste Querstraße ein, nachdem er sich umgedreht hat und gegangen ist. Ich fahre um die Kirche und parke mein Gefährt. Ich schaue um die Ecke, zu ihm hoch. Vattern guckt auf die Uhr – ich auch. Es ist erst kurz nach halb neun. Er hat noch reichlich Zeit. Und der Meinung ist er augenscheinlich auch. Denn plötzlich sieht es aus, als hätte er einen Entschluss gefasst. Seine Brust hebt und senkt sich, als würde er schwer atmen, und dann geht er los, Richtung Stadt. Er kommt in meine Richtung und ich sprinte hinter die Kirche und warte, dass er auftaucht und den Straßenbahnschienen folgt. Aber ich glotze vergebens, denn entweder ist er verduftet oder er ist wieder hoch in die Wohnung. Jedenfalls taucht er nicht auf.

Ich schleiche mich vor, um wieder um die Ecke zu gucken. Vielleicht entdeckt er mich deshalb nicht. Denn plötzlich kommt mir die Idee, mich doch einmal umzudrehen. Und da geht er die Straße entlang, die parallel zu den Straßenbahnschienen auf der anderen Seite der Kirche verläuft.

Er hat anscheinend den gleichen Impuls wie ich, denn auch er dreht den Kopf. Aber ich verschwinde blitzschnell hinter einem der Vorsprünge des Kirchengebäudes. Mein Fahrrad steht immer noch dort, und wenn er es auf dreißig Meter Abstand wieder erkennt, habe ich ein Problem.

Aber ich höre nichts.

Ich warte und warte, bis ich sicher bin, dass er um die Ecke verschwunden sein muss.

Ich schaue nach und sehe ihn nicht.

Ich schwinge mich aufs Rad und schaue die Straße entlang.

Und da geht er.

Langsam, aber alles andere als ruhig.

Es ist eine sonderbare Steifheit in seinem Körper. Er geht, als hätte ihm jemand eine steife Holzlatte das Rückgrat entlanggeschoben. Die ganze Zeit wechselt er seine Tasche von einer Hand in die andere.

Ich überquere die Straße und ducke mich. Folge ihm den ganzen Markveien entlang. Er dreht sich kein einziges Mal um. Ein Problem wird es, als wir den Akerselva überqueren. Hier gibt es keine Möglichkeit für mich, mich zu verstecken. Und aus irgendeinem Grund fängt er auch noch an sich immer wieder umzudrehen, als würde er spüren, dass ihn jemand beobachtet oder verfolgt. Ich muss warten, bis er die Ampelkreuzung erreicht hat, bevor ich hinübersprinte und mich zwischen die Autos stürze, die vor dem Wohnblock parken.

Ich spähe über die Karosserie eines schmutzigen blauen Taunus und sehe ihn an der Ecke stehen und auf die Uhr schauen.

Überlegt er, ob er in die Kaffeebar gehen soll?

Oder hat er mich gesehen?

Oder will er nicht wieder zu der gleichen Adresse wie beim letzten Mal?

Es sieht so aus, als würde er dort stehen und sich sonnen. Er hat jetzt so lange getrödelt, dass es schon nach neun ist.

Und auf diese Weise schleppen wir uns zur Torggata hin. Kaum zu glauben, dass es möglich ist, von dort bis zum Youngstorget vierzig Minuten zu brauchen. Aber Vattern schafft es. Er guckt in alle Schaufenster. Und wenn es sich um das eines Kebab-Imbisses handelt. Er schindet Zeit und das geht mir – dem Meisterdetektiv Adam – schließlich ziemlich auf die Nerven. Aber zum Schluss kommt doch der Augenblick der Wahrheit. Er biegt in die gleiche Straße ein wie beim letzten Mal. Klingelt an der gleichen Tür und wird hineingebzzzzt.

Ich gucke mir alle Klingelschilder an. Bin aber genauso schlau wie beim letzten Mal. Ich beschließe aufzuschreiben, wer hier sein Büro hat. Als Meisterdetektiv weißt du nie, wofür du deine Informationen einmal brauchen kannst.

Aber offenbar habe ich nicht genug Übung für diesen Beruf. Denn ich mache einen Fehler, wie er nur in einem Fernsehkrimi vorkommt. Ich habe mein Fahrrad gedreht, um mich außer Sichtweite zu bewegen und auf meinen Vater, den großen Schurken zu warten, als ein Fenster im Treppenaufgang aufgerissen wird und eine Stimme brüllt: »Hey, du da, junger Mann!«

Ich drehe mich langsam um und sehe Vatterns rotes, wütendes Gesicht herausgucken, während er mit einem zittrigen Finger auf mich zeigt. Ich zeige selbst auf mich. Total idiotisch natürlich. Es gibt ja keinen Zweifel, wen er meint. Er nickt ernst und befiehlt mir zu warten, bis er nach unten gekommen ist.

»Was machst du hier?« Er ist verdammt misstrauisch.

»Ich arbeite«, antworte ich zahm und versuche ganz normal zu wirken.

»Hier?« Sein Gesicht bläht sich auf und sieht bald aus wie ein Luftballon, der aufgeblasen wird. Ich überlege, ob er kurz davor ist, an irgendetwas mit dem Herzen zu sterben.

»Wir machen Botenfahrten in der ganzen Stadt«, antworte ich unschuldig.

»Und wo ist dann dein Päckchen, hä? Das Päckchen, das du abliefern sollst?« Er glaubt jetzt mich überführt zu haben.

»Das habe ich schon abgeliefert.« Ich zeige ungenau auf die Storgata. »Ein dicker Umschlag für Spaceworld. Waren sicher Disketten.«

»HHHHmmm.« Er weiß nicht, ob er mir glauben soll.

»Und was machst *du* hier?« Ich kann mich nicht bremsen.

Diese Frage hat er nicht erwartet. Vattern wird noch roter im Gesicht, wenn das überhaupt möglich ist. Er antwortet nicht.

»Habt ihr jetzt neue Räume für eure Theaterproben?« Ich reibe das Salz in die Wunde.

Er räuspert sich, stottert und schüttelt den Kopf. »Wir müssen mal miteinander reden«, sagt er schließlich.

Und plötzlich wird mir klar, dass ich kurz davor stehe, ein Geheimnis zu erfahren. Ich werde etwas von einem dieser Dinge erfahren, die sich immer nur hinter geschlossenen Türen abspielen und die derjenige, dem das Geheimnis gehört, nie herauslässt. Es sei denn, er hat keine andere Wahl. Und jetzt hat Vattern offensichtlich keine andere Wahl.

Ich bin auf dem Weg in einen abgeschlossenen, unbekannten Raum. Und als mir das klar geworden ist, weiß ich, dass ich nichts mehr hören will.

Denn Vatterns Geheimnis kann nichts mit irgendwelchen Damen zu tun haben.

Es kann mit nichts zu tun haben, was Spaß macht.

Ich kenne Vattern und ich kenne sein Gesicht und ich weiß, wann er sich darauf vorbereitet, etwas zu sagen, was nicht so einfach ist. Und das hier ist etwas, was wehtut. Das hat etwas damit zu tun, erwachsen zu werden. Ich sehe es jetzt ein. Das hat etwas damit zu tun, was mit dir passiert, wenn eine Reihe von Jahren vergangen sind. Etwas, das nicht einmal Frank weiß.

Plötzlich sehe ich uns drei Männer – denn jetzt denke ich an uns drei als Männer –, ich sehe uns drei Männer wie Perlen auf einer Kette. Ich – der daran arbeitet, dem, was Frank bereits ist, ein Stückchen näher zu kommen. Während Frank auf dem Weg zu Vattern ist. Und Vattern … Er ist auf dem Weg hin zu etwas, von dem keiner von uns weiß, was es ist. Etwas, das weit von der Reise über das Meer entfernt ist, die Adam Kolumbus unternehmen will, um nach Weinland zu kommen. Ein Geheimnis, ein ganzes Stück von Weinland entfernt.

Wir setzen uns ins Café im NAF-Haus. Wo ich Vattern das erste Mal gesehen habe, als mir klar wurde, dass er ein Geheimnis hat. Mit leiser Stimme fragt er, was ich haben möchte, und ich will nichts. Also kauft er eine Cola und einen Kopenhagener für mich. Er selbst nimmt sich eine Kanne Kaffee und legt die Zigarettenschachtel vor sich auf den Tisch. Erst nachdem er die erste angezündet hat, fängt er an zu reden.

Dann starrt er aus dem Fenster und sagt: »Also, es ist nämlich so…« Und das ist das Einzige, was in den folgenden drei Minuten aus seinem Mund herauskommt.

Ich will ja nicht nerven und um mehr Information bitten.

Eigentlich will ich gar nichts davon hören.

Ich bereue es, dass ich heute Morgen aufgestanden bin.

Ich bereue es, dass ich meinem Vater gefolgt bin.

Und ich bereue es, dass ich das mit einer gehörigen Portion Freude, Spannung und Schadenfreude getan habe.

Denn das hier ist nur noch tragisch.

»Du darfst nichts davon Muttern erzählen«, sagt er. Und einen hektischen Augenblick lang denke ich, dass ich mich vielleicht doch geirrt habe. Er hat eine Geliebte und im Moment scheint es Schlimmeres zu geben als das.

Ich meine, es ist bescheuert von ihm. Aber ich möchte lieber was über eine flotte Biene mit schönen Haaren und einem scharfen Kuss hören, als von diesen anderen Tragödien, die zum Greifen nah sind.

»Okay«, sage ich und höre einfach auf zu denken. Stattdessen folge ich Vatterns Blick. Er schaut zum Kirkeristen hinaus, wo drei heruntergekommene Typen mit weichen Knien stehen und sich um eine schmutzige Plastiktüte streiten. Keiner von ihnen ist stark genug, um zu gewinnen. Die Tüte zerreißt und heraus fallen drei Messingkerzenhalter und eine Vase, die auf den Asphalt fällt und zerbricht.

»Es hat im Frühling angefangen«, fährt Vattern fort und zündet sich eine neue Zigarette an. »Du erinnerst dich vielleicht daran, dass ich immer wieder gemeckert habe, weil es mir in der Seite so gestochen hat?«

»Du warst gestresst«, nicke ich. »Und alle haben dich geärgert und gemeint, du solltest einfach ein bisschen kürzer treten.«

»Yes, Sir! Und das habe ich auch gemacht. Aber was ich nie erzählt habe: Es hat nicht aufgehört in der Seite zu stechen.«

»SHIT!«

sage ich und denke wirklich

»SHIT!«

Das hier wird langsam unwirklich. Ich hoffe inständig, dass ich nicht noch mehr hören muss.

»Letzte Woche war ich beim Arzt. Er sagt, dass es vielleicht ein nervöser Dickdarm ist. Aber…« Und damit zündet er sich seine dritte Zigarette an.

»…aber…?«, keuche ich kraftlos und fühle mich erschöpft. So ein Aber genügt, um einem armen Zuhörer das Leben zu nehmen.

»Aber der Arzt sagt, sicherheitshalber muss es gründlich untersucht werden.« Vatterns Augen liegen tief im Schädel. Es sieht aus, als würden sie langsam in der Haut versinken und ganz verschwinden. Er legt beide Hände schwer auf die Tischplatte und saugt so stark am Filter, dass ich die Hitze der Zigarettenglut bis zu mir spüren kann. »Und du versprichst Muttern nichts zu sagen?« Er nimmt meine Hand zwischen seine und ich zucke zusammen, als ich spüre, wie kalt seine Finger sind. Als ob es draußen Winter wäre und nicht weit über zwanzig Wärmegrade.

»Okay.« Das ist alles, was ich herauspressen kann. Ich weiß nicht einmal, was ich da eigentlich verspreche.

»Sie würde nur sofort etwas von Krebs herumfaseln.«

Und damit ist das Wort ausgesprochen. Dieses Schimpfwort. Das bescheuertste Wort von allen bescheuerten Worten. Ich wünschte, ich hätte es nicht gehört, Brüder & Schwestern. Und ich glaube, ihr versteht mich. Du würdest dich auch nicht gern mit deinem Vater unterhalten und darüber reden, dass er vielleicht Krebs haben könnte. Auch wenn der Arzt »glaubt«, es könnte nur ein nervöser Dickdarm sein, liegt dieses blöde Wort auf dem Tisch und beherrscht alles. Du willst nicht zusehen, wie die Lippen deines Vaters dieses Wort formen, wenn er von sich selbst redet.

Ich glaube fast, ich bin um ein paar Monate gealtert, während ich hier mit Vattern sitze. Er hält immer noch meine Hand in seiner und ich spüre, wie seine Kälte ansteckt. Ich friere und will meine Hand zu mir ziehen, aber er lässt nicht los. Stattdessen sagt er, dass er am Dienstag nächster Woche zu einer total bescheuerten Röntgenuntersuchung muss, vor der er sich tierisch fürchtet. »Und dabei brauche ich deine Hilfe, mein Sohn«, sagt er.

Mein Vorrat an Worten ist mir nach diesem Chefidioten-Wort ausgegangen und ich nicke ernsthaft mit dem Kopf.

»Habe ich dir Angst gemacht?«, fragt er und auch das ist eigentlich gar keine Frage.

»Ja«, antworte ich und fühle mich nackt, wie ich da im ersten Stock des NAF-Hauses sitze und Vattern erzählen höre, er könnte Krebs haben. Vattern, der doch viel weiter als ich gekommen ist und ein ganzes Stück weiter als Frank. Und dann redet er über etwas, von dem ich bisher angenommen habe, dass es nur Großeltern bekümmern sollte. Etwas, mit dem Eltern nichts zu tun haben sollten.

Vattern erzählt, dass er zwei Tage vor der Untersuchung fasten muss. Das bedeutet, dass er nur Flüssigkeit und keine feste Nahrung zu sich nehmen darf. Und das wird nicht so einfach vor Muttern zu verbergen sein. Deshalb bittet er mich um Hilfe beim Vertuschen. Und ich antworte mit einem weiteren »Okay«.

»Außerdem ist da noch was«, sagt er und lässt meine Hand einfach nicht los. Im Gegenteil, ich habe das Gefühl, er packt sie noch fester. Meine Haut ist inzwischen aus Eis, das ist sicher der Grund, warum ich nicht spüre, wie die Knochen da drinnen zu Pulver zerdrückt werden. Ich nicke nur stumm.

»Kannst du zur Untersuchung mitkommen? Ich meine, draußen im Wartezimmer sitzen, solange ich drinnen bin?« Ich sehe, dass ihn diese Frage einiges kostet. Er – derjenige von uns, der eigentlich der Erwachsene ist – windet sich, bevor er fragt. Irgendwann einmal –

vor ungefähr einer Stunde – dachte ich noch, dass die Erwachsenen sich alles trauen. Dass das ein Merkmal wäre, das zeigt, dass du erwachsen bist. Aber ich habe mich geirrt, Brüder & Schwestern. Ich habe mich verdammt geirrt.

Ich kann es ihm nicht abschlagen. Eigentlich möchte ich natürlich nicht mit zu seiner Untersuchung gehen. Ich hasse Wartezimmer. Ich hasse allein den Gedanken, dass sie Vattern untersuchen werden. Und ich fürchte mich genauso sehr wie er. Schon jetzt. Aber ich kann nicht Nein sagen. Ich nicke wieder mein stummes Nicken. Und endlich lässt er meine Hand los.

»Ich habe tierisch Angst«, seufzt er ein zweites Mal, als wir gemeinsam das Café verlassen. Wir nicken einander stumm zu und gehen unserer Wege. Vattern hat ganz vergessen, dass ich schon lange bei meinem so genannten Job hätte sein müssen und ich vergesse so zu tun, als ob.

Ich bin innerhalb einer einzigen Stunde sehr viel älter geworden.

Vielleicht ein paar Jahre älter.

Vielleicht noch mehr als das.

Ich spüre es auch in meinem Körper. Er wiegt mehr. Die Knochen liegen wie Eisen im Fleisch. Das Fleisch ist zäh und schwer. Es ist ein Gefühl wie das Umsteigen von einem leichten Motorroller auf eine schwere Maschine. Um dieses eklige Gefühl loszuwerden, muss ich etwas Drastisches tun. Ich habe schließlich so meine Pläne für den Tag und jetzt denke ich, dass die einzige Möglichkeit, aus dieser blöden Stimmung herauszukommen, darin besteht, mich total zu verändern.

Ich gehe zum Friseur und lasse mir die Haare schneiden. Auf drei Millimeter runter. Ich sehe aus wie ein Söldner. Gefreiter Adam meldet sich zur Stelle!

Gefreiter Adam geht wieder auf die Straße hinaus und versucht sich zusammenzunehmen.

Gefreiter Adam hat beschlossen, dass sein Leben trotzdem weitergeht.

Gefreiter Adam kauft sich eine neue, coole Hose und ein fast selbst leuchtendes T-Shirt bei Pentagon und geht anschließend wieder hinaus, um die Welt zu erobern.

Er hat immer noch Geld auf dem Konto. Er hat Schlüssel, Taschentuch, Plastikkarte und eine abgegriffene Brieftasche. Er hat einen neuen Haarschnitt und neue Klamotten. Er ist seit gestern älter geworden und trägt sein Herz schwerer in der Brust. Aber er gibt nicht auf.

Und was macht ein gemeiner Soldat, wenn er Befehl bekommen hat, nicht aufzugeben? Genau, er stürzt sich auf die Aufgabe, ohne das Fragezeichen hinter dem Befehl zu sehen.

»Gefreiter Adam. Wir haben eine Frau zu erobern!«

»Yes, Sir!« Ich grüße in Habacht den Chef, der in meinem Hinterkopf sitzt.

»Sie befindet sich in einem Café, nicht weit von hier. Dreihundert Meter, um genau zu sein!«

»Yes, Sir. Dreihundert Meter, Sir!«

»Deine Aufgabe ist es, die Tür anzusteuern, einen Tisch zu okkupieren, die Bewegungen des Feindes zu observieren, und wenn sie mit Aschenbecher und Wischlappen angreift, zum entscheidenden Stoß anzusetzen. Wenn du es richtig angehst, kann es gar nicht schief gehen. Und wenn es schief geht, dann hast du es nicht richtig gemacht, und folglich bist du ein Idiot, Gefreiter Adam! Verstanden?«

»Verstanden, Sir!«

»Abtreten und tue deine Pflicht, Soldat!«

Und damit trabe ich davon. Nehme Deckung, wo das notwendig ist. Schleiche mich vor und umgehe drei Maschinengewehrnester. Kämpfe ein Bataillon von Elitesoldaten nieder. Knacke einen Panzer. Bombardiere einen Stadtteil. Rotte ein Heer aus, das im Hinterhalt lag. Peile die Tür des Hauzz an, okkupiere einen Tisch, bis an die Zähne bewaffnet mit:

Messern, um zu zeigen, wie cool ich bin.

Granatwerfern, um zu demonstrieren, dass ich es ernst meine.

Einem Flugzeugträger voll mit Einsatztruppen.

Zwei atomaren Argumenten.

Drei Kilo Ausstrahlung, die jede Frau betören sollten.

Plus einem neuen Rekord in sechzig Meter, sollte ich mich heute wieder blamieren.

»Heute ist das Alter aber kein Hindernis!«, ist mein erster Satz an sie, als sie an meinen Tisch kommt. Sie lächelt bereits, als sie mich sieht. Und ich sehe das als ein gutes Zeichen an.

»Hä?«, fragt sie verwundert. Aber sie hört deshalb nicht auf meinen Tisch abzuwischen.

Ich beuge mich ein paar Zentimeter vor und schnuppere vorsichtig ihre Luft ein. Sie riecht sauber. Sie riecht nach Sommer und sonnenwarmen Räumen. Sie riecht eine Spur nach Zitrone. »Ich bin in nur einer Stunde älter geworden«, ist meine Antwort.

»Ach, wirklich… Und wie?« Sie ist immer noch erst mäßig interessiert. Aber immerhin lächelt sie noch.

»Ich glaube, das willst du eigentlich gar nicht wissen«, antworte ich ernsthaft und versuche mich spannend und interessant zu machen.

Ihr Lächeln verrutscht und sie runzelt die Augenbrauen und sieht mich genauso ernst an. Sie gibt keine Antwort und ich gehe davon aus, dass das bedeutet, dass sie es nicht wissen will.

»Ich wollte dich gern einladen«, sage ich, um das Thema zu wechseln.

Das Lächeln schiebt sich wieder in ihr Gesicht. Das gefällt mir.

»Du gibst also nicht auf?«, fragt sie und stellt einen sauberen Aschenbecher auf den Tisch.

»Ich gebe erst auf, wenn ich ein Ja gekriegt habe«, sage ich und schaue ihr so tief in ihre blauen Augen, dass mir ganz schwindlig wird.

Einen Moment lang glaube ich, sie zögere. Die Antwort kommt

nicht sofort. Die Antwort kommt erst nach einigen Sekunden des Wartens. Als müsste sie eine Extrarunde durch die Gehirnwindungen drehen, um Argumente zu finden. Sie zögert, Brüder & Schwestern! Obwohl ich doch in nur einer Stunde älter geworden bin. Und obwohl ich Vattern von dieser bescheuerten Krankheit habe reden hören, deren Namen ich nicht noch einmal benutzen will, durchzieht mich eine Freude, als mir klar wird, dass sie zögert. In den wenigen Sekunden – die sich wohl zu mindestens zehn Sekunden

auauauauauauauauauauauauauauausssssssssssssssssssssssss

dehnen – bin ich felsenfest davon überzeugt, dass der Gefreite Adam die Festung erobert hat. Es fehlt nicht viel, dass die Zugbrücke herabgelassen wird und die Verteidiger sich ergeben.

Aber wir sind zurück in der Wirklichkeit. Darüber haben wir ja schon mal gesprochen, nicht wahr? Und in dieser wirklichen Wirklichkeit antwortet sie, dass sie nie mit Kunden ausgeht.

Ich bin erledigt. Ich dachte schon, der Sieg wäre mein. Ich versuche schnell eine Verteidigung auf die Beine zu stellen. So könnte ich zum Beispiel sagen, dass ich gern aufhören würde ein Kunde zu sein, wenn das denn helfen würde? Ich könnte sie zu Hause abholen und dann ausführen, wenn das einfacher wäre. Oder sie anrufen, wenn sie nicht gern face to face mit mir spräche? Oder sie fragen, wenn ich sie auf der Straße sehe, ob sie eine Einladung in der freien Natur bevorzuge? Ich kann ihr nutzloses Wissen servieren, wenn sie dadurch mehr Lust bekommt, mit mir zu reden. Ich könnte ihr unter anderem erzählen, dass Katzen 32 Muskeln in jedem Ohr haben. Dass Ameisen nie schlafen. Dass Kamele als Schutz gegen den Sand drei Augenlider haben. Dass eine durchschnittliche Biene in ihrem ganzen Leben nur das Zwölftel eines Teelöffels an Honig produziert. Dass es ungefähr 2600 verschiedene Arten an Fröschen gibt und dass sie überall leben, nur an den Polen nicht.

Aber ich weiß, dass es nichts nützt. Sie hat gezögert, aber die

Antwort war trotzdem klar und deutlich. Ich fühle mich wie diese durchschnittliche Biene, die so viel arbeitet für so wenig. Wie die Biene, die im Laufe ihres Lebens nur einen minimalen Anteil an einem Teelöffel Honig beiträgt und dann stirbt. Genauso bin ich.

Und da ich keine weiteren Argumente mehr zu bieten habe, bleibt mir nur noch der neue Rekord über sechzig Meter. Und den werde ich erringen. Ich muss wahrscheinlich gar nicht erwähnen, dass es sich nicht um den Rekord handelt, wie *schnell* man die sechzig Meter laufen kann. Es ist der Rekord darin, wie langsam ein gemeiner, schildkrötenhafter Soldat, der seinen Befehl nicht ausgeführt hat, die sechzig Meter kriechen kann.

Auf dem Heimweg schaue ich bei Frank vorbei. Er öffnet die Tür mit einem breiten Grinsen im Gesicht. Zuerst glaube ich, er würde über mich grinsen. Einen Moment lang bekomme ich Paranoia und glaube, alle, die mich kennen, reden hinter meinem Rücken über mich. Und jetzt hat Kleiner Sturm Frank angerufen und ihm über meine neue Niederlage berichtet.

Aber Frank sagt so leise, als hätte er Angst, jemanden in der Wohnung zu wecken: »Komm rein.« Und dann zieht er mich am Ärmel in die Küche. Auf dem Tisch steht eine niedrige Kiste und Frank nickt lächelnd und zieht mich weiter heran. »Guck mal!«, ruft er aus und ich sehe eine kleine, runzlige Schildkröte, die versucht, meinen eigenen Rekord in den langsamsten sechzig Metern der Welt zu brechen, während sie sich zu einem Salatblatt hin vorkämpft, das Frank ihr in eine Ecke gelegt hat. »Ist sie nicht süß?«, fragt Frank und sieht wie ein Kind aus. Ich habe den Typen noch nie so glücklich gesehen, seit ich ihn kenne.

»Was ist denn mit dir passiert?«, frage ich verwundert. »Hattest du dir nicht eine einsame Denkpause genommen?«

»Sie hilft mir beim Denken«, erwidert er und zieht die Augenbrauen zusammen. Aber dann glotzt er wieder in die Kiste und sein Blick blitzt auf wie der eines Vierzehnjährigen, der seinen Lieblingsfilmstar sieht.

Frank ist offensichtlich durchgeknallt, auch wenn ich gerne zugebe, dass das kleine Schildkrötenwesen auch mir gefällt.

»Soll ich sie für dich mal hochnehmen?«, fragt der erwachsene Mann und streckt sich nach dem Winzling.

»Nein, ich muss nach Hause«, wehre ich ab und gucke auf die Uhr. Dort, wo ich wohne, nähert es sich der Essenszeit und Adam muss an seinem Platz sein.

Ich trotte zum Ausgang, während Frank in der Küche steht und mit seiner bepanzerten Kröte redet, als wäre sie ein Baby. »Welchen Namen hast du ihr eigentlich gegeben«, frage ich, schon den Türgriff in der Hand.

»Hammmahhh«, hustet er.

»Wie?«, frage ich und sehe ihn mir genauer an. Er ist knallrot im Gesicht.

»Adam«, antwortet er nach einigen Sekunden Bedenkzeit.

»Danke«, erkläre ich trocken. Da hat er's mir aber gegeben. Adam ist ein wirklich toller Name für ein Schmusetier, für so etwas Unschuldiges, etwas, das vierzig Jahre braucht, um einigermaßen erwachsen zu werden. Das Schicksal liebt mich wie immer. Ich benutze den Heimweg für den Versuch, meinen eigenen Rekord in den sich dahinschleppenden sechzig Metern zu schlagen. Überraschenderweise gelingt es mir.

Als ich zu Hause ankomme, sehe ich den Zettel, den Muttern hingelegt hat. Dieses Wochenende fahren sie nicht auf die Hütte. Muttern hat ein Verbot verhängt. Sie schreibt, dass es garantiert unterhaltsamere Dinge gibt, als mit Peer Vattern Gynt zusammen zu sein. Und damit hat sie sicher Recht.

SAMSTAG, 20. JULI

»Ein Mann muss einen Plan haben.«

Die Sonne geht auf um 04.31 Uhr
und sie geht unter um 22.14 Uhr.

An diesem Samstag wache ich mit dem perfekten Plan im Kopf auf.

Ich lasse mir im Badezimmer Zeit. »SCHHHHHHHH«, sagt das Wasser in der Dusche.

Ich begrüße die Sonne. »Morn, Dicke«, sage ich.

Ich kaufe das ein, was ich brauche. ».... klirr...«, sagen meine Münzen, als sie in der Kasse landen.

Ich halte mich bedeckt, bis ich weiß, dass Kleiner Sturm bei der Arbeit ist. Ein Mann muss schließlich einen Plan haben. Und deshalb mache ich alle wichtigen Sachen in der richtigen Reihenfolge. Ein Mann muss planen, wenn er gewinnen will. Es hat keinen Sinn, einfach so daherzukommen und noch mal daherzukommen und wieder daherzukommen.

Als alles bereit ist, fahre ich vorm Hauzz mit einer Hand auf dem Rücken vor. Ich fahre auf meinen Rollerblades hinein und mache vor Kleiner Sturm eine extra geile Kurve. Die Chefin hinterm Tresen will gerade protestieren, als sie sieht, dass ich meine Inliner nicht ausgezogen habe, bevor ich hereingekommen bin. Aber dann wird sie doch neugierig und will sehen, was passiert. Kleiner Sturm sieht mich sofort, als ich die Kneipe entere. Sie sieht mich und will lächeln. Aber die Art, wie ich hereinkomme und eine Runde vor ihr drehe, lässt sie nur verwundert aussehen.

Ich knie nieder.

Ja, ich weiß, das ist total schleimig, Brüder, aber ich muss es tun.

Wahrscheinlich hat keine von euch, Schwestern, geglaubt, dass ich das tun würde? Aber von einem Mann mit einem Plan kann man sich eben vorstellen, dass er genau so etwas tut.

Ich lasse mich also vor Kleiner Sturm auf die Knie nieder.

Ich schaue zu ihr auf und ich sehe in ihre Augen.

Und die sind so blau, dass es wie die Flamme eines Schweißgerätes knistert, wie das Blau in den Flammen im Kamin, wie der Himmel an einem heißen Sommertag.

Ich sehe in ihre Augen hoch und überreiche ihr die drei roten Rosen, die ich gekauft habe.

Langstielige rote Rosen, Leute. Nicht irgend so ein Kleinkram. Kein Huflattich, keine Nelken, Topfpflanzen oder Johannisbeersträucher. Drei blutrote Rosen überreiche ich ihr.

Jetzt habe ich die Aufmerksamkeit aller im Raum. Sie sehen aus, als wären sie gerade erst vom Mond gefallen. Oder als sähen sie einen Typen vor sich, der vom Mond gefallen ist. Die Leute halten ihre Kaffeetassen auf halbem Weg zum Mund fest. Einige haben gerade angefangen den Kaffee in ihren Mund zu kippen, aber vergessen zu schlucken. Der Kaffee läuft ihnen aus den Mundwinkeln. Trotzdem gießen sie weiter nach, während sie mich anstarren. Jemand hat mitten im Kauen aufgehört und sitzt mit verdrehtem, merkwürdigem Mund da. Ein paar haben vergessen, dass sie eine Zigarette zwischen den Fingern halten, und verbrennen sich. Aber trotzdem lassen sie die Zigarette nicht los.

Das ist so ein Augenblick, in dem die Zeit stillsteht. Allein ich gehe weiter vor. Allein ich sage etwas. Allein ich bewege mich. Mehrere Sekunden lang führe ich diese Story weiter voran und halte die Herzen in Gang.

Kleiner Sturm nimmt die Rosen entgegen. Sie beugt sich darüber und schnuppert. Sie schließt die Augen, sodass dieses blaue Märchen nicht zu sehen ist, und saugt den Duft von drei roten Rosen ein, die am Stiel, wo ich sie festgehalten habe, immer noch warm sind. Der Schweiß meiner Hand vermischt sich in einem blauen Aufblitzen mit dem Schweiß ihrer Hand.

»Ich möchte dich so gern einladen«, sage ich laut. »Hast du Lust, mit mir auszugehen?«

Zuerst nickt sie ernst, aber dann löst sich etwas in ihrer Kehle und sie antwortet so laut, dass es alle hier drinnen hören können: »Ja, das will ich.«

JA

durchfährt es mich. Und das ist nicht so ein wiederholtes JA, das Seite um Seite füllt. Es ist ein einziges Wort voller Freude und Sieg und Verliebtheit und es erfüllt meinen, Adams ganzen Körper. Das ist so ein JA, von dem du nicht gleich wieder herunterkommen kannst.

Ich erhebe mich und mache eine Pirouette, um zu zeigen, wie sehr ich mich freue. Und da ich so sehr von dem JA erfüllt bin, sieht es elegant aus.

»Perfekt!«, sage ich.

»Cool!«, rufe ich.

»Yes, Baby!«, johle ich und spiele ein eingebildetes Solo auf einer Luftgitarre. Ich habe den Sechser gewürfelt und endlich den Hauptgewinn gezogen. Allzu oft hatte es geheißen: »Ihre Häuser und Hotels brennen. Gehen Sie zurück auf Los.« Und deshalb denke ich, dass ich jetzt endlich einmal dran war. Es war wirklich an der Zeit.

Ich rausche auf dem großen JA davon, werfe Kleiner Sturm eine Kusshand zu und steuere die Tür wie ein Olympischer Sieger an.

»Warte«, ruft sie.

Ich stürze vom hohen JA zu einem zittrigen WAS hinunter.

»Habe ich was falsch verstanden?«

»Wann treffen wir uns denn?«, fragt sie.

Ach, ja! Natürlich! Ein kleines Detail. Aber ein ziemlich wichtiges. »Um acht«, antworte ich im Abflug und öffne die Tür.

»Warte!«, ruft sie.

Das gleiche Zittern kommt zurück und ich spüre, wie mir die Knie weich werden.

»Du kannst mich abholen.« Sie sagt mir ihre Adresse in Torshov.

Gut, sehr gut. Noch so ein kleines Detail. Wie leicht man doch diese Kleinigkeiten bei der Medaillenverteilung vergessen kann. Ich nicke, bedanke mich für die Information und drehe mich langsam der Eingangstür zu.

»Warte!«, ruft sie. Das Publikum kann kaum glauben, was es da sieht. Es ist immer noch in eine dicke Lage gefrorener Zeit gewickelt.

»Ich heiße Claudia Hassel«, sagt sie und es scheint ihr peinlich zu sein, es so laut zu sagen, dass selbst die Leute in der hintersten Ecke des Cafés es hören. »Und wie heißt du?«

»Ich habe dich immer Kleiner Sturm genannt«, erzähle ich und sage ihr dann ebenso peinlich berührt meinen eigenen Namen. »Es wird ... cool, dich heute Abend zu sehen.«

»Mhmm«, ist ihre Antwort.

Und da bricht der Applaus los. Alle im Hauzz klatschen frenetisch, pfeifen und johlen. Man könnte glauben, wir hätten ein Theaterstück aufgeführt. Eine Art wahnsinnig happy Ausgabe von Peer Gynt, bei der Peer das Mädchen schließlich kriegt, das er haben will. Es fehlt nicht viel und wir würden uns verneigen und einen Hut herumreichen, um Trinkgeld zu kassieren.

Ich zwinkere Kleiner Sturm zu, die ab jetzt Claudia heißt, und verschwinde durch die Tür. Durchs Fenster sehe ich, wie die Leute auf mich zeigen und mir zuwinken und ich verschwinde, so schnell ich kann, aus ihrem Sichtfeld.

Über den Rest des Tages gibt es nicht viel zu sagen. Ich schaue bei Frank vorbei und sehe zu, wie der kleine, schrumpelige Adam Salat frisst und herumtappt – vollkommen glücklich, ohne Listen oder Aufgaben oder Sorgen. Frank gibt mir den guten Rat, doch lieber nicht zu versuchen ein Steak zu braten, wenn ich heute Abend Claudia treffen werde. Stattdessen sollte ich lieber herausfinden, was wir gemeinsam haben.

Frank sieht glücklich aus. Und als ich ihm sage, er solle sich doch auch eine Liebste suchen, antwortet er nur, dass er fürchtet, seine kleine Schildkröte könnte eifersüchtig werden. Klein Adam schüttelt mit dem Kopf, als hätte er gehört, was wir gesagt haben. Dann macht er sich an den nächsten Salat und kaut umständlich und intensiv. Frank und ich verabreden uns für Montag und ich haue ab.

Daheim hat Muttern einige Freundinnen für den Abend eingeladen. Vattern sitzt im Schlafzimmer vor dem Computer und denkt an Ibsen. Er wird sich später am Abend mit dem Rest der Theatergruppe treffen. Sis ist mit zwei alten Klassenkameradinnen auf Bootstour gegangen. Und Muttern nickt nur, als ich sage, dass ich auch wegwill. Bis ihr einfällt, dass sie vielleicht mehr Informationen haben möchte.

Ich tue so, als würde ich das gar nicht hören, und beeile mich, fertig zu werden und zu verschwinden. »Ist es ein Mädchen?«, fragt Muttern plötzlich. Sie hat sich an mich herangeschlichen und mustert mein Gesicht. »Versuche nicht mich anzuschwindeln. Niemand schafft es, etwas vor mir geheim zu halten!« Ich denke nur: Wenn sie wüsste, was Vattern geheim hält. Aber ich sage natürlich nichts.

»Bingo, Muttern!«, antworte ich.

Anschließend holt sie ganze Geschichten in der gleichen Art aus mir heraus, wie ein Sportfischer einen Fisch aus dem Fluss ans Ufer zieht. Mit Tricks und roher Gewalt, List und Tücke. Am Ende lächelt sie und mir wird klar, dass das Verhör beendet ist. Unterdessen ist auch Vattern dazugekommen und hört zu. Das heißt, eigentlich sieht es so aus, als würde er nur in unserer Nähe herumpusseln und gar nicht richtig zuhören. Aber als er zum Schluss grinsend dasteht, ist mir klar, dass er alles mit angehört hat. Muttern geht Milch kaufen und Vattern schlurft in die Küche und kommt zurück wie ein Dieb. »Nimm das mit«, flüstert er, als könnte Muttern uns draußen auf der Straße hören. Er reicht mir drei kleine Biere und ich schiebe sie in eine Tasche, lege einen Pullover und ein paar CDs obendrauf. »Damit Claudia und du es gemütlich haben«, sagt er lächelnd. Auch wenn ich hinter seinem Lächeln etwas anderes erahne. »Du denkst doch dran, was wir für morgen abgemacht haben?«, fragt er dann noch.

Ich nicke und er rennt zurück ins Schlafzimmer, als wir Muttern die Treppe hochkommen hören. Ich stelle die Tasche hinters Bett und hoffe, dass es nicht zu laut klirrt, als sie auf dem Boden landet.

Vattern stellt den Fernseher an. Es ist schon nach sieben und er wirkt unruhig. Viertel nach. Zwanzig nach. Auch Muttern kommt wie ein Dieb in mein Zimmer geschlichen. »Nimm die mit«, sagt sie leise, damit Vattern in der Stube nicht hören kann, was sie sagt. Sie gibt mir eine Plastiktüte. Obendrauf liegen drei kleine Bierflaschen. »Damit ihr es euch gemütlich machen könnt. Ich weiß doch, wie das in dem Alter ist«, sagt sie. Ich halte meinen Mund, so gut ich kann, und stelle die Tüte neben die Tasche. »Das wird bestimmt ein schöner Abend«, sagt Muttern und drückt mich schnell, bevor sie wieder in die Küche eilt, um etwas für ihre Gäste vorzubereiten.

Und da stehe ich also mit einer Tasche, die schwer von Bieren ist. Das sage ich doch immer: Die Leute haben jede Menge an Geheimnissen. In diesem Fall sind es auch noch ein paar ganz spezielle Geheimnisse. Man könnte fast glauben, dass Muttern und Vattern einander gar nicht so richtig kennen. Denn keiner von beiden will ja, dass der andere weiß, was er tut. Und das kann doch nur daran liegen, dass sie glauben, der andere wäre nicht damit einverstanden, dass ich für den Samstagabend ein paar Biere bekomme. Bedeutet das, dass du deine Mitmenschen auch nicht besser kennst, wenn du erwachsen geworden bist? Ist das noch eine Idee im Zusammenhang mit dem Erwachsenwerden, von der ich mich verabschieden darf? Ich kratze mich am Kopf und nehme mir vor, Frank zu fragen, wenn ich ihn wieder treffe. Aber wahrscheinlich weiß auch er nicht die Antwort, obwohl er erwachsen ist. Verstehe das, wer kann!

Ich bekomme noch die wichtigsten Meldungen in den Nachrichten mit, bevor ich abhaue. Ich brauche Zeit und Kräfte, um meinen Bierfang nach Torshov zu befördern, wo Claudia wohnt.

Gefreiter Adam fühlt sich flau. Heute habe ich schon einmal gewonnen. Aber jetzt bekomme ich die Paranoia. Denn worüber sollen wir einen ganzen Abend lang reden? Und wenn wir nun nichts Gemeinsames finden? Wenn ihr nicht die gleiche Musik, die gleichen Filme oder die gleichen Bücher wie mir gefallen? Wenn sie der Meinung ist, dass unnützes Wissen im Netz zu sammeln das Idiotischste ist, was sie je gehört hat? Wenn sie gar nicht so hübsch ist, wie ich gedacht habe? Wenn sie nicht der Meinung ist, dass ich wirklich so stark bin, wie sie vielleicht heute Mittag gedacht hat?

Wenn sie …?

Wenn sie …?

Und so weiter und so fort.

Die Gedanken wirbeln in einem einzigen Kreis der Angst in mir herum. Mir bricht der kalte Schweiß aus und meine Knie werden weich. Die Lungenflügel sind auf dem Weg in den Bauch, und die Nieren und die Leber haben sich verabschiedet. Ich denke an die Sonne, an Frank, an Sis, an die Schildkröte Adam und weiß, dass mich jetzt niemand mehr retten kann.

Ich kenne sie doch gar nicht. Hätte ich einen besseren Plan für heute Abend, wenn ich älter wäre? Wohl kaum. Ich muss schon sagen, das ganze Gerede über das Erwachsenwerden ist ziemlich aufgeblasen. Das jedenfalls ist meine Erfahrung aus den letzten Wochen.

Ein Stück weiter vorn gibt es eine magische Klingel an einer magischen Haustür, die zu einer magischen Treppe führt, auf der es zu einem magischen Ort geht. Und dorthin soll ich jetzt. Das Problem dabei ist nur, dass sich das Ganze gerade in eine tragische, unheimliche Sache verkehrt. Wenn jemand sich das Gefühl vergegenwärtigen kann, das man hat, wenn man zum Zahnarzt geht, Brüder & Schwestern, dann weiß er, wie ich mich jetzt fühle. Ich drücke auf die magische Klingel und steige hinauf zur Wohnung der Prinzessin. Die Prinzessin öffnet und der Frosch Adam begrüßt sie matt.

»Ich bin allein zu Hause«, sind ihre ersten Worte, nachdem ich hereingekommen bin. Die nicht gerade meine Nerven beruhigen. Ich hole das Bier aus der Tasche und stelle es in den Kühlschrank. »Wie hast du die denn besorgen können?«, fragt sie.

»Du wirst es nicht glauben, wenn ich es dir sage«, erkläre ich und öffne jeweils eins für uns.

»Versuch's doch mal«, sagt sie und bereitet inzwischen die Pizza vor, die in den Ofen kommt.

Ich erzähle ihr von Vattern und Muttern und sie schüttelt nur den Kopf und sagt, sie glaube mir. »Guck mal«, sagt sie und zeigt mir drei Biere, die bereits im Kühlschrank stehen.

»Mein Bruder hat sie für mich gekauft. Und dann hat er noch gesagt, ich solle ja nichts unseren Eltern davon sagen.«

»Familie ...«, sage ich nur und schüttle den Kopf. Und damit sind wir viel schneller und problemloser im Gespräch, als ich gedacht habe. Es wird die Familie hier und die Familie da. Geheimnisse, Reibereien und kleine Überraschungen. Wir lachen, vergleichen und sagen, dass wir uns niemals so verhalten werden, wenn wir erwachsen sind. Und so werden wir niemals mit unseren Kindern reden, wenn wir erwachsen sind. Und so etwas würden wir nie machen, wenn wir einen Bruder oder eine Schwester hätten, die jünger wären als wir und so weiter und so fort. Ich muss innerlich fast grinsen, als ich an das mit dem Erwachsenwerden denke. Im Augenblick habe ich gerade das Gefühl, das ich nie so weit kommen werde. Es scheint, als läge es in so weiter Ferne, dass ich mich gleich damit abfinden könnte, dass es nie geschieht. Jedenfalls nicht, solange ich lebe. Ich kichere und sie fragt, worüber ich denn kichere.

»Ach, über nichts«, antworte ich und leere meine Flasche.

»Lachst du über mich?«, fragt sie irritiert.

Das Dumme dabei ist, dass ich da noch einmal kichern muss und sie deshalb felsenfest überzeugt ist, dass ich über sie lache. Die Stimmung ändert sich jäh. Als hätte jemand einen Schalter umgestellt. Von angenehmer Wärme zu etwas, das um zwei Haaresbreiten über dem Gefrierpunkt liegt. Weder lauwarmes Pils noch glühend heiße Pizza helfen da. Das Gespräch gerät in eine Sackgasse und bald haben wir nichts mehr, worüber wir reden könnten.

Ich gebe mir alle Mühe, schwitze und strenge mich an, esse Pizza, während ich krampfhaft versuche herauszufinden, was wir wohl gemeinsam haben könnten, so, wie Frank es vorgeschlagen hat. Interessen, Hobbys, eine Band, Computer – ganz gleich, was, Hauptsache, wir finden die angenehme Wärme vom Anfang wieder.

Aber Claudia wirkt abwesend. Überlegen. Und wenn ich gemein wäre, würde ich sagen, ich kann in ihr Caroline wieder erkennen. Claudia wird zu zehn Prozent zu Caroline. Mir kommt in den Sinn, dass ich ihr unbedingt imponieren muss, und ich sage: »Ich bin ziemlich engagiert in Gesellschaftsfragen und Politik.« Vollkommen bescheuerte Aussage natürlich. Aber was soll ein Mann wie Adam – der Exprinz in dieser Story – denn anderes tun, wenn er das Gefühl hat, dass er gleich auf seinen Froschschenkeln aus der Küche hüpfen darf? Gefreiter Adam ist kurz davor, seinen Posten im Terrain zu verlieren. Möglicherweise muss er den Gedanken aufgeben, diese Anhöhe verteidigen zu wollen und sich lieber hinter andere Verteidigungslinien zurückziehen. Aber er wagt noch einen letzten Angriff.

Sie sieht mich misstrauisch an. Forschend. »Was hältst du von der angespannten Lage auf dem Balkan?«, fragt sie.

Gefreiter Adam muss den Rückzug antreten. »Ooyyh!«, sage ich und wechsle augenblicklich das Thema. »Isst du gern?«

»Ja«, antwortet sie mit Zärtlichkeit im Blick. Das ist ein Blick, der sagt, dass sie kaum ohne Gemüse, Fleisch, Fisch, leckeren Aufschnitt, frisches Brot und den ganzen Kram leben kann.

»Ich bin Steak-Experte!«, platze ich heraus. Und damit habe ich es trotzdem gesagt. Obwohl Frank mir abgeraten hatte.

»Ich kann Fleisch nicht ausstehen«, erklärt sie und nimmt ein neues Stück Pizza. »Ich überlege, ob ich nicht ganz Vegetarierin werden soll.«

»Ich habe gehört, dass McDonald's einen guten Vegetaburger hat«, versuche ich es.

»Ich finde McDonald's-Essen einfach langweilig«, erklärt sie und das klingt wieder wie Caroline.

THEMA WECHSELN! THEMA WECHSELN!, blinkt die Gefahrenanzeige in meinem Kopf auf.

»Hast du Lust auf eine Zigarre?«, frage ich und ziehe eine Packung heraus, die ich früher am Tag gekauft habe. Ich dachte mir, da das sowieso auf meiner Liste steht, wäre das heute Abend doch eine gute Gelegenheit, diesen Punkt abzuhaken.

»Ich finde, Zigarren riechen entweder nach Grünschnabel oder nach Großvater«, sagt Claudia-Caroline und trinkt ihr Bier, dass es im Flaschenhals gurgelt.

»Ist es denn in Ordnung, wenn ich mir eine anstecke?« Ich reiße Zellophan und Bauchbinde ab.

»Wir rauchen hier drinnen nie«, sagt sie. »Aber wenn du unbedingt willst, kannst du dich ja solange auf den Balkon setzen und da rauchen.«

THEMA WECHSELN! THEMA WECHSELN! THEMA WECHSELN! Die roten Warnlampen machen jetzt Überstunden. Es geht wirklich verdammt den Bach runter.

Ein zerknirschter Adam schiebt die Zigarre zurück in die Packung. Es fehlt nicht mehr viel und es ist nur noch Froschlaich von mir übrig. Das scheint ja ein phantastischer Abend zu werden. »Die Sonne ist eine geniale Göttin«, murmle ich und denke grimmig an all die Morgenstunden, die ich oben auf dem Silo verbracht habe, um dort meine Pflicht zu erfüllen. Und was gibt sie mir dafür zurück?

»Was?«, fragt sie.

»Die Sonne ist eine geniale Göttin«, wiederhole ich und fühle mich wie ein Idiot.

»Was meinst du damit?«

Ich habe ihre Aufmerksamkeit wieder. Caroline ist verduftet und hier sitzt nur noch Claudia mit ihren blauen Augen und guckt interessiert den Frosch Adam an, der sogleich anfängt etwas vom Prinzen in sich zu fühlen. Also erzähle ich ihr von meinem Deal mit der Sonne und sie fragt nach dem Grund. Ich erzähle ihr alles. Von dem Plan, erwachsen zu werden. Von meiner Liste. Von Caroline. Und Claudia hört intensiv zu. Sie hört auf zu essen. Sie vergisst zu trinken. Stattdessen hängt sie an meinen Lippen und stellt an dummen Stellen intelligente Fragen. Am Ende sagt sie: »Du bist schon ein spezieller Typ.«

»Hm«, antworte ich in Ermangelung besserer Worte. Speziell kann ja viel bedeuten. Ich weiß nicht, ob das so positiv ist. Ich meine, Hitler war schließlich auch ein spezieller Typ. Aber ich glaube nicht, dass ich mit ihm gern Mittag essen würde, um es mal so zu sagen.

»Ich bin richtig froh, dass du mich eingeladen hast. Auch wenn wir jetzt hier sind …«, sagt sie und breitet die Arme aus. Und das erinnert mich daran, dass wir allein in der Wohnung sind.

Ich
und
Claudia
sind
allein
in
einer
ansonsten

leeren
Wohnung.
Wir
können
machen,
was
wir
wollen.

Der Gedanke fährt mir durch den Kopf und meine Schenkel fangen leicht zu zittern an bei dem Gedanken, wirklich hier zu sein. Allein. Mit ihr. Das ist unheimlich. Das ist unangenehm. Und das ist ungemein spannend.

Claudia nimmt meine Hände und ich lasse es zu. Ich erwarte fast, dass sie genauso kalte Hände hat wie Vattern. Und ich bekomme eine Gänsehaut, als sich herausstellt, dass ihre Handflächen glühend heiß sind. Wir sitzen uns am Tisch gegenüber und verschlingen die Finger ineinander, während wir darüber reden, wie es ist, erwachsen zu werden.

Mehr passiert nicht, Brüder & Schwestern. Für alle, die nun enttäuscht sind, kann ich schon mal vorweg sagen, dass in meiner Geschichte keine akrobatischen Sexszenen vorkommen. Ich kann mich nicht selbst belügen und erzählen, wir würden nackt beieinander liegen, uns stundenlang streicheln oder »das machen«. Aber ich muss zugeben, dass ich Lust auf sie habe. Ich habe so eine verdammte Lust, ihre Haut an meiner Haut zu spüren. Ich habe Lust, sie voll und ganz kennen zu lernen. Andererseits bin ich aber unglaublich froh darüber, dass wir nicht mehr tun, als unsere Finger ineinander zu verschränken, Wärme und Schweiß miteinander zu vermischen und einander in die Augen zu starren. Ich habe nämlich das Gefühl, dass das hier etwas anderes als das mit Caroline ist. Das hier gehört in eine andere Liga. Das ist, als würde ich aus der 2. Division in die Elite aufrücken. Das ist etwas Ernstes. Etwas, das noch anderes beinhaltet als alles, was ich bisher kennen gelernt habe. Und ich bin überzeugt davon, dass Claudia es genauso empfindet. Wir sind noch nicht so weit. Wir sind wie zwei Fahrzeuge, die sich im All begegnen – ein russisches und ein amerikanisches. Die können nicht aneinander gekoppelt werden, ohne sich darauf vorzubereiten. Die müssen erst einmal einen Plan haben. Und sich Zeit nehmen, wenn es dann so weit ist.

So ist es hier auch.

Wir sind zwei Raumschiffe, die einander umkreisen und sich mit langen Greifarmen betasten. Wir fühlen, drücken und pressen und finden erst einmal heraus, wie wir aussehen, bevor wir weitermachen. Und im echten Raumfahrtgeist stopfe ich sie mit Trivialitäten aus dem Weltall und von den Planeten voll: »Wusstest du, dass unsere Galaxis 75 000 Lichtjahre im Durchmesser groß ist und dass die Sonne 26 100 Lichtjahre vom Mittelpunkt entfernt ist?«, frage ich. »Man geht davon aus, dass im Kern der Sonne eine Temperatur von 154 000 000 Kelvin herrscht. Ein Tag am Äquator des Jupiters dauert 9 Stunden, 50 Minuten und 30 Sekunden. Die Rückseite des Monds wurde 1959 zum ersten Mal fotografiert.«

Vielleicht nicht besonders romantisch. Aber ich merke, dass es für sie romantisch klingt. Und ich glaube, ganz gleich, was ich auch gesagt hätte – und was sie darauf gesagt hätte –, es wäre das Gleiche gewesen. Claudia hätte aus dem Telefonbuch vorlesen oder ich hätte Peer Gynt zitieren können, und trotzdem hätten wir uns gewünscht, dass der Abend nie zu Ende geht.

Dann ist es schon fast eins und damit definitiv vorbei. Ich muss nach Hause, bevor Muttern mich zu Mus macht. Und bald kommen auch Claudias Eltern zurück. Wir stehen auf dem Flur, die Finger ineinander verschränkt. Und denjenigen, die immer noch enttäuscht sind, möchte ich sagen, dass nun der einzige spannende Einschub für diejenigen kommt, die so etwas wissen wollen:

»Ich möchte dir einen Kuss geben. Darf ich das?«, fragt Claudia und küsst mich, noch bevor ich sagen kann, dass sie mich natürlich gern küssen darf.

Mich lange küssen.

Mich mitten auf den Mund küssen, mit Zunge und Zähnen.

Und genau das tut sie.

Unsere Zungen umschlingen einander und sicher hätten die Zähne es auch gemacht, wenn es möglich gewesen wäre.

Ihre Hände sind warm und ihr Gesicht kühl. Es ist ein merkwürdiges Gefühl, gleichzeitig die warmen Hände und den fast kühlen Mund zu spüren.

Der Kuss hält an.

Der Kuss hält an.

Und hält an.

Immer noch.

Ich muss gehen. Ich strecke die Hand aus, um die Tür zu öffnen, und sie sagt nur: »Warte!«

Und ich warte. Ich drehe mich um und warte.

»Sehen wir uns wieder?«, fragt sie und das ist die schönste Frage, die jemand mit so blauen Augen mir jemals gestellt hat.

»Ja, natürlich sehen wir uns wieder«, ist meine Antwort. »Wir sehen uns sogar bald wieder.« Ich bin so dumm vor Glück, dass ich ganz vergesse, etwas präziser zu sein. Ich greife wieder zur Türklinke.

»Warte!«, sagt sie und es scheint, als würden wir eine Wiederholung der Vorstellung von heute Mittag bieten.

Ich drehe mich wieder um. Dumm wie ein Hornochse vor Glück.

»Wann?«, fragt sie.

»Morgen«, antworte ich hornochsendumm.

»Wann morgen?« Sie lässt einfach nicht locker.

»Komm morgen um sieben zu mir«, antworte ich.

»So spät?« Sie sieht enttäuscht aus und schiebt die Unterlippe vor.

»Vorher geht es nicht«, sage ich und erkläre ihr, dass ich mit Vattern noch etwas zu erledigen habe. Etwas, das zu erklären zu kompliziert und zu schwierig ist. Etwas, das einfach gemacht werden muss.

»Okay.« Sie küsst mich noch einmal und ich winke ihr dreihundertfünfzigmal zu, während sie in der Tür steht und ich die Treppen hinuntergehe. Sie steht am Fenster und ich winke ihr zu, während ich auf die Straße gehe. Sie öffnet das Fenster und schickt mir hundert Kusshände nach, während ich rückwärts auf Løkka zusteuere. Ich zünde mir eine Zigarre an, nachdem sie und das Fenster fort sind. Und sie hat Recht. Es schmeckt und riecht nach Großvater und Weihnachten. Aber im Augenblick ist mir mehr nach Weihnachten. Nach so einem Weihnachten, wie es war, als ich noch ein kleiner Junge war und absolut alles an Weihnachten spannend fand. Deshalb paffe ich die Zigarre, bis ich nach Birkelunden komme. Domglocken läuten und der Schnee liegt in weichen Wehen auf den Dächern und den geparkten Autos. An der Ecke zum Park zertrete ich die Zigarre unter der Hacke und schiebe die Reste in ein Siel. Es fehlt nicht viel und ich kann mir vorstellen, dass der Gartenschuppen mit Kerzen und Glitzer geschmückt ist und die Engel in den Schuppen herabgleiten. Es ist Weihnachten im Juli!

SONNTAG, 21. JULI

»Angst vorm Sterben. Angst vorm Leben.«

Die Sonne geht auf um 04.33 Uhr
und sie geht unter um 22.12 Uhr.

»Also – der Clou an diesem Tag ist, dass ich so tue, als würde ich etwas essen, damit Muttern nicht merkt, dass ich eigentlich faste«, erklärt Vattern, während wir in der Straßenbahn sitzen und in die Stadt zuckeln. »Du und ich, wir werden uns also eine Menge Sachen für heute ausdenken und am Ende werden wir sozusagen Mittag essen – das heißt, du wirst Mittag essen, während ich nur so tue als ob, und wenn wir nach Hause kommen, werden wir Muttern erzählen, was für eine herrliche Mahlzeit wir gegessen haben und dass wir – in erster Linie ich – nicht einmal im Traum dran denken könnten, noch etwas in uns reinzustopfen. Ist doch ganz logisch, oder?«

Vattern hat heute nämlich keine Probe. Wir haben den ganzen Tag für uns. Die Ausrede war, dass ich Vatern dabei helfen soll, einiges in den Räumen aufzuräumen, in denen die Theatergruppe probt. Und dann wollen wir vielleicht ins Kino gehen. Oder auf einer Bank sitzen und Eis essen oder uns auf Aker Brygge setzen, wo Vattern so tun kann, als ob er ein Bier trinkt. Das heißt, Muttern gegenüber so tun wird, als hätte er ein Bier getrunken. Und so weiter und so fort.

Das ist nicht so einfach und überschaubar. Aber die Hauptsache ist dabei, Vatterns Verhalten Muttern gegenüber zu tarnen. Also noch ein Geheimnis.

Deshalb fahren wir zuerst dorthin, wo sie proben. Das ist ein Haus nur fünf Minuten vom Blitz-Haus und es sieht aus, als wäre es auch von den Blitzern besetzt worden. Im Hauseingang gibt es eine Unmenge von Briefkästen mit tausenden von Namen. Viele komische, verrückte Namen, die zeigen, dass diejenigen, die sich hier aufhalten, nicht vom normalen Nullachtfünfzehn-Schlag sind. Wir gehen eine dreckige Treppe hinauf in den dritten Stock. Hier war früher einmal der Dachboden. Das Dach ist auf der einen Seite schräg und der Raum wird von ein paar dicken Holzbalken zerteilt. Dazu gibt es noch zwei Büros und einen Aufenthaltsraum, der wie ein uralter Zigarettenladen stinkt.

Wir öffnen die Fenster und Vattern zeigt mir einen Karton mit Papier und ein paar alte Schreibtischlampen, die weggeworfen werden sollen. Das ist anscheinend das GROSSE Aufräumen, das wir UNBEDINGT heute machen müssen. Muttern hat er gesagt, es wäre eine ganze LASTWAGENLADUNG voll Gerümpel, das weggeworfen werden sollte.

Wir nehmen uns reichlich Zeit für den Job. Und machen vorher und hinterher unsere Pausen.

»Manchmal wache ich nachts auf«, sagt Vattern und lässt sich auf den Kleidersack am Fenster fallen. »Ich wache nachts auf, in kaltem Schweiß, und habe eine Scheißangst zu sterben.«

»Du wirst nicht sterben«, sage ich und versuche ihn zu trösten.

»Ich kann dieses Leben doch noch nicht verlassen. Ich bin doch so verdammt neugierig, wie es wohl wird«, antwortet er.

»Wie es wird?«

»Ich will sehen, was aus Gloria wird. Und was für ein Typ du wirst, wenn du erwachsen bist«, ist seine Antwort.

»Ich bin erwachsen«, sage ich beleidigt.

»Fast erwachsen«, korrigiert er mich.

»Ganz erwachsen«, beharre ich.

»Nein, das bist du nicht. Aber ist ja auch egal«, sagt er. »Ich will wissen, wie es mit euch läuft. Wie es mit Muttern läuft. Was aus dieser Theatergruppe wird. Du weißt ja, ich habe sie schließlich mitgegründet. Das ist sozusagen mein Baby. Genau wie Gloria und du. Ich kann es nicht beiseite schieben.«

»Du wirst noch nicht sterben, Vattern«, sage ich. »Denk doch dran, wie alt Großvater geworden ist und Urgroßvater. Uralt. Und dein Vater ist ja auch schon achtzig.«

»Wenn ich sterbe, werde ich als Geist zurückkehren und auf alle aufpassen, die ich kenne. Also nimm dich in Acht. Wie ist es eigentlich gestern gelaufen?«

»Gut«, ist das Einzige, was ich herausbringe. Aber ich lächle, um ihm zu zeigen, dass es wirklich gut gelaufen ist.

»Details, die du möglicherweise preisgeben könntest?«

»Nix da«, sage ich.

»Ist es so weit gekommen, dass ...« Er lässt den Satz unvollendet in der Luft hängen.

»Nicht alle denken immer nur an Sex, Vattern«, sage ich und denke in dem Moment daran, wie es wohl ist, Sex mit Claudia zu haben. Aber ich klinge wie der reinste Heilige.

Und der Meinung ist Vattern offenbar auch: »Mein Sohn, der Heilige«, sagt er. »Als ich in deinem Alter war, habe ich an nichts anderes als an Sex gedacht. Zumindest soweit ich mich erinnern kann.«

»Vielleicht erinnerst du dich ja falsch«, ärgere ich ihn. »Vielleicht hast du immer nur an ...« Und dann fällt mir nichts ein, woran Vattern gedacht haben kann. »Ja, woran hast du eigentlich gedacht, als du sechzehn warst, Vattern?«, frage ich. Etwas überrascht, weil ich ihm diese Frage noch nie gestellt habe.

»Das ist ungefähr... dreiundzwanzig Jahre her...« Vattern schließt die Augen und verzieht das Gesicht. »Da habe ich in einer Rockband Gitarre gespielt, Hardrock. Wir wollten besser werden als gewisse Bands mit Namen Led Zeppelin oder Deep Purple. Den

Punk gab es noch nicht. Aber ich war eigentlich für ihn bereit. Ich mochte Musik, in der richtig Speed und Gekreische war. Nach einer Weile hatte ich keinen Bock mehr, die Gitarre herumzuschleppen. Sie wog so verdammt viel. Ich fing stattdessen an zu singen. Ein Mikrofon wiegt im Verhältnis ja kaum was. Und dann habe ich herausgefunden, dass es mir da gefiel, mitten auf der Bühne, direkt vor den Augen der Leute. Endlich kam der Punk und die Zeit von *Genickschuss*. Und dann fand ich heraus, dass die Musik eigentlich doch nicht mein Ding war. Schauspieler wollte ich werden. Wenn du Schauspieler bist, kannst du viele Menschen zugleich sein. Und eigentlich zeigst du immer nur verschiedene Seiten deiner selbst.«

»Hast du damals davon geträumt, Peer Gynt zu spielen?«

»Nein, da dachte ich, die Rolle wäre zu langweilig. Ich mochte Ibsen nicht. Ich fand, der roch total muffig. Aber mit der Zeit habe ich meine Meinung über das, was ich damals mochte und was ich hasste, ziemlich geändert. Das kommt, wenn man erwachsen wird«, behauptet Vattern. »Jetzt muss ich sagen: Ibsen ist ein Gott.«

»Ein genialer Gott vielleicht«, murmle ich so leise, dass er es nicht hört.

Und anschließend lässt Vattern was von Peer Gynt hören. Er spielt die Szene, in der Peer Gynts Mutter stirbt. Und er beeindruckt mich, Brüder & Schwestern. Ausnahmsweise mal beeindruckt mein Vater mich. Das kommt nicht so häufig vor. Handzeichen, wer sich von einem Teil seiner Eltern im Laufe des letzten Jahres hat beeindrucken lassen. Das passt ja wohl kaum auf einen kleinen Finger, oder?

Vattern spielt Peer Gynt, der versucht seiner Mutter weiszumachen, dass sie nicht sterben wird. Obwohl es klar ist, dass sie nur noch wenige Minuten zu leben hat. Und Vattern spielt auch noch die Mutter, die so eine Scheißangst vorm Sterben hat und die sich darüber freut, dass ihr Sohn versucht ihr weiszumachen, dass sie gar nicht stirbt. Und die sich gern überzeugen lässt, dass alles gut gehen wird. Es ist fast zum Heulen. Denn Vattern ist wirklich die alte, ängstliche Mutter und er ist gleichzeitig der besorgte, traurige Peer und alles ist richtig bescheuert tragisch.

Ich applaudiere Vattern und er sieht stolz aus. Aber gleichzeitig erschöpft. Und dabei fällt mir ein, dass die Szene, die er gerade gespielt hat, von jemandem handelt, der Angst hat vorm Sterben. Genau wie er. »Wollen wir rausgehen?«, frage ich, um Stimmung und Thema zu wechseln. Wir gucken beide gleichzeitig auf die Uhr – es ist bereits zwei. Der Tag verfliegt wie ein Pferd, das durch die Landschaft galoppiert.

Wir gehen zur Aker Brygge. Es ist zu schönes Wetter, um drinnen zu sitzen. Wir suchen uns einen Platz direkt am Wasser und Vattern platziert sich im Schatten. Ich sehe ihm an, dass er mich von Herzen beneidet, während ich die Karte angucke und mir etwas bestelle. Um zu sehen, ob ich auf diese Weise vielleicht ein paar Tricks lernen kann, bestelle ich ein Steak. »Medium gebraten, mit gebackener Kartoffel«, sage ich wie der reinste Profi. Vattern bestellt sich eine Selters und die Kellnerin kommt gleich zurück, mit einer Flasche Rülpswasser und einer Cola für mich.

Vattern gießt sich das Wasser ein und schaut missmutig die Luftblasen an, die aufsteigen und zerplatzen, wenn sie an die Oberfläche kommen. »Und sonst nichts?«, fragt die Kellnerin Vattern. Du kannst fast hören, dass sie um ihn besorgt ist.

»Nein, ein kaltes Getränk reicht mir«, antwortet Vattern und sieht aus wie ein Hund, der zusehen muss, wie alle anderen reichlich Leckereien bekommen, während er selbst an seinen Korb gekettet ist.

Ich bekomme mein Steak. Ich schneide es in Stücke, es schmeckt köstlich. Das Fleisch zergeht auf der Zunge und ist genau richtig gewürzt. Hier ist kein Salz und Pfeffer mehr nötig. Ich zerteile die gebackene Kartoffel und der Dampf steigt empor. Vattern weicht zurück, als er den Essensgeruch riecht. Ich schiebe ein großes Stück

Butter in den Kartoffelspalt, wo es schmilzt und in die Kartoffelwand eindringt.

Dann nehme ich noch ein Stück Fleisch und stöhne. Mir gegenüber stöhnt Vattern auch. Aber das wohl eher aus Trauer oder Schmerz oder wie du es nun bezeichnest, wenn du nicht das haben kannst, was du am allerliebsten hättest. Er leert seine Farris mit drei Schlucken und bestellt einen Saft mit Eiswürfeln.

Ich trage noch dicker auf. Ich kann einfach nicht anders, Brüder & Schwestern. Es ist unmöglich, sich zurückzuhalten.

Das ist bösartig.

Das ist ziemlich gemein.

Und das ist einfach etwas, was du mit einem hungrigen Vater nicht tun darfst.

Trotzdem tue ich es.

Ein kleiner, rot glühender Teufel flattert in mir herum und ich stöhne.

Schmatze…

Schlürfe…

Nicke…

Schließe die Augen…

Schlucke jeden einzelnen Bissen, als wäre es eine 10 000-Kronen-Mahlzeit, die hier serviert wird…

Und Vattern leidet. Er leert seinen Saft. Bestellt noch einmal. Und noch einmal. Eine neue Selters. Eine Cola. Einen Kaffee. Er sieht unruhig und wütend aus. Er runzelt die Stirn. Kauft sich eine Zeitung. Versucht sie zu lesen. Faltet sie zusammen und wirft sie auf den Tisch. Raucht und drückt die Zigarette wieder aus. Neuer Kaffee und eine Tasse Bouillon. Da wird selbst die Kellnerin ziemlich unruhig und fragt ihn, ob ihm etwas fehle.

Ich sehe, dass Vattern kurz vorm Platzen ist und hoffe, dass dem so ist. Denn wenn Vattern explodiert, ist es, als würde man in einem Theaterstück mit viel Geschrei und Rabumms sitzen. Aber Vattern konzentriert sich. Er reißt sich zusammen, und zwar genau so, dass es auch jeder merkt. Dann seufzt er und antwortet: »Danke, aber es könnte mir nicht besser gehen.«

»Sie sagen es, wenn Sie noch etwas …«, versucht es die Kellnerin.

»JA, DANKE!«, unterbricht Vattern sie und schnappt sich wieder die Zeitung. Breitet sie zwischen ihr und sich aus und konzentriert sich, dass seine Finger um den Zeitungsrand ganz weiß werden.

Als wir gehen, ist es vier und Vattern wirkt etwas verzweifelt. »Ich denke nur an Essen«, vertraut er mir an. »Das ist doch krankhaft.«

Wir kommen an einer Würstchenbude vorbei und ich sehe, wie Vattern speichelt. Ich bleibe stehen und hole mir ein Eis. Vattern kauft sich eine Farris und stöhnt, als er trinkt. Wir gehen den Akershuskai entlang. Unterhalb der Festung, Richtung Dänemarkfähre. Eine Schicht Rentner kommt gerade vom Schiff. Sie schleppen Einkaufstaschen voller Fleisch, Bier, Käse und Süßigkeiten. Ohne den Essensgeruch, der von ihnen ausströmt, zu kommentieren, wechseln wir die Straßenseite und biegen in die Rådhusgata ein. Dort steigt der Pizzageruch aus einem Imbiss auf, vor dem ein Typ steht, der sich gerade den Mund mit einer Serviette abwischt.

Vattern kauft sich am nächsten Kiosk noch eine Farris. Wir gehen durchs Zentrum und versuchen die Zeit, so gut es geht, totzuschlagen. Setzen uns in ein anderes Straßencafé, nachdem Vattern herausgefunden hat, dass es hier so gut wie gar nichts zu essen gibt. Er kippt Saft und Kaffee in sich hinein. Hier haben sie keine Bouillon. Er quält sich durch drei Tassen Kaffee und liest die Zeitung dreimal, ohne eigentlich überhaupt etwas gelesen zu haben. Das Paar am Nachbartisch kauft sich zwei Portionen Chilinüsse und Vattern hätte offensichtlich größte Lust, sich ein volles Glas zu schnappen und in den Schlund zu kippen. Ich höre, wie sein Bauch rumort. Schließlich muss er zur Toilette, um einige der Liter an Wasser und anderer Getränke loszuwerden, die er in sich gegossen hat.

»Weißt du, wie man ein Steak brät?«, frage ich ganz unschuldig, als er zurückkommt.

»Noch ein Wort übers Essen von dir und du kannst dir einen anderen Schlafplatz suchen!«, faucht er und versucht seinen Blick an ein Bild an der Wand zu heften. Aber da es einen knallfrischen Hamburger mit viel Geruch und Geschmack darstellt, ist das keine so gute Idee. Vattern starrt stattdessen aus dem Fenster und sieht einen Lastwagen von Stabburet und dahinter einen Lieferwagen von Peppe's Pizza. Er setzt sich seufzend mit dem Rücken zum Fenster. Das ist so ein Seufzer, der selbst das Herz eines Mörders erweichen könnte.

»Es wird schon gut gehen«, versuche ich ihn zu trösten. »Die Untersuchung wird nur Stress aufzeigen.«

»Ich scheiße auf den Stress!«, ruft er so laut, dass die meisten hier drinnen sich umdrehen. »Ich habe nicht einmal Lust daran zu denken, dass ich vielleicht sterben werde. Ich will nur was zu essen haben! Ist das denn so viel verlangt? Leckeres Fleisch mit Fettrand, dicke Soße, Unmengen Kartoffeln, Brokkoli, Karotten und möglichst auch noch Erbsen. Ich meine, das ist mir ja wohl zu gönnen, oder?«

Wir gehen. Das heißt, ein Kellner kommt an unseren Tisch und fragt, ob wir nicht langsam genug haben. Er glaubt, Vattern hätte zu viele Halbe getrunken. Vattern sieht schuldbewusst aus. Er ähnelt einem deprimierten, nassen Hund, den keiner lieb hat. Einem Hund, der immer nur draußen bleiben muss, hecheln und zusehen, wie die anderen spielen dürfen, Futter und Streicheleinheiten bekommen.

Wir gehen langsam nach Hause und brauchen dafür eine halbe Stunde. Und da ist es sechs Uhr und schon viel von diesem Tag vergangen. Vattern schlüpft in seine beste Schauspielerrolle, streicht sich über den Bauch und brüstet sich des leckeren Essens.

Natürlich habe ich es noch geschafft, morgens auf dem Silo zu sein. Bevor wir abgezogen sind. Etwas anderes hätte ich mich gar nicht getraut. Und schon gar nicht, weil ich schließlich in kaum einer Stunde eine wichtige Verabredung habe. Ich weiß ja, wie launisch die Sonne so sein kann, wenn ich die Verabredung nicht einhalte, und dann könnte der Abend sich in einer anderen Richtung entwickeln, als ich es mir gedacht habe.

Alle anderen wissen auch, dass ich eine Verabredung mit Claudia habe. Sie ärgern mich voller Häme. Sis, Muttern und Vattern versuchen einander in ihrer Phantasie zu übertreffen. Das ist meine Familie, wie sie leibt und lebt. Und wenn ich ehrlich bin: Ich hätte das Gleiche gemacht (hähähä...).

Bei uns macht es den Leuten eben Spaß zu übertreiben. Wir könnten eigentlich alle zusammen Schauspieler werden. Sieben Minuten vor der verabredeten Zeit klingelt es. Ich weiß, dass es Claudia ist, aber da ich noch im Bad bin, schaffe ich es nicht, als Erster an der Tür zu sein. Und das ist natürlich etwas, was wir alle hassen – nicht wahr, Brüder & Schwestern –, wir hassen es, wenn die Familie die Tür für ein date, das wir haben, öffnet. Wir erschauern bei dem Gedanken, was unserer Familie einfallen kann zu sagen oder zu machen.

Und ich habe allen Grund, ängstlich zu sein. Denn während ich vor dem Spiegel stehe und letzte Hand an mein Haar lege, höre ich Vattern durch den Flur rasen und in meinem Innern schreie ich lautlos HILFE, als er öffnet. Denn Vatern macht das, was jeder Mann von sechzehn Jahren fürchtet, dass es sein Vater tun könnte. (Bei den meisten anderen wird es wohl kaum geschehen. Deshalb gibt es eigentlich keinen Grund für die anderen, Angst zu haben. Aber in meiner Familie muss man sich klar darüber sein, dass so etwas jederzeit passieren kann. Deshalb passiert es dann auch. Selbstverständlich.) Vattern schmettert eine Opernarie. So eine richtig schmalzige Melodie mit vielen italienischen Phrasen und großen Handbewegungen. Du kannst hören, wie er es richtig genießt, sich so aufzumotzen. Und im Refrain wiederholt er ihren Namen:

Oh, Clauuuudia
Claudiaaaaa
Claudiaaaaaaaaaaaaaa

schallt es im Flur. Ich kann nur versuchen, mir vorzustellen, wie Claudias Gesicht jetzt wohl aussieht. Ich selbst bin auf Porsgrunns solide Porzellanschüssel gesunken und überlege, ob ich für den Rest des Abends hier sitzen bleiben soll. Da höre ich, wie Vattern ansetzt zur zweiten Strophe. Aus dem Wohnzimmer steuert Sis die zweite Stimme bei, während Muttern den Takt vom Schlafzimmer aus mitsummt. Es ist ein ganz gewöhnlicher Tag bei uns zu Hause…

Für andere ist es der reine Zirkus.

Aber für uns ist es ganz normal.

Das wirkt vielleicht nicht normal.

Aber es ist ganz üblich so.

Trotzdem wünschst du dir vielleicht nicht gerade, dass Kleine Stürme mit kräftigen blauen Augen von deiner Sippe in dieser Form zum ersten Mal empfangen werden. Ich verdrehe die Augen und stürme aus dem Bad, als Claudia gerade – während sie Vattern mit forschendem Blick betrachtet – sagt: »Das ist aus der Oper Carmen. Zweiter Akt? Sie haben wohl etwas bei den höchsten Tönen geschummelt, oder?«

Vattern nickt überrascht. Das hat er nicht erwartet. Nicht übel.

»Tut mir Leid, aber wir haben ausgerechnet heute Besuch aus dem Senilenheim«, sage ich und führe sie in mein Zimmer, bevor Vattern weitere Darbietungen liefern kann. Er sieht schuldbewusst und baff zugleich aus. Ich hole ein paar Colas, Kartoffelchips und Chilidipp.

»Er wirkt ein bisschen… speziell…«, sagt Claudia und schiebt mich zurück, als ich sie in den Arm nehme. »Hey, drück mich nicht vollkommen platt!«

»Alle Schauspieler sind so«, antworte ich.

»Die Familie ...«, kichert sie und anschließend reden wir wieder einmal über Familien. Und können uns verdammt gut leiden, genau wie am ersten Abend.

Aber immer noch sind wir zwei Raumschiffe, die einander erforschen – misstrauisch vielleicht, neugierig natürlich, ab und zu auf der Hut. Es herrscht eine sonderbare Spannung im Zimmer. Als würde alles glühen und eine gewisse elektrische Spannung in sich haben. Bis sie die Sammlung mit Vatterns Punksingles entdeckt, die ich von ihm geliehen habe. Das heißt, die ich mir erbettelt habe. Das ist Musik, die Vattern eigentlich am liebsten in einem Safe verwahrt sehen würde. Hätte ich ihn nicht davon überzeugen können, dass ich sie wie kostbares Glas behandeln und keinen einzigen Kratzer drauf kommen lassen würde.

Claudia hockt sich vors Regal und blättert eifrig. »O wow, du hast ja *Verwüstung, The Aller Schlimmste, Oslo Börse* und *Fleisch*«, sagt sie.

»*Fleisch* ist Spitze!«, sage ich.

»Ich finde ja, *De Press* und *Cut* waren cooler«, erwidert sie.

»Wo hast du denn dieses ganze Zeugs gehört?«

»Mein Brüderchen sammelt norwegisches Vinyl. Er ist ein totaler Musikfreak«, erklärt sie. »Er ist tatsächlich so verrückt, er sammelt alles, was norwegisch ist. Tanzbands, Heavy, Techno, alte Tänze. Echt krank.«

»Wow«, sage ich und überlege, wie viel Platz ihr Bruder wohl im Laufe eines Jahres für sein Hobby braucht. Eine Wohnung reicht da wahrscheinlich nicht aus. Eigentlich ist es so ähnlich wie meines, das Sammeln von Trivialitäten. Abgesehen davon, dass ich meine Sammlung in einem Schuhkarton verstauen kann.

»Aber viele hier habe ich noch nie gehört«, sagt sie.

»Dann wollen wir uns doch ein paar der Meisterwerke anhören«, antworte ich ruhig und lege ein paar Meisterwerke auf. Und zwar genau von *Verwüstung* und *Fleisch. The Aller Schlimmste* hämmert uns »Saubre Hände« ins Gehirn und wir tanzen in einem wunderbaren Rhythmus. Muttern bittet uns, doch die Musik ein klein wenig leiser zu stellen. Sie hat vor fast zwanzig Jahren genug davon gekriegt, wie sie meint. Ich hole noch Chips und Dipp und was zu trinken und etwas gedämpfter spielen wir *Gummgakk, PVC* und *Caligaris Cabinett.*

»Adam?«, fragt Claudia mit einer Bitte im Blick.

»Ja?«, frage ich zurück und hoffe, sie werde mich wieder bitten, sie zu küssen.

»Adam?«, fragt sie noch einmal. Mit einer offensichtlichen Bitte in beiden Augen.

»Hm?«, hme ich wie ein großer, wuscheliger, zufriedener Hund.

»Darf ich dich um etwas bitten?«

JETZT KOMMT ES!, durchfährt es mein durchweichtes Gehirn, in dem das Wasser bedrohlich zwischen den Wänden hin und her schwappt.

»Kann ich nicht – bitte, bitte – ein paar von den Singles ausleihen?«

»Hmm, nein ...«, antworte ich gedehnt.

»Ach, bitte, bitte!!!«, sagt sie und streckt mir ihre Hände flehentlich entgegen.

»Vattern hat ein absolutes Verbot ausgesprochen. Das sind seine Singles«, erkläre ich ohne Überzeugungskraft und bin enttäuscht, weil es kein Kuss war, um den sie gebeten hat.

»Er merkt doch gar nichts davon«, sagt sie und windet sich auf meinem Sofa.

»Er merkt alles. Er kontrolliert sie fast täglich. Er ist ein totaler Onkel Dagobert, wenn es um diese Sachen geht.«

»Wir können doch einen Deal machen«, sagt sie verschmitzt und fährt sich über ihre Haarstoppeln.

»Was für einen Deal denn?«, frage ich misstrauisch.

»Ich darf mir ein paar Singles ausleihen und du kriegst dafür einen... Kuss!«, lächelt sie bauernschlau und spitzt ihre Lippen zu einem Kussmund.

»Das ist zu billig«, versuche ich es bewusst verächtlich.

»Viele Küsse ...?«

Ich schüttle den Kopf und verziehe das Gesicht.

»Heiße Küsse ...?«

Ich tue so, als würde ich gar nichts hören.

»So richtig lange Küsse, die brennen und für alle Zeiten halten und die ...«

»Stopp! Ist schon in Ordnung!«, antworte ich. »Aber es müssen richtig viele sein. Ich bin nicht so billig zu kaufen.«

»Schon gebongt«, sagt sie mit einem Lächeln, das besagt: Habe ich's mir doch gleich gedacht. Laut sagt sie: »Ich habe euch Männer nämlich schon lange durchschaut.«

»Ach, du weißt ja nicht mal die Hälfte über uns Männer«, prahle ich und erlaube ihr, mit ihrer Bezahlung zu beginnen. Das wird ein Kuss, der den Rest des Abends anhält. Bis sie gehen muss und zehn Singles in eine Plastiktüte stopft, gut versteckt unter einem Stapel Comics, damit Vattern nichts merkt. Aber der sitzt im Wohnzimmer und glotzt Fernsehen, ohne mitzukriegen, was um ihn herum geschieht. Ich sehe es ihm an. Er träumt von einem perfekten Steak. Er hat fast schon braune Soße in den Augen. Vattern geht in die Küche und gießt sich eine neue Tasse mit heißer Brühe ein. Ich höre ihn murmeln: »Lachs mit neuen Kartoffeln und Dill, Frikadellen mit Pommes frites, Hähnchen in Curry«, als er an mir vorbeigeht. Sein Blick, den er mir zuwirft, ist blutunterlaufen und seine Schultern gebeugt. Er sieht aus wie der Glöckner von Notre Dame und der Würger von Boston in einem. Nein, eher noch ähnelt er dem Hund von Baskerville. »Ich denke die ganze Zeit ans Essen«, flüstert er mir zu, als er wieder herauskommt.

»Wollen wir nicht noch einen Happen essen?«, ruft Muttern in dem Moment.

Vattern schaut mich mit Leidensmiene an. »Nein danke, ich bin immer noch pappsatt«, antwortet er ohne große Überzeugung.

Muttern kommt vorbeigerauscht und klopft ihm auf den Bauch.

»Da ist wohl viel gutes Essen drin«, sagt sie und geht in die Küche.

»Hm«, antwortet Vattern und geht ins Bett. Ich bin sicher, er träumt von einer langen Parade von Fisch, Fleisch, grünen und roten Gemüsen. Vielleicht sogar von Grütze! Obwohl er Grütze eigentlich hasst. Aber im Augenblick ist sogar für Vattern Grütze in erster Linie etwas zu essen.

MONTAG, 22. JULI

»Eine überraschende Schauspielerdarbietung.«

Die Sonne geht auf um 04.35 Uhr
und sie geht unter um 22.10 Uhr.

»Du, Brüderchen, da ist was, über das ich gern mal mit dir reden würde«, sagt Sis nach dem Frühstück. Um dem Frühstück zu entgehen, ist Vattern schon lange weg. Muttern hat ihre Lektüre über die neuesten Verstorbenen beendet und sich auch vom Acker gemacht.

»Ja…?«, frage ich und hatte eigentlich geplant, ordentlich herumzubummeln, damit Sis vor mir aus der Tür verschwindet. Ich erwarte Frank in einer halben Stunde. Ich habe eine Überraschung für ihn.

»Es geht um das Geld fürs Fahrrad. Wäre es nicht möglich, dass du mir schon mal was gibst? Du hast doch wohl nicht gedacht, dass ich den ganzen Sommer über auf das Geld warten soll, oder?«, fragt sie, während sie sich für den heutigen Tag zurechtmacht. Heute sind Radlerhosen angesagt, die aussehen, als wären sie auf die Haut gesprayt. Plus eine Sonnenbrille, die eher wie eine Taucherbrille daherkommt. Mit einer Gummieinfassung um die Augen.

»Nein, ich meine…« Ich suche nach einer Idee und schleiche mich aus der Situation, indem ich die Zähne putze. Dann kann ich ja nicht antworten. Die Zähne sind schon ein guter Trick. Ein echter Schachzug.

»Was hast du gesagt?« Sis lehnt am Türrahmen zum Badezimmer und betrachtet interessiert mein Bemühen, die Kiefer und Vorderzähne zu säubern.

»Grgrlpkks«, antworte ich mit Schaum um den Mund.

»Ich kann warten.« Sie gibt nicht auf, bleibt ruhig auf dem Fleck stehen und wartet.

Meine Zähne werden langsam so sauber, wie sie noch nie waren. Aber es fällt mir einfach keine gute Lüge ein.

»Du kriegst es bald«, ist das Einzige, was mir einfällt.

»Und wie bald?«

»Nächste Woche.«

»Du hast doch Geld, oder?« Sis schaut mich misstrauisch an.

»Na klar, aber du weißt ja, wie das ist, wenn man ein Mädchen kennen lernt«, antworte ich.

»Nein, ich weiß nicht, wie das ist, wenn man ein Mädchen kennen lernt. Aber ich kann die Zeichen wohl deuten«, erwidert sie. »Du kannst also jetzt nicht bezahlen. Aber dafür bezahlst du nächste Woche. Sag mal, wofür gibst du denn dein Geld aus? Das sah bei dir doch gar nicht schlecht aus, bevor du mit dem Job angefangen hast?«

»Jaaa, schon.« Ich habe keine Lust, ihr meine finanzielle Lage zu schildern. Schon gar nicht jetzt, wo es böse aussieht. Ich bin insgesamt auf ungefähr 1500 Kronen runter. Und habe keine Chance, Sis irgendwie auszuzahlen.

»Das läuft doch mit dem Job, oder?« Sis scheint immer misstrauischer zu werden.

»Oberaffengeil«, antworte ich in einer Art, die besagt, dass es todlangweilig ist.

»Vielleicht gucke ich mal bei dir rein«, wirft Sis so dahin.

Ich sehe, dass sie dabei meinen Gesichtsausdruck studiert. Wenn ich auch bei dem Gedanken, Sis könnte bei Kjelsen auftauchen, kurz davor bin, tot umzufallen, so zeige ich es lieber nicht. »Ich bin nicht so oft im Laden«, antworte ich.

»Ich kann ja auf dich warten«, schlägt sie vor.

»... vielen Dank ...«, murmle ich vor mich hin. Laut sage ich: »Es ist wahrscheinlich besser, wenn ich bei dir reingucke. Dann können wir zusammen zu Mittag essen.«

Sis verschwindet und ich wische mir den Schweiß ab. Mein T-Shirt ist am Rücken ganz nass. Aber ich gucke auf die Uhr und stelle fest, dass ich keine Zeit mehr habe. In fünfundvierzig Minuten wird der Chef von Kjelsens Botenservice kommen. Ich greife zu einer Tube Sonnencreme mit Lichtschutzfaktor 25 und schmiere mir die fette Creme ins Gesicht. Dann auf die Arme und den Hals. Für diejenigen, die noch nie Lichtschutzfaktor 25 benutzt haben, zur Erklärung: Die ist so voll gepfropft mit Sonnenschutz, dass die Creme dich ganz weiß macht. Du siehst richtig krank aus. Nicht nur schlecht. Sondern wirklich total krank. Ich suche mir ein T-Shirt aus der Schmutzwäsche, das reichlich nach Schweiß stinkt, ziehe mir die Hose aus und hüpfe in Boxershorts herum. Da klingelt Frank.

»Bist du krank?«, fragt er.

»Nein, das heißt, ich tue nur so, als ob ich es wäre«, antworte ich und ziehe meine Bettdecke zurück, sodass ich nur noch drunterschlüpfen muss, wenn es klingelt. Ich stelle ein großes Glas Wasser auf den Nachttisch und ziehe die Gardinen vor.

»Ich kapiere gar nichts«, sagt Frank, als wir in der Küche sitzen. »Du hast gesagt, du hättest eine Überraschung für mich.«

»Ja, das stimmt.« Ich gieße ihm Kaffee ein und verstecke seinen Mantel im Schrank. »In genau zwanzig Minuten musst du mein Vater sein.«

»WAS!«, ruft er und glaubt nicht, dass ich wirklich gesagt habe, was ich gesagt habe.

»Ich brauche einen Schauspieler, der mein Vater sein kann«, sage ich so ruhig wie möglich. »Der Chef aus meinem früheren Leben wird auftauchen. Er braucht sein Fahrtenbuch wieder und da will er gleich nachgucken, ob ich auch wirklich krank bin.«

»Du spinnst ja wohl!«, sagt Frank. »Ich schaffe es nicht, so zu tun, als ob ich dein Vater wäre. Schließlich ist er Schauspieler und alles Mögliche. Ich weiß gar nichts von der Schauspielerei.«

»Du musst einfach originell sein«, erwidere ich. »Übrigens leide ich an Podobromhidrosis. Das ist schrecklich gefährlich.«

»WAS!«, ruft er noch einmal. Und da klingelt es auch schon an der Tür. Mein Chef ist zehn Minuten zu früh.

»Podobromhidrosis«, flüstere ich und schlüpfe ins Bett.

Frank sprintet hinter mir her. »Das kann ich nicht mitmachen«, faucht er.

»Du musst!«, fauche ich zurück. »Warst du es nicht, der zu dem Jungen in dir wieder zurückfinden wollte? Jetzt hast du immerhin die Möglichkeit, ein anderer zu sein als dein altes müdes Ich. Nun sei kein Spielverderber!«

Frank trottet hinaus und lässt den Chef herein, der es geschafft hat, in der Zwischenzeit noch einmal zu klingeln. Ich kann hören, wie sie leise und gesittet im Flur miteinander reden. Übers Wetter, den Job, das Leben und so. Ich lehne mich in meinem Kissen zurück und strenge mich an, richtig krank auszusehen. Draußen wird es ganz still und ich nehme an, dass sie sich in die Küche gesetzt haben und dass Frank eine ausführliche Geschichte zum Besten gibt und dem Typen das Fahrtenbuch aushändigt, damit wir damit fertig sind.

»Und hier haben wir den Patienten«, sagt Frank plötzlich und zieht den Chef mit sich in mein Zimmer. Ich zeige ein gequältes Lächeln und der Chef wirkt erschüttert. »Er ist aber sehr blass«, sagt er zu Frank, als wäre ich kurz vorm Sterben und könnte nicht einmal mehr reden.

»Mit Pommobrommodrase ist nicht zu spaßen«, sagt Väterchen Frank und lächelt schräg. Dann zieht er ein Thermometer hervor und erklärt: »Mein Sohn, wir müssen mal wieder deine Temperatur messen. Das müssen wir nämlich jede Stunde machen, wissen Sie.« Ich öffne den Mund, damit er das Gerät dort hineinschieben kann.

Stattdessen lächelt er jedoch boshaft und sagt: »Nein, nein, darüber haben wir doch schon geredet, mein kranker Freund. Das muss ins andere Ende.«

Mir wird ganz flau. Und ich denke mir: Warte nur, bis wir wieder allein sind, du Mantelmann. Ich werde mir eine Rache ausdenken, die du nicht vergessen wirst. Ich strecke eine zögernde Hand aus und nehme das Thermometer entgegen. Er hat doch wohl nicht gedacht, dass ich es mache, während die beiden zugucken?

»Soll ich dir helfen es an Ort und Stelle zu befördern?« Frank grinst hämisch und sieht aus wie ein Wolf.

»Ist schon in Ordnung, Väterchen«, erwidere ich und schiebe den eingefetteten Glaskolben unter die Decke, um so zu tun, als würde ich ihn an einen gewissen Ort befördern.

»Und schieb es richtig an Ort und Stelle!« Frank lässt nicht locker. »Soll ich mal nachgucken, ob es auch richtig sitzt?« Er will die Decke hochheben, die ich jedoch voller Wut an mich reiße und für ein paar Sekunden aus der Rolle falle. Bis mir einfällt, dass schließlich der Chef danebensteht und den Mund nicht zukriegt. Ich schiebe das Thermometer dahin, wo es hinsoll, und erschauere. Frank muss es aus lauter Bosheit unter eiskaltes Wasser gehalten haben.

»Ich muss jetzt weiter«, sagt der Chef. »Wie hieß das, woran er leidet?«

»Brommopodobrahidese«, sagt Frank verzweifelt.

»Ja, genau, das war es«, nickt ein verwirrter Chef und verschwindet. Während ich den Temperaturmesser entferne, der sich an der Haut festgefroren zu haben scheint.

»DU BIST JA REIZEND!«, schreie ich Mantel-Frank an.

Er sieht mich nur unschuldig an. »Wir waren uns doch einig, dass ich versuchen sollte das Kind in mir wieder zu finden. Und so ein Kind war ich nun einmal.«

»Die armen Eltern«, seufze ich, immer noch erschöpft.

»Sie sind früh gestorben«, erwidert er.

»Dieses eiskalte Dingsda hättest du dir jedenfalls sparen können…«, setze ich an.

»Meine Güte noch mal! Du wirst doch wohl einen kleinen Spaß verstehen. Nun sei doch nicht so ein Sauertopf!«, grinst er.

Ich wasche mir die Bleichfarbe ab und höre, wie die Tür aufgeschlossen wird. »Hoppla«, denke ich. »Was soll ich denn jetzt sagen?«

»Und wer bist du bitte schön? Wenn ich denn fragen darf?« Sis' Stimme ist aus Stahl und Beton.

Ich strecke den Kopf heraus, als Frank sich gerade umdreht, Pfötchen gibt und Sis begrüßt. So bekomme ich den magischen Augenblick mit. Denn es gibt solche magischen Augenblicke. Genau wie damals, als ich mit Blumen für Claudia ins Hauzz ging. Solche Augenblicke, in denen die Zeit still steht. Und jetzt – in wenigen Zehnteln einer Sekunde – halten die Uhren an und die Zeit bleibt stehen. Bruchteile einer Sekunde verhaken sich und die Uhrzeiger zittern, während sie versuchen weiterzukommen, über diesen magischen Augenblick hinaus. Und dieser ganze Zauber liegt in dem Zwinkern von Sis' Augen, als sie Franks Blick begegnet.

Es ist möglich, dass es so kurz ist, dass sie es selbst gar nicht merken. Aber ich sehe es. Adam, der neue, moderne Mensch, der sich bemüht, in kürzerer Zeit als jede andere Schildkröte von sechzehn Jahren erwachsen zu werden, sieht es. Es blitzt auf. Ein schöner Sternenregen in Regenbogenfarben zittert zwischen den beiden Augenpaaren für eine kurze Zeit, bevor es den Uhren wieder gelingt, die Zeit anzuschieben. Aber der Zauber ist für den zu erkennen, der so etwas erkennen kann.

Ich lasse kurz fallen, dass heute so wenig bei der Arbeit zu tun war, dass der Chef die halbe Mannschaft nach Hause geschickt hat und dass ich Frank getroffen habe, mit dem ich vielleicht eine Band gründen will. Ich merke, wie Frank neben mir unruhig wird. Er fürchtet, dass ich ihn jetzt in weitere Lügen verstricken werde.

»Genau«, ist das einzige Wort, das Sis herauspressen kann. Sie schaut von einem zum anderen. »Was für Musik ist das denn, die ihr…«

Aber sie kann den Satz gar nicht beenden. »Hey«, antwortet Frank. »Whitehot Metal, wenn du weißt, was das ist.«

»Ich glaube, ich will das gar nicht wissen«, sagt Sis und verschwindet in die Küche. Ich ahne schon, dass sie nach Hause gekommen ist, um mich zu kontrollieren. Sie ahnt etwas und will wissen, ob ihre Ahnung richtig ist.

»Frank ist richtig gut auf Inlinern«, sage ich, damit sie schnell vergisst, wovon wir gerade sprachen.

»Hallo, hallo, was du da redest!«, sagt er.

»Ach, nun sei mal nicht so bescheiden.« Ich lächle ihn genauso boshaft an, wie er es gemacht hat, als er mit dem kalten Thermometer ankam.

»Stimmt das?« Sis guckt aus der Küche hervor. Und wieder, Brüder & Schwestern, kommt dieser magische Augenblick, in dem sich zwei Augenpaare begegnen und dreihundert Nachrichten gleichzeitig hin und her gesandt werden.

…Ich mag dich…

…Du bist vielleicht süß…

…Ich mag deine Augen…

…Du bist echt in Ordnung…

…Mir gefällt dein Mund…

…Was für eine schöne Stimme du hast…

….Ich mag die Art, wie du das Haar hinterm Ohr hast…

Die Meldungen kommen und gehen. Ich kann es sehen. Und ich glaube fast, sie merken es nicht einmal.

»Äh, ja, ja. Das stimmt wohl doch«, räuspert Frank sich und wird rot. »Aber ich habe damit aufgehört. Hätte ganz gut werden können. Aber jetzt bin ich eingerostet. Würde keinen Schritt mehr schaffen, ohne auf die Nase zu fallen.«

Frank macht auf Nummer sicher. Und ich ziehe ihn mit mir nach draußen, bevor Sis weiter nachbohren kann.

Als wir eine halbe Stunde später oben auf dem Dach des Silos stehen, scheint er gar nicht anwesend zu sein. Wir begrüßen gemeinsam die Sonne und ich denke ein paar kurze Sekunden lang, ob ich ihn nicht als Dank für dieses eiskalte Thermo, das er in mich gezwungen hat, über den Rand schubsen soll. Aber ehrlich gesagt denke ich in erster Linie an Claudia. Vielleicht sollte ich sie auf dem Weg zum Hauzz abfangen? Einfach nur so. Ich erzähle Frank von ihr. Und er sagt: »Diese Meinung, sie hätte alle Männer durchschaut, brauchst du nicht so ernst zu nehmen. Dafür ist sie viel zu jung. Auch wenn Mädchen in diesem Alter viel reifer sind als wir Männer.«

»Ach, nun fang du nicht auch noch damit an, mit dieser Altersscheiße zu nerven«, sage ich sauer. »Hier bin ich ernsthaft damit beschäftigt, ein anderer zu werden, und dann muss ich mir immer so einen Mist anhören!«

»Du magst dieses Mädchen, stimmt's?« Frank lächelt – und diesmal nicht boshaft. Er sieht jetzt fast wie Vattern aus.

Ich nicke und er nickt auch. »Vergiss nicht, dass du jetzt älter bist als damals, als du mit Caroline zusammen warst«, sagt er.

Ich nicke wieder und er nickt auch. Stille senkt sich über uns. Die Sonne ergießt ihre warmen Strahlen auf unsere Köpfe. »Dann pass auf, dass du sie nicht wieder verlierst«, sagt er nach ein paar Minuten. »Denke dran, dass du es ihr sehr leicht gemacht hast, dich zu kriegen. Lass sie nicht glauben, dass du immer so einfach und nett bist.«

»Was meinst du damit?«

»Ich weiß nicht«, antwortet er. »Aber mir ist es immer so mit den Mädchen ergangen. Sie haben gemeint, ich würde ihnen keinen Widerstand bieten. Und dann sind sie eines Tages aufgewacht und fanden die ganze Beziehung nur noch langweilig. Denn wir sind immer auf eine äußerst einfache Art und Weise zusammengekommen. Deshalb haben sie wahrscheinlich geglaubt, es würde alles so einfach bei mir laufen. Nein, jetzt rede ich wohl Quatsch. Und es geht ja dabei auch nur um mich.«

Wir halten wieder den Schnabel und genießen den Sommer.

Das heißt, ich habe gerade angefangen mir Sorgen zu machen. Denn was nun, wenn das, was Frank erlebt hat, auch für mich gilt? Wenn Claudia nun denkt, dass dieser Adam ein ach so lieber, braver Junge ist. Und achtet darauf: Wenn sie mich nur als einen Jungen ansieht. Und nicht als fast erwachsen. Sondern als einen Jungen. Und ein Junge, das ist schließlich so eine Gestalt, die überall in kurzer Hose herumsaust, laut und falsch über Witze lacht, die nur Vierzehnjährige witzig finden, und Leute mit seinem Blasrohr ärgert. Das ist ein Junge. Ich dagegen, ich möchte mich ja als etwas anderes sehen.

Ich versuche mich daran zu erinnern, als was ich mich denn so sehe, aber mir fällt nichts ein. In meinem feuchten Hirn sehe ich nur das Bild einer Schildkröte. Einer verdrehten, lahmen Schildkröte, die ihr Mäulchen öffnet, und heraus kommt eine laute, falsche Stimme, die ruft: »Idiotisch, Jungs, total idiotisch!«

Ich muss mein nächstes Treffen mit Claudia planen. Sie soll mir nicht so leicht vom Haken rutschen. Ein Mann braucht einen Plan, um Erfolg zu haben.

Vattern macht seine eigenen, geheimen Pläne. Er kommt zum Essen nicht nach Hause. Er hat eine Nachricht auf dem Anrufbeantworter hinterlassen, dass er erst spät nach Hause kommen wird. Also essen Muttern, Sis und ich zusammen. Es wird eine fast friedliche Mahlzeit. Wenn es da nicht die merkwürdigen Blicke gäbe, die Sis mir ab und zu zuwirft.

Nach dem Essen zupft sie mich am Ärmel. »Du, dieser Frank…«, sagt sie.

»Ja«, antworte ich, bereit zu jeder Lüge, die notwendig sein sollte.

»Er ist schon ein merkwürdiger Typ, nicht wahr?«

»Merkwürdig?« Ich schüttle verständnislos den Kopf.

»Er hat mich, kurz bevor ihr abgehauen seid, gefragt, ob ich wüsste, dass Gloria eigentlich Ehre bedeutet. Aber dass er meinte, in meinem Fall würde es etwas ganz anderes bedeuten. Und das sollte ich als Kompliment ansehen. Obwohl er nicht besonders gut im Komplimentemachen sei. Glaubst du, dass das ein Kompliment war?«

»Er kann überhaupt nicht lügen«, erkläre ich. »Wenn er das gesagt hat, dann meint er es auch. Fasse es als Kompliment auf, Sis.«

Das Telefon klingelt und ich sage: »Wenn es für mich ist, ich bin nicht da. Ganz gleich, wer es ist.«

»Ja, natürlich abgesehen von Claudia, oder?«, neckt sie mich.

»Nein, nein, ganz besonders, wenn sie es ist. Dann bin ich auf jeden Fall weg. Auf unbestimmte Zeit. Und keiner weiß, wann ich nach Hause komme.«

»Kapiert…«, sagt Sis und kapiert überhaupt nichts. Ich merke gleich, dass Claudia am Apparat ist. Sis sagt, sie wisse nicht, wo ich sei und so weiter und so fort. Keiner weiß, wann ich nach Hause komme. Keiner weiß etwas. Sie kritzelt eine Nachricht hin.

»Du sollst sie anrufen«, sagt sie hinterher und gibt mir den Zettel. Ich knülle ihn zusammen und werfe ihn weg.

»Probleme? Jetzt schon? Du kennst sie doch erst seit… ja, jedenfalls seit nicht gerade vielen Tagen.«

»Überhaupt keine Probleme«, antworte ich. »Nur ein Plan, den ich verfolge.«

»Erwachsen zu werden!«, sagt sie resigniert.

»Genau darum geht es«, lautet meine mysteriöse Antwort.

Denn ich habe wirklich einen Plan. Es geht darum, nicht so durchschaubar zu sein. Ich will ein bisschen schwierig erscheinen. Mich soll man nicht so leicht packen können. Ich weiß nicht, ob das wichtig oder richtig ist. Aber etwas an Franks Worten hat mir einen Stoß versetzt. Ich will dieses Spiel oder was es nun ist gewinnen. Das Problem dabei ist nur, die Regeln zu beherrschen. Zunächst einmal geht es darum, Claudia aus dem Weg zu gehen. Ich habe eigentlich nicht die geringste Lust, ihr aus dem Weg zu gehen. Aber das schiebe ich beiseite.

Claudia ruft an diesem Abend noch dreimal an. Ich lasse Sis mein Filter sein. Und jedes Mal wird sie wütender, weil sie für mich lügen muss. »Wenn sie jetzt noch mal anruft, kannst du selbst drangehen!«, faucht sie.

Aber ich habe das Glück, dass es nicht passiert. Stattdessen sitze ich in meinem Zimmer und spüre, wie mein Herz schmerzt, vor lauter Lust, mit Claudia zu reden. Nur mit Claudia... Aber jetzt geht es darum, dass ein Mann seinen Plan einhalten muss. Kolumbus hat schließlich auch nicht den Kurs geändert, nur weil er so eine vage Idee hatte, er sollte mal in eine andere Richtung fahren. Kolumbus hatte einen Plan, den er verfolgt hat.

Vattern kommt erst spät nach Hause. So gegen halb elf. Er sieht mich an und ich zwinkere ihm zu. Er nickt matt und in seinen Augen wird ein dampfender Ochsenbraten entflammt. Er riecht streng nach Brühe und Saft und Muttern sagt er, er hätte in der Stadt gegessen. Aber bei dieser Äußerung fängt sein Bauch sofort an zu protestieren. Es rumpelt und gluckert dort drinnen. Sein Magen schreit

LÜGE & SCHWINDELEI & BETRUG

so laut, dass Muttern es eigentlich hören müsste. Ich glaube, Sis bekommt es mit, denn sie sieht ihn so merkwürdig an. Vattern geht in die Küche und tut dort etwas, was wir ihn wohl noch nie zuvor haben tun sehen: Er zapft sich ein riesiges Glas Wasser vom Wasserhahn und trinkt daraus. Dann entdeckt er uns drei, wie wir dastehen und ihn anschauen. »KANN EIN MANN IN DIESEM HAUS NICHT EINMAL IN RUHE EIN GLAS WASSER TRINKEN?«, schreit er und donnert das Glas auf die Anrichte, dass es einen Sprung kriegt.

»Willst du uns nicht etwas sagen?«, fragt Muttern und eilt an seine Schulter, während sie ihm über die Wange streicht.

»Nein, es geht nur um diesen verdammten Ibsen und seinen Peer Gynt. Wisst ihr, heute war nämlich ...«, setzt er an.

Und gleich darauf haben wir es alle schrecklich eilig. Keiner will noch etwas über diesen Gynt hören.

»Ich muss noch einige Rechnungen durchgucken«, sagt Muttern und fegt davon.

»Ich muss noch ein paar Warenkataloge durchsehen«, sagt Sis und schleicht hinaus.

Vattern zwinkert mir zu. »Das funktioniert doch jedes Mal«, flüstert er.

»Ja, die Sache rutschte wie mit Butter geschmiert«, sage ich.

»Halt die Klappe!«, flüstert er wütend und sein Magen rumpelt mir einen Fluch entgegen. Er zieht sich ins Schlafzimmer zurück. Und ich, ich denke an Claudia. Ich schlafe mit dem Bild von ihr hinter den Augenlidern ein. Und im Traum rufe ich sie mindestens zwanzigmal an.

DIENSTAG, 23. JULI

»Der Geruch nach Krankheit.«

Die Sonne geht auf um 04.38 Uhr
und sie geht unter um 22.08 Uhr.

Als ich an diesem Morgen aufs Silo komme, ist mir klar, dass Claudia schon vor mir hier gewesen ist. Fragt mich nicht, wieso ich das weiß. Ich glaube, es muss der Geruch sein. Bereits auf den Treppen nach oben kann ich diesen sauberen Geruch von ihr schnuppern. Zuerst glaube ich es gar nicht. Ich habe nur plötzlich ganz lebendige Erinnerungen an sie. Meine Nase hat noch nicht einmal Mitteilung beim Gehirn gemacht und erzählt, woran der Geruch erinnert. Mein Gehirn flasht nur zwischen hunderten von Fotos von Claudia hin und her, während ich immer zwei Stufen auf einmal nehme, als würde ich so schneller zu ihr kommen.

Claudia im Profil. Ihre Nase, die lang, gerade und schön ist.

Claudia von oben gesehen. Widerspenstige blonde Stoppeln, die aufrecht stehen und trotzdem ganz weich anzufassen sind.

Claudia von hinten gesehen. Ihre Hüften wiegen sich in einer ganz speziellen Art.

Claudia von vorn gesehen, wie sie auf mich zukommt. Ihre blauen Augen, die sich in mir einbrennen.

So arbeitet mein Gehirn. Und erst als ich oben bin, ist mir klar, warum diese Bilder auftauchen. Claudia muss hier gewesen sein. Es riecht nach einem kleinen Sturm. Sogar hier oben, wo der Wind sich in sanften Böen ums Gebäude schmiegt. Niemals zur Ruhe kommt. Sogar mitten in der schlimmsten Hitzewelle.

»Die Sonne ist eine geniale Göttin«, grüße ich die Sonne.

»Yes, Sir!«, sagt sie und winkt mir zu. »Du hast also einen Plan?«

»Yes, Madam«, antworte ich. »Und ich hoffe, du wirst mir dabei helfen.«

»Pläne sind immer spannend«, sagt sie und streut glühende Kohlen über den Himmel. »Mal sehen. Irgendwie ist am Tag immer so viel zu erledigen.«

»Ja, und vergiss mein Projekt nicht«, werfe ich ein. »Denk dran, dass ich etwas Besonderes bin.«

»Yes, Sir«, sagt sie und grüßt mit einem Finger am Mützenrand.

»Sie sagt, dass du schon speziell bist«, erzähle ich Frank zwanzig Minuten später. Wir sitzen an seinem Küchentisch und starren den kleinen Schildkröten-Adam an, der gerade frühstückt.

»Speziell?«, fragt Frank und hebt die Augenbrauen auf eine fragende Art.

»Ja, also, sie meint damit cool. Ich glaube jedenfalls, sie hat cool gemeint. So in der Art«, stottere ich und spucke es endlich aus. »Sie kann nicht gut Komplimente machen.«

Frank kaut auf dem Satz herum. Er ist morgens noch nicht besonders flink. Aber wer ist das schon? Ich persönlich bin ein A-Mensch. Aber das bedeutet nur, dass ich wach bin. Und nicht unbedingt voll dabei bin, wenn ihr versteht, was ich meine, Brüder & Schwestern.

Er füttert Klein-Adam, der den Kopf schüttelt und zwei zögernde Schritte vorwärts macht, um noch näher an ein verlockendes grünes Salatblatt zu kommen.

»Sie ist in Ordnung, deine Schwester«, sagt er schließlich.

»Ich habe gesehen, wie es zwischen euch gefunkt hat«, grinse ich.

»Gefunkt?«, wiederholt er. »Da hat gar nichts gefunkt.«

»Ach, red doch keinen Quatsch!«

»Ich habe keine Ahnung, wovon du redest.« Er steht auf und holt sich mehr Kaffee. Er lächelt nicht. Wirkt im Gegenteil eher mürrisch. Aber er ist nicht sauer. Ich frage ihn, ob er mit seiner Denkpause fertig ist. Und er antwortet o ja, er meint, so langsam wieder für das Leben bereit zu sein. »Und wie ist dein Plan?« Ich bin neugierig und kann nicht an mich halten.

»Nein, einen Plan gibt es eigentlich nicht. Warum sollte ich einen haben?«

»Alle müssen doch einen Plan haben, oder?«

Aber Frank leugnet das. Überhaupt muss ich sagen, dass Erwachsene unglaublich lahm sind, wenn es darum geht, das eigene Leben in den Griff zu bekommen. Selbst ich Anfänger habe so langsam kapiert, dass man einen Plan haben muss. Genau wie ich anfange Pläne zu schmieden, wenn es darum geht, was unbedingt mit Franks Leben gemacht werden muss.

Vatterns Plan dagegen ist ganz einfach. Wir treffen uns um halb elf vor dem Röntgeninstitut, wo er seine »lockere, kleine Untersuchung« haben soll. Vattern ist bleich, als hätte er sich auch mit Lichtschutzfaktor 25 eingeschmiert. Und er sieht viel dünner aus als noch vor ein paar Tagen. Als der böse Sohn, der ich nun mal bin, kann ich es mir nicht verkneifen, ihn zu fragen: »Gut gefrühstückt?«, und weiche einem halbherzigen Schwinger aus. Aber so führen wir uns nun einmal in unserer Familie auf.

»Stirb!«, sagt er und zeigt auf mich. »Du brauchst gar nicht mehr nach Hause kommen. Ich werde dein Zimmer vermieten!«

»Du willst doch wohl nicht, dass ich Muttern etwas stecke?« Ich habe wieder einmal die Oberhand.

Vattern wird noch bleicher, wenn das überhaupt möglich ist. Wir nehmen den Fahrstuhl zum dritten Stock, ohne ein Wort zu verlieren. Und das ist einfach nur idiotisch, Brüder & Schwestern. Das ist so ein Ort, der eklig und idiotisch ist. Ich bereue es sofort, Vattern geärgert zu haben. Ich bereue all die dummen Dinge, die ich zu ihm gesagt habe und die ich ihm gegenüber in meinem ganzen Leben gemacht habe. Denn hier oben im Wartezimmer hat auch die Zeit angehalten. Aber nicht auf Grund der Spannung vor etwas Tollem, das passieren wird. Hier dreht es sich nicht um einen magischen Augenblick. Nachdem Vattern seine Papiere abgegeben hat, werden wir in ein anderes Wartezimmer geschickt. Und hier ist es nicht gerade besser. Sie haben versucht es für die dort Wartenden nett zu machen. Aber das Blöde ist, gerade die Wartenden verursachen ja diese eklige Stimmung.

Ich gucke verstohlen zu Vattern und sehe, wie seine Hände zittern. Ich denke, dass auch Vattern in diesen Tagen älter geworden ist. Seit er mit diesen mysteriösen Schmerzen in der Seite zum Arzt gegangen ist, sind seine Haare ergraut und sein Körper ist sozusagen um einiges in sich zusammengefallen. Das ist nicht mehr der Vater, wie ich ihn als meinen Vater in Erinnerung habe. Er hat sich so schnell verändert, dass ich gar nicht Schritt halten konnte. Für Vattern sind in der Zeit, für die ich nur ein paar Tage gebraucht habe, Jahre vergangen. Es riecht nach Krankheit und alle hier sehen so aus, als müssten sie

STERBEN

und damit ist das Wort ausgesprochen. Dieses hässliche Wort mit sieben Buchstaben, das nur zu vergleichen ist mit dem ebenso widerlichen Wort

KREBS

und hier – im Wartezimmer – geschieht es, dass es sich sozusagen mit voller Wucht auf mich stürzt. Ich befinde mich auf einem dünnen Seil, das sich in drei Richtungen gleichzeitig dehnt. Ich balanciere zwischen Liebe, Tod und dem Bemühen, erwachsen zu werden. Im Augenblick denke ich nicht daran, dass ich den Carolines in dieser Welt zeigen will, was für ein Kerl ich bin. Im Augenblick versuche ich nur zwischen drei viel zu gewichtigen Gefühlen hin und her zu lavieren. Das ist nicht leicht. Es ist ein Gefühl, als würde ich sinken oder als spränge ich auf der Flucht vor etwas von Eisscholle zu Eisscholle. Oder aber als streckte ich mich nach dem rettenden Strohhalm, um nicht in einem Abgrund zu verschwinden, von dem ich nicht einmal den Boden sehen kann.

Eine Dame mit Kopftuch sitzt mir direkt gegenüber, ein Typ, der ihr Sohn sein könnte, hält ihre Hand. Eine graubleiche Frau mit zwei Kindern sitzt auf dem Sofa und versucht eine Illustrierte zu lesen. Ein einsamer Typ in Franks Alter sitzt allein auf einem Stuhl in einer Ecke. Er sieht aus, als müssten sie ihn auf einer Bahre abholen, wenn er an der Reihe ist.

Ich versuche mich verzweifelt an Trivialitäten über den menschlichen Körper zu erinnern, nur damit mein Gehirn einen anderen Gang einlegt. Zum Beispiel: Ende des letzten Jahrhunderts wurden in Ägypten Millionen von Mumien als Heizstoff für Züge benutzt. Weil Kohle und Holz zu teuer war, während es Massen an Mumien gab. Ein Mensch verliert jede Stunde ca. 600 000 Hautpartikel. Tatsächlich etwas mehr als ein Kilo im Jahr. Wenn du bis zu deinem 70. Geburtstag lebst, hast du genug verloren, um daraus einen neuen Menschen zu bauen. Ein Mensch stirbt schneller an Schlafentzug als an Hunger. Du stirbst schon nach zehn Tagen ohne Schlaf, während du mehrere Wochen hungern kannst. Die Asche eines Menschen, der eingeäschert wird, wiegt rund fünf Kilo.

Und für alle, die in der Lage sind zu lesen, Brüder & Schwestern, wird deutlich, dass selbst meine unschuldigen Trivialitäten vom Tod handeln. Ich sinke auf meinem Stuhl zusammen, schließe die Augen und bitte mein Gehirn, doch an gar nichts zu denken. Das gelingt nur so lala.

Nach vierzig Minuten kommt Vattern wieder heraus. Er zwingt sich zu einem müden Lächeln und sagt: »Damit ist es überstanden.« Wir bleiben noch weitere fünf Minuten sitzen, während er sich etwas erholt, dann trotten wir zum Fahrstuhl und landen brav wieder im Erdgeschoss. Ich führe ihn direkt ins NAF-Café und hole einen Kaffee und ein Brötchen, um das er mich gebeten hat. Aber als es zur Sache kommt, hat er keine Lust mehr etwas zu essen.

»Was haben sie mit dir gemacht?« Und diesmal grinse ich nicht, als ich die Frage stelle.

»Das werde ich dir nicht sagen«, antwortet er nur trocken und zerkrümelt das Brötchen in kleine Häppchen. Probiert Stück für Stück im Mund und schafft es, die Hälfte hinunterzuwürgen. Auch den Kaffee trinkt er nicht. Sitzt nur da, schwer, angestrengt und halb tot. »Du wirst erst erwachsen, wenn du begreifst, dass du einmal sterben wirst«, sagt er, während er die Tasse auf der Untertasse hin und her schiebt. Das macht ein ekliges, knirschendes Geräusch. Ungefähr wie Kreide auf der Tafel.

Okay, denke ich, Brüder & Schwestern. Dann wird es noch eine ganze Weile dauern, bis ich erwachsen bin. Denn auch wenn man mir schon hundertmal erzählt hat, dass ich sterben werde, so glaube ich es doch nicht. Wer glaubt es eigentlich?

Handzeichen, wer glaubt, er oder sie werde einmal den Löffel abgeben?

Wird sein Zeitungsabonnement kündigen?

Wird die Frequenz gelöscht kriegen?

Wird auf dem Grill liegen und zu ca. fünf Kilo Asche werden?

Wird sich den Holzfrack überziehen?

Wird... sterben?

Ich glaube nicht daran. Den Tod kann man nicht kennen. Und vielleicht ist das der Grund. Es kann irgendwie nicht stimmen, dass die Welt sich weiterdreht, während du selbst zu Asche wirst. Wer könnte sich das vorstellen?

Wenn ich an den Tod denke, dann denke ich an etwas Graues, Zottiges, das mitten in der Nacht kommt. Wenn es dunkel ist und du kaum die Hand vor Augen sehen kannst. Etwas, das unsichtbar ist und das weder Gestalt noch Gesicht, Geruch noch Temperatur hat. Und vielleicht macht ja gerade das den Tod aus. Dass es nichts gibt, was ihm hier auf Erden ähnelt.

»Nun, ja, auf jeden Fall hast du die ganze Sache jetzt ja hinter dir, Vattern«, sage ich, um ihn zu trösten, während er vor seinem lauwarmen Kaffee und dem zerkrümelten Brötchen sitzt.

»Hinter mir?«, wiederholt er irritiert. »Ich habe gar nichts hinter mir. Das Schlimmste kommt ja erst. Oder was glaubst du, warum ich sonst hier sitze, ohne auf irgendetwas Appetit zu haben?«

Ich sehe aus wie ein Fragezeichen und er fährt fort: »Die Hölle fängt doch jetzt erst an, wo ich eine Woche auf die Ergebnisse der Proben warten muss!«

Den Rest des Tages denke ich nur an Claudia. Ich muss die Bilder vom Wartezimmer und Vatterns Anblick in meinem Kopf durch etwas anderes ersetzen. Ich muss wegkommen von allem, was nach Tod riecht. Und was nach Tod schmeckt und an Tod erinnert. Und deshalb denke ich an Claudia. Und plötzlich riecht der ganze Tag nach ihr. Nach diesem sauberen, zarten Duft. Es riecht nach Sommer, Sonne, Zitronen und etwas anderem, das nur Claudia hat. Und das mir einfach Bilder von Claudia in den Kopf zaubert. Ich weiß eigentlich gar nicht, warum ich nicht ans Telefon gegangen bin, als sie angerufen hat. Oder was mich von ihr fern gehalten hat. Ganz spontan schaue ich im Hauzz vorbei und da erzählt mir die Chefin, dass Claudia heute frei hat. Natürlich. Wenn du dich endlich anders entschieden hast, kriegst du gar nichts mehr hin. »Das kannst du dir selbst zuschreiben«, wollen die Sonne oder das Schicksal damit sagen.

Und während ich an die Sonne, das Schicksal und das Silo denke, habe ich plötzlich das Gefühl, als würde dieses ganze Leben aus der Bahn geraten. Nicht viel, aber trotzdem ist es Grund genug zu bremsen. Denn vor nur wenigen Wochen habe ich eine Liste mit allem aufgestellt, was notwendig sein sollte, um erwachsen zu werden. Ich wollte die Liste Punkt für Punkt durchgehen. Und was ist davon übrig geblieben? Alles ist sozusagen im Sande verlaufen. Das Einzige, was übrig geblieben ist: Ich gehe immer noch jeden Morgen hoch und begrüße die Sonne.

Dieser Dienstag ist ein Tag geworden, an dem so schwermütige Gedanken in meinem Kopf herumschwirren, dass es nicht einfach ist, sie zu ordnen. Und gleichzeitig habe ich Frank betreffend einen Plan aufgestellt. Den darf ich nicht vergessen. Den Plan.

Oder besser gesagt: DEN PLAN!

Denn es ist ein spannender Plan.

Die Frage ist nur, ob er sich durchführen lässt.

MITTWOCH, 24. JULI

»Der Tag eines Generals.«

Die Sonne geht auf um 04.40 Uhr
und sie geht unter um 22.06 Uhr.

Ein General ist ein Kerl, der einen Plan hat. Natürlich hat er auch noch eine gewisse Anzahl an Männern bei sich und ein Terrain, um das er sich kümmern muss. Seine Aufgabe besteht darin, einen Feind zu besiegen, der irgendwo im Buschwerk lauert. Und so gestaltet sich dieser Mittwoch. Claudia ist vergessen. Vergessen ist mein Projekt, innerhalb weniger Wochen erwachsen zu werden. Ich habe einen PLAN. Adam ist ein General, der seit seiner ersten wachen Minute DEN PLAN klar im Kopf hat.

»Können wir nicht heute zusammen Mittag essen?«, frage ich Sis, bevor sie zu ihrer Arbeit davonsaust.

Und wir verabreden uns für zwölf Uhr bei Bagel & Juice. Als sie sich von dannen gemacht hat, reibt sich General Adam zufrieden die Hände. Der erste Teil des Plans ist unter Dach und Fach. Bevor ich selbst abhaue, führe ich noch ein Telefongespräch. General Adam redet und redet und schiebt damit Teil Nummer zwei des PLANS an seinen Platz. Das ist die reinste Schlacht von Waterloo. Es riecht nach Pulver, Kanonen und möglichen Verwundungen. Aber ich glaube nicht, dass auch nur ein Tropfen Blut fließen wird. Ganz im Gegenteil. Das wird eine Schlacht, die gewonnen wird, ohne dass ein Leben verloren geht. Ich sehe mich als General der

Liebe. Ich gehe in die Stadt und schmiede einen PLAN für die Liebe.

»Du denkst ja die ganze Zeit nur an die Liebe«, wirft die Sonne mir vor, als ich auf meinem Platz ankomme. »Warst du es nicht, der irgend so einen Gigantosprung für sich selbst arrangieren wollte? Was ist denn mit all den Carolinen dieser Welt? Warst du es nicht, der ihnen zeigen wollte, was für ein cooler Typ du bist?«

»Doch, aber manchmal kommt es eben anders«, antworte ich. »Ich bin ein Liebesgeneral geworden. Jedenfalls für ein paar Tage. Ich werde auf mein Projekt später zurückkommen. Aber im Augenblick …«

»Okay, okay«, murmelt die Sonne mürrisch. »Ich mag von diesem Plan nichts mehr hören. Tut mir Leid, aber wir nennen es wohl DEN PLAN, wenn wir von ihm reden.«

»Das stimmt«, sage ich. »Heute heißt er nur DER PLAN.«

Die Sonne antwortet nicht. Sie schmollt. Sie hat die Kontrolle verloren, ist nicht mehr die alleinige Chefin. Es ist nicht so leicht, über einen Liebesgeneral zu bestimmen. Ich strecke mich auf dem Silodach aus und ziehe mein T-Shirt aus. Ich ziehe auch meine lange Hose aus und präpariere mich für eine schöne braune Hautfarbe. Ein General muss gesund und munter erscheinen. Besonders wenn er ein Liebesgeneral ist. Die Sonne verschüttet großzügig ihre Hitze und ich gerate in genau die richtige Stimmung, in der ich DEN PLAN in dem Teil meines Gehirns herumkicke, der nicht schläft, und ihn dort sich entwickeln lasse.

Wenn ich es so und so mache …?

Wenn ich das und das sage …?

Wenn ich die und die Worte benutze …?

Eine Wolke legt sich über mein Gesicht. Ist das eine Möwe? Nein. Ist es ein Flugzeug, das über die Stadt fliegt? Nein. Ist das vielleicht Frank? Mir fällt die Zeit ein – und sie scheint mir bereits mehrere Jahre her zu sein –, als ich an ihn nur als an den Mantelmann dachte und irgendwie Angst vor ihm hatte.

Aber nein. Es ist eine dünnere Silhouette, die mich anfaucht: »Wenn du mich nachts in Ruhe lässt, werde ich dich hier oben in Ruhe lassen!«

Der gerissene General, der ich bin, braucht Zeit, um sich zu sammeln. Ich stütze mich auf meine Ellbogen und schaue zu Claudia hoch, die mit einem wütenden Blick zu mir runterguckt. »Warum antwortest du nicht auf meine Anrufe? Was ist eigentlich los, was nervt dich?«

»Nichts nervt mich«, antworte ich und strecke meine Hand nach ihr aus. Ein gerissener Liebesgeneral ist sich natürlich klar darüber, dass er jede noch so verwickelte Situation meistern wird. Auch wenn ich zugeben muss, dass sie mich vorm Aufstehen erwischt hat. Wozu brauchst du noch Feinde, wenn du Partner wie die Sonne hast? Eine Freundin, die immer wieder auf Ideen kommt, deren Hauptinhalt offensichtlich darin besteht, mich zu überraschen? Ich schaue über Claudias Schulter und sehe, wie die Sonne mir verschworen zuzwinkert. Sie hat so einen »Die-hat's-dir-aber-gegeben«-Ausdruck im Gesicht und ich beschließe, die Wahrheit zu sagen.

»Es gab nur plötzlich einfach so viele Leute, die alle etwas von mir wollten. Reidar und Frank und so. Da war sonst nichts verkehrt.« Und dann strecke ich meine Hand noch einmal nach ihr aus. Aber sie ergreift sie nicht. Claudia ist voller Widerhaken und Klauen und nur widerwillig legt sie sich neben mich. Sie zieht sich ihr Top und die Shorts aus und sonnt sich neben mir.

»Was hast du damit gemeint, dass ich dich nachts nerve?«, frage ich.

»Ach, vergiss es«, sagt sie.

»Dann hast du also von mir geträumt, ja?«

»Das geht dich gar nichts an, du …!«, erklärt sie. Aber sie kann sich ein Lächeln nicht verkneifen. Und ihre Augen, die vorher dunkelblau waren – an der Grenze zum Schwarz –, werden wieder heller und sie legt ihren Mund auf meinen und aneinander geschweißt um unsere Lippen schweben wir in unseren eigenen Himmel.

Der Liebesgeneral Adam ist einen schwachen Augenblick lang kurz davor, seine Uniform abzulegen. Ein paar Sekunden lang überlegt er, ob er seine Truppen nach Hause schicken und über Panzer und Kanonen Tarnnetze legen soll. »Ich … ich mag dich«, sagt sie und ich mag sie zurück. Ich mag sie schrecklich gern. Aber ich habe Angst, das laut zu sagen. Ich antworte mit einigen Brummlauten, wie nur Männer sie brummen können, wenn sie nicht antworten wollen. Wenn sie der gleichen Meinung sind, es aber nicht sagen wollen. Die Uniform des Generals ist ohne jede Falte und ohne jeden Riss.

Aber ich glaube, Claudia versteht trotzdem. Sie benutzt ihre blauen Augen und sieht mich doch. Sie guckt durch meine Uniform hindurch, durch die Medaillen, die Karten und die Schusswaffen, die überall herauslugen.

Und deshalb will ich es umso dringlicher sagen. Aber mein Mund ist mit Sekundenkleber verschlossen und es werden nur ein paar Brummlaute.

Und Claudia versteht.

Und Claudia lächelt.

Und jetzt lächelt sie nicht wie Caroline, als Caroline dachte, sie hätte mich besiegt.

Claudia lächelt so ein warmes Lächeln, das wärmt genauso stark wie die Sonne.

Und wieder lege ich meine Lippen warm, sanft und herrlich auf ihre. Und sie macht es genauso. Warm, weich und sexy. So liegen wir in der Hitze ausgestreckt und tauschen unsere Wärme miteinander. Es gibt jetzt drei Sonnen hier oben. Und als die Sonne hinter einer Wolke verschwindet, weil es ihr peinlich ist, uns zuzusehen, wärmen wir uns ebenso gut allein.

In den zwei Stunden bis Viertel vor zwölf geschieht etwas zwischen uns. Es geschieht etwas. Das sind magische Stunden. Ich habe es schon früher gesagt, Brüder & Schwestern, es gibt solche magischen Augenblicke.

Und es geschieht hier oben, auf einem Silo mitten in Grünerløkka,

Oslo,

Norwegen,

Europa,

Welt,

Milchstraße,

Universum,

Wirklichkeit.

Und die magischen Augenblicke sind hier, bei mir und Claudia. Das ist genauso schwer zu verstehen wie die Tatsache, dass du einmal sterben wirst. Und vielleicht können nur ein Liebesgeneral und ein Kleiner Sturm so etwas zusammen erleben. Jedenfalls habe ich das Gefühl, als ob das einer der wenigen wirklich großen Augenblicke im Leben ist.

Fast möchte ich etwas ganz laut verkünden.

Etwas, was ich noch nie vorher gesagt habe.

Zu niemandem.

Nicht zu meiner Familie, zu meinen Freunden oder zu mir selbst.

Aber ich liebe.

Lasst es mich noch einmal sagen.

Es ist mir peinlich, es auszusprechen.

Es macht mich verlegen.

Für einen Mann ist das fast, als würde er weinen, während alle zugucken.

Vielleicht ist es für einen Liebesgeneral einfacher.

Aber nicht so schrecklich verdammt viel einfacher.

Trotzdem sage ich es.

Ich liebe. Claudia.

Und ohne weiter darüber nachzudenken, dass es passieren könnte, habe ich es laut gesagt.

Fast halte ich mir die Hand vor den Mund, nachdem mir die Worte rausgerutscht sind. Wenn mir die Sonne nicht schon vorher eine entsprechend kräftige Farbe verpasst hätte, hätte Claudia sehen können, wie rot ich werde.

Und sie antwortet – und ich glaube fast, dass es ihr in gleicher Weise einfach so rausrutscht wie mir –, das Gehirn plappert einfach, was es meint, ohne Filter und ohne Lenkung.

Claudia erwidert: »Ich liebe dich auch.«

Und wenn sie diese kräftige Sonnenfarbe nicht bereits hätte, hätte ich bestimmt auch sehen können, wie rot sie wird. Claudia legt ihr Gesicht an meinen Hals und meine Schulter und so schweben wir. Beide gleich rot. Und beide gleich glücklich. Und beide erfüllt von dem magischen Augenblick, der sich immer weiter ausdehnt und sich offensichtlich über den ganzen Tag erstrecken will. Ich vergesse alles, was ich machen wollte. Ich vergesse, wie ich heiße, und nutze die Zeit nur dafür, meine Wärme gegen Claudias auszutauschen. Die ich also liebe. »Die Sonne ist eine geniale Göttin«, flüstern wir einander zu, als handle es sich dabei um ein Abendgebet oder etwas Ähnliches.

Bis der Wecker klingelt. Aber ich muss ihn falsch gestellt haben. Denn es ist schon kurz vor zwölf. Ich habe es schrecklich eilig. Ich springe auf, schnappe mir meine Klamotten, und wenn ich mich beim Laufen hätte anziehen können, hätte ich es gemacht. In aller Hast erkläre ich Claudia DEN PLAN:

»Du bist ganz schön verrückt«, sagt sie. Sie will mich nicht gehen lassen. Und ich will auch gar nicht von ihr weg. Aber DER PLAN geht vor allem. Sie kann gern mitkommen. Aber sie muss in zwanzig Minuten bei ihrem Job sein.

Claudia und die Sonne winken mir zum Abschied, während ich die Treppen hinunterrase, um mich unten auf mein Fahrrad zu schwingen. Ein Liebesgeneral, der zu spät zu seiner Schlacht kommt.

»Hi, Sis!«, keuche ich und schnaufe wie ein Fisch auf dem Trockenen, als ich zwölf Minuten zu spät komme. Sis sitzt an einem Fenstertisch ganz hinten im Lokal. Sie hat ihren Bagel schon halb aufgegessen und trinkt Kaffee. Ihr Handy liegt neben ihr.

»Ich dachte schon, du kommst nicht mehr«, sagt sie. »Viel zu tun heute?«

»Schrecklich!«, erkläre ich und spähe hinaus zu meinem Fahrrad, um zu sehen, ob es auch sicher dort steht.

»Du warst wohl kreuz und quer durch die Stadt unterwegs, oder?«, fragt sie.

Ich nicke nur und gehe an den Tresen, um mir etwas zu kaufen. Frank ist anscheinend noch nicht gekommen. Und das ist perfekt.

»Ach, übrigens, dein Musikerfreund Frank war hier«, sagt Sis.

»O Scheiße!«, sage ich laut und deutlich im Stillen. Das war ein Strich durch die Rechnung. Gegen so etwas kann ein Liebesgeneral sich nicht absichern. »Und wo ist er jetzt?«, frage ich und sehe mich um.

»Ach, er hat nur kurz genickt und ist wieder gegangen. Es sah so aus, als suche er jemanden. Vielleicht ist er ja...« Sie beendet den Satz nicht und ich hebe fragend die Augenbrauen. Aber dann klingelt ihr Handy und das ist sicher der Laden. Ein schwieriger Kunde. Eine Ware, die keiner findet. Sis versucht zu erklären, aber es klappt nicht. Sie wird wütend und erklärt schließlich, dass sie in zehn Minuten da ist. Dann packt sie den Rest ihrer Mahlzeit in eine Serviette und kippt den restlichen Kaffee hinunter. »Da ist nur eins, was ich dich gern fragen würde, Brüderchen«, sagt sie, bevor sie verschwindet: »Wie ist es möglich, dass dein Chef behauptet, du wärst krank, wo du doch so emsig in der Stadt herumradelst?«

Genau wie es magische Augenblicke gibt, so gibt es auch tragische Augenblicke. Und das ist so einer. Er ähnelt dem magischen. Aber nur, weil sich die Zeit auch hier wie ein Kaugummi dehnt. Nachdem Sis mir die bescheuertste Frage gestellt hat, die ich mir denken könnte, vergehen nur noch wenige Sekunden, bevor sie sich davonmacht. Aber es sind Sekunden, die dazu führen, dass dieser arme Adam einsehen muss, dass er die Schildkröte in sich immer noch nicht losgeworden ist.

Er ist keine erwachsene Person.

Er ist ein kleiner Rotzbengel, der auf frischer Tat ertappt wurde, mit der Hand in der Keksdose.

Mit beiden Armen in der Kasse.

Mit dem ganzen Kopf in der Suppenschüssel.

»Die Sonne ist eine Scheißgöttin!«, flüstere ich vor mich hin und bringe keine einzige vernünftige Antwort heraus.

Sis sieht das und meint: »Vielleicht sollten wir uns später noch mal drüber unterhalten?«

Ich schüttle den Kopf, weil ich mir nicht vorstellen kann, mit der Familie überhaupt darüber zu reden.

»Du hast gar keine andere Wahl«, sagt sie und schiebt die Sonnenbrille auf ihren Platz. »Außerdem habe ich das Gefühl, dass du da irgendwas mit Frank am Laufen hast, von dem ich nicht sicher bin, ob es mir gefällt. Ehrlich gesagt, ich glaube, du bist ziemlich crazy.«

Ich bleibe sitzen, die Klappe bis zum untersten Knopfloch offen. Adam-Dummkopf-Kladam-Iddiott-Radam hat eine offene Maulsperre, in der eine ganze Geierschar ihr Nest bauen könnte. Und genau das tut sie. Die Geier können Aas auf weite Entfernung riechen und jetzt riechen sie meine Leiche und kommen herbeigeflogen.

Während ich bei Bagel & Juice sitze, Brüder & Schwestern, hüpfen zwei Geier in meine Fresse und einer weiter hoch in meinen Kopf. Sie drehen ihre kahlen Schädel und die krummen Schnäbel, spähen und riechen in alle Richtungen. Sie warten darauf, dass ich jeden Augenblick tot umfalle, damit sie sich bedienen können.

Ich verlasse das Café und gehe in die Stadt. Ich weiß nicht, wohin ich gehe. Aber plötzlich stehe ich vor Franks Tür und klingle. »Du bist reichlich crazy«, sagt er und lässt mich rein. Er sitzt auf dem Balkon unter einem Sonnenschirm und trinkt Seven Up.

»Blompff«, antworte ich nur, denn es ist nicht leicht zu reden, wenn du zwei Geier in der Fresse hast.

Klein-Adam krabbelt auf dem Balkonboden herum. Aber langsamer als sonst. Vielleicht denkt er, dass der Boden zu groß und zu unheimlich ist im Vergleich zu dem sicheren, kleinen Kasten, den er gewohnt ist. Er denkt wohl auch, dass hier andere Spielregeln herrschen, die er lieber erst kennen lernen möchte, bevor er sich aufs große Abenteuer einlässt.

Und jetzt wünsche ich mir, dass ich auch noch gewartet hätte, bevor ich mich auf dieses Spiel und diese Reise übers Meer eingelassen hätte. Von Kolumbus Adam sind nur noch die Ruder übrig. Und die taugen nur dazu, sich an ihnen festzuklammern, damit ich nicht versinke. Denn was wird Sis wohl mit ihren Informationen machen? Ich mag gar nicht daran denken. Und was ist mit dem Geld, das ich ihr schulde?

»Kannst du mir 6300 Kronen leihen?«, frage ich Frank. Aber da immer noch zwei riesige Vögel in meiner Mundhöhle hocken, kommt es nur heraus als: »Knn d mr schnsdt Krnn lhn?«

»Was?«, fragt er und beugt sich vor, um besser zu hören.

Ich spucke Vögel und Federn aus und erkläre ihm, was Sis herausgefunden hat.

»Da hast du ein Problem«, sagt er ruhig.

ALS OB ICH DAS NICHT WÜSSTE!

Es ist ja wohl logisch, dass ich ein Problem habe!

Es ist die Lösung des Problems, die mir fehlt.

Aber ich mag ihn nicht um Rat fragen. Eine Sache habe ich inzwischen gelernt, und zwar, dass ich genauso schlau (oder lahm, um das nicht zu vergessen!) bin wie er und alle anderen Erwachsenen, wenn es darum geht, gute Ratschläge und Lösungen zu finden, wenn es am meisten brennt.

»Du – dieses Vorhaben da«, sagt er plötzlich und wechselt damit das Gesprächsthema. Es blitzt in seinen Augen und sie verfärben sich bis ins Schwarze. »Ich kann mein Leben schon allein regeln. Ich habe kapiert, was du geplant hast und ... und ... ich weiß es schon zu schätzen, aber ...«

Die Geier haben sich wieder gemütlich auf meiner Zunge eingerichtet, sodass ich kein Wort antworten kann. Ich lasse ihn reden. Wenn er mir gestattet hätte, sein Leben zu regeln, dann hätte er auch mein Leben regeln können. Und damit wäre es gewiss beiden von uns besser gegangen. Ja, nicht, dass ich klagen will, was Claudia betrifft. Aber jetzt brennt die Kerze sozusagen an beiden Enden. Sis muss gestoppt werden.

Und Frank labert und labert. »Ja, also, Gloria ist ja süß, aber schließlich bin ich es, der ...« Und so weiter und so fort. Ich melde Auszeit und nehme meine Vögel mit, als ich gehe.

Von daheim rufe ich Claudia an, aber sie kann ja nicht stundenlang am Telefon stehen, wenn sie arbeitet. Und was Sis betrifft, weiß ich keinen anderen Ausweg, als ihr aus dem Weg zu gehen. Deshalb rufe ich Reidar an und wir treffen uns direkt nach dem Essen in der Stadt. Wir unterhalten uns über alles, über das man sich unterhalten kann. Aber trotzdem erzähle ich ihm nichts von Claudia. Als ich nach Hause komme, hat sie angerufen und ich rufe zurück, obwohl es schon fast zwölf ist. Sie schläft, wacht aber auf, als sie hört, dass ich es bin. Und wir führen bis halb eins ein Flüstergespräch. Da entdecke ich den Zettel auf meinem Schreibtisch. Darauf steht mit der steilen, energischen Handschrift von Sis geschrieben: *»Die Kronen, Brüderchen! Mein Geld!«*

Ich schlafe schlecht in dieser Nacht. Ich glaube fast, ich schlafe gar nicht. Als General bin ich gezwungen, zu versuchen diese neuen Probleme zu lösen. Ich muss zum Geldgeneral werden. Und anfangs kann das schwierig werden.

DONNERSTAG, 25. JULI

»Aus einem Samen ist etwas anderes geworden.«

Die Sonne geht auf um 04.42 Uhr
und sie geht unter um 22.04 Uhr.

Ich habe irgendwo gelesen, dass es Pech bringt, von dreizehn Dampfwalzen überfahren zu werden. Und genauso fühle ich mich nach dieser Nacht. Wenn das hier ein cooles Buch oder ein starker Film mit Schwarzenegger oder Bruce Willis wäre, hätte der Held jetzt die Lösung für alle Probleme parat. Aber stattdessen befinde ich mich in der Wirklichkeit und kann gleich eine Liste der Probleme aufstellen, die sich vor mir auftürmen.

1. Mein Problem, erwachsen zu werden, kommt ins Schleudern.
2. Sis weiß, dass ich aufgehört habe mit dem Job.
3. DER PLAN ist bis jetzt den Bach runtergegangen.
4. Es ist nur eine Frage der Zeit, wann Vattern entdeckt, dass die Singles verschwunden sind.
5. Ich schulde Sis 6300 Kronen.

Das ist eine schlechte Basis für einen Donnerstag. Das wäre auch eine schlechte Basis für jeden anderen Tag. Die Sonne ist ganz meiner Meinung. »Ich dachte, wir hätten eine Abmachung darüber, dass du mir helfen willst«, sage ich verbittert.

»Ich habe schließlich nicht alles unter Kontrolle«, erwidert sie.

»Und das sagst du erst jetzt«, sage ich und ziehe mich aus, um zumindest an meiner Hauttönung zu arbeiten. Diesmal ziehe ich mich ganz und gar aus.

»Nun gut, das Leben ist vielfältig«, sagt sie und breitet die Arme aus, als würde das irgendetwas erklären.

Ich liege erst eine halbe Stunde da, als Claudia auftaucht. Sie keucht, als hätte sie Asthma, und schmeißt meine Singles (das heißt, Vatterns) neben mich. Mir wird bewusst, dass ich splitternackt bin, und das ist mir peinlich. Ich ergreife ein Cover und halte es vor mich.

»Keine Panik«, sagt sie und zieht sich auch aus.

Trotzdem kann ich die Platte nicht weglegen. Es sieht bescheuert aus, wie ich versuche mich hinter dem Cover mit *Beton Hysteria* zu verstecken. Aber dann lehne ich mich schließlich seufzend zurück und sie legt sich auf meinen Arm.

Wir flüstern uns Worte zu, die sich nur Liebende zuflüstern. Und die ihr, Brüder & und Schwestern, nicht von mir erfahren werdet. Es gibt da etwas, das Privatleben heißt. Auch wenn ich euch schon viel mehr erzählt habe, als es die meisten tun.

Die Singles sind jedenfalls wieder abgeliefert worden und ich bin mit viel Küssen bezahlt worden. Das bedeutet, dass Punkt 4 jedenfalls gestrichen werden kann. Aber das war wohl auch nicht der wichtigste. Ich lege die Singles unter mein Hemd, damit sie sich nicht in der Sonnenhitze verbiegen.

Aber was mich so langsam nervt, ist, dass Claudia ständig nörgelt. Es fängt damit an, dass sie die ganze Zeit hören will, wie sehr ich sie liebe und so. Sie muss das anscheinend ununterbrochen hören. »Nun nerv doch nicht«, sage ich schließlich und habe fast das Gefühl, dass diesmal ich Caroline bin, die mit dem Welpen Adam redet. Mit einem ungeduldigen Welpen, der nicht aufhören kann zu nerven. »Wenn wir das zu oft sagen, nützt es sich ab«, sage ich und sie schnappt ein.

Aber nach fünf Minuten ist alles vergessen. Zumindest von ihrer Seite. Ich bleibe jedoch nachdenklich liegen. Vielleicht reagiere ich heute ja auch einfach nur zu empfindlich. Trotzdem werde ich das Gefühl nicht los, dass sie nervt und drängelt und dass ich immer wütender werde. »Was meinst du, haben wir viel gemeinsam?«, frage ich plötzlich.

»Gemeinsam … äh … ja, das haben wir bestimmt«, antwortet sie vage und das Gespräch wird so zäh, dass es ganz versiegt. Wir versuchen das mit einem langen Kuss zu überspielen und irgendwie wünschte ich mir, ich hätte es gar nicht gesagt. Aber gleichzeitig wünschte ich, ich hätte noch viel mehr darüber gesagt, warum ich wütend bin. Stattdessen bringe ich nur eine lahme Entschuldigung heraus, dass ich zu Frank gehen müsste. Ich schiebe DEM PLAN die Schuld zu und es scheint, als würde sie mir glauben.

Als ich aufstehe, sehe ich, dass wir auf dem Betondach einen feuchten Abdruck hinterlassen haben. Ein Rücken neben einer Schulter. Zwei Schenkel und Beine neben einem Bein. Es sieht aus wie eine elegante Sammlung von Strichen. Es sieht vielleicht sogar wie chinesische Zeichen aus. Aber da ich kein Chinesisch kann, bleibt es mir verborgen, was es bedeuten könnte. In der Hitze verdampft die Feuchtigkeit sofort und unser Körperabdruck verschwindet. Ich sehe Claudias Körper an und der ist zweifellos genauso schön, wie ich es mir gedacht habe. Aber daran will ich jetzt nicht weiter denken und ziehe mich lieber an.

Dann werfe ich mich auf das Fahrrad und drehe eine Runde. Gucke doch mal bei Frank rein, obwohl ich es nicht geplant hatte. Er steht unten im Hof und ist mit einem Fahrrad beschäftigt. »Ach, hast du dir einen Renner gekauft?« Ich stelle fest, dass er funkelnagelneu ist und ziemlich außergewöhnlich, eine gute Marke. Aber schließlich kann er es sich ja auch leisten. Es kostet offensichtlich mehr als meines.

»Ganz neu«, sagt er stolz. Ich stelle fest, dass er ganz rot wird. Wir fahren eine Runde, um es zu testen.

»Wo hast du es gekauft?«, frage ich, als wir oben beim Maridalsvannet anhalten.

»Ehhmkgr«, sagt er und jetzt hört es sich an, als hätte *er* den Mund voller Geier.

»Häh?«

»Bei Urban Action«, sagt er und guckt weg.

»Das ist ja der Laden von Sis!«, sage ich überrascht. Ich brauche ein paar Sekunden, um das zu schlucken.

»Äh, ja, sie… sie ist da, ja…«, stottert er wie ein kleiner Junge, der mit der Hand im Eis und in den Keksen gleichzeitig erwischt worden ist.

»War das Zufall oder…«

»Wie meinst du das?« Er antwortet mit so einem Pokerface, dass ich mir nicht sicher bin, ob er wirklich den Laden von Sis gesucht hat. Oder ob er nur bei Urban Action war, weil die dort diesen Typ Fahrräder haben. Ich belasse es dabei. Ich muss überlegen. Vielleicht hat das größere Bedeutung für DEN PLAN? Geht der Samen, den ich gepflanzt habe, schon auf?

Daheim sind ein paar merkwürdige Nachrichten auf dem Band. Dreimal hat irgendein Unbekannter angerufen und irgendwelches Brummen und Knurren hinterlegt. Ich bin unschuldig und habe ein reines Gewissen, Brüder & Schwestern. Ich habe ein reines Gewissen, als ich mich ruhig auf den Balkon setze, um der glühend heißen Sonne zu entfliehen. Ich denke über die Liste mit meinen Problemen nach. Und streiche Punkt 4, da die Singles wieder sicher im Regal stehen. Punkt 3 – DER PLAN – löst sich vielleicht auch von ganz allein. Und in dem Moment habe ich plötzlich einen weiteren Punkt auf meiner Problemliste.

Das Telefon jault nämlich auf. Ohne nachzudenken gehe ich ran und da ist Vattern am anderen Ende. »Das habe ich mir doch gedacht«, sagt er scharf.

Und ich weiß sofort, was er sich gedacht hat.

Ich fluche innerlich.

Ich tanze einen Kriegstanz.

»Die Sonne ist eine Scheißgöttin!«, jaule ich lautlos und drohe mit der Faust gen Himmel. Die Sonne verzieht sich hinter einer Wolke und nimmt es ganz locker.

»Ja… also… heute war so wenig zu tun…«, versuche ich es schnell und hoffe, dass ich wenigstens diesmal in einem coolen Actionfilm lande und mit einer lockeren Lüge Herr der Lage werde. Ich setze mein Schwarzenegger-face auf und tue mein Bestes, dass mir Muskeln und Hirnschmalz wachsen.

»Spar dir die Mühe«, sagt Vattern trocken. »Ich habe bei deinem Job nachgefragt. Und ich weiß, das du sozusagen krank bist. Hast du dazu etwas zu sagen?«

Adam Schwarzenegger schrumpft zu einem kleinen, trockenen Ball zusammen.

Adam Schwarzenegger ist ein trockener kleiner Apfel von neunzig Jahren, der in Stücke zerfällt, sobald man ihn nur anfasst.

Adam Schwarzenegger hat seinen Nachnamen verloren. Er hat seine Muskeln verloren und das Gehirn fließt ihm aus den Ohren.

Adam heißt nur noch Adam.

Nein! Adam hat noch einen Buchstaben verloren und heißt jetzt Ada, ist eine uralte, verschlissene, verbrauchte und ausgestorbene Alte von 227 Jahren, um die sich niemand mehr kümmert.

Nochmals nein! Ada hat noch einen Buchstaben verloren und heißt A. D., was eine deutsche Abkürzung ist und außer Dienst bedeutet. Und das passt in diesem Zusammenhang ausgezeichnet.

Nein, zum allerletzten Mal. A. D. hat seinen vorletzten Buchstaben verloren und heißt nur noch A. Und auch wenn das der erste Buchstabe im Alphabet ist, habe ich das Gefühl, es wäre der letzte und würde folgendermaßen geschrieben:

a

Ich bin a und ich bin ein Pudding. Ich bin ein so unwichtiger kleiner schwarzer Kringel, dass ich nicht einmal in den Trivialitäten aufgenommen werden würde. Es gibt für das kleine a nicht viel auf Vatterns Frage zu antworten. Ich könnte beispielsweise antworten:

1. Ich habe den Druck nicht länger ertragen. Ich war Oslos schlechtester Bote.
2. Ich brauche die Zeit, um mich selbst zu finden.
3. Ich bin dabei, meine Lebensgeschichte aufzuschreiben und brauche die Zeit für mich selbst.
4. Ich habe keine Zukunft in der Firma gesehen.
5. Das Leben ist so kurz, dass ich beschlossen habe, ich kann es nicht für so einen bescheuerten Job verschwenden.
6. Ich habe unter sexueller Belästigung gelitten.
7. Eine Stimme in meinem Kopf hat mir gesagt, ich sollte aufhören.
8. Ich bin nur dem gleichen Ruf wie Peer Gynt gefolgt und abgehauen, als ich nichts hingekriegt habe.
9. Der Chef muss gelogen haben. Ich arbeite immer noch dort.
10. Hier spricht gar nicht Ihr Sohn. Ich bin nur zufällig in der Wohnung und habe den Hörer abgenommen, als es geklingelt hat.
    Und so weiter.

Es gibt viele Möglichkeiten. Aber keine guten. Das kleine verschreckte a zieht es vor, zu stottern, dass er darauf keine Antwort hat. a ist selbst der Meinung, dass das ziemlich billig ist, aber jedenfalls ist es die Wahrheit.

»Jetzt werde ich aber reichlich sauer!«, platzt Vattern heraus. »Von allen untauglichen, nutzlosen und verantwortungslosen Bengeln, von denen ich je gehört habe, bist du wirklich einer der Spitzenklasse. Wann willst du eigentlich mal erwachsen werden?«

Vattern entwickelt eine richtige Donnerrede. Und a hätte sie sicher über sich ergehen lassen, wenn Vattern nicht diesen Spruch mit dem Erwachsenwerden eingeflochten hätte. Klein a lässt das nicht zu. Und sofort steigt in ihm die Wut hoch. Ich weiß, ich habe Vatterns Wutausbrüche geerbt, nur dass sie bei mir seltener bis an die Oberfläche gelangen. Aber jetzt schiebt so einer seinen hässlichen Kopf heraus und schreit in die Muschel.

Ja, das ist wirklich wahr, Brüder & Schwestern.

Ich schreie meinem Vater ins Ohr.

Das kleine verschüchterte a wird wieder zu Adam Schwarzenegger. Nein, es wird zu einem doppelten ADAM ARNOLD SCHWARZENEGGER und schreit Vattern in den Hörer.

»ICH WEISS JA NICHT, OB MUTTERN GERNE ETWAS VON DEINEM DICKDARM ERFAHREN WÜRDE. DU SCHWACHKOPF!!«, brülle ich in den Hörer.

Vattern bleibt wie ein geschlachteter Hund liegen und fiepst. Er fiepst: »Das ist doch nicht dein Ernst?«

»O DOCH!«, antwortet ADAM ARNOLD SCHWARZENEGGER. »EIN PIEPS VON DIR UND MUTTERN ERFÄHRT ALLES. HAST DU DAZU NOCH ETWAS ZU SAGEN!«

»Äh, nein…«, antwortet Vattern und hat offenbar nicht besonders viel dazu zu sagen. »Aber ist es erlaubt, zu fragen, warum du das gemacht hast?«

Also mache ich einen Versuch, Vattern mein Projekt zu erklären und zu meiner Überraschung ist er beeindruckt davon. »Dass ich einen Sohn habe, der seinen Kopf benutzt, um mitzudenken…«, sagt er sinnend und ich höre, dass ihm mein Projekt verdammt gut gefällt. »Und, bist du erwachsener geworden?«

Es ist nicht besonders witzig, darauf zu antworten, deshalb lenke ich ihn einfach ab, indem ich weiterrede. Am Ende sind wir uns einig, einen Deal einzugehen. Ich erzähle Muttern nicht von seinen Gedärmen. Und er erzählt Muttern nicht, dass ich nicht arbeite. Das ist ein Deal, mit dem ich leben kann. Ich wünschte nur, ich hätte Sis genauso im Griff.

»Übrigens, da ist noch etwas«, sagt Vattern und ich höre, dass er Marzipan und Sahnetorte gleichzeitig in der Stimme hat. »Deswegen bin ich dir doch nur auf die Schliche gekommen. Ich habe nämlich heute die Ergebnisse der Untersuchung gekriegt. Viel früher, als ich gedacht habe.«

»Na, bestimmt hast du sie jeden Tag mit Anrufen bombardiert«, erwidere ich trocken.

»Yes, Sonnyboy«, nickt er zufrieden. »Ich habe sie total mit meinen Anrufen genervt. Und da haben sie sich extra beeilt mit den Resultaten. Und nachdem ich den Bescheid gekriegt habe, habe ich dich bei deinem Job angerufen. Das heißt, ich habe mit einem etwas erstaunten Chef gesprochen, der darüber verwundert war, dass ich bei ihm meinen Sohn sprechen wollte, obwohl wir uns doch angeblich erst vor ein paar Tagen bei uns zu Hause getroffen haben. Aber ich will lieber nicht weiter nachfragen. Lass uns einen Strich unter die Sache ziehen.«

»Ja, gerne, einen dicken roten Strich«, stimme ich schnell zu. »Aber wie ist denn nun das Ergebnis?«

»Nervöser Dickdarm«, antwortet er mit Worten voller Torte, Blaubeeren und Freia Milchschokolade. Es hört sich fast an, als wäre er stolz darauf.

»Gratuliere, Vattern!«, sage ich und antworte damit mit Worten voller Waffeln, Kringel und Marmelade. Und ich meine es so. Und habe ein Gefühl, als würde mein Herz mit einem Mal um dreißig, vierzig Waffeln leichter. Mit so einem Darm kann Vattern zurechtkommen. Auch wenn er – wenn ich ihn recht kenne – weiterhin so leben wird wie bisher. Und das heißt, ziemlich ungesund.

Als Vattern an diesem Nachmittag nach Hause kommt, hören wir ihn schon im Erdgeschoss Arien singen. Er singt eine schmetternde, kraftvolle Arie aus irgendeiner Oper, bis er die Wohnungstür aufschließt. Er breitet die Arme aus und drückt Muttern an sich, dass sie fast noch dünner wird, als sie eh schon ist. Dann überreicht er ihr Rosen. Und drückt sie noch einmal. Und pflanzt einen ganzen Garten feuchter Küsschen auf ihre Stirn, ihren Mund, ihre Nase und ihren Hals.

Sis und ich blicken uns an und Sis bemerkt trocken: »Erwachsen zu werden bedeutet eigentlich nur, sich wie ein Kind zu benehmen.«

Und während unsere Eltern wie glückliche Windelbabys miteinander turteln, flüstert Sis mir zu, dass sie mit mir reden müsse. Und ihre Worte sagen mir, dass ich nichts Gutes zu erwarten habe.

Aber erst essen wir. Vattern hat nämlich das eingekauft, was er am liebsten isst. Wir essen gekochte Maiskolben mit Salz und Olivenöl drauf. Ich fange Sis' Augen über den Tisch hinweg auf und erschauere, wie nur ein Typ erschauern kann, der vor nur wenigen Stunden unten auf dem untersten Level gewesen ist. Um auf andere Gedanken zu kommen, frage ich: »Wusstet ihr eigentlich, dass ein durchschnittlicher Maiskolben achthundert dieser kleinen gelben Dinger hat, angeordnet in sechzehn Reihen?«

»Nein!«, sagen alle im Chor.

Dann bekommen wir von Vattern frisch gebackenes Ciabatta mit sonnengetrockneten Tomaten und Scheiben weißen, feuchten Käses serviert, der Mozzarella heißt. Und ich sehe wieder Sis an und versuche ihren Blick zu deuten. Damit sie vielleicht die ganze Sache vergisst, erzähle ich: »Wusstet ihr, dass sich in Schweizer Käse Gase bilden, wenn er gärt. Und diese Gase suchen sich blubbernd ihren Weg durch die Käsemasse und deshalb hat der Schweizer Käse so viele Löcher. Ich habe irgendwo gelesen, dass die Käsebauern sie Augen nennen.«

»Es reicht«, sagt Muttern und wendet sich Vattern zu: »Bedeuten all die Umarmungen und das gute Essen, dass es mit dem Stück gut läuft?«

Vattern – der äußerst zufrieden ist, dass ihm eine perfekte Erklärung für seine gute Laune frei Haus geliefert wird – antwortet: »Es läuft ausgezeichnet!« Und dann wird er fünf Sekunden lang blass, weil er sich positiv geäußert hat. Schauspieler sind nämlich so abergläubisch, sie glauben, wenn man allzu zufrieden ist, geht das Ganze schief. Doch er schafft es jetzt einfach nicht, missmutig zu sein.

Aber das Essen ist auch irgendwann überstanden und Sis zieht mich direkt in ihr Zimmer. Ich habe mit mir selbst beschlossen, dass ich ihr verspreche ihr das Geld so schnell wie möglich zurückzuzahlen. Und um meinen guten Willen zu zeigen, habe ich fünfhundert Kronen abgehoben, die ich ihr hier und jetzt geben will. Aber Sis überrascht mich.

»Dieser Frank...«, setzt sie an. Es gab in letzter Zeit ziemlich viele Halbsätze über Frank. Das fällt mir auf.

»Ja?« Ich denke gar nicht daran, es ihr leichter zu machen.

»Er spielt ja Musik und so...« Wieder ein Halbsatz.

»Ja?« Ich bin gnadenlos.

»Er war heute bei mir im Laden«, sagt sie.

»Ich weiß«, antworte ich.

»Ach...«, sagt sie verwirrt. »Dann hast du mit ihm geredet?«

»Wir reden fast jeden Tag miteinander«, erkläre ich.

»Wie ist er?«

»Wie er IST?«

»Ja, wie IST er? Nun sei doch nicht so begriffsstutzig!«

»Er ist ziemlich cool. Netter Typ.« Ich habe wirklich das Gefühl, als würde aus meinem Samen etwas werden.

»Hm«, sagt sie und versucht einen neuen Satz zu formen. Aber der bleibt zwischen ihren Zähnen hängen.

»Wann trefft ihr euch?« Ich versuche es mit einem blinden Vorstoß.

»Nun ja, wir haben...« Sis wird verwirrt und schon diese Worte sind sicher mehr, als sie eigentlich sagen wollte. Sie wird stumm, rot und verlegen und redet schnell über etwas anderes, um mich sogleich auf den Flur hinauszuschieben.

Später am Abend schaue ich noch einmal bei Frank vorbei. Einfach um die Lage zu peilen. Und hier bekomme ich die gleichen roten, verlegenen und unsicheren Antworten. Oder gar keine direkten Antworten. Frank grinst breit, als ich ihm vorschlage, dass ich ihm gern bei eventuellen Damenproblemen helfen kann, wenn er dafür nur 6300 Kronen bezahlt. Er nimmt Klein-Adam auf die Hand und streichelt ihn.

Aber dann leugnet er, dass es überhaupt Probleme gibt. Oder Damen. Oder überhaupt irgendetwas, das schwierig, peinlich oder traurig sein könnte. Hier ist kein keimender Same in Arbeit, wenn ich dem Glauben schenken soll, was er sagt. Ihm geht es rundum gut. Und er denkt an sonst nichts auf dieser Welt. Aber er sieht äußerst erleichtert aus, als ich ihm von Claudia und meiner Irritation erzähle. »Du spielst doch wohl nicht mit ihr?«, fragt er.

»Nein, aber plötzlich hat mich alles so genervt«, sage ich.

»Und es ist kein Spiel von deiner Seite, dass du dich extra kostbar machst?«

Ich verneine das. In dem Moment weiß ich überhaupt nicht mehr, was ich für Claudia fühle.

»Denk dran, dass auch derjenige, der hoch pokert, ab und zu verliert«, sagt er ernst. »Überlege mal, wenn sie sich jetzt daraufhin zurückzieht.«

Dieses Risiko habe ich noch nicht bedacht und bleibe ihm eine Antwort schuldig. Frank reicht mir Klein-Adam, der über meinen Schoß krabbelt.

»Vielleicht hast du einfach Angst vor ihr?«, meint Frank nachdenklich.

An das habe ich auch noch nicht gedacht. Und etwas in mir sagt, dass er da womöglich irgendetwas auf der Spur ist. Als Dank dafür, dass ich ihm die Füße massiere – oder was man wohl Beine bei einer Schildkröte nennt –, beißt der kleine Adam mir so fest in den Finger, dass ich blute.

Ich weiß nicht, ob ich das als eine Antwort deuten soll?

FREITAG, 26. JULI

»Blumen, Fleisch und nächtlicher Imbiss.«

Die Sonne geht auf um 04.44 Uhr
und sie geht unter um 22.01 Uhr.

»Hähä«, kichere ich, als die Uhr an diesem Freitagabend sieben zeigt. Da bin ich schon mehrere Stunden vor mich her summend herumgelaufen.

Der Tag ist wie üblich davongebraust. Ich habe eine Verabredung mit Claudia am Abend und das passt ausgezeichnet, denn Muttern und Vattern fahren nach der Arbeit gleich zur Hütte. Das ist Vatterns letzter Versuch, sich vor der Premiere nächste Woche abzulenken. Ich habe an Claudia gedacht und festgestellt, dass Frank wohl Recht hat. Ich habe Angst vor ihr gehabt. Es war der Schock, den Caroline mir verpasst hat. Ich hatte Caroline noch in meinem Gepäck. Sie hat dort auf der Lauer gelegen und mir Angst gemacht.

Als ich das kapiert habe, ist die Angst zu einer kleinen schwarzen Nuss in meinem Herzen zusammengeschrumpft. Und die soll mich jedenfalls nicht aufhalten. Ich werde mit Claudia heute Abend darüber reden. Ihr alles erklären und aufräumen.

Aber da ich ein Vorhaben hier zu Hause plane, wüsste ich natürlich gern, wo Sis sich aufzuhalten gedenkt. Am besten wäre natürlich, wenn sie am Abend gar nicht da wäre. Das wäre viel netter für Claudia und mich. Stimmt's, Brüder & Schwestern?

Sis antwortet mir nicht, als ich sie frage. Stattdessen flieht sie ins

Badezimmer und bleibt dort verdächtig lange. Ich frage sie wieder, als sie in die Küche rauscht und sich eine Scheibe Brot schmiert. Und als ich sie zum dritten Mal frage, was sie heute Abend vorhat, haut sie einfach ab, um Zigaretten zu kaufen.

Sie kommt mit einer Zwanzigerpackung zurück und geht auf mich los. Ich kann sehen, wie wütend sie ist. »Jetzt hör mir mal zu, du Schakal!«, sagt sie. »Ich werde es dir sagen, aber ich sage es nur einmal. Ich will heute Abend kein Kichern und Tuscheln von dir hören. Verstanden?«

»Na logo«, sage ich. »Dann hast du also eine Verabredung heute Abend?«

»Ja!«, antwortet sie. Nein! Sie brüllt es mir mitten ins Gesicht. Ich bin nur froh, dass sie nicht gerade gegessen hat. Dann wäre Adams Gesicht voll mit Krümeln gewesen.

»Mit jemandem, den ich kenne?« Ich will hören, wie sie den Namen selbst sagt.

»Er heißt Frank«, antwortet sie mit undurchdringlicher Miene.

»Mein Frank?«

»Ja«, antwortet sie und verschwindet wieder im Bad.

Ich führe einen kleinen Kriegstanz in der Wohnung auf. »Die Sonne ist eine geniale Göttin«, singe ich mir selbst vor. Zuerst lege ich einen Walzer im Wohnzimmer hin. Dann einen Tango in die Küche. Und anschließend einen Volkstanz im Schlafzimmer. »Hähähä«, flüstere ich. Und das ist super. Es ist toll, zu wissen, dass ein PLAN in Erfüllung gegangen ist.

Sis kommt kichernd heraus. Sie versucht es mit einem Schwinger und ich tauche ab, sodass sie die Wand trifft, sich zusammenkrümmt und vor Schmerzen heult. Ich schließe mich in meinem Zimmer ein und komme erst wieder heraus, als sie aufhört an meine Tür zu hämmern. Ich gehe schnell einkaufen und komme schwer bepackt zurück. Sis sitzt in der Küche und scheint sich beruhigt zu haben. »Du benimmst dich doch vernünftig, oder?«, fragt sie, als würde der gesamte Abend davon abhängen. »Aber klar, ich bin immer cool, logo«, antworte ich ganz cool, während ich den Kühlschrank voll stopfe.

»Wollt ihr euch totfressen?«, fragt Sis.

»Nur ein paar Kleinigkeiten als nächtlicher Imbiss«, erkläre ich ihr und leere schon einmal eine Cola. Bei der Hitze muss man auf seinen Flüssigkeitshaushalt achten. »Hähähä«, murmle ich.

Es klingelt an der Tür und ich bin Erster. Draußen steht Frank mit Blumen in der Hand. Er sieht aus wie ein Konfirmand. Ich habe ihn noch nie vorher im Anzug gesehen. Das sieht fast eklig aus, obwohl es so ein heller Sommeranzug ist, der nett und gemütlich zu sein scheint. »Und jetzt ist der »Mache-das-Beste-aus-deinem-Typ-Tag, hähähähä«, sage ich.

»Kein Wort mehr von dir«, sagt er und bahnt sich den Weg, um Sis die Blumen zu überreichen. Und jetzt ist es fast, als würde ich die gleiche Szene von außen sehen, aber mit mir und Kleiner Sturm. Er, der da so angespannt, erwartungsvoll und stolz dasteht. Sie, die verlegen wird und das dadurch verbirgt, dass sie ihre Nase in den Strauß steckt und an zehn roten Rosen schnuppert.

Und das sind auch noch langstielige Rosen, Brüder & Schwestern.

Nicht so eine Kleinigkeit, o nein.

Und gleich zehn Stück kann er sich leisten. Das ist ein beeindruckendes Bild. Ich bin jedenfalls schwer beeindruckt. Die beiden fühlen sich unsicher und drehen sich zu mir um. Frank mit einem flehenden Blick. Sis wütend: »Schmeiß dich unter einen Bus, Bruder«, faucht sie.

»Ich liebe dich auch«, antworte ich, gehe in mein Zimmer und warte, dass die beiden verschwinden. Aber erst muss Sis ihm noch ein Glas kalten Weißwein servieren. Sie hat eine Flasche im Kühlschrank. Und dann turteln sie. Ich kann nicht verstehen, was sie sagen, dafür reden sie zu leise. Und Sis legt Musik auf, die sie sonst nie hört. Das sind solche Schmachtfetzen übers Leben, den Tod, die Schönheit und Amore, Amore.

»Hähähä«, kichere ich und denke an Franks Musikgeschmack. Möchte wissen, ob er damit klarkommt.

Ich habe den Gedanken noch nicht zu Ende gedacht, da öffnet Frank die Tür und zwinkert mir zu. »Wir hauen jetzt ab«, sagt er und ich wünsche den beiden einen schönen Abend. Sis strahlt fast und ist überhaupt nicht mehr wütend. »Schmeiß dich lieber nicht unter einen Bus, Brüderchen«, sagt sie und wirft Frank einen aufblitzenden Blick zu, der den härtesten Satanisten, Zombie oder Mörder erweichen würde. Ich werde selbst ganz amore, amore und versichere: »Ich werde versuchen Bussen aus dem Weg zu gehen.«

Ich gehe ans Fenster und gucke ihnen hinterher. Sie gehen nebeneinander und ich kann sehen, dass Franks Hand sich mit Sis' Hand unterhält. Ihre Hände schaukeln im Gleichtakt hin und her und möchten sich gern umfassen. Aber das ist wohl noch zu früh. Sie haben sich noch nicht richtig kennen gelernt. Aber die Hände signalisieren einander Botschaften. Sie sind nur wenige Zentimeter voneinander entfernt und möchten sich gern unterhalten und schmusen.

Als Liebesgeneral wird mir ganz softeisig ums Herz.

DER PLAN funktioniert.

Denke ich doch.

Es kann eigentlich nichts mehr schief gehen.

Kann doch wohl nicht.

Die Sonne ist eine geniale Göttin und so weiter.

Sie wirft segnende Strahlen über das Bild.

Hoffe ich jedenfalls.

Ich werde ganz amore, amore und stelle die Schmachtlocke noch einmal an. Anschließend peile ich den Kühlschrank an und stelle fest, dass in der Flasche noch ein Schluck übrig ist. Den gieße ich in ein langes dünnes Glas. Werfe noch ein paar Eiswürfel nach und fühle mich wie so ein weiß gekleideter Smoking-Charmeur, der auf dem Balkon steht und Claudia Liebeslieder singt. Alles wirkt schön und rosarot und ich mache so alberne Bewegungen, wie sie nur ein

Schnulzensänger machen kann. Und dann kichere ich wieder in mich hinein: »Hähähä«, kichert der größte Liebesgeneral der Welt.

Ich hole ein paar Steaks aus dem Kühlschrank. Ich muss üben und habe welche bei REMA im Angebot gekauft. Ich wirbele mit Pfanne, Herd und Margarine herum und bin der Meinung, dass die Hitze perfekt ist, als ich das Fleisch hineinwerfe. Fett spritzt mir auf den Handrücken, aber das stört einen Liebesgeneral nicht, der dabei ist, eine Schlacht zu gewinnen. Ich drehe ein paar Walzerrunden und singe wieder amore, amore und das ist wahrscheinlich der Grund dafür, dass die Steaks nicht so wirklich perfekt werden. Meine beiden Probesteaks sind außen angebrannt und innen blutig. Vielleicht waren sie zu dick? Oder sollte ich lieber keine Margarine nehmen? Oder habe ich sonst etwas falsch gemacht? Ich kann es nicht verstehen, dass es so schwierig sein soll, zwei blöde Fleischstücke zu braten. Nicht dass das etwas am Plan für den Abend ändern würde. Das ist nur Training für die Zukunft. Ich habe geplant, Claudia etwas ganz anderes zu servieren. Einen Salat mit Pasta, frisches Baguette und einen saftigen französischen Käse, den Vattern mir empfohlen hat. Plus Getränke natürlich. »Hähähä«, muss ich wieder bei dem Gedanken an Frank und Sis kichern und bei dem Gedanken an Claudia, die in weniger als einer Stunde wie ein Kleiner Sturm zu mir kommen wird.

Und das Kichern habe ich immer noch auf dem Gesicht, als das Telefon klingelt. »Hier ist Gott«, antworte ich. »Womit kann ich dienen?«

Am anderen Ende bleibt es fünf Sekunden lang still. Dann kommt: »Bist du es?« Claudia scheint keinen blassen Schimmer zu haben.

»Hallo, mein kleines Schnuckelschätzchen«, zwitschere ich, wie es nur ein Liebes-Charmeur kann.

»Ich habe über das nachgedacht, was du gestern gesagt hast«, sagt sie und hört sich tieftraurig an.

»Was?«, bringe ich hervor.

»Du hast doch gefragt, ob wir eigentlich vieles gemeinsam haben«, fährt sie fort und hört sich an, als wäre sie in ein tiefes, dunkles Loch gefallen.

»Ja, aber…« Ich will ihr gern alles erklären. Aber dazu komme ich gar nicht.

»Und du hast damit schon Recht. Wir passen nicht zusammen. Deshalb komme ich heute Abend nicht. Ich komme an keinem Abend.«

Und damit bricht ihre Stimme und sie legt auf. Ich stehe mit dem Mund voller Worte da und es gelingt mir nicht, ein einziges auszuspucken.

Ich bin schockiert.

Ich bin ein Schnulzensänger, der in ein tiefes, dunkles Loch gefallen ist.

In ein Loch, das tiefer, dunkler und weiter hinunterführt als die Pfütze, in die Claudia gefallen ist.

Außerdem ist es ein böses Loch.

Hier gibt es hundert Zerrbilder von der dämonischen Caroline, die mir eine lange Nase zeigt. So muss Peer Gynt die Halle des Bergkönigs erlebt haben.

Ich bin allein hier. Es gibt keine Menschenseele, die ich um Rat fragen könnte. Reidar zu fragen, fällt mir im Traum nicht ein, und Frank ist irgendwo in der Stadt, an unbekanntem Ort, mit Sis. Ich werde wieder zu dem kleinen albernen a. Und das ist kein gutes Gefühl, Brüder & Schwestern.

Das ist bescheuert.

Total bescheuert.

Total a.

Wütend gehe ich zum CD-Player, drücke auf Eject und hole mit beiden Händen die CD mit dem Schmachtheini heraus und zerbreche sie über dem Knie. Dann gehe ich auf den Balkon und schmeiße die Stücke hinunter. Das ist wie auf dem Silo, als ich die wichtigen Teile meines früheren Lebens hinuntergeworfen habe. »Da ging sie also auch dahin«, denke ich verbittert und marschiere – immer noch mit der gleichen Wut im Bauch – zum Kühlschrank und hole die Lebensmittel heraus, aus denen ich die Festvorstellung des Abends bereiten wollte. Ich nehme sie mit mir auf den Balkon, zerfetze den Salat in kleine Stückchen, öffne die Schachtel mit der fertigen Pasta und kippe alles von meinem improvisierten Silo runter. »Die Sonne ist eine Sau!«, schreie ich und denke keine Sekunde daran, was wohl die Nachbarn dazu sagen werden.

Hätte ich noch mehr zum Runterschmeißen, hätte ich es gemacht. Da fällt mir ein, dass ich ein Passbild von Claudia habe. Es liegt in meiner Brieftasche, ganz hinten in der Ecke.

Ich hole es heraus.

Sehe es an.

Würde am liebsten losheulen.

Höre aber damit auf, als ich feststelle, dass sie Caroline ähnlich sieht.

Ich hasse Caroline.

Und das macht alles viel leichter.

Zumindest empfinde ich es so.

Ich packe das Foto von Claudia-Caroline.

Halte es zwischen Daumen und Zeigefingern.

Reiße einen kleinen Riss am Rande ein.

Der kleine Riss wird zu einem Spalt.

Auf dem Bild reiße ich Claudia-Caroline den Kopf vom Leib.

Der Riss nähert sich ihrem Hals.

Und ich hasse sie.

Caroline!

Ich weiß nicht, was mich einhalten lässt. Wäre das eine Bibelgeschichte, wäre jetzt der ganze Balkon in so einem goldenen Scheinwerferlicht gebadet, das von oben kommt und den Held ganz umhüllt, der da in einem dummen, aber sauberen Hirtenumhang steht. Und in einer Bibelgeschichte hieße ich Joshua, Jakob oder Jesus und hätte das Ganze als ein Zeichen Gottes angesehen. Denn es spricht plötzlich eine Stimme in meinem Kopf zu mir. (In einer Bibel-Blabber-Geschichte wäre es eine tiefe Männerstimme gewesen – angenehm, aber mit deutlichem Chef-Ton in sich.) Und die Stimme in meinem Kopf – die in Wirklichkeit existiert und nicht in einer Bibel – sagt mit einer alten, trockenen, leicht jammernden Stimme: »Jetzt musst du aber aufhören!«

Und ich höre auf.

Musste ich ja wohl, wenn eine Chef-Stimme das sagt.

Nehme das Bild und halte es hoch.

Sehe Claudia an, die nur Claudia ist, und sage zu mir selbst, dass ich jetzt nicht nur aufhören muss.

Ich muss kämpfen.

Ich renne zum Telefon. Und denjenigen von euch, Brüdern & Schwestern, die glauben, dass dieser Adam jetzt vollkommen durchdreht, sei gesagt, dass sie sich irren. Ich will nicht das Telefonkabel aus der Wand reißen und Apparat und Schnur hinausschmeißen. Stattdessen tippe ich die Nummer mit entschlossenen Fingern ein. Aber es ist nicht Claudia, die abnimmt. Ich bitte ihre Mutter um ein Gespräch mit ihrer Tochter, aber die Mutter findet das keine gute Idee. Nein, Claudias Mutter hat keine Bibelstimme gehört, die sie gebeten hat doch dieses Staffelholz eines Telefonhörers weiterzureichen. Sie hat nur gesehen, wie Claudia weint, und jetzt redet die Mutter mit dem Kerl, der Claudia zum Weinen gebracht hat. Da ist nicht viel Goodwill zu erwarten. Aber ich setze mich durch.

Und dann kommt Claudia wirklich an mein Ohr und will wissen, was ich denn wolle. Und was ich will, das erzähle ich ihr in wenigen Sätzen. Und anschließend erkläre ich ihr einzelne Sachen, die ich ihr bisher nicht gesagt habe. Und dann kommen die Worte heraus, die ich mir aufgespart hatte. Sie kommen wie ein pünktlicher Zug angerauscht, alle Wagen brav hintereinander in der richtigen Reihenfolge. Und ich höre Claudia nicken. Sie nickt und antwortet und wir sind uns einig. »In einer halben Stunde«, sage ich und meine eine halbe Stunde.

Als ich auflege, habe ich nur noch ein paar Minuten. Und ich brauche nur sieben, um mich zurechtzumachen, bevor ich aus der Tür presche. Auf dem Hofplatz liegt ein deutlicher Teppich aus Salat und frischem Brot. Das brauche ich nicht mehr. Ich bin übergegangen zu Plan B. Ich habe einen Rucksack auf dem Buckel und quäle mein Fahrrad aufs Äußerste. Ich komme mit gutem Vorsprung an und renne schneller hoch, als das Sonnenlicht die Erde erreichen kann. Ich höre ihre Schritte auf der Treppe. Und es fehlt nur noch, dass ich mich auf einem Kissen gemütlich zurücklehne, mit einem Glas in der Hand, ganz cool.

Und was glaubst du, was Claudia sieht, als sie kommt?

Claudia sieht einen Liebesgeneral, der dabei ist, eine Schlacht an einem anderen Ort in dieser Stadt zu gewinnen. (Hofft er jedenfalls.) Der aber hart dafür kämpft, auch diese Schlacht hier zu gewinnen. (Und bei dem Gedanken, was passieren könnte, wenn er verliert, ins Schwitzen gerät.)

Claudia sieht mich ausgestreckt auf dem Silo liegen. Nein, das stimmt nicht ganz. Ich liege ausgestreckt auf einer Decke oben auf dem Silo. Neben mir stehen Gläser, ein paar Pils plus Teller. Außerdem habe ich einen Sturmkocher dabei. (Nicht zu schlagen!) Feuer brennt unter einem Kessel mit Wasser und auf einen riesigen Teller habe ich Würstchen gestapelt (Wiener), Ketchup (Chili und normal), Senf (französisch, scharf), zwei Schälchen mit Zwiebeln (roh und geröstet) plus Krabbensalat. Wenn das nicht reicht, um Eindruck auf sie zu machen, dann weiß ich auch nicht weiter. »Ich wollte nur einen guten Eindruck auf dich machen«, sage ich.

»Wenn du planst, mit mir Schluss zu machen, dann tu das jetzt«, sagt sie, bleich um die Nase.

Ich nehme sie in den Arm und sie drückt mich auch fest an sich. Und wir versinken in einem Kuss, der die Sterne am Himmel Walzer, Tango und Volkstanz tanzen lässt. Bis das Wasser kocht. Ich mache die besten Würstchen der Welt und wir reden und reden und räumen auf mit irgendwelchem Mist und Scheiß, der im Untergrund gegärt hat. Wir reden immer weiter und reden über uns selbst, darüber, dass wir uns lieben und dass die Sonne eine geniale Göttin ist, und ich erzähle ihr von DEM PLAN und dass es damit gut aussieht und dass die Welt lächelt und dass Caroline zum Teufel gehen kann und dass dieser Abend, dieser Abend und amore.

»Jetzt ist der Augenblick, jetzt fängt es an«, sagt Claudia und kuschelt sich in meinen Arm, nachdem wir fertig gegessen haben. Und ich finde, dieser Satz ist das Schönste, was in dieser ganzen Geschichte gesagt worden ist (und wiederhole ihn gleich noch einmal: »Jetzt ist der Augenblick, jetzt fängt es an.«), und lasse ihn stehen als Abschluss dieser Nacht. Wir schlafen hier oben und es gibt keinen Vogel, der sich traut, uns zu wecken.

»Jetzt ist der Augenblick, jetzt fängt es an.« (Sage ich zum dritten Mal, damit auch der Dümmste es mitbekommt.)

SAMSTAG, 27. JULI

»Manchen fällt es eben leicht!«

Die Sonne geht auf um 04.46 Uhr
und sie geht unter um 21.59 Uhr.

»Gegen eine kleine Bestechung werde ich die Klappe halten«, grinse ich Sis an, die vor einer halben Stunde atemlos durch die Tür gerauscht ist. Es ist schon ein paar Stunden her, dass Claudia fortgegangen ist. Ihre Eltern drehen durch, wenn sie nicht zur abgemachten Zeit nach Hause kommt. Ihre Mutter hasst mich bestimmt. Ihr Vater hat eine Belohnung auf meine Kniescheiben ausgeschrieben. Aber das macht nichts. Niemand kann mir die gute Laune vermiesen, in der ich jetzt bin.

Und umso breiter wird mein Grinsen, als ich feststelle, dass Sis gar nicht zu Hause gewesen ist. Das kann nur eins bedeuten: dass DER PLAN gelungen ist.

Und ich brauche sie gar nicht danach zu fragen, als sie kommt. Sis ist butterweich. Und sie kommt eigentlich nur her, um sich umzuziehen und solche Sachen wie Kulturtasche und andere Mädchendinge zu holen. »Kein Wort zu Muttern und Vattern«, sagt sie und das ist der Moment, in dem ich ihr anbiete, gegen eine Bestechung den Mund zu halten. »Vergiss nicht, dass ich das von deinem Job weiß«, antwortet sie nur trocken.

»Oh«, sage ich. Aber das bedeutet, dass wir gleichgezogen haben. Das heißt, das, was Sis von mir weiß, ist sicher einen ganzen Klumpen schlimmer als umgekehrt. Aber ich muss das nutzen, was ich habe.

Sis verschwindet wieder und ich sitze da und denke über das Leben nach, das sich in alle möglichen sonderbaren Richtungen entwickelt. Wer hätte das vor nur wenigen Wochen gedacht? Und was ist mit den Problemen? Ich kann mich nur noch an eins erinnern: dass ich es nicht schaffe, ein Steak zu braten. Und jetzt fällt mir nicht einmal mehr ein, was auf meiner Problemliste überhaupt stand. Doch, ich erinnere mich noch an das mit Sis und den Kronen. Aber die Sache wird sich ja wohl regeln lassen.

Aber da sind dann also diese Steaks. Plötzlich werden sie zum wichtigsten Punkt in der ganzen Geschichte. Ich weiß nicht, wie es euch geht, Brüder & Schwestern, aber ab und zu hängt man sich an etwas auf, was für niemanden sonst überhaupt eine Rolle spielt. Für alle anderen erscheint es dumm. Das wird so richtig bescheuert Donald Duck. Das sollte man als Comic aufschreiben. Ungefähr so:

1. BILD: Adam Duck sitzt in der Küche und verflucht die Welt, das Leben und alles. Adam Duck glaubt, dass seine Liebste, Claudia Dolly Duck, mit ihm Schluss machen wird, wenn er es nicht schafft, das perfekte Steak zu braten. Sie wird ihn in null Komma nichts durchschauen. Über Adam Duck hängt eine Gedankenblase mit einer lahmen Schildkröte drin.

2. BILD: Adam jammert vor sich hin: »Wenn ich eine Schildkröte werde, ist jede Hoffnung dahin. Eine Schildkröte kann kein Steak braten. Schon gar nicht eine Pfanne aufsetzen oder den Herd anschalten. Ich meine, guck dir doch nur mal diese Pfähle an, die sie als Arme und Hände hat, dann verstehst du, was ich meine.«

3., 4., 5., 6. BILD: Adam Duck latscht zum nächsten Schlachter und kauft für den Rest seines Geldes, das er in seinem Portmonee noch hat, Fleisch. Adam Duck guckt traurig in seinen Geldbeutel. Der ist fast vollkommen leer. Aus dem Portmonee fliegt eine torkelnde Motte. Aber er tröstet sich damit, dass das Ziel es wert ist, das Geld dafür zu opfern. Mit quäkender Stimme singt er auf dem Heimweg ein kleines Liebeslied für Claudia. Die Leute starren ihn an. Was Adam aber nicht den Mut verlieren lässt. Er rechnet damit, endlich sein Steak-Examen zu bestehen. In einem Bild sehen wir in Großaufnahme Adam Ducks zufriedenes Grinsen und sehen, wie er sich vor dem Spiegel aufmunternd den Daumen entgegenstreckt, als er zu Hause ist.

7., 8., 9. BILD: Er bindet sich eine Schürze um, holt die Pfanne heraus, die Butter, wickelt das Fleisch aus, salzt und pfeffert es, liest in einem fettigen alten Kochbuch nach und öffnet seinen Kragen. Er hat nämlich Angst zu versagen. Deshalb macht Adam Duck erst einmal eine Pause. Er geht zu seiner Anlage und legt ausgerechnet die klassische Maxisingle von *Fleisch* auf. Er spielt: »Elektrisch«, »Primitiv« und »Ich will wie Jesus werden«.

Ich will wie Jesus werden,
in weißen Kleidern will ich gehen.
Mit einem Glorienschein um den Kopf,
damit alle wissen, wen sie da sehen.

Ich will wie Elvis werden,
Kies verdiene ich dann satt.
Sodass sich alle Jungs den Kopf verdrehen,
fahre ich mal durch die Stadt.

Und so weiter.

10. BILD: Der Stressklumpen im Bauch löst sich. Adam Duck kommt zurück in die Küche. Schwitzt nach zehn Minuten intensivem Tanzen. Der Schweiß läuft wie ein Bach Stirn, Wange und

Hals hinunter. Er hat einen nackten Oberkörper, um sich abzukühlen.

11., 12. BILD: Wir sehen eine Großaufnahme von den Falten auf Adams Stirn und eine Großaufnahme der Finger, die ein Steak in die Pfanne gleiten lassen, und seine Konzentration, während das Fleisch brutzelt.

13., 14., 15. BILD: Ganz oben im Bild steht: »Eine halbe Stunde später.« Adam Duck weint. Das heißt, er weint, wie eine Zeichentrickfigur weint. Aus jedem Auge spritzt ein ganzer Strahl. Und wenn er Federn statt der kurzen Haare gehabt hätte, wäre der größte Teil seines Schädels federnlos gewesen, weil er sie vor Verzweiflung fast alle ausgerupft hätte. Er steht über einen Teller mit fertig gebratenen Steaks gebeugt. Und als der Zeichner uns den Teller im Detail zeigt, sehen wir, dass jedes einzelne Steak missglückt ist. Einige sind noch so roh, dass sie zappeln. Andere sind zu stark gebraten und sehen aus, als hätten sie im Kamin gelegen. Adam weint drei Plastikeimer voller Tränen und reißt sich auch noch den Rest seiner Federn/Haare aus.

16., 17. BILD: Claudia Dolly Duck trifft ein. Schaut sich die traurigen Fleischstücke an, macht eine Kehrtwendung, kauft zwei neue Steaks und sagt, dass das doch ganz einfach sei.

18. BILD: »Nichts ist einfach«, widerspricht Adam Duck und sieht, wie Claudia zwei perfekte Steaks brät, als hätte sie nie etwas anderes in ihrem Leben gemacht.

19. BILD: »Da!«, sagt sie und manövriert sie auf die beiden bereitstehenden Teller. »Total einfach!«

20., 21., 22., 23. BILD: »Na gut, ja«, sagt Adam Duck und weint noch ein bisschen. Aber jetzt muss er es probieren, das perfekte Steak. Daran besteht kein Zweifel. »Manchen fällt es eben leicht«, denkt er und versucht weiter traurig zu wirken, damit sie ihn möglichst lange tröstet. Und Claudia tröstet ihn so gut, dass er fast versucht ist noch mehr Donald Duck zu werden. Schließlich fragt er sie, was denn das Geheimnis hinter den perfekten Steaks ist. Und sie versucht ihm zu erklären, dass das eigentlich ganz einfach ist. Und so weiter und so fort.

24. BILD: »Das war eine reichlich verletzende Idee, Sonne. Und ich dachte, du wärst auf meiner Seite«, sagt Adam Duck zu sich selbst. Er würde am liebsten auf den Balkon gehen und seine eigenen Fleischstücke runterschmeißen. Aber der Gedanke, dass sie jemandem auf den Kopf fallen könnten, hält ihn zurück. Vielleicht könnte ja das Militär daran interessiert sein, einige als neue Form von Kanonenkugeln zu kaufen? Er will jedenfalls nicht selbst probieren, ob sie tödlich sein könnten.

THE END

Es kommt in solchen Situationen vor – nachdem auch der letzte Versuch, ein perfektes Steak zu braten, zum Teufel gegangen ist –, dass du dich wie eine Figur aus einem Comic fühlst.

Der Rest des Abends ist geheim und hat nichts mit irgendwelchen Comicserien zu tun. Ich sage das nur, damit die besonders Neugierigen unter euch es besonders schmerzhaft in ihrer Seele empfinden, weil sie nicht mehr erfahren. Ich will nur eins verraten: Es hat nichts mit Essen oder Trinken zu tun und es ist etwas Besonderes, etwas besonders Schönes.

SONNTAG, 28. JULI

»Die große Frage.«

Die Sonne geht auf um 04.49 Uhr
und sie geht unter um 21.57 Uhr.

Das ist der Tag der großen Fragen. Aber unterschiedliche Leute haben offensichtlich unterschiedliche Fragen. Für Muttern stellt sich die Frage, was eigentlich mit ihrer Familie so geschieht. Sie und Vattern kommen früh nach Hause, weil Vattern heute seine Generalprobe hat. Und sie spürt schon nach kurzer Zeit, dass alle mit etwas beschäftigt sind, von dem sie nicht die geringste Ahnung hat.

»Du solltest dich weniger um Todesanzeigen kümmern und mehr um uns, die wir noch am Leben sind«, erkläre ich.

»Kinder und Besoffene sagen die Wahrheit«, erwidert Muttern trocken.

»Ich bin nicht besoffen«, sage ich.

»Das habe ich auch gar nicht behauptet«, kommt von ihr.

»Vielen herzlichen Dank, Muttern«, sage ich und stehe auf.

»Hey, aber was ist denn hier eigentlich los?«, ruft sie hinter mir her.

»Die Lösung der großen Fragen«, lautet meine unklare Antwort. Und ich lasse sie mit ihren Zweifeln sitzen. Sie sieht tatsächlich wie ein riesiges Fragezeichen aus, wie sie so dasitzt.

Was Vattern betrifft, so weiß sie ja, was sein Fragezeichen ist. Vatterns großes Fragezeichen tritt deutlich zu Tage, als er aus dem Bad trampelt und brüllt: »Ich kann nicht mehr!«

»Schmeiß dich doch unter einen Bus!«, erklärt Sis. Aber sie sagt das derart freundlich, dass er richtig erschreckt zusammenzuckt.

»Das ist nur die Generalprobe«, ruft Muttern aus der Küche. »Die ist heute.«

»Ach so, sonst nichts«, sagen Sis und ich im Chor. »Das wird schon klappen.«

»Klappen? KLAPPEN! KKLLAAPPEENN!!!???«, wiederholt Vattern in ansteigender Lautstärke. »Das sieht euch ähnlich, so etwas zu sagen. Ihr Hyänen! Schakale! Aasgeier! Vatermörder!« Er zupft sich nervös am Bart. »Ihr könnt ja auch euer schlaffes ruhiges Leben leben. Während ich mit den großen Fragen des Lebens kämpfen muss.«

Einen Moment lang möchte ich ihn fast fragen, ob es die Frage um Leben und Tod und der nervöse Darm sind, die ihn so plagen. Aber Vattern hat das wahrscheinlich schon vergessen. Vor nur wenigen Tagen war er noch ein Wrack, das glaubte, es könnte jeden Moment aus den Pantoffeln kippen. Jetzt ist es nur Peer Gynt, der an seinen Nerven zerrt. Ja, schon gut, für ihn ist nur nicht nur *nur.* »Ich kann meinen Text noch nicht. Und Mutter Aase sieht wirklich nicht so aus, als würde sie sterben, wenn sie auf der Bühne sterben soll. Und Anitra kann nicht tanzen, dass es aussieht wie ein arabischer Tanz. Der Trommler hätte sich lieber ein anderes Instrument aussuchen sollen. Das hat vielleicht gedauert mit den Trommeln. Und diesem Idioten, der die elektronischen Steuerknüppel bedienen soll, würde ich gern den Hals umdrehen«, murmelt Vattern wütend.

»Ach so, dann ist also alles wie immer?«, stellt Sis fest.

»Ja, eigentlich schon. Abgesehen von der Tatsache, dass morgen die Premiere ist«, erwidert er, beißt dabei die Zähne zusammen und lächelt verbissen und hasserfüllt.

Vattern zieht sich an und ruft jedes Mal wenn er etwas nicht findet wie ein kleiner Junge nach Muttern. Und ich überlege, ob ich etwa auch so werde, wenn ich in sein Alter komme. Das begeistert mich nicht gerade.

»So sind Erwachsene eben«, sagt Sis, als wäre sie mit ihren zwanzig Jahren noch nicht erwachsen genug. Und dann legt sie los und erklärt detailliert, wie typische Erwachsene sind und wie sie die wichtigen Dinge des Lebens vergessen.

»Aber du weißt das alles, nicht wahr« sage ich lächelnd. »Was sind denn die großen Dinge, oder soll ich lieber sagen die Fragen, für dich?«

»Wenn ich jetzt schlechte Laune hätte, Brüderchen, dann hätte ich dich einen Kopf kürzer gemacht. Aber da ich ganz locker und gut drauf und fast glücklich bin, werde ich dir auf diese dumme Frage eine ehrliche Antwort geben. Ich denke nur an eine Sache«, sagt sie und ihrem Lächeln kann ich entnehmen, dass sie gut drauf und fast glücklich ist. Und ich weiß, an was und an wen sie denkt.

»Und du hast keine Angst, machst dir keine Sorgen oder hast so deine Zweifel?«

»O doch!«, widerspricht sie. »Aber schließlich musst du in deinem Leben etwas riskieren. Nicht wahr?«

»Schon klar«, antworte ich.

»Und was ist deine große Frage?«, fragt sie.

»Das weißt du doch«, antworte ich schief lächelnd.

»Ja, stimmt, das weiß ich. Ist sie süß?«, fragt sie.

»Mmmh«, lautet meine Antwort und Sis gibt sich damit zufrieden.

Deshalb komme ich drum herum, sie anzulügen. Denn natürlich ist »Claudia & ich« eine der großen Fragen.

Aber nicht

DIE GROSSE FRAGE

»Wo will Gloria denn hin?«, fragt Muttern, nachdem Sis so schnell aus der Tür ist, dass ihr niemand mehr hat Tschüss sagen können.

»Tschüss!«, ruft Vattern und latscht aus der Tür. Er kümmert sich jetzt um gar nichts mehr.

»Tschüss. – Und wohin willst du?«, fragt sie, als ich mir auch die Schuhe anziehe.

»Raus«, sage ich vage, denn ich habe so meine Pläne und einiges zu tun.

»Keiner erzählt mir etwas. Ich frage und frage, aber kein Schwein macht sich die Mühe, mir irgendetwas zu erklären.« Muttern bohrt nicht mehr nach, sie setzt sich stattdessen auf den Balkon. Ihre Fragen verdrängt sie.

Ich habe mein festes date mit der Sonne. »Ich weiß, was deine große Frage ist«, flüstert sie mir verschmitzt zu.

»Aber verrate es niemandem«, flüstere ich zurück. Und lege mich auf den Rücken aufs Silodach, während ich an die große Frage denke. Aber ich kann kaum zwei Sekunden lang denken, da schiebt Frank schon seinen Kopf über den Rand.

»Wer soll niemandem was sagen?«, fragt er und schaut sich misstrauisch um. »Hast du Claudia hier irgendwo versteckt?«

»Ich rede nur mit der Sonne«, erkläre ich, als wäre es die natürlichste Sache der Welt.

»Ach so, ja«, sagt er. Er räuspert sich dreimal und bringt trotzdem kaum ein Wort heraus. »Ich bin nicht der Typ, der lange Reden hält«, setzt er feierlich an.

»So, so«, sage ich. Was soll man sonst einem Typen sagen, der auf diese Art und Weise seine Rede beginnt?

»Aber ich möchte dir gern danken.« Er geht um mich herum. Sicher um zu verbergen, dass er rot wird. Unter dem Mantel hat er ein dünnes Päckchen, das er mir überreicht.

»Vielen Dank!«, sage ich, als ich es auspacke und entdecke, dass er *Das Kochbuch für den Mann. So einfache Rezepte, dass sogar Vater es schafft*, für mich gekauft hat.

»Ja, kümmere dich nicht um den Titel. Aber es steht einiges Vernünftiges darüber drin, wie man ein Steak brät. Ich meine, das ist doch eine große Frage und ein großes Problem für dich«, räuspert er sich wieder. »Das Buch soll ein Dankeschön sein. Von mir für dich. Danke für alles.«

»Das hört sich ja an, als würdest du bald sterben«, bemerke ich mit Schaudern. Ich denke an Vattern.

»Nein, nein. Ich bin kein großer Redner ...«

»Das habe ich verstanden«, lautet mein trockener Einwurf, »aber könntest du es denn nicht einfach nur mit schlichten Worten sagen, was du sagen willst?«

»Ich bin so verliebt. In Gloria«, sagt er. Und geht wieder eine Runde, aus lauter Schamhaftigkeit.

»Das ist doch phantastisch!«, sage ich. »Dann ist sie also sozusagen das große Fragezeichen auf der Welt für dich, oder?«

»Doch, ja so kann man es wohl sagen«, sagt er. »Und du überlegst, was die Zukunft wohl bringen wird, und du überlegst sonst noch so manches«, sage ich.

»Stimmt«, nickt Frank. »Und genauso denkst du sicher auch an Claudia.«

»Yes«, sage ich. »Die großen Fragen hier auf der Welt. Vielleicht nicht die größten, aber immer noch groß genug.«

»Also – was ist dann DIE WIRKLICH GROSSE FRAGE für dich?«, fragt er verwundert.

»Geheimnis«, sage ich geheimnisvoll. Ich werfe ihm einen geheimnisvollen Blick zu und habe einen geheimnisvollen Mund, der ein geheimnisvolles, unheimliches Lächeln lächelt.

»Ich glaube, ich ahne da was«, sagt er.

Ich erwidere darauf nichts.

»Eigentlich habe ich nie an deine Liste geglaubt«, sagt er. »Es genügt doch nicht, die Sachen einfach nach Liste abzuhaken.«

»Kann schon sein«, stimme ich zu. »Musst du schon los?«

»Ja, meine große, schöne Frage steht da unten. Sie wird so langsam ungeduldig. Ich muss sehen, dass ich loskomme.«

Ich spähe über den Rand und sehe Sis unten am Silofuß hin und her trotten. Sie ist reichlich ungeduldig, ja. Ich kenne sie. Ich winke Frank nach, der die Treppen hinunterspringt. Und dann sehe ich die beiden. Und diesmal ist kein kleiner Abstand mehr zwischen ihnen. Es sieht vielmehr so aus, als wären sie aneinander geklebt. Die Hände morsen sich coole Botschaften zu.

Und ich habe reichlich Zeit, über meine Frage nachzudenken.

Nicht einmal Claudia kann meine Gedanken verwirren.

Doch. Ehrlich gesagt glaube ich, sie schafft es. Das sind solche Küsse und Umarmungen, die sogar einen grübelnden und nachdenklichen Liebesgeneral dazu bringen, aus seinem langsamen Schildkrötenpanzer herauszukriechen und zurück auf die Welt zu kommen. Glaubt mir, Brüder & Schwestern, das ist wirklich wahr.

MONTAG, 29. JULI

»Sieg oder Niederlage?«

Die Sonne geht auf um 04.51 Uhr
und sie geht unter um 21.54 Uhr.

»Kann ich mal mit dir reden?«, fragt Muttern, nachdem die anderen den Frühstückstisch verlassen haben. Vattern hat sich vierzehnmal um sich selbst gedreht, bevor er endlich verschwunden ist. Heute haben sie Premiere. Und Vattern hat sich sogar schon einmal übergeben. Das macht er immer vor einer Premiere. »Dabei gibt es eigentlich keinen Grund zur Sorge«, sagt Vattern hinterher. Aber wir machen uns trotzdem jedes Mal um ihn Sorgen. Und das mag er. »Wenn du erwachsen bist, bedeutet Trost mindestens genauso viel, wie es bedeutet hat, als du noch klein warst«, sagt Vattern immer, nachdem wir ihm Trost gespendet haben.

Sis ist früh los und jetzt sind nur noch Muttern und ich in der Wohnung, als sie mich ruft. »Setz dich«, sagt sie und das hört sich wie ein Befehl an.

»Wollen wir jetzt so ein richtig vertrauliches Gespräch führen?«, frage ich und erinnere mich an einige von der Art im Laufe des Jahres, in denen entweder Muttern oder Vattern mir erklären wollten, wie die Welt so aussieht. Es ging fast immer um Dinge, die ich sowieso schon kannte. Und wenn sie merkten, dass das alles alte Kamellen für mich waren, wurden sie fast wütend. Sie hatten sich nämlich gedacht, das wäre so eine der Aufgaben der Eltern, ihren

Söhnen und Töchtern etwas aus ihrem Erfahrungsschatz mitzugeben.

»Wohl kaum ein vertrauliches Gespräch«, sagt Muttern spitz. »Und vielleicht auch nicht ganz so angenehm für dich.«

»Nun gut…«, sage ich abwartend. Das klingt nicht besonders viel versprechend.

Und es soll sich herausstellen, dass es reichlich bescheuert wird.

Oder total bescheuert.

Genau genommen absolut oberbescheuert.

Muttern hat sich nämlich »tüchtig ins Zeug gelegt«, wie sie es nennt. (Mein Gott, woher hat sie den blöden Ausdruck?) Sie hat sich also ins Zeug gelegt und herausgefunden, was in der Familie vor sich geht. Und von Vattern und Sis hat sie so das meiste erfahren. Sie weiß zum Beispiel das mit dem Silo und dass ich den Job hingeschmissen habe. Sie weiß, dass ich kein Geld verdiene, um es Sis zurückzuzahlen. Sie hat alles gehört, was sie über Frank und Claudia so wissen muss. Sie weiß sogar von Vatterns Darm. Mutter sollte einen Job als Verhörleiterin bekommen. Sie erzählt mir alles in kurzen, nüchternen Sätzen. Obwohl draußen der Sommer brütet, herrschen hier drinnen Temperaturen um den Gefrierpunkt. Eine absolut bescheuerte Gefriertruhe.

Was würdest du dazu sagen?

Wenn einer von euch, Brüder & Schwestern, einen einzigen guten Vorschlag für eine Notlüge hat – tut mir Leid, es ist zu spät, damit jetzt noch anzukommen.

Sorry, aber Adam liegt zerschmettert am Boden, dahingerafft von der ganzen Schwere der Dinge, die er gemacht hat.

»Warum, ist das Einzige, was ich dich fragen möchte. Warum um alles in der Welt, warum, verdammt noch mal, hast du deinen Job hingeschmissen?«

»Ich wollte erwachsen werden«, erkläre ich. Und das ist schließlich die Wahrheit.

Es wird immer gesagt, du sollst nicht lügen und dass die Wahrheit – wenn du sie erst einmal erzählst – alles richtet. Aber ich sehe, dass meine Antwort alles für meine Mutter noch verwirrender macht. Sie kapiert überhaupt nicht, was ich damit meine. Das heißt, irgendwie versteht sie es schon, aber trotzdem erscheint ihr meine Methode doch äußerst »zweifelhaft«, wie sie sich ausdrückt. »Ich muss schon sagen, das wirkt etwas merkwürdig auf mich, dass ich – aus dieser Familie – die Einzige bin, die nichts davon mitkriegt.«

»Eine der großen Fragen«, murmle ich.

»Eher etwas, das zwischen Sieg und Niederlage schwankt«, erklärt Muttern. »Und ich weiß nicht, was ich davon halten soll. Entweder seht ihr mich als eine schrullige alte Schnepfe an, die nichts verträgt. Oder ihr habt einfach verdammt viel Angst vor mir.«

»Dann ist dir wahrscheinlich die zweite Alternative lieber?«, frage ich.

»Ja, natürlich, aber glaubst du, ich will wirklich, dass die Familie Angst vor mir hat? Es ist ja in Ordnung, wenn die Leute im Allgemeinen Angst vor mir haben. Aber dass sowohl derjenige, den ich geheiratet habe, als auch unsere beiden Kinder Angst haben? Nein, ich weiß nicht.« Sie stützt ihren Kopf auf die Hände und starrt auf die Tischplatte.

»Könnte ich jetzt los?«, versuche ich mich herauszumogeln.

»Du bleibst hier!«, kommandiert sie. Sie sagt das mit einer echten Chef-Stimme.

Es fehlt nicht viel und ich springe auf und grüße in Hab-Acht-Haltung. Aber ich fürchte, sie ist im Augenblick nicht für solche Späße zu haben.

»Ab Mittwoch fängst du bei mir zu jobben an. Ich brauche für ein paar Wochen eine Allround-Hilfe.«

»O nein, Muttern!«, jammere ich.

»Du wirst von acht bis vier arbeiten, bis die Schule wieder anfängt! Da gibt's keine Diskussion.«

»Also weißt du ...« Ich habe fünfunddreißig mehr oder weniger gute Argumente auf Lager.

Aber ich entwische ihr nicht. »Gloria soll ihr Geld wiederkriegen. Und du kannst was für die nächste Zeit brauchen. Außerdem bist du auf eine äußerst fragwürdige Art vorgegangen. Du hast uns nicht einmal gefragt«, erklärt Muttern. Aber nicht mit besonders viel Strenge in der Stimme.

»Ach, und wenn ich dich gefragt hätte, hättest du mir dann erlaubt aufzuhören? Willst du mir das damit sagen?«, frage ich.

»Nein, ich hätte dir nicht erlaubt aufzuhören«, sagt sie.

»Mit anderen Worten war es also am schlausten von mir, niemandem was zu sagen, oder?«

Muttern verdreht die Augen. Und dann tätschelt sie meinen Arm. »Willkommen in der Welt der Erwachsenen«, sagt sie in einer Art, wie nur eine Mutter es zu ihrem Sohn sagen kann. »Hier in der Erwachsenenwelt gibt es tatsächlich bestimmte Anforderungen. Die Welt um dich herum stellt Anforderungen an dich. Und die Art, wie du mit ihnen umgehst, zeigt, wie erwachsen du eigentlich bist. Es gibt Leute, die werden nie erwachsen. Versprich mir, dass du niemals zu denen gehörst.« Sie wartet gar nicht auf eine Antwort. Ich weiß nicht, ob das ein gutes Zeichen ist. Aber sie lässt mich los und ich mache mich auf zu meiner üblichen Verabredung mit der Sonnenkönigin.

»Sie ist ganz schön streng, deine Mutter!«, sagt die Sonne.

»Ach, halt's Maul!«, sage ich. Ich bin nicht sehr freundlich, aber das ist auch egal. Es wäre sowieso unmöglich gewesen, für ewige Zeiten diese Geheimnisse zu bewahren. Außerdem habe ich genug damit zu tun, die Antwort auf MEINE GROSSE FRAGE zu finden. Und ich habe immer noch keine Antwort.

Ist das vielleicht eine Niederlage?

Ist das vielleicht ein Sieg?

Das mit Niederlage und Sieg bekommt am Abend einen anderen Blickwinkel. Die ganze Familie ist versammelt. Vatterns Gruppe soll ihre Aufführung in einer verlassenen Fabrik direkt am Akerselva haben. Das sieht nicht besonders toll dort aus. Aber Vattern hat gesagt, das Nationaltheater wäre nicht sein Stil. Und das muss ich wohl glauben. Hier sehen die Wände aus, als wären sie kurz vor dem Einsturz. Es hat den Anschein, als hätten zehn verrückte Satanisten mit Brechstangen und zwanzig Zombies mit Schweißgeräten und Presslufthämmern versucht einzureißen, zu zerbrechen, zu zerhacken, Löcher zu schlagen oder auf andere Art und Weise die Räume zu dem ungemütlichsten Ort überhaupt zu machen.

Wir sehen natürlich keinen Zipfel von Vattern. Wir wissen, dass er sich mit den anderen irgendwo dort hinten befindet und seine Angst kultiviert. Vattern sagt, dass niemand so abergläubisch ist wie Schauspieler. Sie treten einander in den Hintern und machen extra Sachen, von denen sie überzeugt sind, dass man sie jedes Mal genau so machen muss. Wenn sie sie nicht machen, geht alles schief. Und Vattern spuckt garantiert anderen über die Schulter. Das kenne ich schon. Ich sitze hinter den anderen, eine Hand in Claudias Hand. Ich bin nicht so nervös wie Vattern, aber viel fehlt wahrscheinlich nicht. Ich drücke Claudias Hand so fest, dass sie mich schließlich bittet doch lieber loszulassen.

Das Licht geht aus.

Der Vorhang hebt sich.

Und da steht Vattern auf der Bühne.

Er ist ganz allein.

Ich dachte, Peer Gynts Mutter sollte am Anfangs auch da sein.

Aber er steht da mutterseelenallein.

Wo ist Mutter Aase?

Ist sie vor Angst schon hinter der Bühne gestorben?

Ich komme ins Schwitzen.

Etwas stimmt da nicht!

Aber dann setzt die Musik ein.

Und die lässt mich an den verrückten Peer Gynt denken, der damit prahlt, dass er auf einem Bock einen Felsgrat entlanggeritten und mit ihm über einen Bergspalt gesprungen ist. Und du kriegst das Gefühl, dass es passiert.

Es passiert jetzt!

In diesem Augenblick!

Und du begreifst, dass das nicht nur Lug und Trug war.

Dass Peer die Geschichte nur so witzig erzählt, dass alle glaubten, es wäre Lug und Trug.

Dass ihm nicht geglaubt wurde.

Aber es war die Wahrheit.

Und dass er vielleicht sogar wollte, dass sie ihm nicht glaubten.

Peer geht durch das Stück wie ein Typ, dem niemand etwas glaubt. Wie ein Typ, der sich auch gar nicht anstrengt, damit ihm geglaubt wird. Es interessiert ihn nicht. Im Großen und Ganzen. Er ist gleichzeitig ein Clown und eine tragische Figur, die sich an einfache Regeln klammert, um auf der Welt zu bestehen, wenn sie ihr zu hart kommt.

Und Vattern schafft es. Vattern beeindruckt. So, wie er mich vor ein paar Tagen beeindruckt hat. Ich glaube an die Figur, die er erstehen lässt. Und gleichzeitig ist das unglaublich peinlich. Am liebsten würde ich mich im Publikum erheben und ihm zuschreien, dass er lügt. Das hier ist doch nicht mein Vater. Er steht da oben und behauptet alles Mögliche und brüstet sich aller möglichen Heldentaten.

Aber das hat Vattern niemals gemacht!

Oder gedacht!

Oder gesagt!

Vattern, du lügst!

Vielleicht ist es das, was einen großen Schauspieler ausmacht? Dass sogar seine Familie genauso stark mitgerissen wird wie Peer Gynts Mutter? Ich schwitze wie eine Comicfigur und bin froh, als der erste Teil vorbei ist und es eine Pause gibt. Ich wiederhole: Ich bin zum ersten Mal in meinem Leben von Vattern beeindruckt.

»Starke Musik«, sagt Claudia. Die habe ich fast gar nicht wahrgenommen. Deshalb konzentriere ich mich im zweiten Teil besser darauf. Es ist eine Mischung aus House, Acid Jazz und Jungle. Eigentlich etwas anderes, als was ich mit Vatterns Musikgeschmack verbinde. Denn harter Punk ist das nicht. Auch wenn es ab und zu ziemlich heavy daherkommt.

Aber die Härte kommt nicht daher, weil jemand schreit oder weil das Tempo verflucht schnell ist. Es kommt eher daher, weil die Musik sich irgendwo zwischen Magen und Gedärm ansiedelt und dort drückt. Das bringt dich dazu zu lachen, zu heulen und zusammenzuzucken. Das geht direkt in die Knochen und bleibt auch da.

Das Stück bekommt frenetischen Beifall, es wird gerufen, geklatscht und mit den Füßen getrampelt und besonders Vattern wird mehrere Male hervorgeklatscht. Er bekommt Blumen und ich weiß nicht, was sonst noch. Wir gehen hinter die Bühne zum Gratulieren. Und da sitzt er – ausgelaugt und mit einem Schweißgeruch, schlimmer als ein Schwein, um die Wahrheit zu sagen – und seufzt und stöhnt mit vielen Leuten um sich herum. Aber als Muttern kommt, drückt er sie so fest, dass ihre Lungenflügel rasseln. Er hebt sie in die Luft und wirbelt sie dreimal herum.

Wir grüßen, gratulieren, umarmen und loben. Und ich sage – der Idiot, der ich bin – zu ihm: »Na, jetzt kannst du es ja endlich lockerer angehen lassen. Das war wohl ein echter Sieg, was?«

»Ein Sieg?«, faucht er und du kannst sehen, wie das Wort zwischen seinen Zähnen hervorgepresst wird. »Jetzt fängt es erst richtig an. Jetzt fängt die Hölle an! Die Besprechungen kommen doch nicht vor morgen. Und ich habe eine Scheißangst!«

Wir begleiten Frank und Sis ein Stück. Aber als wir zum Schous Plass kommen, biegen sie nach links ab. »Das ist der falsche Weg nach Hause«, protestiere ich.

»Wir machen noch einen Mondscheinspaziergang«, erklärt Sis.

»Jedenfalls wollen wir noch auf ein Mondscheinsilo hoch«, sagt Frank.

»Ich bin noch nie da oben gewesen«, sagt Sis und ihre Augen funkeln.

»Ich muss dir einfach den Ort und die Aussicht zeigen«, sagt Frank zu ihr.

Und damit verschwinden die beiden, die eine Verabredung mit dem Mond haben.

Claudia und ich beschweren uns nicht. Wir spazieren allein nach Hause und genießen unsere Zweisamkeit. Ich bin unglaublich glücklich, dass ich jetzt nicht in Vatterns Schuhen stecke. Nicht dass sie mir passen würden. Denn er hat nur Schuhgröße 41, während ich 45 brauche, um Platz für meine Ölplattformen zu haben. Und obwohl sie bei mir ist – sie ist um mich herum, vor mir und hinter mir –, denke ich, dass es kracht, Brüder & Schwestern. Worüber ich nachdenke? Über eine der großen Fragen.

DIENSTAG, 30. JULI

»Nur ein kleines Interview.«

Die Sonne geht auf um 04.53 Uhr
und sie geht unter um 21.52 Uhr.

Es ist ruhig am Frühstückstisch. Vattern zittern die Hände, als er sich nach der ersten Zeitung streckt. Muttern war schon draußen und hat jedes Druckerzeugnis gekauft, das sie gefunden hat. Und niemand durfte hineingucken, bevor Vattern aufgestanden und an den Tisch gekommen ist.

Vattern sieht grau aus. Er sitzt in seinem Morgenmantel da und sieht aus wie zehn Niederlagen nacheinander. Ich bin froh, dass ich jetzt nicht in seiner Haut stecke. Es ist nicht mehr viel von dem stolzen Peer Gynt übrig, der gestern auf der Bühne stand. Eher im Gegenteil. Er sieht mehr dem Bergkönig ähnlich oder einem der Verrückten aus der Irrenhausszene.

Seine Hand zittert leicht nur einen Zentimeter über der obersten Zeitung. Es ist die Aftenposten und wir können einige der Überschriften lesen. »Kiosk am Carl Berner heute Nacht überfallen«, »Mann kam in Hokksund von der Straße ab« und »Premierminister glaubt an bessere Zeiten für Öl-Norwegen«. Im Augenblick scheint es nicht so, als glaube Vattern an bessere Zeiten, denn er seufzt schließlich und fragt dann Muttern: »Nein, könntest du es nicht für mich aufschlagen und lesen?«

Muttern lässt sich nicht zweimal bitten. Sie schlägt die Zeitung auf den Kulturseiten auf und fängt an zu lesen. Sie sagt nichts. Und Vattern ist kurz vorm Sterben, versinkt fast gänzlich in seinem Bademantel. »Was steht da?«, fragt er ungeduldig.

»Warte, warte.« Muttern wehrt ihn ab. »Er ist nicht zufrieden. Aber insgesamt ist es ganz positiv.«

»Lass sehen!«, ruft Vattern und reißt die Zeitung an sich. Er liest eine Minute, dann wird sein Gesicht knallrot. »Hast du jemals so etwas gehört? ›Es wäre besser, die Musik etwas zu dämpfen. Mutter Aase wirkte wenig überzeugend.‹ Hm«, und dann lächelt Vattern. »Habe ich doch gesagt! Sie kann nicht richtig auf der Bühne sterben. ›Der Regisseur hat viele Szenen aus dem Original ausgelassen. Ob das so geschickt war, wäre zu diskutieren. Aber der Hauptdarsteller hat gute Arbeit geleistet. Auch wenn seine Gesangsstimme nicht eine der Besten war‹.« Vattern knüllt die Zeitung zusammen. »Dieses Schwein. Er hat überhaupt nichts kapiert. Und dieser Idiot, der diesen Dreck geschrieben hat, war einmal ein Freund von mir. Aber dem werde ich's zeigen!«

Muttern hat inzwischen Dagbladet geöffnet und sagt ruhig: »Hier hast du eine phantastische Kritik gekriegt.«

Vattern erobert sich die Zeitung und wir sehen, dass er fast gerührt ist. Während Muttern die nächste liest. Und man kann feststellen: Full House. Ein paar meckrige Kommentare, aber in fast jeder Besprechung wird Vattern reichlich gelobt. »Sie haben mich verstanden. Sie lieben mich!«, ruft er selig aus und verschwindet im Schlafzimmer, um sich umzuziehen.

Muttern und Sis fahren zur Arbeit. Vattern bricht zehn Minuten nach ihnen auf. Und damit bin ich allein.

Ich bin ganz allein mit meiner Schlange.

Eva ist bei der Arbeit.

Und ich sitze vor meiner Liste, mit der ich mein Projekt angefangen habe. Lasst uns noch einmal zusammenfassen, für alle, die es vergessen haben:

DAS SOMMERPROJEKT DES NEUEN ADAM – LISTE DER DINGE, DIE GEMACHT WERDEN MÜSSEN, UM DEN NEUEN, ERWACHSENEN KÖRPER IN GEBRAUCH NEHMEN ZU KÖNNEN.

1. DIE EINFACHEN DINGE
– das perfekte Steak braten
– sich ordentlich besaufen
– die Verantwortung für das eigene Leben übernehmen

2. WAS ETWAS MEHR ANSTRENGUNG ERFORDERT
– ein eigener Kleidungsstil
– Zigarre rauchen
– sich richtig in die Scheiße setzen

3. WAS KALORIEN UND SCHWEISS KOSTET
– ökonomisch unabhängig werden
– eine wirklich erwachsene Beziehung zu einem Mädchen haben
– das zu wagen, vor dem ich am meisten Angst habe

Es ist ja peinlich, es zuzugeben, aber das Steak habe ich immer noch nicht geschafft. »Besoffen« und »Verantwortung fürs eigene Leben« sind im Kasten. Ein eigener Kleidungsstil? Nun ja, teilweise. Neue Frisur und Inliner sind schließlich ein Anfang. Zigarre und In-die-Scheiße-Setzen brauche ich nur abzuhaken. Ökonomisch unabhängig werden? Da müssen wir wohl zugeben, dass Muttern dieses Problem angepackt hat. Auch wenn ich kaum unabhängig werde, nur weil ich in ihrem Geschäft aushelfe. Aber ich werde zumindest die Sache mit Sis regeln können. Ist meine Beziehung zu Claudia erwachsen? Es ist jedenfalls etwas anderes als alles, was ich vorher so hatte. Ich glaube, ich habe nie an Mädchen als wirkliche Personen gedacht, bevor ich sie getroffen habe. Und das mit Claudia hängt vielleicht auch gleich mit dem nächsten Punkt zusammen:

das zu wagen, vor dem ich am meisten Angst habe. Was sie betrifft, so glaube ich schon, dass ich mich viel mehr getraut habe als je zuvor. Vielleicht ist es ja nur Einbildung, aber ich glaube es schon.

Trotzdem habe ich immer noch die DIE GROSSE FRAGE im Kopf. Und DIE GROSSE FRAGE ist – vielleicht nicht vollkommen unerwartet: Bin ich nun erwachsener geworden? Habe ich mich im Laufe der Wochen, die vergangen sind, verändert? Hat die Sonne mir bei meinem Sommerprojekt geholfen?

Das ist natürlich zu diskutieren. Aber ich denke schon, Brüder & Schwestern. Jedenfalls habe ich etwas gemacht, was kein anderer, den ich kenne, gemacht hätte. Ob das zu einem Sieg oder einer Niederlage geführt hat, müsst ihr selbst entscheiden. Ich sehe es als einen Sieg an. Ich finde, das hätte eigentlich ins Fernsehen gehört. In Gedanken kann ich vor mir sehen, wie das Telefon klingelt. TV2 ist dran. Es ist Vår Staude von der Nachrichtenredaktion, die mir erzählt, dass sie gern ein Interview mit mir machen wollten, da ich doch etwas Außergewöhnliches gewagt hätte. Ich lächle wie ein echter Reihenhaus-Charmeur in weißem Anzug und erlaube ihnen zu kommen. Und im Laufe von nur einer Stunde haben sie sich um den Küchentisch hier bei uns zu Hause versammelt. Meine Liste liegt vor mir auf dem Tisch. Der Beleuchter und der Tonmann sind so weit und Vår Staude lächelt mich an und fragt, ob ich auch so weit sei.

»Film ab!«, antworte ich, als wäre das Interviewgeben im Fernsehen für mich etwas ganz Normales. Eine ganz normale Adam-Beschäftigung.

»Nun, Adam«, sagt Vår Staude. »Du hast also das besondere Kunststück fertig gebracht, deinen Job hinzuschmeißen, um stattdessen im Laufe eines Sommers erwachsen zu werden.«

»Nun ja, Vår«, antworte ich. »Es war nicht einmal ein ganzer Sommer. Nur ein Teil des Julis.«

»Aber war das nicht ein ziemlich verwegenes Projekt?«, fragt sie und lächelt mich dabei an.

»Das stimmt«, antworte ich und setze mich gerade hin. »So etwas fängst du nur an, wenn du weißt, was da auf dich zukommt.«

»Und das wusstest du?« Sie kippt das Mikrofon schnell wieder zu mir. Es schlägt mir fast die Vorderzähne aus.

»Ich konnte natürlich nicht wissen, was die Zukunft mir bringen würde, als ich es gemacht habe. Aber ich war mir klar darüber, dass ich es einfach wagen musste. Denn ab und zu musst du das wagen, vor dem du am meisten Angst hast.« Jetzt prahle ich hemmungslos.

»Was würdest du dem norwegischen Volk gern sagen? Was ist das Geheimnis, das hinter dem Erwachsenwerden steckt?« Ihr Lächeln ist weiß wie Blenda und ich muss fast die Augen zusammenkneifen, um nicht geblendet zu werden.

»Nun ja, Vår.« Ich lächle verschmitzt. »Das Geheimnis ist, dass du nicht innerhalb von ein paar Wochen erwachsen wirst. Es hat keinen Sinn, einfach einer Liste folgen zu wollen. Es geht darum, dass dir klar wird, was du da machst. Aber ich kann es auch gleich zugeben: Ich habe mich selbst sehr viel besser kennen gelernt.« Jetzt lächle ich um die Wette mit ihr und diesmal muss sie die Augen zukneifen.

»Also, Adam. Es sieht für uns von TV2 so aus, als hättest du deine Sache richtig gut hingekriegt. Gibt es etwas, was du allen Sechzehnjährigen empfehlen würdest?«

Nach jahrelangem Fernsehkonsum weiß ich, dass das eine Fangfrage ist. Und nachdem ich tonnenweise Politiker gesehen habe, die interviewt wurden, weiß ich auch, was ich antworten muss: »Kein Kommentar«, sage ich.

»Und hiermit schalten wir um zu einer Reportage über einen Mann, der dreihundert Schildkröten besitzt«, sagt sie in die Kamera.

So, gibt es sonst noch etwas zu sagen, Brüder & Schwestern? Wie kann ein Mann wie ich eine so verwickelte Geschichte abschließen? Hier ein paar Vorschläge:

1. *Schummel-Schluss:* In dieser Version stelle ich fest, dass die Geschichte in einem Buch steht. Und weil deshalb Ordnung in den Sachen herrschen muss, stelle ich fest, dass der Juli-Monat einunddreißig Tage hat. Ich arbeite emsig daran, noch Stoff für einen Tag zu finden. Aber da ich bereits all meinen Stoff aufgebraucht habe, muss ich schummeln. Und ich löse das Problem damit, dass ich innerhalb der Geschichte ein Datum überspringe. Ich gehe davon aus, dass nur äußerst wenige Leser so aufmerksam sind, dass sie das merken werden.

2. *Der romantische Schluss:* Claudia kommt herein, sie hat ihren Job im Hauzz gekündigt. Sie freit um mich und wir heiraten im Laufe des Tages im Rathaus. Claudia bekommt Zwillinge und alle sind glücklich. Besonders Vattern, denn es gelingt ihm, seinen Willen durchzusetzen, sodass beide Zwillinge Helge heißen, nach ihm.

3. *Krimi-Schluss:* Der Chef vom Kjelsens Botenservice taucht plötzlich in der Tür auf. Er hat sich so große Sorgen um mich gemacht. Bis er herausgefunden hat, dass Podobromhidrosis eigentlich stinkende Füße heißt. Er steht mit einer Schusswaffe da und läuft Amok in der Wohnung. Nach einer spannenden Verfolgungsjagd und einem Kampf gelingt es mir, ihn zu überwältigen. Und ich werde zum zweiten Mal von Vår Staude interviewt.

4. *Schluss mit Menü:* Bei diesem Ende hole ich die beiden Steaks hervor, die ich im Kühlschrank hatte, und brate sie perfekt. Und schon im Laufe von nur einer Stunde bekomme ich ein Angebot von einem Steak-Restaurant, dort als ihr fester Koch zu arbeiten. Der Geruch der perfekten Steaks bringt die gesamte Nachbarschaft dazu vorbeizuschauen, um zu probieren.

5. *Ende mit viel Licht und viel Wärme:* Hier endet das Buch damit, dass ich auf dem Silodach stehe und meine Arme der Sonne entgegenrecke. Ich grüße sie und wünsche ihr alles Gute. Sie ist meine treue Helferin gewesen und verdient meinen Dank. Die Sonne strahlt und wärmt mich. Und im letzten Satz werden die Sonnen-

vettel und ich zu einem großen, leuchtenden Punkt. Wir werden zusammen die geniale Gottheit.

Leider ist das hier kein Buch. Das ist nur das wahre Leben, Brüder & Schwestern. Es ist nicht so leicht, das wahre Leben so zu ordnen, dass es sich übersichtlich und nett gestaltet.

Deshalb fürchte ich, ich muss es mit einem ungebratenen Steak im Kühlschrank beenden.

Ich schneide es in Häppchen und esse es roh.

Berühre Stück für Stück mit der Zunge und kaue es zu Fasern. Spüle mit klarem Wasser aus dem Wasserhahn nach.

Das schmeckt gut. Und ich fülle meine Lungenflügel und bedecke den Rest dieser Seite mit 56 schallend lachenden:

JA JA JA JA JA JA JA JA JA JA JA JA
JA JA JA JA JA JA JA JA JA JA JA JA
JA JA JA JA JA JA JA JA JA JA JA JA
JA JA JA JA JA JA JA JA JA JA JA JA
JA JA JA JA JA JA JA JA

Danke, Brüder & Schwestern, dass ihr mir zugehört habt.

INSPIRATIONSQUELLEN UND SO

1. BÜCHER

Sampling bedeutet, Geräusche zu sammeln. Entweder Geräusche, die du selbst im Haus hast (Wasser, das läuft, das Summen eines Kühlschranks), Geräusche aus der Natur (Vögel, das Heulen des Winds), Geräusche, die du selbst machst (alles von deiner eigenen Stimme bis zu unangenehmen Körperlauten, die hier nicht mit Namen genannt werden sollen) oder Geräusche, die zum Beispiel von der Musik anderer Leute übernommen werden. In der Musikwelt hat das so einige Probleme verursacht. Denn wie viel darfst du samplen, ohne beschuldigt zu werden, gestohlen oder ein Plagiat angefertigt zu haben? Wie viel musst du an einem Sample verändern, um behaupten zu dürfen, dass es dein eigenes, selbstständiges Produkt ist? Musst du mit dem Erzeuger eine Abmachung treffen, bevor du ein Sampling kommerziell benutzen darfst? Und so weiter.

Für alle, die kreativ arbeiten, ist Sampling ein Begriff. Auch wenn es vielleicht anders genannt wird. Die Schriftstellerei ist da keine Ausnahme. Jeder Schriftsteller hat es schon gemacht. Es wird gesagt, dass die größten Dichter oft die größten Diebe waren. Shakespeare hat Ideen und Anregungen wie ein Wahnsinniger geklaut. Ibsen war auch nicht ängstlich. Peer Gynt zum Beispiel basiert auf Legenden und Geschichten über eine Person, von der man annimmt, dass sie gelebt hat.

Niemand kann ein Buch schreiben, ein Bild malen oder eine Musik komponieren, ohne von anderen dabei beeinflusst zu werden. Für mich als Autor kann der Einfluss in einem Satz bestehen, den jemand anders geschrieben hat. Es kann etwas sein, was ich in den Nachrichten gehört habe. Oder ein Gespräch, das ich im Bus mitbekam. Inspiration gibt es nicht. Was nötig ist, das sind Ideen plus der eiserne Wille, ein Buch daraus zu machen.

In diesem Buch habe ich gesamplet von Schriftstellern wie Dag Solstad, Jon Fosse, Henrik Ibsen, Sigbjørn Obstfelder, Odd Børretzen plus eine ganze Menge anderer, von denen ich selbst nicht einmal weiß.

In meinem Kopf habe ich außerdem Filme wie »Clockwork Orange«, »Terminator« mit Schwarzenegger und »Die hard« mit Bruce Willis. In vielerlei Hinsicht fühle ich mich oft wie ein Fass, das mit Büchern, Filmen, Sätzen und Ideen gefüllt wird, die dann einfach nur reifen sollen und eine Weile dort gären, bevor ich sie abzapfe für ein fertiges Buch.

2. MUSIK

In den meisten meiner Bücher gibt es Musik. Wie auch hier. Viel Punk. Und dabei denke ich an den klassischen norwegischen Punk aus den 70ern und 80ern. Ich selbst habe in einer Kellerband gespielt, die jeden Monat ihren Namen geändert hat. Nach einer Weile hatte ich keine Lust mehr den Bass mit mir rumzuschleppen – manchmal wog er eine Tonne! – und wurde stattdessen Sänger. Aber weiterhin hämmerten wir in irgendwelchen Kellern herum.

Und in so einem frustrierenden Augenblick kam jemand von uns auf das Studioprojekt *Genickschuss* – Nakkeskudd. Und unter diesem Namen haben wir 1985 eine Kassette mit zwei Songs herausgebracht. Das eine war eine norwegische Ausgabe des Sex-Pistols-Songs: »God save The Queen«, der in unserer Ausgabe den Titel bekam: »Gud bevare Kåre og Gro« (Gott segne Kåre und Gro, zwei bekannte Politiker, die beide nacheinander Premierminister in Norwegen waren).

Die Auflage war mikrominimal, und wenn jemand auf ein Exemplar stößt, muss es bestimmt schon ein Sammlerobjekt sein. Ob wir nun immer Punk spielten, wenn wir spielten, darüber kann man diskutieren. Aber besonders viele schöne, einschmeichelnde Songs hatten wir nicht. Die norwegischen Helden, das waren Bands wie *Fleisch, Selbstmord, Verwüstung* und *The Aller Schlimmste* (Kjøtt, Sjølmord, Hærverk und The aller Værste)! – Auch wenn die Letztgenannten keine Punker waren.

3. ESSEN

Wer will nicht lernen, das perfekte Steak zu braten? Ich habe einige meiner Kumpels angerufen und folgende Ratschläge für einen hungrigen Adam bekommen:

Bård Ansteinsson sagt: »Wenn es um das Fleisch geht, musst du Entrecôte nehmen. Ich stecke eingelegte grüne Pfefferkörner ins Fleischstück. Grüner Pfeffer ist nicht scharf wie beispielsweise Chili. Aber er hat einen leckeren, vollen Pfeffergeschmack. Anschließend brate ich das Steak in einer ganz heißen Eisenpfanne. Eine Minute auf jeder Seite. Ich nehme dafür Margarine. Es heißt, du sollst keine Margarine nehmen, aber ich kann den Geschmack von Butter nicht ausstehen. Anschließend lege ich das Steak für 10–15 Minuten in den vorgewärmten Backofen (180–200 Grad). Dann wird es medium gebraten. Dazu gehören Kartoffelschnitze, die mit Olivenöl im Ofen gebacken werden, 20–25 Minuten bei 225 Grad. Und vielleicht noch eine Pfeffersauce. Wenn ich Pilze dazumöchte, nehme ich Pfifferlinge oder Rotkappen. Keine Champignons. Zum Würzen nehme ich Knoblauch und normalen Pfeffer.«

Morten Harry Olsen sagt: »Ich nehme für mein Steak Lendenbraten. Oder Filet. Entrecôte nehme ich nur, wenn ich es eher durchgebraten haben will. Und dafür habe ich mir die perfekte Bratpfanne gekauft. Das ist eine Grillpfanne mit Rillen. Das Fleisch bleibt durch die Luft zwischen den Rillen schön saftig. Ich pinsle die Pfanne mit Olivenöl ein und lasse sie auf dem Herd stehen, bis das Öl anfängt zu rauchen. Dann brate ich das Steak 1–2 Minuten pro Seite, bis es schöne dunkle Grillstreifen hat. Zum Würzen nehme ich eine grob gemahlene Pfeffermischung plus Salz, aber erst nachdem es fertig gebraten ist. Dazu gibt es »Königskartoffeln«. Das sind Kartoffelschnitze, die scharf angebraten werden und danach noch 15 Minuten bei mittlerer Hitze schmoren. Plus Kürbis, der die letzten fünf Minuten zusammen mit den Kartoffeln geschmort wird. Vielleicht mache ich noch einen frischen Salat dazu.«

Reidar Kjelsen sagt: »Mein perfektes Steak wird auf eine Art zubereitet, ich glaube, das ist die argentinische. Mein Fleisch muss durchgebraten sein und deshalb nehme ich Schweinesteak. Schweinefilet schmeckt dafür am besten. Ich brate es zunächst auf heißer Flamme, beide Seiten je 1–2 Minuten. Dann lege ich es zur Seite, lasse es 1–2 Minuten stehen. Brate es noch einmal 1–2 Minuten. Lasse es wieder ruhen. Brate es zum dritten Mal 1–2 Minuten. Der Clou dabei ist, es zwischen dem Braten ruhen zu lassen. Das macht etwas Besonderes mit dem Fleischgeschmack. Wenn ich etwas dazuessen möchte, bereite ich einen mexikanischen Kartoffelsalat. Aber am liebsten esse ich es pur, ohne andere Zutaten als eine Menge Grillkräuter, in die ich die Bissen vor dem Essen eintauche.«

Rune Hansen sagt: »Ich finde, Filetfleisch hat nicht genug Geschmack. Ich ziehe Entrecôte oder Lendenbraten vor. Oft frage ich den Mann am Fleischtresen, ob ich nicht ein Stück roh probieren kann. Einfach um zu testen, ob die Qualität auch gut ist. Ich brate mein Steak in einer trockenen, glühend heißen Pfanne, bis es auf beiden Seiten braun ist. Und das Wichtige dabei ist, es ohne Fett zu braten! Denn dann schließen sich alle Poren im Fleisch und der gute Fleischsaft und der Geschmack bleiben im Steak. Dann brate ich es noch einmal 1,5–2 Minuten auf jeder Seite in Butter. Keine Margarine! Das hat auch etwas mit dem Geschmack zu tun. Das ist wie Sahne mit entrahmter Milch zu vergleichen. Und ich will Sahne! Ich würze mit Salz und Pfeffer erst nach dem Braten. Wenn du vorher salzt, läuft der Saft raus. Und das wollen wir ja nicht! Ich gebe im Ofen gebackene Kartoffelschnitze dazu. Gern auch geröstete Pilze. Vielleicht Sauce bearnaise, aber dann mache ich sie von Grund auf selbst. Nimm niemals Tütensauce!«

4. VORLETZTE WORTE

Meine Home-Page: *http://home.c2i.net/jewo*

5. ALLERLETZTE WORTE

Wenn ihr wissen wollt, wovon dieses Buch eigentlich handelt, dann sage ich nur: Durchschnittlich sind 178 Sesamkörner auf einem Big Mac von McDonald's. Die meisten amerikanischen Autohupen tönen in F-Dur. Im Mittelalter glaubte man, die Intelligenz säße im Herzen. Und wir benutzen 17 Muskeln, um zu lächeln, brauchen aber 43, um die Augenbrauen zu runzeln. Vielleicht sitzt deshalb das Lächeln lockerer als das Nachdenken. Und vergesst nicht, die Sonne ist eine…

Mit freundlichen Grüßen
Jon Ewo
Sommer 1999